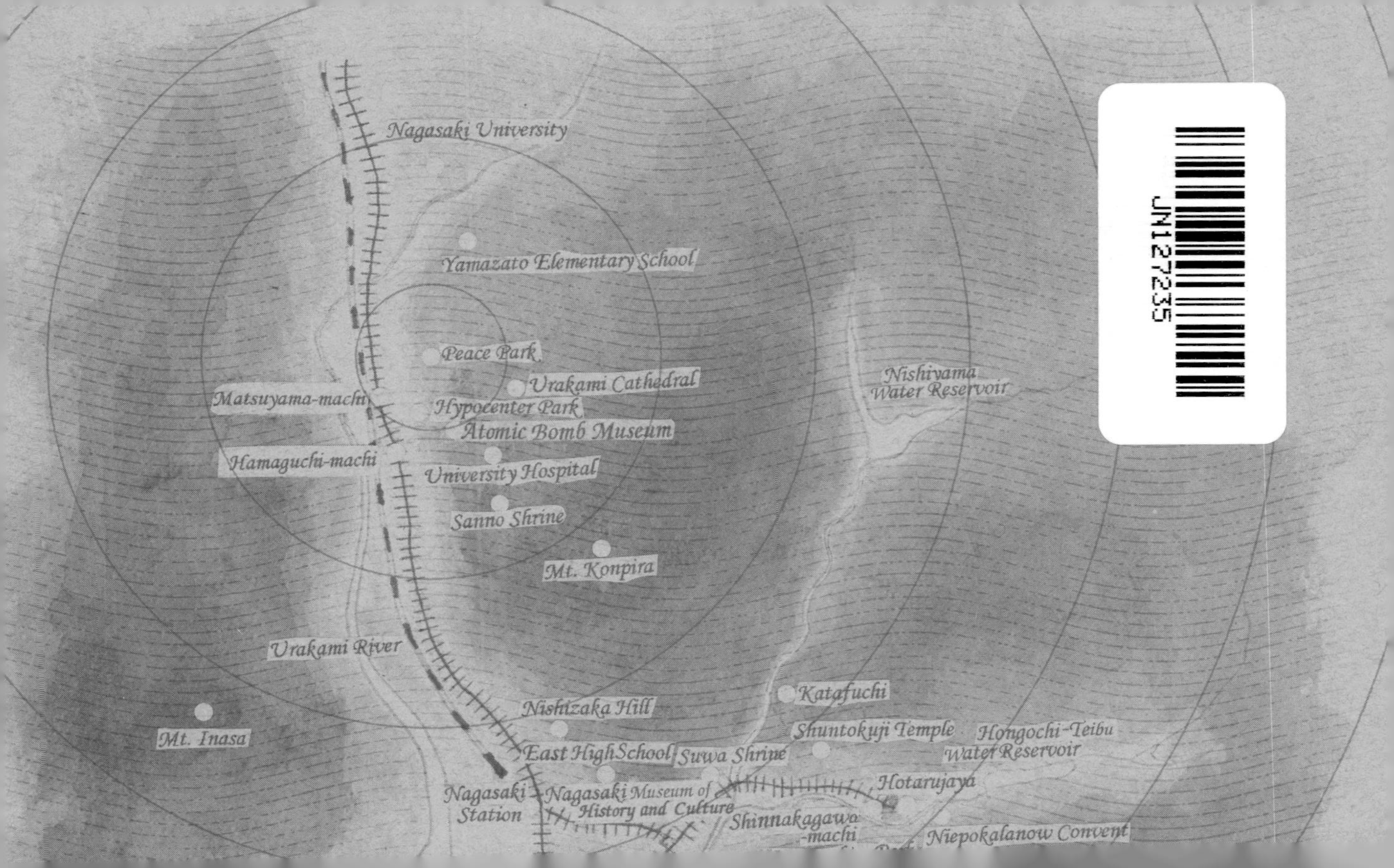
Nagasaki University
Yamazato Elementary School
Peace Park
Urakami Cathedral
Matsuyama-machi
Hypocenter Park
Atomic Bomb Museum
Hamaguchi-machi
University Hospital
Sanno Shrine
Mt. Konpira
Nishiyama Water Reservoir
Urakami River
Mt. Inasa
Katafuchi
Nishizaka Hill
Shuntokuji Temple
Hongochi-Teibu Water Reservoir
East HighSchool
Suwa Shrine
Hotarujaya
Nagasaki Station
Nagasaki Museum of History and Culture
Shinnakagawa-machi
Niepokalanow Convent
JN127235

原爆を見た少年 上

かつてあったことは、これからもあり
かつて起こったことは、これからも起こる。
太陽の下、新しいものは何ひとつない。
見よ、これこそ新しい、と言ってみても
それもまた、永遠の昔からあり
この時代の前にもあった。
昔のことに心を留めるものはない。
これから先にあることも
その後の世にはだれも心に留めはしまい。

コヘレトの言葉1：9－11　旧約聖書　新共同訳

装幀：Veia
装画：木村瞳子

原爆を見た少年

上

後藤勝彌

プロローグ　11

長崎から広島へ宛てた手紙［I］　2００X年9月某日

広島県福山市の脳卒中専門病院　その2日後

長崎・金比羅山麓の公園　同じく2日後

この物語の発端は、2００X年に長崎から届いた1通の手紙。受け取ったのは日夜、生と死のドラマがくりひろげられている広島県の脳卒中専門病院の柳原看護師長、差出人はヒカル。前年の秋に脳出血をおこして昏睡《こんすい》状態に陥り、この病院で血のかたまりをとり除く手術を受けた崩壊家庭の少年だった。

2００X年の前年の秋　29

ヒカル、死の淵からよみがえる

社会復帰にむけて

入院中に孤児となったヒカルは両親の死に大きな責任を感じており、心に深い傷を負っていた。老医師・火男から身心両面のケアを受けたヒカルは精神的に大きな成長を遂げて退院する。

2００X年1月　91

中国山地での火男との対決〜ヒカルの回想

切迫する世界情勢、放射線被曝の知識の乏しい医者

三原城での再会

広島から長崎へ

金比羅山上での入市式

火男の懸命の努力にもかかわらず、ヒカルは心をおおう厚い殻を破ることはできず、脳出血を引き起こした脳動静脈奇形の治療も受けずに病院を離れる。長崎生まれの火男には広島で働くようになって原爆にまつわる記憶がよみがえってきたが、若い医師の核をめぐる世界情勢に対する関心のなさに失望する。長崎へ引退を決めた火男と26聖人のひとりトマス小崎少年の銅像のまえで再会したヒカルは、ためらいもなく火男に同道する。

２００X年２月　177

史跡の上に積み重なる史跡
キリスト教との邂逅から禁教へ
原爆の痕跡を探して
水辺の森公園

長崎でふたりを迎えた深堀夫人は火男の昔の患者で殉教史の専門家。「殉教も原爆も知らないよ」とうそぶくヒカルだったが、「禁教、鎖国がなければナガサキ、ヒロシマもなかった」という夫人の一言で、長崎での1年間をキリシタン弾圧史と被爆の勉強からはじめる気になった。ヒカルは〝原子野を通ってこの世に入ってきた〟火男をガイドに原爆の痕跡を探して爆心地を歩きまわり、水辺の森公園ではこの町の二極構造について語りあった。

２００X年３月　271

パン屋の店主、脳卒中に
脳血管内治療
「どうして長崎に帰る気に？」

空腹に耐えかねたヒカルがパンを盗んだ。激怒して重症の脳卒中を起こしたパン屋の店主を火男は救急病院へ運び、脳血管内治療の超絶技巧をふるって命を救った。手術を終えて寛《くつろ》いだ火男は、社会の枠組みが崩れてきて荒《すさ》んだ医療の現場を離れて長崎へ帰ってきた本当の目的をあかした。

２００Ｘ年４月
唐八景公園のハタ揚げ　293
長崎港を見下ろす丘でおこなわれるハタ揚げ大会は、昔からの春と秋の市民の楽しみだ。火男と一緒に一日ハタ揚げを楽しんだヒカルは、ハタ揚げと脳血管内治療の類似点を強く感じた。それに誘発されて火男は特に困難なケースの治療中に経験した神秘体験について語った。
ハタ：長崎の凧《たこ》。洗練されたシンプルなデザインと、高い機動性が特徴。

２００Ｘ年５月
茂木の海に遊ぶ　311
ふたりは天草灘《あまくさなだ》に臨む初夏の海に浮かび、〈とき〉について思いをめぐらした。ヒカルは雲仙の山塊をいだいて横たわる島原半島を眺めて火山の脅威下で太古の昔からつづく人びとの営みを思い、南島原に４００年まえに巡察師ヴァリニャーノがもたらしたルネサンス人文主義への憧憬をかきたてられた。

２００Ｘ年６月
島原半島めぐり　319
ふたりは島原半島南端の港・口之津《くちのつ》を手始めに原城趾《はらじょうし》、日野江城跡、島原城を訪れ、キリシタンの栄光と受難を偲《しの》んだ。そして西洋文明の神髄を体得して帰ってきた遣欧少年使節を統一権力が抹殺したことが近代日本に与えた影響を考えた。また日本初のジオパークに指定された火山半島の道路沿いに次々に展開する土建行政の愚行に目を見張った。

長崎県
Nagasaki Prefecture MAP

長崎市
Nagasaki City MAP

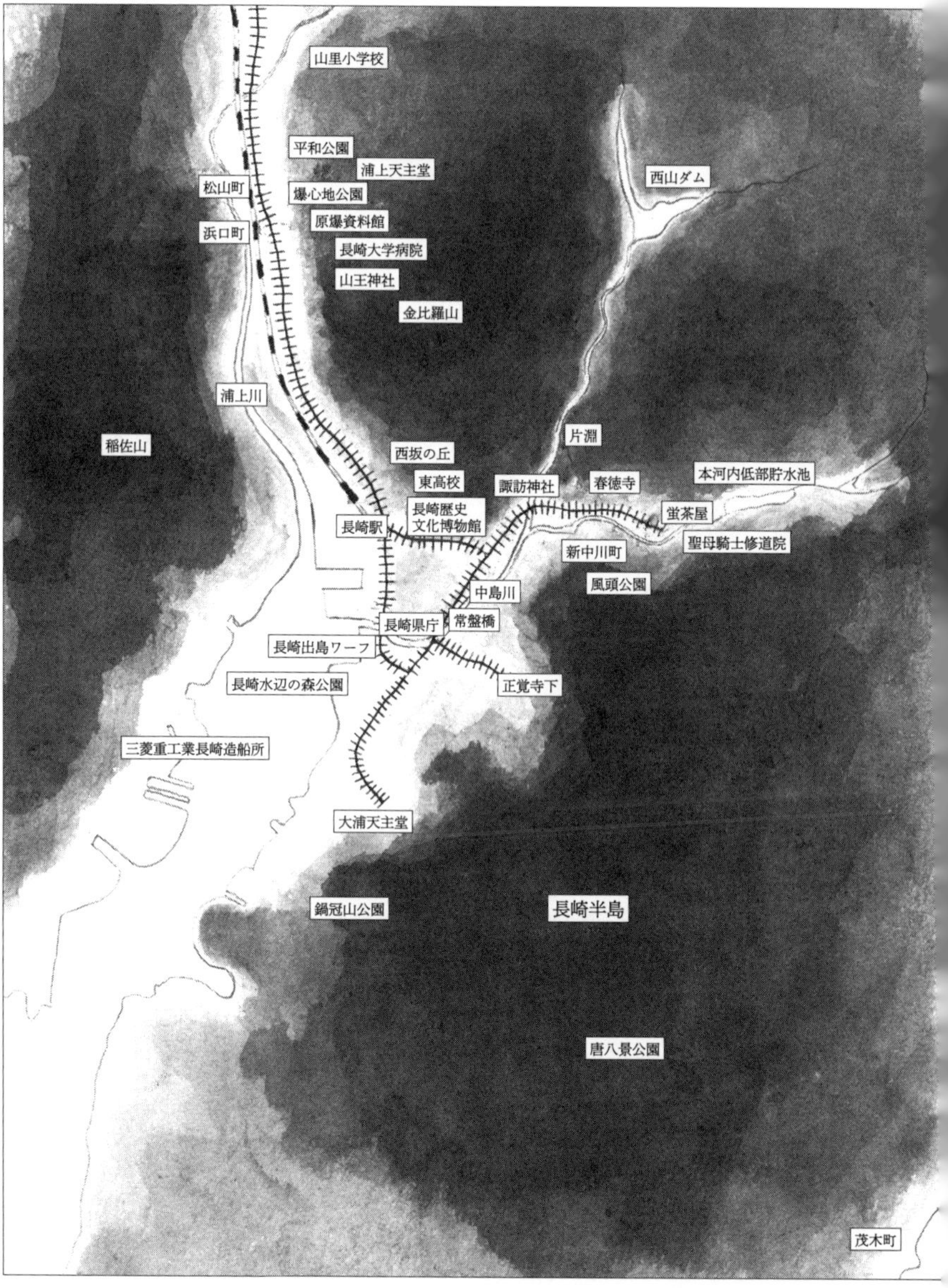

本書は長崎文献社により2011年に出版された『長崎飛翔』（上・下）の改訂版です。

プロローグ　prologue

長崎から広島へ宛てた手紙［I］　200X年9月某日

　夕立があがったあと北風が吹いて、9月にしてはめずらしく涼しい夜だった。夜もふけてから手紙を書きおえたヒカルが長崎市・金比羅山《こんぴらさん》の麓にある家を出ると、甘い香りが鼻腔《びこう》をくすぐる。むかいの公園の隅にジンジャーの群生があり、白い花が咲きはじめたところだった。母親の好んだ花だったなと思って近づくと、かすかな風が吹くたびに満月の光に照らされた剣のようなかたちの濃緑色の葉からキラキラ光りながら、つぎつぎとしずくがこぼれ落ちた。あたり一面に響きわたるすんだ鈴虫の声を聞きながら、公園を通りすぎて坂を下る。シャンシャン音をたてて流れる溝沿いの雨にぬれた裏道には、真夜中近くのいまは人通りも途絶えていた。

　ヒカルは電車通りまで下りていき、書きあげたばかりの手紙をタバコ屋の角にあるポストに投函《とうかん》すると、クルリと向きを変えてふたたび同じ道をたどる。ヒカルは首をグルグル回し、左手で右肩をもんだ。

　リズムをつけて上体を上下にゆすってゆっくり坂道を上りながら、その手紙を受けとるはずの広島県の福山にある脳卒中専門病院の看護師長・柳原《やなぎわら》のことを思う。「いまごろは、いつもの夕方からつづく急患ラッシュが一段落して一息ついているころだ。数日後のいまごろは、この手紙を読んでくれていることだろう」と考えていると、こけた青白いほおにかかる髪をかきあげながら、その看護師長が手紙を読んでいる姿に重なって、自分の母親のおもかげが眼《め》に浮かんでくる。そのとき悟った。あの手紙は看護師長に自分の成長ぶりをアピールするためのものであるだけでなく、もはや書くことのできない母親へのわび状でもあったのだ、と。

広島県福山市の脳卒中専門病院　その2日後

日が暮れてから、ほとんど同時にふたりの脳卒中患者が救急車で搬入されてきた。大型の脳卒中専門病院ではめずらしくないことだ。救急当番のふたりの若い医師が救急室の入り口で迎え、患者収容時から病院到着時までの状況報告を救急隊員から受ける。1台目の救急車で搬入された患者は宇田という85歳の女、2台目は90歳の木村という名の男だった。

このふたりの患者を、急患診察室のカーテンで仕切られただけの隣りあうベッドに迎え入れると、ふたりの医師は競いあうように手早く診察をすすめ、それぞれの院内携帯電話をとりだして、MRI室を呼んだ。口々に「脳卒中パッケージで頼みます」と検査をオーダーすると、ふたりは顔を見あわせてほほ笑んだ。年長の医師が「MRIが2台空いていてよかったな」と言った。

宇田はアパートに独り住まいということが分かった。事務職員があちこち電話をかけ、手をつくしてようやく連絡のとれたふたりの娘は、「さんざん勝手なことをして家を出た人。親とは思っていない。自分たちはかかわりたくない」と言って一方的に電話を切ってしまった。有効な治療ができる時間は限られている緊急事態だが、近親者の同意がなければ検査はできない。どうしたものかと担当した年下の医師が宇田の身を案じていると、「宇田さんのアパートの家主です。私がお話をうけたまわりましょう」と中年の男が名乗りでた。

救われた面持ちで、その医師は説明をはじめた。「重い脳梗塞《のうこうそく》の症状が出ていますが、それは脳の広い範囲を養う大きな動脈がつまったためと考えられます」そして、家主の顔に浮かんだショックにはおかまいなしに、これからおこなう検査と治療の同意を得るために必要な説明をつづけた。「それでMRIが必要なのです。この検査でまだ救える脳の範囲が広いと分かれば、つまった脳の動脈を再開通させて血の流れを回復させる治療をおこないます」

「そのう……、脳梗塞のいい薬ができたという記事が新聞に載っとるのを見たんじゃが、そいつを注射するんかのう?」家主が目をしばたきながら聞いた。

「血管につまった血のかたまりを溶かす薬、t－PAのことですね。宇田さんの場合は残念ながら、その治療をおこなうには時間がたちすぎています」

これを耳にすると、家主の顔にたちまち失望感が広がった。

「それでもMRI検査の結果しだいでは、脳血管内治療という新しい治療ができるかもしれません。幸い、うちには脳血管内治療の専門医がそろっています」とりなすように言って、その医師はかわりの治療法を提示した。「それは、脳の動脈に細いカテーテルをすすめて、つまった血の塊を取り除いて血の流れを回復させてやる治療法です。それに成功すれば、そうとうよくなる希望があります」

木村の家族への説明も、ほぼ同じころに終わった。

そのころには、2台のMRIから送られてきた脳の画像が、それぞれの患者の電子カルテの画面上につぎつぎと現れはじめた。息をつめて自分の患者の画像に見入っていたふたりの医師は、つぎに、互いに相手の患者の画像を見た。

年長の医師が聞いた。「どう思う?」

年下の医師が答えた。「ふたりともまだ梗塞になっていないグレー・ゾーンが広いので、血流を再開させてやると症候の改善が期待できます。だけど、ふたりともt－PA治療の適応とはなりません。宇田さんは発症から時間がたちすぎているし、木村さんは出血性の胃潰瘍《かいよう》をもっている疑いがあるので」

「そうだな」うなずいた年長の医師。「だが、ふたりとも脳血管内治療の適応にはなるだろう。どちらも超高齢者で動脈硬化がひどいだろうからカテーテル操作はむずかしく、リスクは高いがね……。やるなら一刻も早くやらなければならん。家族の同意が得られればすぐ治療を開始できるように、脳血管内治療医に連絡をいれておこう。同時にふたり治療できるように2チーム編成しなければならんな」

ふたりの若い医師は関係者に連絡をとりおえると、それぞれ宇田の家主と木村の家族を診察室へ招き入れて治療の説明をはじめた。

一区切りついて、話の要点をパソコンに打ちこみながら「何か質問はありませんか？」と年下の医師が尋ねると、宇田の家主は「とくにございません。よろしゅうお願いします」と答えて同意書の署名に応じた。

木村の家族への説明もほぼ終わりかけたとき、つめかけた大勢の家族の後ろのほうから「そいで、ようなるちゅーんか？」という声があがった。年下の医師はちらっと時計を見て声の主のほうへ向きなおった。体重が100キロを軽く超えていると思われる野球帽の男が、ガムをかみながら組んだ足をゆすっていた。さきほどは見なかった顔だった。

医師はもう一度MRIを示しながら答えた。「これは木村さんの脳の血液循環のようすを調べる検査です。これを見ると、グレー・ゾーンと呼ばれる血のめぐりの悪くなっている個所《かしょ》がずいぶん広いのが分かります。脳梗塞に陥りかかっていますが、すぐに積極的治療をおこなって血液循環を回復させてやれれば、救える領域という意味なのです。それで……」

話をさえぎって野球帽の男が聞いた。「なんかよう分からん！　積極的治療っていうと、新聞でピーティーエーとかいう特効薬の話を読んだんじゃけーど、そいつを使うんじゃろうね」

やれやれ、またか、と思いつつ、年長の医師は顔には出さないよう努めながら答えた。「t－PAのことですね。この薬はいい薬なんですが、使用にあたっていくつかの制約があります。まず、倒れてから時間がたちすぎていないか、他に病気がないかということです」緊急におこなった血液検査の結果に目を通しながらつづけた。「木村さんの場合は、すぐ病院に運ばれたので時間的なしばりはクリアしているんですが、2週間まえに吐血していますね。それに肝臓も相当悪いので、残念ながらこの薬は使えません」

「オヤジは酒飲みじゃけーな。そいじゃー、もうだめなんか？」

「この薬は使えませんが、脳血管内治療といって、カテーテルを使ってつまった血の塊を取り除いて血の流れを回復させる治療法があります。これは最近発達してきた治療法ですが、やってみる価値はあるでしょう。内科的治療にはほとんど期待できませんから」

一瞬、顔を見あわせた家族が、「そいじゃ、その脳血管内治療とやらをやってください」と口々にいうのを受けて、医師はその手技の概略を書いた文書を印刷し、それを読みあげて確認作業に移った。

「ただし、いくら注意してやってもこの治療の結果、さらに状態が悪くなったり、生命が危険にさらされたりする可能性はあります」という合併症の説明を聞いた彼らはたじろいで顔を見あわせ、なにごとか相談しはじめた。しだいに声が大きくなり、わめきあいになったとき、いきなり立ちあがったひとりの娘が「ばあちゃんの許可のいるけん」と叫んで携帯電話をもって待合室へ向かった。

じりじりしながら診察室で待つ医師の耳にも、携帯電話に向かって叫ぶ娘の声が聞こえてくる。およそ10分もたって戻ってきた娘の話を聞いた家族が、一同そろって「よろしくお願いします」と頭を下げて、先ほどの娘が治療同意書に署名した。

2チームの脳血管内治療医によって、隣りあった血管造影室で同時にふたりの脳血管内治療がはじまった。

1時間後に連絡を受けた柳原看護師長は、看護助手をつれて脳血管内治療室にふたりの患者を迎えに行った。脳血管内治療室の主任看護師は「1勝1敗でした」と言ったあと、術中の記録を見せながら治療の経過を伝えた。

集中治療室に収容されたふたりの患者の容体は対照的だった。つまった血管を開通させることができなかった宇田の右片麻痺《まひ》は改善していなかった。そのため、たえずうめき声をあげて左足をひっきりなしに曲げたり伸ばしたりし、左手で落ちつきなく寝巻きをまさぐっていた。対照的に再開通術に成功した木村の左の片麻痺は、ほとんどなくなっていた。しかも、なんとおだやかな表情で、問いかけにハキハキと答えていることか。

「木村さんは退院したら自立したもとの生活にもどれるかもしれない。90歳なのに！　それに反して宇田さんはお気の毒。もう家に帰れないわ」とつぶやく柳原看護師長。引きとってくれる慢性期病院を探す苦労を考えると、さらに気が重くなった。まずは絶縁状態にある娘を、なんとしてでも呼び出して入院治療費支払いの説得をしなければと覚悟を決めた。今夜は集中治療室の当直スタッフは宇田の看護に追われることになるだろうと思いながら、カンファレンス・ルームと表札のかかった奥の小部屋へ引きあげた。

お茶をいれて一息つくと、日中に事務職員が届けてくれていた手紙を手にとった。差出人はと見ると、住所はなく、ヒカルとだけ名前が書いてあった。しばらく記憶をまさぐっていた柳原看護師長、「もしかして、藤井《ふじい》くん？ たしか、今年の正月明けに退院した脳動静脈奇形の子。1月下旬からは再来にも姿をみせなくなったと聞いていたけど、どうしていたのかしら」とつぶやきながら開封するとカナクギ流の稚拙な文字が躍っていた。

「利き手を交換したのだから、しかたがないわね」思わず口に出た。

「利き手の交換？ 何ですか、それ？」この春学校を卒業したばかりの看護師が饅頭《まんじゅう》をほおばりながら聞いた。

「あなた、それも知らないの！ もう新人研修の時期は過ぎたでしょう」と口から出かかった小言をのみこみ、柳原看護師長は棘《とげ》をふくまぬように「脳出血を起こして、利き手だった右手が麻痺しちゃったから、リハビリで左手を鍛えて利き手にするということよ」と短く言ったあと、ソファの背もたれに身体《からだ》をあずけて手紙を読みはじめた。

柳原看護師長様
永らくご無沙汰いたしましたが、看護師長さんにはお変わりありませんか。長崎からお便りします。長崎？ なぜ、長崎から？ と思われるでしょう。まず、そのいきさつからお話ししなければなりませんね。

昨年の秋、脳出血を起こしてそちらの病院で命を助けていただきましたが、右の手足が麻痺してしまったのを覚えていらっしゃいますよね。リハビリに励んで退院したものの、入院時に両親ともに死んでしまって天涯の孤児となったぼくは精神的にまいってしまい、高校をドロップ・アウトしかけていました。そう、この冬のさなかのことです。

そんなある日、たまたま引退してひとりで故郷の長崎に帰ろうとする火男《ひおとこ》に、三原城跡の石垣のそばにある26聖人のひとり、トマス小崎《こざき》少年の銅像のまえで出会ったのです。ぼくの命の恩人、稀《まれ》にみる熱血漢の医師・湖西《こさい》先生を入院中にぼくが敬愛の念をこめて〈火男〉と呼ぶようになったのをご存じですよね。

その火男について海峡を越え、九州へ来て長崎の片隅に住みつきました。そしてこの町で全身を無数の小さな腫瘤《しゅりゅう》におおわれた深堀《ふかほり》夫人という、もうひとりのガイドと出会ったのです。昔、火男がこの老婦人の脊髄を圧迫していた大きな静脈瘤を治療したと聞きました。この老婦人について殉教史を学ぶのと並行して、原爆の痕跡を探索する日々をくり返して8ヵ月あまりが過ぎ、ぼくの心のなかですこしずつ何かが変わろうとしています。

そしていま、〈やれやれ、この夏もようやく乗りきった〉と一息ついているところです。こちらの夏は本当に長く、耐えがたい蒸し暑さが4ヵ月もつづくのです。9月になってようやく秋の気配がしはじめると、長崎の人びとは諏訪《すわ》神社《じんじゃ》の祭り〈おくんち〉の準備に一段と熱中します。夕暮れどきになると、あちらこちらから笛や太鼓の音が流れてきて、ようやく精気をとりもどしかけた身が浮きたちます。個性のない平凡な装いの町なのですが、市民の多くが四季折々の祭りにありったけの情熱をそそぎこんでいるのに出くわすことがしばしばあり、それだけでもここは独特な町だなと感じます。
諏訪神社のことをご存じですか？　戦国時代にキリスト教会の領地となった長崎では住民のほとんどがキリスト教徒となり、寺も神社も焼きはらわれました。その後、秀吉《ひでよし》の時代になってキリスト教が町ぐるみ激しい弾圧にあい、すべての教会が破壊されつくしたあと、１６２５年に佐賀の修験者の青木賢清《かたきよ》が諏訪、森崎《もりさき》、住吉《すみよし》の３社を円山《まるやま》に再興し長崎の産土神《うぶすながみ》としたのがはじまりと言われています。徳川《とくがわ》幕府は禁教政策の一環としてこれを庇護《ひご》し、17世紀の中葉には現在地・玉園山《たまそのやま》に朱印地を与え、鎮西《ちんぜい》無比と言われる壮麗な社殿をつくらせました。この近くで幼い日々をすごした火男には、本殿に上る石段は天までつづくほどの壮大なものに見えたそうです。
諏訪神社のおくんちをはじめとして、人びとがさまざまな祭りにあれだけ散財し、熱中するのはなぜか。キリシタンが弾圧されつくしたあと、徳川幕府あってこその長崎ということを受容したものの、彼らも霊魂の不滅を信じ続けずにはいられなかったのではないでしょうか。

冷めたお茶をすすってから、柳原看護師長はしみじみとつぶやいた。「あの子もずいぶん、おとなびた文章を書くようになったこと。そういえば湖西先生はあの子によく哲学や宗教の本を読ませたり、瞑想《めいそう》の訓練を施したりしていたわ」

祭りに熱中するのは、たんなる気晴らしにすぎない？　なるほど、そうかもしれません。でも、ひとの心は不思議なほど浅く、そして深いのだと思います。昔から数々の凄惨な体験をしたこの町の人びともきっと、その浅さで生きてゆけたのでしょう。

人間の気持ちはおかしなものですね。この町では、日々くり返されるささいな日常にふりまわされるいっぽうで、年中行事だけでなく、町のもの音、風の感触からでさえ、見ることのできる世界の背後に控えている〈おおいなる存在〉を感じることができるのですから。

というのも、病気になってから、それぞれの場所で自然がさまざまなメッセージを送っていることに気づくようになったからかもしれません。この季節、日が暮れてふと気づくと、あたり一面、響きわたるような鈴虫の合唱です。小さなからだを震わせて懸命に鳴いている虫の声を聞いていると、まるで「ぼくたちはここにいた！　ぼくたちのことを忘れないで！」と子どもたちが叫んでいるような気がします。そうなのです！　そのすんだ響きは、この地でキリシタン弾圧や原爆で命を奪われた何十万という子どもたちの声のように思われるのです。でも、子どもたちの死は死そのもの、この地をおおったむきだしの死がこの社会に残した傷の深さは計り知れません。

「日本の片隅のローカルな町の歴史なんて興味がない」「殉教も原爆も知らないよ」と言ってはばからなかったぼくですが、昔の長崎の人びとの生活を、彼らの生きた長崎の風土を知るにつれて、昔、この地の人びとにふりかかった惨劇が圧倒的な現実感をもって迫ってくるようになりました。

そしてある日、この町を襲ったふたつの大きな残虐と悲惨はぬきがたく結びついていたことに思いがいたったのです。

「禁教と鎖国がなければ、原爆の惨禍もなかったとでもいうつもり？　そんなこと、思ったこともなかったわ。あの子、長崎でいい勉強をしているみたいね」ほおにかかる髪の毛をかきあげながらつぶやいた。

そして、〈とき〉のとらえ方もちがってきました。過去も、未来さえもこの場で、たったいま起こっていることのように体験できる瞬間があるのです。べつの言い方をしましょう。〈長崎〉を体験してから、時間の観念が変わり、この世を見る目が決定的に変化したのです。ときは直線状に流れるものではなく、神秘から神秘への躍動だと悟ったのです。それで、世界とはおもしろいものだなと、はじめて思うようになりました。

「そうだったの。あの子は脳出血で脳ヘルニアを起こしかけたときに臨死体験をしたようなことを言ってたけど、今度は長崎で〈とき〉のなんたるかを悟ったとくり返さずにはおられない！よほど強烈な体験をしたのね」

それから、キリシタン弾圧、原爆開発と投下にいたる経緯、戦後世界の核支配の構図を学ぶにつれ、人間が人間を支配する世界の恐ろしさをあらためて実感しました。ことに野蛮で強欲な帝国主義の犠牲となって死んだ何千万の人びとは、現代の世界がいまだに偏見と差別意識にどっぷりとつかり、民族主義、国家主義にかられて争いをくり返し、核兵器を廃絶させることができないどころか、かえって拡散させていることをなんと思っているのでしょうか。

いや、彼らがかつて生き、希望をもち、愛した国が彼らのことを忘れてしまい、世界中の国々も狭い了見で敵対し、同じ間違いをくり返そうとしていることを、私たちは彼らにどのように釈明できるのでしょうか。

「おやおや、だんだんボルテージがあがってきた」ため息とともに吐きだして、しばらく宙を仰いでから「火男と呼ばれるほどの熱血漢の湖西先生と長崎で暮らして、だれかさんに似てきたんじゃないかしら、藤井くんは」とつぶやいて、ふたたび手紙に目を落とした。

もののはずみで、燃えつきかけた老医師についてきてしまい、世界の潮流からとり残されたようなこの町をうろつきまわる生活に後悔の念をおぼえることもありました。しかしいまは、素晴らしいガイド・火男と長崎へ来て本当によかったと思っています。「人生は短い。だから過ぎ去った過去についての後悔、まだ来ない未来にたいする恐れを閉め出し、いま、ここでやっていることに没頭することだ。そうすれば、〈いま〉は無限の広がりをもつようになる、というより、時間の束縛から逃れられるようになるんだ」という火男の言葉でふっきれたのです。火男はときに、このような逆説的な言い方をするのはご存じですよね。

長崎の狭い空間には、歴史がぎっしりとつまっています。この土地で、知識としてだけでなく、感覚的に世界をはじめて認識することができたような気がします。また、自分の行い、自分の想念が、知らないところで人びとにどんな影響を与えているか、それは人びとを喜ばせているか、苦しめているかを考えずにはいられなくなりました。

太平洋戦争末期に、アメリカでは戦後世界のイニシアティブをとることを最優先事項とした政権中枢にいた人々と原爆の殺傷力をみるための完璧な実験条件を広島・長崎で整えるべく周到な準備をした軍部と科学者が、そしてわが国では天皇を中心とした秩序を維持することを最優先事項とした人々とそれを取り巻く政治家や財界人らが、瀕死《ひんし》の日本の西の果てにある長崎に生きる女・子どもに流れていた時間を心の片隅にでも意識できていたなら、彼らがそのような考えを一瞬でももっていたなら……。

いや、教師や親たちもふくめて、もっと身近な人びとが一定の価値観に縛られず、自分の考え方・生き方を相対化できるような生活ができていたなら……。

夜もだいぶふけてきて、まとまりがつかなくなってきました。そろそろペンをおくことにします。

師長さん、働きすぎてからだを壊さないか心配です。Don't work too hard!

ヒカルより

追伸　過酷なキリシタン弾圧と原爆攻撃の悲惨を体験したことにくわえて、古くからアジア諸国と行き来し、鎖国時代もヨーロッパと接触できる唯一の窓口として近代精神を吸収してきた長崎は、世界中の核の脅威にあえぐ人びとと手を携えて平和をつくりだしてゆくための工房たるこのうえない条件を備えています。ここでもうすこし勉強し、いずれはそちらへ帰って人びとの福祉のために働きながら世界平和の実現にむけて尽力するつもりです。

ヒカルからの手紙を読みおえると、日々現れては去っていく数多くの患者の群れの彼方《かなた》へ消え去ろうとしていたヒカルと火男の姿がよみがえってきた。柳原看護師長は手紙を手にしたまま、いつのまにかソファにもたれて眠りに落ちていた。

長崎・金比羅山麓の公園　同じく2日後

長崎市の真ん中には、北のほうから金比羅山という標高300メートルあまりの山が張り出していた。長崎のどこにでも見られる風景だが、この山にもずっと上のほうまでびっしりと住宅が張りついていた。市電の終点・蛍茶屋のすこし手前で電車通りからそれ、商店街や学校のわきを抜けて金比羅山の麓を登り、いよいよ傾斜が急になったあたりの住宅地の一角に、小さな公園があった。

その公園は区画整理のさいにできた剰余地という感じの不整形の土地に、ブランコ、すべり台、砂場、ジャングルジムといったありきたりの遊具を備えつけただけのものだった。秘密めかしたところのまるでないこの公園は近所の子どもたちにも人気がないらしく、遊ぶ子どもの姿を見ることはめったになかった。その公園のむかいの斜面にヒカルと火男の住む小屋が建っていた。

昨日、一昨日とはうって変わり、日が落ちてもその夜は蒸し暑さが耐えがたかった。夕食もそこそこにふたりは家を出て、公園の横を流れる小川のほとりに涼を求めに行った。ベンチの上に身を横たえ、かすかな川風を懐にいれながら目を細めて火男が語った。「福山の夏も暑かったな。夜がふけても、そよとも風が吹かないことが多かった。いわゆる〈瀬戸の夕凪《ゆうなぎ》〉というやつ、あれにはまいったよ」

　またあの話がはじまった、ふたりのなれそめの話だ。これまでに何度聞かされたことだろうと思いながら、ヒカルは合いの手を入れた。「いったいなぜ、火男は冷房を入れなかったの？」毎回、それまで気がつかなかったことの発見や、なにかしら自分が記憶の底に押しこめていたことを呼び起こされることがあるので、いつも我慢して聞いてきたのだ。

「ワシは冷房が嫌いなんだよ。それに、これまで過ごしてきた大学、研究所、あちこちの病院で集めた研究資料でごったがえしているワシの研究室でエアコンでも回してみよ。ほこりが舞いたってたいへんなことになるだろうが」いつものように、火男が苦笑しながら答えた。「で、素《す》っ裸《ぱだか》になってウチワを使いながらパソコンに向かって論文の執筆を始める。推敲《すいこう》を重ねて真夜中になると、窓から流れこむかすかな風を感じるようになって一息ついたもんだ」

　火男はゆったりとした口調でつづけた。「そんなときはきまって長崎の夜を思い出したもんだ。長崎の夏の蒸し暑さは格別だろう。モンスーン地帯特有というのか、ジトーッとした暑さだ。ワシが育った家は住宅の密集した谷間にあったので風が通らず、ひどく蒸し暑かった。幼いワシが寝つけずにぐずっていると、いつも母親に叱りつけられたもんだ。〈そげんにヤレヤレ言わんで、じっと寝とかんね〉寝返りを打って、あっちにゴロゴロ、こっちにゴロゴロしていたワシを追いかけるように風を送ってくれていた母親の手からウチワがパタリと落ちる真夜中になって、どこからともなく一筋の絹糸のような風が巻きついてきて、ようやく寝入ったもんだ」

　いつのまにか、火男のしゃべりかたは、荘重なドラマの幕開けを告げるような口調になっていた。「ワシが勤めていた福山の病院におまえがかつぎこまれた1年まえの夜も、そんな蒸し暑い夜だったな。真夜中過ぎに疲れはてて家に帰ろうとしていたとき、おまえが救急車で搬入されてきたんだ」

そう、あわやというところでヒカルはこの世に呼びもどされたのだ。そして、ちょうど1年まえのあの事件によって火男との因縁ができ、あげくのはてに、引退して郷里へ帰ろうとする火男について九州の西の果てまでくるはめになってしまったのだった。

200X年の前年の秋

Previous Autumn

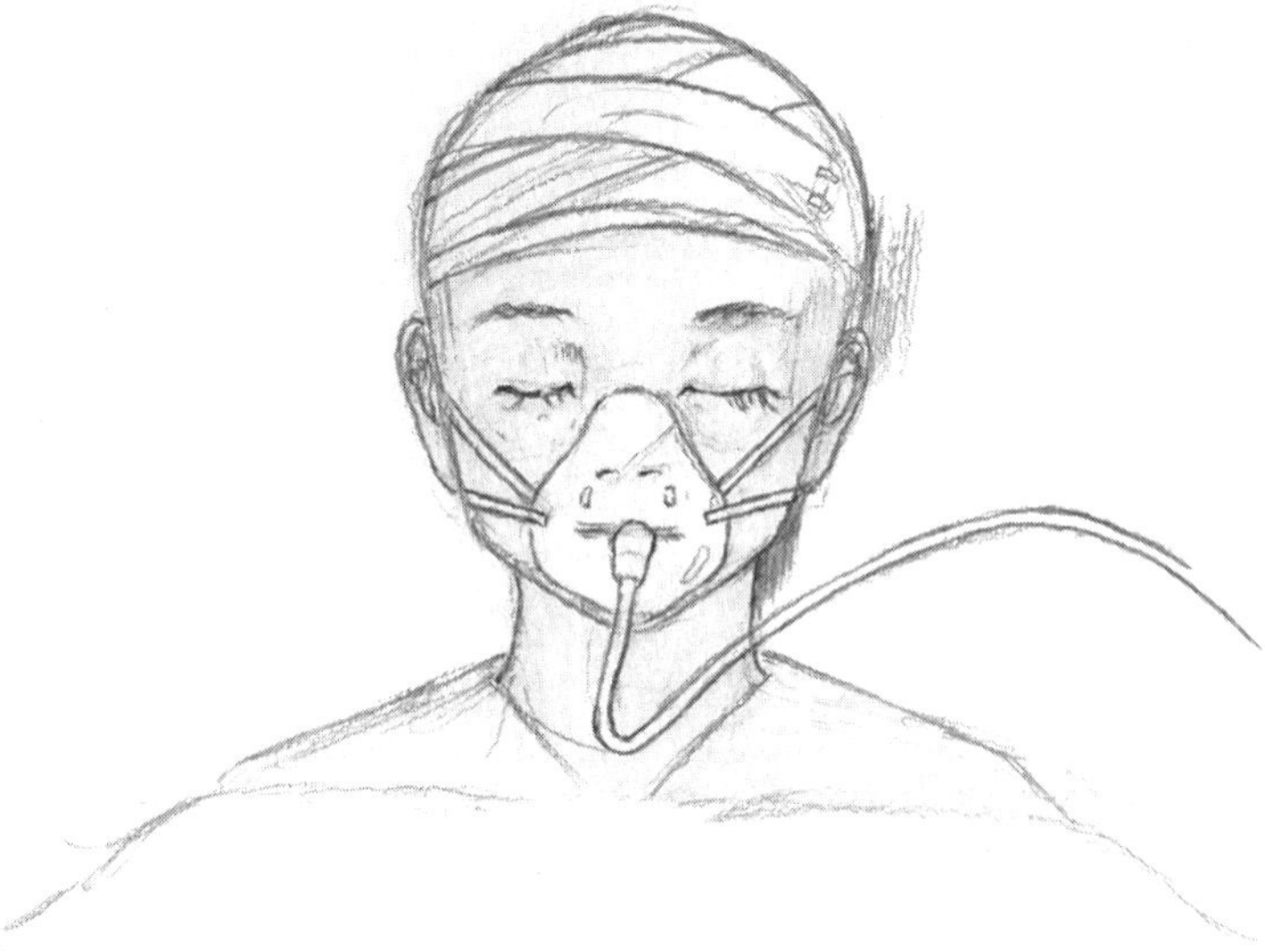

ヒカル、死の淵からよみがえる

広島県福山市にある病院の医局

帰りじたくをして医局に現れた初老の医師に、「あっ、湖西先生、まだいらしたんですか？いつまでも暑いですね」若い脳外科医の佐々木が声をかけた。

「今夜は凪《なぎ》が遅くまでつづいているな。ところで、めずらしく机についておるな、今夜は。……そういえば佐々木は来年早々、脳血管内治療専門医の試験を受けるんだったな」

「入院患者のケアも早く終わりましたし、今夜はめずらしく急患もありませんので」

「どれどれ、脳動静脈奇形の脳血管内治療の勉強か」火男は佐々木の読んでいた教科書をのぞきこんだ。「このもっとも治療のむずかしい病気の治療法の開発には、ワシも1980年代半ばから90年代には大いに情熱を燃やしたもんだ。当時は治療法も確立されておらず、開頭手術は悲惨な結果に終わることが少なくなかったからな」

「人口10万人あたり4、5例という稀《まれ》な疾患ですから、まえの病院にいるときはほとんど見たことがありませんでした。でも、この病院に移ってから毎週1例は見るようになったので、勉強になります」

「そうさね、ここは大型の脳卒中専門病院だからな。それに脳血管内治療グループの存在もすこしは世に知られるようになって、この病院の診療圏外からも患者さんが集まってくるようになったからな」

急に佐々木のほうへ向きなおった火男が言った。「ところで、学んだことをすこし披瀝《ひれき》してもらおうか。多少間違ったことを言っても、とがめはせんから。まず、治療の適応は？」

「そうですね。どんなケースを治療すべきかということに関してはなお、異論のあるところですが……」

「分かっておる。学会で一応のコンセンサスが得られている個所《かしょ》を簡潔にのべればいいんだよ」

「頭蓋《ずがい》内出血を生じたケース、ことに動脈瘤《りゅう》や静脈瘤をともなった動静脈奇形は出血のリスクが高いので、治療の適応になります。それと進行性の神経脱落症候と難治性のてんかんを呈する症例ですね」

「そうだな。では、病変のサイズと形状にもとづく治療法の選択と組みあわせは？」

「動静脈奇形の治療法としては3種類の方法があります。第1にカテーテルから合成樹脂を注入して病変部をつめる塞栓《そくせん》術、第2に高エネルギー放射線治療、そして第3に開頭して病変部を切除する方法です。小さいものなら、このいずれの方法でも完全治癒が期待できます。しかし中等大以上のものは、この3つのいずれかを組みあわせた併用療法をおこなうことが推奨されています」

模擬口頭試問の途中で、火男の院内携帯電話が鳴った。表示された名前を見て「研修医の加藤か」とつぶやくと、携帯電話を耳にあてた。

「昏睡《こんすい》状態の17歳の男が搬入されました。治療方針についてお尋ねしたいと思います。いま、どちらですか？」

「医局だ」とだけ答えてスイッチを切るやいなや、研修医の加藤が駆けこんできた。

「父親の話から突発性に意識障害が生じたと考えられます。当院に搬入時に右片麻痺《まひ》を認めましたのでただちにCTを撮り、大きな脳出血があることを確認しました」加藤はいっきにまくしたてた。

「これまでの当院の記録によれば……」加藤はテーブルの上のパソコンのキーボードをたたいて電子カルテを出し、「1年まえに、てんかん発作で当院に入院して検査をおこなった結果、脳動静脈奇形が発見されています。その存在部位が出血の位置と一致していますので、脳動静脈奇形の破裂と考えられます」と説明した。そして、たたみかけた。「すぐに外科手術が必要ではないでしょうか？」

「今回のCTと前回入院時のCTを見せなさい。それと血管撮影もな」

眼鏡《めがね》をはずし、目を細めてつぎつぎとモニター上に現れる画像を一瞥《いちべつ》した火男は「かわいそうに、あの子か！　ついに出血を起こしたな」とつぶやくと、佐々木に言った。「勉強したことがさっそく役に立つな。この患者の治療方針を聞かせてもらおうか」

佐々木は、キーボードとトラックボールを操作してCTの画像をせわしなくスクロールしながら「左大脳半球の頭頂葉を中心に生じた大きな脳出血によって、脳ヘルニアが起こりかけています。脳幹部が強く圧迫されていますから、救命のために緊急に血腫の除去が必要かと思います。この手術によって脳幹圧迫が解除されれば意識障害と片麻痺の回復も望めると思います」

「そのとおりだ。急いでやれ！」と言った火男が、佐々木に告げた。「おまえが、この患者の主治医だ」

「そのつもりです」と佐々木。

佐々木の目配せを受けて駆けだした研修医の加藤が叫んだ。「まずは脳外科の部長と手術場の主任看護師に連絡をとります」

診察室のドアを閉めて、「それからどうする?」佐々木に向きなおった火男が尋ねた。

「救命に成功して、脳のはれがひいてから、脳動静脈奇形の根本的な治療をおこないます。この少年の病巣は、動静脈奇形のなかでは大きいほうの部類に属します。ですから、外科手術はきわめて困難です。手術中に大出血が生じたり、脳がはれたりして収拾がつかなくなるおそれがありますので……。それに高エネルギー放射線治療も、病巣が大きすぎて適応にはならないと考えます。無理をすると、周辺の正常な脳の被曝《ひばく》線量が増えて放射線障害が出るおそれが強いし……」

「脳血管内治療はどうだ?」

待ってました、とばかりに佐々木が答えた。「脳血管内治療、つまりカテーテルから合成樹脂を注入して病変部をつめる塞栓術は、脳動静脈奇形の治療ではまず第1に考えるべき治療です。それをおこなってうまく病変部を縮ませることができれば、あとにつづく治療を安全におこなえますから」

「よかろう。このケースは脳血管内治療と高エネルギー放射線治療の併用療法を考えるべきだ」と言っていったん言葉を切った火男は、佐々木のほうに身を乗りだして追いうちをかけた。「ところで、脳動静脈奇形が破裂して出血を起こす確率は?」

佐々木は目を宙に浮かせて答えた。「えーっと、文献によれば毎年1~3パーセントの割合で出血するとされています。これは年々積み重なりますので10年間で10~30パーセント、20年間で20~60パーセントにも達します。そうそう、再破裂率は破裂後の1年間は6パーセントと高いんですが、そのあとはもとにもどります。なお、動静脈奇形が動脈瘤や静脈瘤をともなっていれば出血を起こす危険性ははるかに高くなることが知られています」

「そのとおりだ。この症例のことはよく覚えているよ。この少年の動静脈奇形には大きな静脈瘤が見つかったため、出血やてんかん発作を起こしたり、神経脱落症候を呈したりしやすいので、できるだけ早く根本的な治療を受けたほうがいいと両親に説明した。ワシらの治療成績はこの少年のサイズの動静脈奇形では100パーセント完全治癒、そして合併症の発生率は重いものから軽いものまでを合わせても6パーセントに留まるということも告げて、な」

関係部門への連絡をおえてもどってきた研修医の加藤が、1年まえのカルテを示しながら補足した。「結局、少年は根本的治療を受けることなく退院しています。その理由は、治療を受けると、ある程度の確率で障害が出る可能性のあることを両親が受容できなかったからです。両親の気持ちとしては、当時は麻痺や言語障害といった目に見える障害がなかったために、治療にともなうリスクを受け入れられなかったものと考えられます」

「根本的治療を受けずに退院した理由は、それだけではないのだ」よくある話だが、と火男はつけくわえた。「脳血管内治療だけでは完全に治すことはできないので、つづけて高エネルギー放射線治療をおこなう必要がある、と説明したさいに、〈放射線〉という言葉に拒絶反応を起こしたように思う」

火男が立ちあがりながら言った。「手術の準備がすすめられているあいだに、いま討論したことにもとづいて患者の家族に病状と治療方針を説明し、開頭手術の同意を得ること。ところで、この家族のキー・パーソンはだれだ?」

佐々木は加藤を押しやってコンピュータのまえに座り、カルテの家族欄の記載を見ながら答えた。「典型的な核家族で、母親はかなりひどい〈うつ状態〉のようですから、インフォームド・コンセントを得る対象は父親のみです」

「分かった。脳動静脈奇形のインフォームド・コンセントのひな型をワシが電子カルテに入力しておいたから、それをこの子用に修正しなさい。それを父親に見せながら、できるだけ丁寧に説明して同意を得るんだぞ。ただし、脳卒中治療は時間との闘いだということを忘れるな」と言って、火男は勢いよく佐々木の尻を叩くまねをした。

救急診察室での佐々木の説明が終わるころをみはからって、火男は少年の父親に面談するために待合室へ急いだ。緊急手術の場合でも主治医の説明を聞いたあとで、経験豊富な医師の意見を求めたがる家族が少なくないことを知っていたからだ。

名前をくり返し呼ばれた父親が顔を上げると、精気に満ちた初老の医師の顔があった。父親の目は、その特異な顔貌に吸いつけられた。左のひたいから目のあたりが木のコブのようにすこし盛りあがり、口は右に偏っていた。そのいびつな顔に眼鏡が危なっかしげに乗っていた。

「主治医の説明はよくお分かりになりましたか?」ふたりで連れだってもどって来た診察室に火男のくぐもった声が流れた。

「分かっております」視線の定まらない表情の父親が、深いため息をついて答えた。

それを心もとなく思った火男は、これからおこなおうとしている手技の要点をかいつまんでもう一度説明した。

じっと我慢して聞いているという感じの父親は、説明が終わるなり焦りをにじませて言った。

「すべて了承しました。よろしくお願いします」そして深く頭を下げた。

その暗い声の調子に、火男はうすら寒いものを感じながら診察室を出た。

待合室にて、父親の回想

手術が終わるのを待つために、少年の父親は救急待合室へもどった。そして、壁に絵の1枚もかかっていない殺風景な待合室で、硬い椅子の背にぐったりと寄りかかり、身じろぎもせずもの思いにふけった。

——ヒカルは小さいころから手のかからない素直な子だった。小学校に入ってからは、勉強を教えるとき以外は対等にすべきだと思って接した。飛びぬけて成績のいい息子は生きがいで、上級学校をめざして小学校高学年のころから塾にやった。

学歴がすべてのこの世、いい大学に入りさえすれば将来の心配はいらないと説きつづけ、勉強に専念できる環境を整えてやり、すこしでも快適な生活をさせてやれるようにと必死に働いた。人間としての徳目も懸命に働く親の背中をみて育てば、自然と身につくものと思っていた。

自分の店をもってはみたが、予想以上に商売は厳しく、妻には家計の苦しさをよくこぼされるようになった。しかし、ヒカルが県下でも有数の進学校に楽々と合格してくれたので、以前にもまして仕事にはハリが出てきた。

ところが、あいつが高校1年の秋にてんかん発作を起こすようになってから、すべてが変わってしまった。このときの入院をきっかけに、みるみる成績が下がって受験競争からも脱落してしまったのだ。息子からいらだちをぶつけられる妻にたいして、暴力をひたすら受容するようにと説得した。その結果がこれだ！　家庭をかえりみなかったオレが悪かったのだろうか。ともかく、自分の思慮の浅さが悔やまれる。

〈なんとか助かってほしい〉という身をこがすような思いのいっぽうで、このような事態に立ちいたった原因を探ろうとする無意識の衝動に駆られて、息子の成長過程をさかのぼり、誕生のときにいだいた希望、さらに結婚したときから自分のキャリアを築きはじめたころまで顧みた。ガランとした待合室で、父親のもの思いはつづいた。

――MRと呼ばれる医薬情報提供者として大病院を担当して業績をあげたものだ。国立大学の薬学部出身のオレは多くの医師の信頼を勝ち得て、医薬情報のエキスパートだという自負心に支えられて仕事に励んだ。ところが、MRの世界も半数ちかくを文系出身者が占めるようになって、コミュニケーション能力にすぐれた彼らに圧倒されるようになったと感じはじめた。

ふり返ってみると子どものころから、自然現象でもなんでも科学で解明できないことはないと教えられてきた。薬学部の学生のころには、人間の病気も生命現象も、〈生化学、生理学、薬理学で解明できる〉と考えていた。人間の意識も神経活動の表れだし、恋愛感情もホルモンの嵐みたいなものだと思っていた。

仕事に追われる日常で、専門領域に関係のない本を読むのは時間のむだと考えていた。とりわけ小説はフィクションだから読むに値しないと公言していた。しかし40代になってから、すこしずつ妻のすすめる小説を読むようになった。カバンに放りこんでいた森鷗外《もりおうがい》の小説『青年』の復刻版を出張帰りに新幹線のなかで読んでから、はじめて自分の人生を考えるようになった。この小説の主人公の、こんな独白に自分の姿が重なって見えたものだった。

一体日本人は生きるということを知っているだろうか。小学校の門を潜《くぐ》ってからというものは、一しょう懸命に此《この》学校時代を駈け抜けようとする。その先《さ》きには生活があると思うのである。学校というものを離れて職業にあり附《つ》くと、その職業を為し遂げてしまおうとする。その先きには生活があると思うのである。そしてその先には生活はないのである。現在は過去と未来の間に画した一線である。此線の上に生活がなくては、生活はどこにもないのである。そこで己《おれ》は何をしている。

この文には身につまされてしまった。会社の束縛を脱して自分の〈城〉をつくりたいと思いはじめたのもそのころからだった。合併をくり返す会社の将来に不安を感じていたこともあって、40代半ばで早期退職制に応じた。

給料をもらいながら喫茶店で1年間働き、コーヒー豆の仕入れから焙煎《ばいせん》、淹《い》れ方から接客マナーまで学んだ。営業成績に追いまくられる生活をやめて、とびきりのオーディオ装置を備えたコーヒー専門店を開き、好きなコーヒーを淹れながら客と音楽談義をする日を夢見て修業に励んだ。

それから退職金をはたいて飲み屋街の片隅に小さな店舗を借り、友人のインテリア・デザイナーの手を借りて音響効果と防音にはとくに念をいれて改装した。それまで使っていたオーディオ装置には、さらに400万円もつぎこんでグレード・アップした。

注文を受けるたびに水につけておいたネル・ドリッパーをとりだし、軽く絞って耐熱ガラスのポットにかける。挽《ひ》いたコーヒーをドリッパーに入れ、暴れないように息をつめて細く長い首のついたやかんから湯をすこしずつ滴下すると、粉は饅頭《まんじゅう》のように丸く盛りあがってくる。この瞬間に立ちのぼる芳香と豊かなチェロの音色が店内を満たす――そんなシーンを何度も思い描きながら開店準備にいそしんだ。

ところがあてがはずれた。開店して1年もすると近くに住む年金生活者のたまり場になってしまったのだ。彼らは毎日開店と同時にやってきては、カウンターに陣どってオレの仕事を飽きもせず眺め「名人芸だ」と口々にほめそやしたものだ。彼らはコーヒーをすすりながら他愛のない世間話を1時間ほどすると、ハンでついたようにカウンターの上に張ってあるクーポン券を1枚切り離して支払いをすませ腰をあげる。客の大部分を占めるそんな彼らを、しだいに疎ましく思うようになっていった。

そんな土地柄なのか、自慢のオーディオ装置にひかれて来店するような客は少なかった。いきおい、飲み屋帰りの夜の客は大事な収入源となっていたので、遅くまで店を開けていなければならなかった。

来る日も来る日も同じように過ぎていった。客を待っているあいだ、〈こんなはずじゃなかった〉と考えこむようになった。こんな不全感にくわえて、これからもずっとこうしてこの町で過ごさねばならないのかという閉塞感がつのってきた日に思わずつぶやいた。「このまま無に帰すのか、オレの人生はなんだったのか、オレが親から受け継いだものが何かあったか、オレはヒカルに伝える何かをもっているか」

夜中はとっくに過ぎており、ひとけのない待合室はひどく寒かった。

そのとき、父親はふと冷厳な事実に気がついて身ぶるいした。〈なにをいまさらこんなことを考えてるんだ。もう、事態はのっぴきならないところまできてしまっているのに……〉

ヒカル、集中治療室にもどる

つぎの日の朝、東の空が明るくなるころ、ストレッチャーに乗せられてヒカルは集中治療室へもどってきた。自分がどこにいるのか、何をしているのか分からず、泥水のなかでもがいているような気分だった。「のどが痛い、頭が痛い、なんとかしてほしい」と叫んだつもりだったが「ヒーヒー」と、か細い声しか出せなかった。夜通し働いていた若い看護師がこの声を聞きつけ、「なに、藤井君、どうしたの？　言ってごらん」とはずんだ声で答えてヒカルに近づいてきた。そしてヒカルの顔を見て喜びの声をあげた。「この子、覚醒してきた。間違いない！」

近寄ってきた脳外科医の佐々木も「いいぞ、意識障害が急速に改善してきている。いい兆候だ」と言った。そしてヒカルに向かって、「喉が痛いのは麻酔の管を入れていたせいだ。2、3日もすれば、ふつうにしゃべれるようになるからな」と大きな声で言った。

「そんなに怒鳴らなくても、分かってますよ」とヒカルは言いたかったが、それを口にするのも大儀だったので黙って顔をしかめた。

それにはかまわず佐々木は、「右手を握りしめて！　右ひざを立てて！」とつぎつぎと命令を出した。

ふくれ面のヒカルはしかたなく命令に従おうとしたが、歯がゆいほどゆっくりとしか反応できなかった。右の手足が自分のからだとは思えないほど重く、鈍く感じられたのだ。

それでも佐々木は「よしよし、このくらい片麻痺の回復が早ければ望みがあるぞ」とつぶやいた。そして満面の笑みを浮かべて「元気を出せ。歩いて帰れるようになるからな」とヒカルに告げると、「父親を呼んで面会させなさい」と看護師に指示した。

ヒカルはふたたびうとうとしはじめた。

待合室にひとり、ポツンと座っていた父親は「手術は無事に終わりましたよ」と看護師に声をかけられて、長い時間がたっていたことに気づいた。

集中治療室に入るためにガウンと帽子を身につけて手を消毒しているとき、父親はためらいを感じた。〈いつものようにひと暴れしてから睡眠薬を飲んで寝入った息子に、オレはあのとき、何をしようとしていたのか〉という思いが心をよぎったからだった。

看護師に促されてヒカルのベッドのほうに足を運ぶと、汗で濡《ぬ》れた術衣を着たままの佐々木に迎えられた。若い脳外科医は手術の経過を簡潔に説明してから、今後の見通しをのべた。「意識のレベルは徐々にあがってくるでしょう、片麻痺もある程度までは回復してくる望みがあります」

父親はほとんど表情を変えず、うなずいただけだった。

佐々木はフッと短い息をつくと、言うべきことは言っておかなければと気をとりなおして、「言語障害、知的な機能の低下についてはまだ評価できません」とつけくわえた。そして「きょうの手術では、命を救うための応急措置として血腫を取り除いただけです。それで、ふたたび出血することを防ぐために2週間ほどたって脳の状態が落ちついてから脳動静脈奇形の根本的治療を行わねばなりません。このことは前にもお聞きになったことでしょう。……覚えてらっしゃいますね」と念を押した。

「分かってます。……ありがとうございました」父親の低い声が返ってきたが、後半は口のなかで消えていた。父親は気力を奮いたたせ、ヒカルのほうに向かった。ベッドに背中を丸めて横たわっているヒカルは驚くほど小さかった。しかも瞼《まぶた》がはれて目はほとんどふさがっていたため、すぐにはそれが自分の息子だとは分からなかった。それに右の手足は麻痺しているように見えた。

ヒカルは「のどが痛い」と左手をのどにあてがって言ったかと思うと、しばらくまどろんでから「頭も痛い！」と叫んで目を開けた。

「どうだ？」父親がベッドの柵から身を乗りだして声をかけると、ヒカルは焦点の合わない目付きでしばらく父親の顔を眺めていたが、だれだか分かると怒りの色を浮かべ、プイと壁のほうを向いてしまった。父親がベッドのそばの椅子に1時間あまりも黙って座っているあいだ、ヒカルは泣いたりまどろんだりしていた。

ため息をついてノロノロと立ちあがった父親は「着替えをとりにうちに帰ってくるから」と声をかけて、病室をあとにした。

JR駅でのできごと

バスを降りJRの駅へむかって歩きながら、父親の考えは〈たとえ手足のマヒが回復しても、知能障害が残ってヒカルは自活できないだろう〉〈オレひとりで、このさきどうやってあの子の面倒をみればいいのか〉といったふたつの心配ごとのあいだを堂々めぐりしていた。駅のホームに上がってベンチに座りこむと、今度は〈妻はオレが手にかけてしまった。とりかえしのつかないことをしてしまった〉という悔恨が他の考えを押しやってしまった。ふと目をあげると、駅を通過しようと貨物列車が轟音《ごうおん》をたてて近づいてきた。父親ははじかれたように身を起こし、その列車のまえにふわりと身を投げた。

ちょうどそのとき、むかい側のホームに立っていた火男がその光景を目撃した。火男の職務のひとつに、病診連携という一種の営業活動があったので、その日は朝から地域連携室の職員とローカル線に乗り、近郊の3つの病院を訪問することになっていたのだ。むかいのホームのベンチに悄然《しょうぜん》と座っている男を見て、ヒカルの父親ではないかとつれの職員とささやきあった直後にその男がとった衝動的な行動に、ホームにいた皆が悲鳴をあげた。急ブレーキをかけられた貨物列車は、重く激しいきしみ音をたてて駅の数百メートルさきで止まった。遺体は駅員の手によって、たちまち目隠しの幕で囲われた。

ホームから飛び降り、道床の砂利をけたてて囲いに走り寄った火男が医師だと名乗ると、安堵《あんど》の表情を浮かべた駅員はその中に火男を迎え入れた。あたり一面に飛び散った血しぶきの中に、胴体がふたつに轢断された遺体が転がっていた。顔や手足は初秋の日ざしを浴びて白々と光っていた。道床の砂利と路盤の上には血まみれになった大量の脳が飛び散っていたが、顔面はほとんど無傷だった。それでヒカルの父親だと認識した火男は「ああ、やっぱり」とつぶやいた。ちょっとかがんで手をあわせた火男は駅員から受けとったプラスチックの手袋を素早くはめると、血だらけのからだに触れて生命の徴候がすでに失われていることを確認した。身を起こした火男が首を横にふると同時に、さまざまな方向から遺体の写真が撮られはじめた。

それを横目に見て血と粘液の臭いのたちこめる現場を離れようとしたとき、突然激しいつむじ風が起こり、プラットホームにある標識やプラスチックの椅子がガタガタと音をたてはじめた。いきなり砂ぼこりが目に入り、火男は鋭い痛みをおぼえた。そのとき、涙でぼやける目で見たように思った。足元に散らばった遺体から果てしなく伸びているレールのさきに、昔さまよった長崎の原子野の光景を……。

「大丈夫ですか」と駅員に声をかけられて、火男は突風がもたらしたざわめきが消え去ったあとも、しばらく放心状態にあったことに気づいた。火男は駅員の手をふりはらい、プラットホームに上りながら、たったいま見たふたつの光景の結びつきをしきりに考えていた。

臨死体験

——窓から外を見ることもできない集中治療室の人工的な環境のなかで、ぼくは点滴のラインやモニター機器のリード線につながれていた。何時間もたったように思えたのに、壁の時計を見ると実際には数分しか過ぎていなかった。この状態を何度も経験しているうちに、時間の感覚がうせた。そして、救急処置室に運びこまれてからの一部始終が見えてきた。

救急処置室のベッドのシーツがぼくを乗せたままめくれて浮きあがり、天井を抜けて青空へ舞いあがっていった。シーツが風に吹きはらわれて飛んでいってしまうと、宙に浮いたぼくの目に、いろんなチューブやリード線につながれ、鼻には酸素マスクをかぶせられてベッドに横たわっている自分の姿が見えてきた。まわりで忙しく働いている病院の職員も、うちしおれて部屋の片隅にたたずんでいる父親も見えた。でも、だれひとり、上から見下ろしているぼくに気づかないので、自分の魂は肉体を離れかけているのだと理解した。

と、看護師が鋭い叫びをあげ、若い医師がレントゲン・フイルムを放りだしてぼくのそばに駆けよった。それを合図に救急処置室の職員の動きがあわただしくなり、「すぐに減圧開頭術をしなければ！　手術室に搬入しろ」という声がとんだ。

そのとき、上空からまぶしく輝くものが現れて、ゆっくりぼくに近づいてきた。すると音も風もやみ、あたたかな光に包まれると、身のまわりで起こったさまざまなできごとが、まるで映画のフイルムを逆に回すように猛烈な勢いで通りすぎはじめた。父親が駅を通過する貨物列車に身を投げてふたつに轢断されたシーン、母親が父親に絞殺されたシーンが閃光《せんこう》のように現れたかと思うと、つぎの瞬間には竜巻が通りすぎたあとのような自宅で荒れ狂うぼくの姿がはっきりと見えた。

そのつぎの瞬間には、テニスコートにころがって痙攣《けいれん》しているぼくの姿が現れた。〈そう、このエピソードからすべてが狂ってきたのだ〉と思いながら、ぼくはそのシーンにしばしみとれた。あれは高校1年生の秋、テニスの部活のさなかのことだった。その日はなぜか右腕が重く感じられ、サーブをしようとしてもフォールトばかりだった。それで何度もトスをやりなおすぼくに、レシーバーの子がいらだって罵声を浴びせた。

突然、地面に身を投げだしたぼくは、激しく痙攣しはじめた。たちまち数人のテニス部員が駆けよってきたが、だれもが怯《おび》えたような表情で遠巻きにして眺めているだけだった。ひとしきり激しく四肢を痙攣させると、首を振り白目をむいてからだを弓なりにそらし、大きないびきをかいてぼくは静かになった。「オーマイ・ガーッ。あっちの世界にいっちゃった」部員のひとりがちゃかしたのを機に、数人がひきつった笑いをもらし、群れは散っていった。

そうだ、あのときの入院をきっかけに、みるみる成績が下がって受験戦争の戦場から離脱したんだ。そして〈これから先、ぼくはどうなるんだろう。そのあたりにあふれている愚かで醜いおとなたちのような、つまらない生活を送ることになるのか〉そう思うと、いてもたってもいられない気持ちになった。

自転車に乗り、色のない映画を観《み》ているような感じの町をあてどなく走りまわる日々が続いた。それにも飽きたころ、オヤジに「ぶらぶらしとるくらいなら、公園にごみ掃除にでも行け」と言われたのを思い出して公園に行った。たまたまひとりでビールを飲んでいたホームレスを見かけたので、いんねんをつけて思いきりぶん殴った。抵抗もせず弱々しい悲鳴をあげて逃げまどう姿のみっともなさに、何かをつなぎとめていた糸が切れたような気がした。ホームレスを公園の隅に追いつめて「おい、何のために生きとるんか！」と怒鳴っては殴り、「ゆうてみんか、おい！」とけしかけては、必死の形相で向かってくる男を突き飛ばした。しまいには引きずりまわし、動かなくなるまで蹴りあげた。

このときから母親にいらだちをぶつけるようになった。帰りが遅いことをとがめられたのに反発してオカアを殴りつけた。ところが、なんら抵抗しなかったので張りあいがなく、しだいにエスカレートするようになった。しまいには、倒れて苦痛にのたうちまわるオカアを死んでもいいと思って蹴りつづけた。それから、いらだちがつのるたびに、いつも「なんでオレを産みやがった、おい、なんでオレを産みやがったんだ！」と念仏のようにくり返しながら攻撃するようになった。

荒れはてた家のなかで向きあって悄然と座る両親。自室にこもって声を押し殺して泣くぼく。こうした光景を見ているうちに、申し訳ないという思いと共に母親がかぎりなく懐かしく、いとおしく思えてきた。そのとき、光り輝くもの、〈光の存在〉としか呼びようのないものが言った。「嘆くでない！　失うことによって、また失敗することによって、おまえは成長を遂げる。

もしこのような試練が与えられなかったならば、おまえも安逸な生活にふけるおとなたちのひとりになっただろう。地上にもどって知恵を獲得し、本当にひとを愛することができるようになりなさい」それを聞いたというより、ぼくはそういったメッセージを直感で受け止めたというべきだろう。

集中治療室で夜通し働いていた若い看護師が、手術室からもどってきたばかりのぼくが意識を回復したことに気づいて喜びの声をあげたのは、このときだった。

ヒカルの回想

――ぼくの片麻痺の回復はめざましく、数日後には点滴スタンドにすがって片足を引きずりながらトイレに行き、さらに集中治療室のナース・ステーションにまで行けるようになった。

ある日、ぼくは、そこでキーボードをたたいて電子カルテに記録している初老の医師に目がくぎづけになった。半身不随になって意気消沈しているぼくとくらべて、この特異な風貌の男からほとばしりでる精気はどうだ！　風貌のことなど気にもとめない、という態度で若い医師たちの相談にのり、ときに叱りつけ、看護師につぎつぎと指示を出しながらハツラツと働いているではないか。〈てんかん発作〉という診断をはじめてくだされたときもそうだったが、今回の脳出血の原因となった病気〈〇〇奇形〉という言葉にはいっそう忌まわしいものを感じて先行きの不安にかられ、ぼくはうちのめされたような気分になっていたのだ。

ぼくが老医師にみとれていると、伯母が警察官といっしょにやってきて、その老医師と話しはじめた。気づかれないように自分のベッドへもどり、ふとんをかぶって寝たふりをしていると、

「ヒカル、起きんさい。話がある」と低いざらついた声がしてふとんを引きはがされた。顔をしかめて見あげると、伯母が眉間にしわを寄せて立っていた。

看護師に案内されて集中治療室の片隅にあるカウンセリング・ルームと表札のかかった小部屋へ行き、ぼくは年配の警察官の事情聴取を受けた。そこではじめてオカアがオヤジに絞殺されたことを知らされた。「ああ、やっぱり」と思わずもらしたが、だれにも聞きとがめられることはなかった。

ぼくが事件を知りうる状況になかったことを確認した警察官は、30分ほどで帰っていった。伯母は「ふたりだけにしてください」と言って看護師を追いはらった。しばらくぼくの顔をにらみつけていた伯母は急に顔を近づけて、オヤジも命を絶ってしまったことを、怒りをこめて手短に語った。そして「ひどいウツになったあんたの母親を楽にしてやって、弟は自分なりのやり方で身の始末をつけたんよ。全部、あんたのせいじゃけーね！　これからひとりで苦労ばあ、するがええわ」と罵ると、後ろをふり返らずに部屋を出ていった。

このことがあってから、ぼくは目を閉じて終日ベッドに丸まっているようになった。歯石に縁どられた伯母の前歯が、真っ赤な唇からむきだしになって呪いの言葉をはきだすシーンがくり返し脳裏に浮かんできて、身をさいなまれつづけていたのだ。

――ある日、火男が若い医師と看護師に訓令をたれている声が聞こえた。「このような患者と立場を替えてみなさい。自分があの少年の立場だったら、訴えたいことは何だろうか？　ただただ忙しく働いているわれわれに伝えたい心からの願いは何なのか考えなさい」と。

「訴えたいことは何だろうか？　心からの願いは何なのか？」火男のこの言葉が、ぼくの心にいつまでもこだましつづけた。

心肺停止

――消灯時間が早いので、いつものことながら、ぼくはその日も夜中に目が覚めた。隣のベッドの患者がじっとぼくをみつめているのに気づき、居心地の悪さに向きを変えて粘りつくようなその視線から逃れた。その夜はとくに、火男の「訴えたいことは何だろうか？　心からの願いは何なのか？」という言葉がくり返しぼくの頭のなかで響いて寝つけなかったのだ。30分ほどたったころ、そっと様子をうかがうと、彼はまだぼくのほうをみつめていた。

手術後の患者、重症の患者がずらりと並んで寝ている集中治療室のなかで、ぼくの隣に寝ていたのは、1週間まえに肺炎で入院し、その日のうちに気管切開がおこなわれ、人工呼吸器につながれた初老の男だった。高名な脳外科の医師だと聞いて興味をもったぼくは、その患者の状態が落ちついたころ、「将来自分も医者になるつもりだ」と試しに言ってみたところ、彼は驚くほどの親しみをこめてサインいりの自叙伝風の著書をプレゼントしてくれた。

本は脳外科医としてキャリアの頂点にあったころから書き起こしてあり、発病にいたる過程から、筋萎縮性側索硬化症という神経難病になったものとして、この国の医療をどう感じたかが切々とつづられ、最後は医療改革への提言でしめくくられていた。

ぼくがもっとも強い印象を受けたのは、こんな文章だった。

退職したら旅行して、おいしいものを食べてと思っていたら、魚の身をむしるのが大儀になってきた。やがて本棚から厚い本がおろせなくなり手術もできなくなった。腕はやせ細ってしまったが、その重みで肩が亜脱臼《あだっきゅう》状態になって、痛みで眠れなくなった。神経内科の病棟にこの病気の患者がいつも何人かは入院しているのを知ってはいたが、こんなにつらい病気がこの世にあるとは思わなかった。

ぼくがオヤオヤと思ったのは、〈やっと患者の心境が分かるようになり、それと同時に自分を含めた医療従事者の傲慢さに気づいた〉と書いているにもかかわらず、いつも不機嫌で、毎日面会に来る妻に八つ当たりしては泣かせていたことだった。表情やしぐさのはしばしに自分の身ひとつ思うように動かせない無念さがにじんでいた。

さらに30分たったころ、もう眠っただろうと首を回すと、大きく見開かれた目にからめとられてしまった。〈彼は慈悲を求めているのではないか。心からの願いに応えなければ！〉と思うと、じっとしていられなくなった。

意を決したぼくは、見まわりにきた看護師が立ち去ると、点滴スタンドにすがって立ちあがり、隣のベッドに近づいた。老医師の感謝のまなざしに迎えられて、ぼくの迷いはふっきれた。人工呼吸器のメイン・スイッチを探しあててぼくがうなずくと、老医師がうなずき返した。ぼくはスイッチを切った。たちまち呼吸が止まり、老医師の目が恐怖に見開かれた。モニター上の心電図が平坦《へいたん》になるのを見て、ぼくは宣言した。「し、心肺停止」と、うわずった声で。

火男がおそろしい勢いで集中治療室に飛びこんできた。つづいて佐々木と数人の看護師が入ってきて手なれた手つきで処置をおこない、たちまち蘇生《そせい》に成功した。深夜の緊急脳血管内治療が終わって術後の指示を出すため集中治療室に上がってきた火男と、たまたま近くで重症患者の処置をしていた佐々木がすぐに異変に気づいたのだった。

「かっ、かっ、神がこの男を見離したとしか思えない。だから、だから、ぼくがこの男の訴えたいことをくんでやって……」茫然《ぼうぜん》と立ちすくみ、震えながらくり返すヒカル。

「この子は自分のやったことの意味が分かっていないんだ」と看護師たちにそう説明して、火男がヒカルをベッドに連れもどした。「脳のはれを退《ひ》かせるために、この子に投与していた副腎皮質ホルモンによる精神症状だろう。それで衝動的な行動が抑えられなくなったんだ。すっかり活気のない状態が術後続いていたので、まさかこんな行動に出るとは思いもしなかった」と鎮静剤を注射しながら、火男はなかば自分に言い聞かせるようにつぶやいた。

夜が明けるとただちに、火男は医療安全管理委員会のメンバーを招集して緊急医療安全対策委員会をひらいた。出席者には1枚の紙が配られ、各人が見たことを時系列的に記入するよう求められた。それを集めて、矛盾点や細かな記憶の誤りを正しながら、ことの経緯がまとめられた。

ヒカルの動機もふくめて、明らかにならなかった点は調査中としてリスク・マネジャーが報告書を作成した。報告書は集中治療室に入室中の精神症候を呈する患者の暴発行動を防止するための方策で結ばれていた。報告書にさっと目を通した老脳外科医の妻は「あの子なりの同情心に発したことでしょう。穏便にすませてやってください」と静かに言って頭を下げ、背中を丸めて夫のそばへもどっていった。

他の患者へ危害がおよぶことを防ぐために、ヒカルはその日のうちに集中治療室から出され、一般病棟のナース・ステーションの片隅にある観察室に寝かせられた。そこで病棟スタッフ・ミーティングが開かれた。患者の配置図をもとに、ルーム・メイトの組みあわせを考慮してヒカルが落ちついてから移される大部屋が決められ、見まわり体制の見直しなどが型どおり討議された。

ミーティングが終わると、火男は病棟を出て医局へ向かう階段を下りながら佐々木に語りかけた。「あの少年にはきわめて直情径行的な面が目立つようになってきたな」しかし、佐々木はあいまいにうなずくのみだったので、「何か考えたらすぐ口に出し、行動に移す傾向があらわになっている。しっかり診《み》てやれよ」と言いなおした。

「これは一過性のものでしょうか？」不安の色をにじませて、佐々木が聞く。

「そうだろう、いつまでもつづくとは思えない。薬剤の影響と集中治療室という人工的な環境がそうさせたのだろう。それと、おまえも知ってのとおり、あの子はあの齢《よわい》で次々と大変な体験をした。頭のいい子だが、ひとつの体験が、その人間のなかで熟し、何かをかたちづくるまでには長い時間がいるんだよ。しかも、それには年長者の介入が必要だ」火男のくぐもった声がいつもより大きく階段室にこだました。

数日後、大部屋に移されてからも、ヒカルはだれとも交わろうとしなかった。ぐったりと横むきになって一日中テレビに目をやっているヒカルを見て、火男は「やれやれ、まるで岸に打ち上げられた魚のようだ」とつぶやくと声をかけた。

だが、ヒカルは返事をしなかった。と、いきなり毛布をかぶって壁のほうを向き「産んでくれなければよかったんだ」とポツリ。あとは何を話しかけられても、答えなかった。

「無であるより、創造されたほうがいいに決まっている。さて、どうやってそれを分からせるか……」火男はしばらくとほうに暮れたようすでたたずんでいたが、「テレビはワシがあずかるぞ」とヒカルに声をかけて大部屋を出た。

リハビリがすんで車椅子に乗せられたヒカルが部屋へもどると、枕元からテレビが消えていた。それから連日、病院のスタッフが、いろいろな花を枕元の花ビンに生けた。〈頼みもしないのに〉と思ったが、起きあがる気力も体力もなくしたヒカルは終日、枕元に生けられた花をみて過ごすようになった。たまたま部屋に入ってきた看護助手に花の出所を聞くと、「花なら、病院の中庭にいくらでも咲いてるわよ」という答えが返ってきた。

ある朝、リハビリから帰ると、ランに似たかたちの白い花に、大きな笹《ささ》のような濃い緑の葉をつけた植物が一抱えも生けてあった。ヒカルはもしやと思い、急いで車椅子をあやつって近づいた。思ったとおり、ジンジャーではないか！　そのすんだ甘い香りが鼻腔《びこう》をとらえた瞬間、目が覚めたような気がした。そして、この花を好んだ母親との幼いころの甘美な思い出がよみがえってきた。万事に控えめで、父親の陰に隠れるようにして生きていた母親につらくあたったことに自責の念をおぼえながら、横になって花を眺めた。すると、母親のひざに抱かれて読んでもらった絵本や童話の数々が、あざやかに浮かびあがってきた。

病室が終日、ジンジャーの清々《すがすが》しい香りに満たされるようになったおかげで、ヒカルはすこしずつ気力がもどってくるような気がしはじめていた。

社会復帰にむけて

寡黙な隣人

まだ身動きのままならなかった退屈な入院の日々に起きたことのひとつで、ヒカルの記憶に残ったのは、病室の軒先に巣を張ったクモと言葉をかわしたことだった。

――秋も深まったある朝、ぼくが浅い眠りから覚めると、そいつは明けそめた空に浮かんでいて、巣には朝露がキラキラと光っていた。昼、いやな血管造影検査を受けて車椅子に乗せられて病室に帰ってくると、そいつはカンカン照りの陽に照らされてそこにいた。あちこちに明かりがともるころになっても、そいつは身じろぎもせずにそこにいた。

ある風の強い日、クモがさかさまになったまま風に激しくあおられるのをぼくは窓際に立ってじっと眺めていた。焦点を交差点へ移すと、角のタバコ屋の店番をしている老人が見えた。〈あのジジイも、あんなところに巣を張って、照る日も降る日も他人の命を食いものにして露命をつないでいやがる〉とうそぶきながら、獲物がどちらかの巣にかかりはしないかと、長いあいだ見ていた。

車椅子の操作にもだいぶん慣れたある日、タバコを買うためにその店に行った。ついでに失語症のリハビリの成果を見るために、ケンカでも売ってみようかと思いたったのだ。ところが、その老人は、一足先にタバコを買いにきていた青年に「悪いことは言わんから、若いあんたは早くタバコはやめんさい。ワシも70になったら、こんな商売はやめて、罪滅ぼしに禁煙促進のボランティア活動をやろうと思っとるんじゃ」と説教しているところだった。ぼくの思いを見透かされたような気がして、何も買わずに回れ右して帰ってきた。しばらくは、タバコは同室のだれかにねだるしかない、と思いながら。

集中治療室を出て2週間もたつのに、生活のリズムをとりもどせず、日中もウトウトして重苦しい夢をみたり醒《さ》めたりしているとき、クモがぼくに語りかけてきた。「人はどうしてあくせくしなく動きまわるんだ、餌を求めてかい？　オレみたいにこうやっていれば、たいしてエネルギーもいらないのに……。それに、いったいおまえはなんだ？　朝、昼、晩と3回も食事をして、さらにそのあいまにも口を動かしたり煙を吐いたりしてるじゃないか」

叩き殺してやろうかと思うほど腹がたったが、手が届かず、ぼくは歯ぎしりをしながらクモを罵った。「いったい、なに、考えてんだ。一日中、陽に照らされ風に吹かれてる、そんな生に何の意味があるんか？」

クモがニヤリと笑った。「神の懐《ふところ》にいだかれ、宇宙を漂う命に、そもそもなんの意味があろうか。地上に縛りつけられて、あくせく生きる人間の生に意味があると考えるほうこそ、おかしいと思わないか？」

ハッとして窓の外のクモに目をやると、この寡黙な隣人はすこし身じろぎしたように思えた。

クモの〈神の懐にいだかれ〉という言葉が頭にひっかかったので、ヒカルは火男にこのエピソードを話し、「クモが神を思って生きるのはいいとしても、神が、このさえない病棟の窓に巣を張るクモのことを気にかけるなんてことがあるんでしょうかね」と尋ねてみた。

ほほ笑みながら話を聞いていた火男が答えた。「説明するのはちょっとむずかしいな。そうだな、こんなふうに考えてごらん。〈神の関心に限界があると思うのが間違いのもとだ〉と。人が他人のことを思って生きるのとちがって、人間の存在をふくむあらゆる事象についての神の認識能力にはまったく限りがない。自分が創造したすべてのものの、ごくごく細かい点まで未来永劫《えいごう》にわたって気にかけることくらい、神にとってはなんでもないことなんだ」

「ピンときませんね」

「神はこの病院で起きているすべてのことだけでなく、この世界のどこで起きていることも、すべての人の思いとおこないもご存じなのだ。おまえのひそかな願いだけでなく、その貧弱なからだのなかで起きているささいな変化もすべてご存じだ。おまえがこっそり車椅子をあやつって、喫煙ボックスにタバコを吸いに行っていることをご存じなだけでなく、おまえが吸った1本がおまえの気管支の繊毛上皮細胞の活動を抑えてタンが出にくくするばかりか、骨髄を刺激して赤血球を増やしていることまで分かっていらっしゃる」

「おっと、もういいですよ」あわててさえぎったヒカルが反撃に移った。「神を超人扱いせざるをえないんでしょうが、それは誤解のもとだと思うな」

「もういいよとはなんだ！」怒鳴ってから、ちょっとしまったという顔をした火男、「では、こう考えてみたらどうだろう」と、とりなした。「神の認識能力は人類がつくりだすことのできる、いかなるコンピュータの性能よりもすぐれている。この20年くらいのコンピュータの性能の向上のすさまじさをもってしても、これから100年後、1000年後のコンピュータの性能がどんなものか見当をつけることもできないだろうがね。どんなに小さい分子レベルのできごとであっても、この広い宇宙のなかで起きることで、神の知らないことはひとつもない」

「ますますピンときませんね。人間の能力を無限に膨らませても神の力に近づけるはずがない。神というのは、そんなものではないんでしょ？」

「たしかに……、これはたとえ話だ。でも全能の神はいつでもどこにでもいて、あらゆるものごとにかかわっている」

「全能の神か、そこですよ！　ひとりの人格神が宇宙のあらゆることをコントロールしていると証明できるはずがないでしょ！」

「そう、証明しようがない。だが、子どもでも知っている。夜中に悪夢をみて目を覚ましても、親がちゃんと家にいることを。親が寝ているのを目で確かめるわけでもない、寝息を聞くのでもない、触ってみもしない。それでも子どもは親がちゃんと家にいることを知ってふたたび眠る。万物の神にたいする、神の万物にたいする認識の仕方も、このようなものだと考えてごらん」

火男が多忙なことは分かっていたが、ヒカルは自分の話を聞いてくれるおとながいるのがうれしくて、話しつづけた。もうこのころには、脳出血を起こした若い脳は他人が聞いても言葉の不自由さは気にならないほどに回復していた。

「この日曜学校風の話、いいですね。クモが巣を張るのを見ても、この病院で忙しく働いているいろんな人びとを見ても、ぼくがいつも感動するのは、この地上で起こっていることすべてが有機的に結びついていることです。この地上に満ちあふれる多様な生命はいうまでもなく、ここに飾られたいろんな花を終日眺めているだけでも、そのつくりの精妙さや香りの素晴らしさに圧倒されてしまいます。さらに、それがさまざまな昆虫や鳥の命と分かちがたく結びついていること

探す旅に出たいと思わんか」

を知ると……」
「おまえを生かし、この花を咲かせ、宇宙万物に満ちるエネルギーの源は何か、人びとが神と呼ぶ存在はあらゆる言葉や思考を超越している。人が、あらゆるもののなかに感じとった〈おおいなる存在〉とどのように向きあい、どのように表現しようとしてきたか？　いつの日か、それを探す旅に出たいと思わんか」

入院から1ヵ月がたったころ、ヒカルは暇をもてあますと医局へ出かけては秘書としゃべったり、新聞だけでなく医学雑誌にまで目を通したりして過ごすようになった。ここでも「自分も医者になろうと思いはじめた」と言ってみたところ、気のいい医師らは医局への出入りを黙認したのだった。火男の部屋の本棚にも医学書以外の、思わず手を出したくなるような本がたくさんあるのに気づいたヒカルは、朝、起きぬけにやってきて、3度の食事とリハビリテーションの時間以外はどちらかの部屋の隅に陣取って夢中で読みふけった。

それを見た脳外科医の佐々木があきれて、「まるで欠食児童だな」とからかった。

火男は終戦直後、長崎で飢餓線上にあった自分の姿を思い出しながら、ヒカルの姿にみとれていた。

ヒカルはそっぽを向いて言った。「ぼくには、こんな環境は与えられたことがなかったもんだから」

そこにヒカルの恥じらいと開きなおりをみてとった火男は、中年になってようやく霊的な世界へ導かれた自分の姿に重ねあわせてしみじみと言った。「自分の不運を嘆くな。粗野な社会に生まれ、魂の栄養を与えられずに育てられ、物心ついてからも精神的な指導者に恵まれなかったからといって、気後れすることはない。古典に親しみ、ひとりで考える時間をもつ人間は、自分の時間だけでなく、あらゆる時代をも生きることができる。なぜなら、愛に満ちた偉大な精神の持ち主、真の改革者が書き遺《のこ》してくれた本は、時代を超えた人類の共有財産だから」

それからも、ヒカルは読書に飽きてはクモを眺めて暮らした。しだいにこの寡黙な隣人のことに興味をもつようになり、インターネットや昆虫マニアの医師から借りた本で知識を仕入れた。そして、獲物となる昆虫や鳥のような天敵との関係のなかで、地上でささやかに生きているクモという種族が獲得した生命維持の精緻なメカニズムにうたれてつぶやいた。「人類は400万年、クモは4億年だもんな！　けたちがいに長い進化の歴史を生きのびてきたこの種族にひかれるわけだ」

——10月も終わりになって、朝食をすませて窓の外に目をやり、〈クモもずいぶん大きく育ったな、やっぱりここは安全なんだ〉と思っていたら、「おまえとオレとはひとつにつながっている」とクモが話しかけてきたような気がした。

「バカな」と吐き出すヒカル。

「いまに分かるさ」クモが言ったと思ったとたん、病室の窓をひとつひとつチェックしながら飛んできたスズメにヒカルの目のまえで食われてしまった。激しく羽ばたきながら空中に停止してクモを巣からさっとくわえて飛び去ったスズメの姿を呆然《ぼうぜん》と見送っていると、検温にきた若い看護師に「藤井君、大丈夫？」と聞かれた。

窓に顔を向けたまま「ホバーリングはハチドリの専売特許じゃないんだね」と答えると、看護師はプイと横を向いて出ていった。カルテには、〈いまだに、ときどき意味不明の言葉を口走る。コミュニケーションをとるのがむずかしい〉とでも書かれたことだろうと思って、ヒカルは苦笑した。

「ぼくは生きた」と言えるように

親近感を覚えるようになっていたクモがスズメの餌食になったころから、ヒカルは軽いうつ状態になって空《から》の巣をぼんやりとみつめていることが多くなった。冬も近づいて日照時間が短くなったことによる生理的現象だろうとはじめはタカをくくっていた火男も、一日中ベッドから出ようとしないヒカルを見て声をかけた。すると思いがけない答えが返ってきた。

「いつもひとりぼっちだった。おまけに自分を好きになれない。ひとを愛することもできない」

「おまえはひとりじゃない。最後の瞬間におまえのお父さんはおまえを救った。そしておまえをワシの手にゆだねたんだよ」と言ったものの、ヒカルの目を見た火男は落胆して心のなかでつぶやいた。〈どうもワシの言葉はヒカルの心に届いておらんようだな。やれやれ、また後戻りか〉

火男は気をとりなおしてベッドのはしに腰かけ、「ひとりになることと寂しいということとは全然ちがうんだよ。利己的にならずに自分を愛することができれば、寂しさは存在しない」と話しはじめたが、ヒカルの表情の暗さに突き動かされて「自分にたいする愛は地上の万物にたいする愛を生み出し、楽園が身のまわりにあることに気づかせてくれるんだ」とつづけた。

すると、意外なことに「ぼくが利己的な人間じゃないのは確かです。自分を好きになれないのが問題だと思う」低い声で、ヒカルが口ごもりながらしゃべりはじめた。「小さいときから、親からは〈ひとかどの人物になるように〉って無言のプレッシャーをいつも受けてきた。中学校の校門のわきに掲げてあるスローガンはなんだったと思います？　〈価値ある人間として誇れる存在となれ〉だったんですよ！」

「驚いたな、おそらく高度経済成長時代以前に掲げられたものだろう」

「価値ある人間だってさあ、ホントにもう……」

「かわいそうになあ、おまえには多くの学びなおしと経験が必要だ」

「同情なんていりませんよ。でも、なんでぼくにそんなことを言うんですか？」

「いつもひとりぼっちだったって、おまえは言った。だが、霊的な意味では、ひとはけっしてひとりではありえないんだよ。要は聞こえないものを聞き、見えないものを見る力を育ててきたかどうかだ」そう言って、火男はあえて勢いよくベッドから立ちあがった。そして、ゆっくりと歩いて窓のところまで行き、ヒカルに向きなおって語りかけた。「ワシらはいろんなものに潜んでいるエネルギーを通して創造主と結びついている。そのことに気づきさえすれば宇宙の万物とひとつになれる。そしてひとりでいても、孤独感にさいなまれず、おだやかな心でいることができるようになるんだ」

「ど、どうしたらそうなれるのか、教えてください」火男を見あげて、力なく尋ねるヒカル。

あえて困惑の態で、「はてさて、どうしたものか……。ともかく、できることからはじめるしかないな、おまえをこの世に呼びもどしたものとしては。〈ぼくは生きた〉とおまえが言えるようになるまでは面倒みなきゃならんからなあ」火男は腕組みをしてそう言うと、静かに目を閉じた。

ヒカルが火男の閉じきらない左目がクルリと上をむいて白目がむきだしになったのを気味悪そうに見ていると、火男が急に顔を近づけてじっと目をのぞきこんで言った。「目のまえに明らかなもののみ信じることや、具体的な証拠を求めることや、マニュアルや科学万能主義が、どんなに人間の能力を弱めてきたか。おまえの感覚はにぶり、才能はおおい隠されている。だれの仕業か？」

火男の鍛錬

その日から新たなトレーニングがはじまった。初日は昼前に、カウンセリング・ルームと表札のかかった部屋でおこなわれた。部屋には家具らしい家具も備品もなく、クリスタル・グラスの花ビンにざっくりと花を生けたマネの絵の大きなコピーが壁にかかっているだけだった。

「使える部屋はこれしかないのでな」と言ってから火男はドアを閉め、寝椅子を指さして言った。「楽な姿勢をとりなさい」

「何のために？」とふくれっ面のヒカル。

しばらく黙っていた火男は、「沈黙を獲得するためだ」と絵のほうに目を向けたまま静かに答えた。

しぶしぶ寝椅子の上にねそべったヒカルが大きく息を吸ってのびをすると、火男がゆっくりと言った。「10分間沈黙を守ってみなさい」

それは初めからヒカルには耐えがたい体験だった。廊下を通る患者や家族の話し声や足音、〈駐車場に駐車中の白のミニ・ワゴンをおもちの方、車のスモールランプがついています〉といった館内放送などに注意がそらされ、すこし静かになったかと思うと、間断なく病院に到着する救急車の立てる騒音にいらだった。

　そのうち頭の皮膚の傷を掻《か》きたくなったり姿勢を変えたくなったりして、3分間もじっとしていられなかった。それでも我慢していると、すこし眠気がさしてきた。すると突然、集中治療室で自分を見つめていた老いた脳外科医の粘りつくようなまなざしが意識に侵入してきた。その記憶をようやく振り払うと、厨房《ちゅうぼう》のほうからかすかにカレー・ソースの匂いが漂ってきたような気がした。昼食はカレーライスかと思ったつぎの瞬間には、好きな食べものが次々と浮かんできて〈早く退院してあの店のラーメンが食べたい〉などと思った。そして入院生活をつづけることに我慢ができなくなった。

　さらに、けさ起きぬけにタバコを吸いにいこうとしていたとき、採血にきた看護師との間に生じたいざこざが思い出され、イライラがつのってパッと目を開けたとたん、火男が「10分だ」と告げた。

「どうだった？　この10分間に感じたこと、考えたことを話しなさい」

「たまりません。こんなことはいやだ。もうやりたくない！」

「感じたこと、考えたことを話しなさいと言ってるだろ！」

「考えはあちこちさまよって落ちつかない」不満と怒りを顔いっぱいに表しながらヒカルが言った。「感情のうごめきはどうしようもない」

「そうか、それに気づいたのは、おまえがある程度の沈黙を保つことができたということだ」こういった反応を予測していたかのように火男が言った。「それだけでもたいしたものだ。沈黙を守ること自体、おまえにとっては驚くべき体験だろう」火男はヒカルの不満の表情にはおかまいなしにつづけた。「あと3分間、それを感じなさい」

それからきっちり3分後に火男が言った。「今度はもっと沈黙を体験することができただろう」このコメントで火男は初日のトレーニングの終わりを告げた。

つぎの日のトレーニングは午後も遅い時間になってはじまった。火男はヒカルに寝椅子を指し示して告げた。「目は半眼に見開き、前方1メートルに据えるように」そして1分後に命じた。「からだのどこでどんな感覚が生じているかを知覚すること。全身にわたってくまなく知覚を拾いあげていきなさい」

「それにどんな意味があるんですか？」

「現在を把握し、そこにとどまる能力をはぐくむことがなにより大事なのだ。現代人は過去を悔やみ、未来に希望をつないでいるだけじゃないか。それでは生きているとは言えない。ワシらはあまりにも頭で生活しすぎている。だからこのトレーニングは、からだの知覚の働きを意識することからはじめるんだ」

その日から毎日、夜になると屋上でのトレーニングもおこなわれた。火男はマットレスを敷きながら、「忙しく生きている現代人は、頭の上に奇跡のような光景が展開しているのに、気にもとめん」と言った。そしてニヤリと笑って、「おまえはここで、果てしない宇宙の広がりのなかに心を解きはなち、造物主の存在を感知する修練をつむのだ」と言ってから、並んであおむけに寝て星空を見あげるように促した。

この煤塵《ばいじん》のひどい工業都市でも晩秋の空はいつになくすんでいた。あおむけになって星を見ながら寝ころんでいると、いつのまにか町の騒音は消えて、ヒカルは自分のからだが星のあいだに浮いているような気がしてきた。

やがて急患の知らせがはいり救急室に呼ばれた火男は、起きあがりながら一言聞いた。「どうだ？」

「宇宙はすぐそこに降りてくることを知りました」ヒカルの答えに、火男は心からうれしそうな顔をして階下へ下りていった。

その後、ヒカルはひとりの夜も屋上へ上がり、空を仰いで星を眺めながら眠るようになった。ある日、回診のおり「どうだ、修業は進んでいるか？」と火男が声をかけた。

ヒカルは「からだがしだいに浮かびあがっていきます。宇宙はざわめきに満ちているんですね。昨夜は星のおしゃべりを聞きながら星のあいだに浮かんでいると、そのむこうで巨大な顔がぼくをみつめているのに気づきました」と答えたが、自分の達した境地をうまく言い表せないもどかしさに、いらだってきた。そして「……いや、ちがう。言葉に表せないけど何か巨大な存在に包まれているような気がしたんです！　ああ、これがうちに帰ったときに感じる本当の安らぎかと思った、……というのもちょっとあたらない。なんというか……、自分がその宇宙的なものに溶けこんで消えてしまった感じでした」とつづけた。

火男は大きくうなずいて窓際へ行った。ヒカルに背をむけ、しばらくこみあげてくる喜びに堪えているようすだったが、向きなおって言った。「人間は生来、神秘を知り、感じる能力を与えられている。まさに人間存在が直感的に神をとらえるようにできていると思う」

「子どものときには、それができていたような気がするんですけどね」

パンとひざを打って、「なのに、あさはかなおとなは知恵を植えつけて、それを根こそぎにしてしまう」と火男はうなった。

翌朝、ヒカルは火男に呼ばれてカウンセリング・ルームに顔を出した。「きょうから、呼吸をもちいて意識をコントロールする修練をはじめる」火男が宣言した。

「それになんの意味が？」

「昨日の話の脈絡を考えなさい。知性が黙していないかぎり、せっかく恵まれた直観能力は未発達なままに留まるのだ。それで、知性におおいをかけて鎮めてやるんだ」

「分かりました。やりますよ、やります！」

「そこで、楽な姿勢をとりなさい。そして呼吸を知覚するのだ、分かるか？」

「分かりません！」ヒカルは寝椅子にねそべりながら答えた。

火男がゆっくりと言葉を区切りながら言った。「鼻腔《びこう》を通って流れこむ空気を感じ……、それがのどから気管、気管支、細気管支を通って……、肺胞を膨らませる感覚を感じとるのだ」

10分から15分間この修練をつづけなさい、と言われてやってみたが、ヒカルは気が散ってしかたがなかった。そのことを伝えると、「それじゃ、吐く息に注意しなさい」と一言。〈どういうことだ？〉ヒカルがとまどっていると、火男は例によって静かな口調で言った。「唇を薄く開いてできるだけゆっくりと、長く長く息を吐きだすんだ」

来る日も来る日も、火男は時間をみつけてはヒカルを呼び出した。そして「こういう修練を積めば、何か問題にぶちあたったとき、呼吸法にもどって精神をコントロールできるようになるぞ」と励ましつづけた。ヒカルの気が乗らないのを感じとると、火男は全身にわたってくまなく知覚を拾いあげる修練にもどるよう命じた。

単調な日々が過ぎていった。ヒカルはときに激しい頭痛に襲われることがあったが、呼吸に注意を集中して心を静め、ただ痛みに融和しようと努めた。すると、ある日、あまり苦しまずに痛みを経験できるようになっている自分に気づいた。

多忙な火男が診療や会議、講義や学会活動の合間をぬっての試みだったので、決まった時刻というのはなかった。しかし、一連の訓練がすすむにつれて、ヒカルはしだいに場所に関係なく孤独の深みを味わうことができるようになっていった。

そんなある日、寝椅子でくつろいでいるヒカルに火男が言った。「想像力という、おまえのなかに手つかずで残されている能力を利用しない手はあるまい」

「おっと、想像力ですって？」

「たんなる空想ではない。豊かで生産的な想像力のことを言ってるんだ」

「でも、いったい、どうやって？」

「どんなことでもいい、おまえがかつてなんらかの幸せを感じた体験を記憶から呼び起こして思い描くことからはじめるのだ。まずその場所を思い起こし、つぎにそこで起こったことをどんな細かなことまでも思い描くように努めなさい。そしてその場所に5分ほどとどまったら、今いる部屋にもどること」

「むずかしいな」

「そうさ、これには相当の修練を要するぞ。想像力を総動員して、その世界を構築するように心がけるんだ。形や色彩だけでなく、人びとの動きや表情までも思い描きなさい。それと、心のなかで音を聴き、見たものに触れ、味わい、かいでみなさい。その出来事ができるかぎり鮮明に、いまここに再現されるようになるまでつづけるんだ。おまえならできる！」

なんらかの幸せを感じた場所をと言われたが、そのような場所が自分にはほとんどないことをヒカルはあらためて思い知らされた。

ヒカルがグズグズしていると、「テニスはどうだ？　テニスの得意なおまえは、テニスに関するよい思い出があるだろう」と、いささかじれったそうな表情を浮かべた火男がせかした。

ヒカルはとりあえず目を閉じて、中学時代に毎日長い時間を過ごしていた市立のテニスセンターを思い浮かべてみた。すると、市の中学テニス大会のダブルスで優勝したときの記憶が鮮やかによみがえってきた。きわどい勝ちをおさめた戦いを、ひとつひとつふり返っていると、火男が素っ気なく言った。

「5分たったぞ。おまえが訪れた世界のことを語りなさい」いささか残念な思いで目を開いたヒカルは、殺風景な病院の一室の寝椅子に横たわる自分を発見した。

いま見た場所のことを火男に語っているうちに、ヒカルはよみがえってきた感情の鮮やかさに我ながら驚いた。

うなずきながら聞いていた火男に「もう一度心に描いた場所にもどりなさい。何か変わったところがないか気をつけて見ること」と注意されてすこしばかりワクワクしながらテニスコートのシーンにもどると、準決勝まで勝ち進んだために数の増えた観客のどよめきが全身を包んだ。天井に反響する声援や拍手に、思わず奮いたった。それでも、自分のラケットをバッグから出してガットの張り具合を確かめ、真新しいボールのしまった感触を楽しむゆとりがあった。優勝戦は、パートナーも落ちつきを取り戻したために余裕をもってゲームを楽しみ、ストレートで勝つことができた。うれしかったのは優勝カップを握ったことよりも、パートナーの目に心からの喜びと自分への感謝の気持ちが溢《あふ》れているのを見たことだった。

生涯ではじめて感じた友愛の余韻を味わっていると、火男にふたたび「5分たったぞ、もどってこい」と声をかけられて、もう一度病院の殺風景な部屋へ帰った。今度は会場の雰囲気から、選手たちと観衆の心の動きまでふくめて優勝戦の模様をいっそうくわしく火男に伝えることができた。

目を閉じて聞いていた火男は「よろしい。おまえは描写力が豊かだ！　進歩が速い！」とおだてたあと、「もう1ヵ所、おまえがかつてなんらかの幸せを感じた場所を思い描くのだ。おまえはやっとコツがつかめてきたようだからな」と促した。

今度は、ヒカルは中学時代の野外活動を一生懸命に思い浮かべようとした。それは中学の最終学年の生徒に卒業の条件として参加が義務づけられた年中行事で、自分の肉体的な強さと弱さを自覚すると同時に、リーダーシップと仲間意識をはぐくみ、環境問題についての意識を高めようと計画されたものだった。

ひたすら深い森のなかを歩いたり、急流を渡ったり、ロッククライミングをやって稜線《りょうせん》を越えたりしながら、人の気配のまったくない山々を踏破した。とくに意識にくっきりと浮かびあがってきたのはソロと呼ばれるこの行事のハイライトだった。それは、互いの姿が見えず、声も聞こえないくらいの距離に引き離され、小さなテントを張ってひとりで数日間を沈黙のうちに過ごすというものだった。

初日の夕方は輝かしい落日の光景をひとりで楽しめるのがうれしかった。そして残照を楽しみながら、火を使わない夕食をゆっくりとすませた。

そこまで思い浮かべて目を開くと、火男がみつめていた。殺風景な病院の一室に控える火男に、大自然の中で味わったまったくの静けさについて語った。ヒカルが話すのを最後まで熱心に聞いた火男は、ふたたび「心に描いた場所にもどりなさい。何か変わったところがないか気をつけて見るのだ」と言った。

森にもどると、完全に日は暮れていた。自然のなかの夜の闇がこんなにも深いものだとは知らなかった。そのうちギャーという叫びが聞こえたり、暗闇のなかで小枝を踏みしだいて歩きまわる大きな動物の気配がしたりしたが、助けを呼ぶことも逃げ出すこともできず、ひたすら耐えた。やがて風が立ち、森がゴウゴウと鳴りはじめた。果てしなくつづくかと思われた嵐も夜中には去って、静かに雨が降りはじめた。雨の音に耳を澄ましていると、不思議な安らぎをおぼえて眠りに落ちた。明け方には雨は上がっており、テントから首をつきだすと、ちょうど太陽が山の稜線から顔をのぞかせたところだった。針のようなマツの葉先からキラキラ輝くしずくがしたたり、深呼吸を繰り返すと肺の隅々にまで山の霊気がしみわたった。

2日目は、終日森のなかの散歩を楽しんだが、夜になると、孤独に耐えられなくなった。こっそり、友達のテントを訪ねようかと思ったほどだった。それでも、とりあえず大きな岩の上に寝ころんで空を眺めた。宇宙をびっしりと埋め尽くすほどの星があると知って驚きを覚えた。いつのまにか、身体《からだ》が星のあいだに浮いており、経験したことのない安らぎをおぼえた。

3日目の朝、近くに見つけておいた小さな渓流へいって顔を洗い、流れをたどって大きな池まで降りていった。それから水辺に展開する生態系の多様さにみとれて1日を過ごした。

4日目の朝、クラスのリーダーが散らばっていた仲間を集めた。単独行動をやりおえた同級生のあいだの仲間意識はいっそう強まっていた。

つぎに見たのは、10キロの道を駆けもどってきた生徒たちが、学校に集まっているシーンだった。甘く煮た豆を門の内で手渡されて口に含んだとたん、からだじゅうの細胞が歓喜にわきたつようだった。準備した食料を最初の2日間で食べつくし、残りの2日間を水だけですごした子は、流れ出る涙といっしょに豆をむさぼっていた。

火男の指導のもと、想像の世界と病院の一室を行ったり来たりしているうちに、狭い病院生活で鬱屈していたヒカルの気分が晴れてきた。それだけでなく、何か自分のなかにあるものを肯定したくなるような気分が出てきたように思いはじめてもいた。

火男は心の底からの笑みを浮かべて言った。「何かをいきいきと思い出すということは、そのできごとを実際に再体験するということなのだ。おまえがかつて体験した積極的な感情を再体験することによって、いまの自分をリフレッシュし精神を強めることができる。だからふたつの世界を往来しつづけるうちに、現実認識がいっそう鋭敏になるのだ。それが現実の世界の困難な状況を打開するための力になる」

「ありがとう、火男。肝に銘じておきます」とヒカル。

それからというもの、ヒカルは火男に言われるまでもなく、さまざまな本を読んでは、そこに描かれている情景をいきいきと思い浮かべるように努めた。まず気にいりの短編小説からはじめ、キリシタン殉教史や原爆体験記などを読みこんでは大規模な殺戮《さつりく》や大惨事がおこなわれた場所を詳細に思い浮かべ、人びとのふるまいや表情を見、声を聴くように努めた。その現場といまいる部屋のあいだを往復しているうちに、犠牲者のメッセージをさまざまなかたちでもち帰ることができるようになった。

そんな日々がつづいたあと、火男はヒカルの語りを、ただ目を細めてじっと聞いていた。

「おまえは特別な才能に恵まれていることが分かったよ。これまで覆いのかけられていた才能、いままで磨かれたことのない才能、つまり眠っていた想像力が……。それに磨きがかかって、微光を放ちはじめたようだ」

エネルギーに満ちあふれる宇宙

ある日の夕方、ヒカルは屋上に上がって、初冬のすんだ空気を胸いっぱいに吸った。冬の陽はすでに傾いており、いくえにも重なった山々を斜めにさす微妙な光の濃淡に長いあいだみとれていた。と、急にいいようのない寂しさに襲われて火男の部屋を訪れると、火男は電話中だった。サイド・テーブルの上には数冊の天体のグラフがさりげなく広げられていた。

ヒカルは話が終わるのを待っているあいだ、それらにさっと目を通した。いずれのグラフも目を奪われるような壮大な写真が満載されていた。ヒカルは宇宙飛行士の毛利衛《もうりまもる》のクルーが撮った宇宙の日没の写真にひかれた。オレンジ色の薄いベルトが地球をおおい、その外側に黒、さらにその外側に白く輝く薄い層がくっきりとしたコントラストをなしていた。そして、そのさらに外側を青い層が薄くおおい、それからさきは無限につづく漆黒の闇。〈地球はこんな薄い空気の層にまもられているのか！　いつまでこのままの状態を保てるのだろう？〉ヒカルは不安に駆られてその異様に鮮明な写真に見入った。

べつの本のページを繰っていると「地球の軌道が生命の惑星を生んだ」という記事で手が止まった。地球が周回する太陽から1億5000万キロの軌道は、水が存在するのにほどよい距離にあるため太陽系で唯一、生命の生存が可能な環境がつくられた。太陽に近すぎる金星は灼熱《しゃくねつ》、火星以遠の惑星は極寒地獄。いずれも生命とは無縁の世界であるとあった。

「そのくらい知ってるよ」とつぶやいて、一番手前の開かれた本のページに目を移すと、真っ黒な背景の上にごく小さな点が無数に打たれていた。

「バイ菌の写真ですか？」ヒカルは電話をおえて近づいてきた火男に尋ねた。

「そのようにも見えるな」火男は笑って答えた。「これは宇宙の果てからワシらの住む地球のある銀河系をみると、こうなるという想像図だよ」

「宇宙って、暗くて寂しいところなんですね」

「これはまたきわめて地球的な感想だな」火男はからかうような調子で言った。しかし、〈やはりヒカルは退院して社会復帰することに不安をおぼえている〉と思って、つけくわえた。「星々のあいだには何もないように見えるが、実際は宇宙のガスとエネルギーが満ちており、それは宇宙ができたころと同じと考えられている」

ヒカルがこれらの写真を見るようにしむけたのは、〈核家族という名の牢獄《ろうごく》、学校や病院という狭い世界に閉じこめられていたヒカルの心を外に解きはなたねば〉という火男の思惑があってのことだった。

「ところで、宇宙には限界があるんですか？」

「より正確には、ここまで人間が見ることができるという限界のことだよ。それが160億光年と言われている。そのさきにある銀河は光や電波の速度で遠ざかっているので、そこから出た光や電波は、もう地球には届かないからのう。それは観測精度の向上に伴って、460億光年とも言われるようになった。だがしかし、今の我々には宇宙の果てはあっても分からないとしか言えないんじゃ」

「そんな遠くを見ることに価値があるんですか？」

「遠ければ遠いほどそこからくる情報はそれだけ遠い過去に発せられたことになるから、果てからくる情報は宇宙のはじまりのときのものに近いことになるんだ」

「どうやって情報を得るんですか？」

「広がりつづけている宇宙の果てに近いところに準星というのがある。これはケタはずれに明るくて、おまえたちの学校にあるような望遠鏡でも見えるんだ」

「それは星じゃない？」

「星というよりは星雲の中心核だろうな。太陽系くらいの大きさの場所から太陽系の1兆倍のエネルギーが出るということになると、これはもう核融合では説明がつかなくなり、やはり重力現象ということになるか」

「核融合はふつうの星、星雲中心核は重力現象、とどのつまりはブラック・ホールてなところですか？」

「そういうことかな。銀河の中心にもブラック・ホールがあるらしいと言われはじめたようだな」

「話をもとにもどすようで悪いけど、いったい天体を観測することにどんな意義が？」

「宇宙の成り立ちについて知ることができるということだ。さっき宇宙全体が膨張しつづけていると言ったが、１９２９年にアメリカのハッブルが遠くの銀河、つまり銀河系外星雲が地球から遠ざかっていること、その後退速度が距離に比例していることを発見した。じつは、１９２２年にフリードマンが一般相対性理論を応用して宇宙が膨張したり、収縮したりすることを理論的に明らかにしたが、これが証明されたかたちになった。

膨張率はハッブル定数で表されるが、この膨張率が一定であるとすれば、ある有限時間の過去に個数密度無限大の状態から膨張がはじまったことになり、その時間は膨張率の逆数だから、２００億年ということになる。言いかえると、宇宙は約２００億年前に開闢《かいびゃく》した。物質も時間・空間も、すべてそこからはじまったということになる。宇宙の開闢も近頃は１３７億年昔と言われるようになった。だがなあ、現在のパラダイムでは正確なところは分からないと言うべきだろう」

「あー、頭が痛くなってきた」ヒカルが赤い顔をしてネをあげた。

「こりゃ、いかん！　すこしからだを動かさねば」と眉をひそめた火男、「そうだ、リハビリテーションをかねてテニスをしよう」と言うと、ヒカルを病院の体育館にあるテニスコートへ誘った。

病院の裏のゴミ焼却炉横の暗がりからラセン階段を上り、駐車場の上に設けられたテニスコートへ向かうあいだ、ヒカルが目を異様に輝かせて、ボールかごから数個のボールをとりだしてポケットに押しこんだことに火男は気づかなかった。

テニスコートに着くと、火男が言った。「まだボールを追いかけることはできないだろうから、きょうはボレーとサーブを中心に軽くやるぞ」

ヒカルに丹念にストレッチをやらせたあと、ネットに向かって歩きながら火男が口を開いた。「宇宙の基礎的な話にもどっていうと、近代科学の根幹をなす理論は〈因果律〉だ。なんらかの結果があれば、それにさきだつそれ相応の原因があるはずだという考えだ」

ヒカルは「知ってますよ」と言いざまテニスコートの入り口を囲むブロック塀まで走りよって、置いてあったペイント・スプレー缶を手にとって〈$F=ma$〉と黒々と書いた。

火男が「お、おい、よせ!」と叫んだときには、ヒカルはサービスライン上に立ち、「力は、それを受ける物質の質量と加速度の積に等しい」と口にしながらネット際に立つ火男へ向けて、ズボンのポケットに入れておいたボールをポンポン放ちはじめた。

不意をつかれてラケットを出せず、腹でボールを受けながら、火男は「よしよし、理学療法に励んだおかげで筋力がついてきたな」とうれしそうに言った。

頭をかきながらヒカルは「リハビリで利き手を交換するための訓練を受けてましたが、じつは、ひとりで毎日、壁打ちをやって弱っていた右半身も鍛えていたんです」と白状した。

ウオーミング・アップのためのミニ・ラリーをつづけながら火男がしゃべった。「ニュートンの古典力学は、徹頭徹尾この因果律で貫かれている。ニュートン力学は自然法則を解明しつくしたかのような錯覚を人びとにいだかせた」体育館は音の反響が強い。そのため、火男には病院の職員と言葉をかわしながらテニスをやる習慣がついていたのだった。

ヒカルはサーブの練習をはじめた。火男はレシーブしようとするが、はじけるような音をたてて放たれるボールのスピードが速く、返球できなかった。

「高校生にはかなわんな」火男はベースラインのはるか後ろへ下がり、つぎはフォアだ、いやバックだと独りごとを言いながら、早めにかまえようとしたが、返球はめったにネットを越えなかった。

「古典力学が正しければ、どんな複雑な事象もすでに決定されている」いまいましそうに火男が言った。

「それで?」ヒカルは火男に向かってつぎつぎとサーブをくりだした。久しぶりにテニスコートに立ったうれしさに、さらにサーブのスピードをあげたため、返球しようとする火男のラケットをかすりもしなくなった。

火男は息を切らしながら「あることが確率の問題だとしても、それはたんに結果を予測しきれないからそのように見えるのだろう、と考えられていた。ワシが、おまえのサーブがフォアに飛んでくるかバックにくるか分からないから返せないように、な」と悔しそうに言った。そして大きく息を吸ってつけくわえた。「だが、しだいに古典力学のほころびが明らかになり、20世紀に入って生まれた量子力学は、原因なしに起こるまったくの確率的な事象があることを明らかにした」

それに応えて、ヒカルは「究極的には因果律を否定してしまった。この世におけるあらゆる現象は確率の結果。これが受け入れられますか?」大きくのけぞってスピンサーブを放った。

「おっと、受け入れがたい……常識的には」からだのまえで高くはねたボールを胸で受けながら火男はうろたえて言った。

「じゃなくて、返せないでしょう!」

「強烈なスピンのかかったおまえのサーブは、西日がさして半分影になったこのコートでは途中で、いきなり消えてしまうんだ。フォアにくるかと思って構えているとバックに現れたりする。ちょっと一休みだ」と言ってからベンチに引きあげ、バッグからバナナを1本とりだしてヒカルに与えた。

火男はひたいの汗をぬぐいながら、「おまえの打ったボールがおまえのラケットを離れてからワシのところまでどのくらいの時間で、どんな飛び方をして到達するか見当がつけられるからテニスも成り立つのだ。ボールが時空のなかを線型に飛ぶのでなく、あるところまで飛んだら消え別のところで再び現れるといった電子のようなふるまいをすればテニスは成り立たない」と息をはずませて言った。

「古典物理と量子論とを混同したような話し方をしてぼくを惑わそうとしても、だめですよ」ヒカルはすこし声を荒らげたが、すぐに明るい調子でつづけた。「ところで、科学者の多くは量子論のこの不確定性という原理を抵抗なくとり入れた。実験結果と完璧に一致していたからですよね」

ようやく息を整えた火男がうなずいて言った。「そう、そして量子力学はいまや電子工学、化学、生物学といった現代科学と技術の基盤をなす理論となっているのは知ってるな」

サーブ・アンド・ラリーを開始してから、ヒカルが疲れるのが早くなった。サーブの構えで上体を捻《ひね》ると体がグラグラ揺れ、トスの位置も不安定になってきた。それにつれてしばしばフォールトするようになった。

それを見て、火男の皮肉な笑いをふくんだ声が飛んだ。「それだけじゃない。ワシらがおこなう観測にはつねに〈ゆらぎ〉がつきまとうことが、はっきりと認識されるようになった」そして火男は、つぎつぎと鋭いリターンでヒカルの足元を襲いながらつづけた。「つまり、科学を支えるもうひとつの柱、〈観測〉という行為も不確定なものとみなされるようになった。観測する側、つまり観測装置や観測者の構成粒子も量子力学に従わざるをえないからな」

「あー、もうだめ！　めまいがする」ヒカルはあえぎながらも、ときに鋭い角度でサーブをたたきこみ、ノータッチ・エースを奪った。

それでも、ほとんどのサーブを楽々と返球できるようになった火男が余裕をとりもどして言った。「つまり観測という行為が意味のあるものかどうかという疑問に突きあたる。そこで結局、観測者の〈自意識〉というものを想定せざるをえなくなったんだ」

最終的に打ち勝ったと思って満足感をおぼえた火男は、もういいだろうという合図をヒカルに送った。そして、肩で大きく息をしながらベンチにもどってきたヒカルに「筋肉のケイレン防止に役立つだろう」といいながら、クエン酸ドリンクを渡した。「皮肉だな、この世のすべてを物質とその相互作用とで説明しようという壮大な量子論の試みが非物理的実体に帰着するとは」

なおも、めまいをおぼえながらヒカルが答えた。「分かってますよ。この世界で生じる現象が、現代物理学だけですべて説明できるものではないと言いたいんでしょ」

体育館の扉を開けて外に出ると冷たい夜気がここちよかった。弱った脚の筋肉がケイレンを起こしそうな気がしたので、ヒカルはラセン階段に座ってストレッチをしながら火男を見あげた。

一面の星空を背に火男が語った。「こうも言おうか、科学者たちが宇宙の謎に迫るのにもちいたのは一般相対性理論と量子力学だ。一般相対性理論は重力と宇宙の大局的な構造を記述する。いっぽう、量子論は極度に小さな尺度の現象をあつかう。これらはいずれも前世紀前半の偉大な知的達成と言われているな」

「宇宙は膨張しつづけているという発見は、〈宇宙は永遠に不変である〉という当時の常識を覆しましたね。これも一般相対性理論の応用だということですが、そもそも相対性理論の歴史的意義ってなんでしたかね？　脳出血を起こしてから、このへんの記憶がぶっ飛んでしまいました。特殊相対性理論と一般相対性理論の違いなども」

「時間と空間についての考え方を根本的に変えた理論だよ。それまではニュートンの絶対時間と絶対空間という考え方が常識だった。つまり、時間はどんな場合でも一定のテンポで流れるものであり、宇宙のどこかに完全に静止した座標があって、1メートルの長さはだれが見ても1メートルで、他のなにものにも影響されないということ！　しかしアインシュタインによって、時間と空間が絶対的ではなく、相対的であること、そしてそれは観測者によって異なることが明らかになった」そう言いながらテニスコートにもどった火男は、右手でボールの入ったかごをもち、左手で腰をトントン叩《たた》きながらサービスラインへ向かった。

「他に相対性理論によって明らかになったことと言えば？」反対側のベースラインに立ったヒカルが呼びかける。

火男は左右のサービスコートの四隅にボールをピラミッド状に積みあげながら、ゆったりとした口調でつづけた。「それは言うまでもなく、光速を超えた速さで飛ぶことはできないということだ。これは与えたエネルギーは質量に変化して蓄えられるから、つまり質量とエネルギーが同じものであるということを意味する」

「そうだ、いま思い出した。これですね」といいながらヒカルはすぐ後ろの塀までとんでいってペイント・スプレーを手にすると、〈$E=mc^2$〉と書いた。

目を細め、ひたいに八の字を寄せてそれを見ながら、「Eはエネルギー、mは質量、cは光速。質量とエネルギーの変換公式。それはアインシュタインの特殊相対性理論の有名な公式だな。それがどうした？」と火男がボソボソ言った。

「アインシュタインの公式がなければ、だれも原子爆弾を工学的に実現しようとは思わなかったんでしょ？」とヒカルは言いながら、ラケットを握ってはねるような足どりでテニスコートのベースラインの中央部へもどった。

そして「質量は、核分裂によって……」と叫びながら小さくトスしたボールをフラットに思いきり叩くと、「莫大《ばくだい》なエネルギーに……」という声を受けてヒカルのラケットを離れて直線状に飛んだボールは、サービスコートの中央、Tバーと呼ばれるところに積まれていたボールの山に命中した。はね飛ばされたボールは「変われる」という声を受けてサービスコートの他の隅に築かれたボールの山にあたり、コート中にボールをまき散らした。

ポカンとして見ていた火男は「やれやれ、たった1発ですべてのボールの山を吹き飛ばしてしまった。サーブ・コントロールのコンペをしようと積みあげていたのに」とため息とともに漏らした。それから、うれしそうに笑って「驚くほど片麻痺の治りが早いな、やはり梗塞より出血の方が脳に与えるダメージが少ないということか」とつづけた。

「若さですよ」と元気いっぱいに言い返したヒカルは、「いま、思い出した。重力をあつかえなかった特殊相対性理論を、アインシュタインがより一般的な状況で使えるように発展させたのが一般相対性理論ですよね。それで明らかになったのはなんでしたっけ？」と尋ねた。

再びため息をついて、火男が答える。「重力で光が曲がること、重力が空間の曲がりから生まれること、重力によって時間の流れが遅くなることなどだ」そしてつけくわえた。「さらに一般相対性理論からさまざまな宇宙観が発展してきたんだ」

そう言うと火男はコートの隅へ行き、水道の蛇口をひねって白目を向き、のどを鳴らして水を飲んだ。そのような火男のしぐさを、ヒカルは原始人でも見るような目つきで見ていた。

テニスシャツの袖で口をぬぐいながら火男が補足した。「このふたつで、ごく極端なものを除けばすべての状況について正確な予測をおこなうのに十分だ。しかし、これらの理論は互いに矛盾することが分かっている」

「それで？」ヒカルが聞いた。

一息ついた火男、「20世紀の終わりに究極の統一理論完成への期待が高まった時期があったが、実際にはこのふたつの理論の折りあいがつくのかどうか、それが人類の生存に意味あることをもたらすかは分からないのだ」というと、どっかとベンチに座りこんだ。

「統一理論探求を実用性の観点から正当化することもむずかしいんですね」

「そのとおり。すでにワシらがもっている部分理論から、ほとんどの状況について正確な予測をおこなうことができているし、核エネルギーとマイクロ・エレクトロニクス革命が生まれた」

ガランとした体育館にヒカルの甲高い声が響いた。「それでも人間の本性は、この宇宙で働いている原理を探求せずにはいられない」

「大事なことは、科学技術の華々しい進歩に幻惑されてはならないということだよ。よく見てみろ、野放図な技術の進歩が何をもたらしたか。地球の現状から目をそらしてはならん」火男がくぐもった声で答える。

「おう、もうこんな時間か」という火男の言葉でわれに返ったヒカルは、走りまわって荷物をまとめた。

ふたりは電灯を消して外に出ると鉄の扉に施錠してからラセン階段を下り、ゴミ焼却炉の横を通って病院の建物に入った。中はすでに夜勤帯に入っており、押し寄せる救急患者で再び賑《にぎ》わいはじめていた。

「なぜ医者に？」

幼い子どもは異形《いぎょう》の人物を見ると、目をそらすことができないものだ。ヒカルも幼稚園のころ、上唇がはれて赤紫色のイチゴのように見える男の顔をまじまじと見つめたために、ひどく叱られたことがあった。小さいころからの習慣は抜けないものらしい。ヒカルは火男にはじめて会ったときにも、思った。〈このヒョットコの母親はどんなつらい思いをしたんだろう？　この男は何に望みをつないで生きているんだろう？　もしや、この男の帰りを家で待っている奥さんがいるのかも？　彼の子どもは小さいとき、いじめられなかっただろうか？〉そういった思いがあふれてきて、火男から目が離せなくなったものだった。

入院して日がたち、なにくれとなく自分のことを気にかけてくれる老人、いや命の恩人ともいうべき医師を〈ヒョットコ〉とは呼べないと思ったヒカルは、この激情家を、敬愛の念をこめて〈火男〉と呼ぶようになった。それに対して火男は、「おまえのあだなは〈ヒカル〉だ。臨死体験をして光の存在を知り、〈死は存在しない〉ことを悟った子だから」と切り返してきた。火男はヒカルが脳出血を起こして瀕死《ひんし》の状態になったとき、光輝く存在を見たという話を大いに気にいっていたのだ。

ある日、ヒカルは興味にかられて医局へ行き、インターネットで調べ、火男は遺伝子の異常に基づいた骨の病気を患っているらしいと見当をつけた。ヒカルはメモをとりながらつぶやいた。

「原因は〈骨をつくる細胞を支配する遺伝子の突然変異の結果、骨が脆《もろ》くなる〉か。こんなことも書いてあるぞ。〈硬い骨でも生きている組織であるから、成長がとまってからもたえず古い骨細胞は破壊されて、新しい細胞に置き換わるものである。しかしこの病気にかかるとそのプロセスが乱されるので、古い骨の破壊速度は速まるものの、そのあとは、よりやわらかい繊維組織に置き換えられてしまう〉症状は〈骨の変形や痛みであるが、軽症では症状を呈しない。どの骨でも侵されうるが、手足の骨、顔面骨や頭蓋骨、それに肋骨《ろっこつ》や骨盤が侵されやすい〉いったい、どうしてこんな病気が……、〈なぜ突然変異が起きるのかは不明であるが、親から受け継ぐものではないし、子孫に伝わるものでもない〉か」

そのとき、脳血管内治療をおえたばかりの火男が汗でぐっしょり濡れた術衣を着たまま医局に顔を出し、「よう、調べものか？」とヒカルに大きな声をかけた。そして冷蔵庫から水出しコーヒーのポットをとりだしてカップにそそぎ、机に向かった。

手術がうまくいったときの機嫌のいい感じだと思ったので、ヒカルは机の上に山と積まれた書類に目を通している火男に近づき、思いきって声をかけた。

「遺伝子の異常による骨の病気なんでしょ？」

「そのとおり、よく分かったな」振り向きもせずに火男が答えた。

「そんなこと、わけありませんよ。新しい治療法でもないかと、アメリカ東海岸の大学病院のホームページまでも見てみました」

「英語も達者だったな」

「読み書きには不自由しませんけど」

仕事をつづける火男の横顔に目が吸いつけられたまま、ヒカルは聞いてみた。「どうして医者になろうと思ったんです？」本当は結婚しているのかも聞きたかったのだが、あまり個人的な問題には触れてはならないと思い最初の質問は差し障りのないことに留《とど》めたのだった。

「ワシは宮仕えができないたちでのう、それで医者になろうと思ったんだ。そのころの医者は患者のことだけ考えていればよかったからな。医者になってからは、あまり人のやりたがらない神経系のことをあれこれ学んだ上で脳血管内治療という新しい治療法の開拓に熱中した。そのうちに婚期を逃してしまったという次第だ」ヒカルの本心を見抜いた火男は、苦笑しながらアッサリと答えた。

思っていたことが一応確かめられたので、ヒカルは話題を変えた。「医者といえば、優等生の集まりのように思えるけど……」

「今の入試制度だと、並みの高校生でも懸命に勉強すれば医学部に入れるさ。問題はその先だ。そもそも日本の医学生は幼い、まるで中学生か高校生だ。中・高校時代は受験勉強に没頭しなければならないので、医学部に入っただけで人生の目的の大半を達成したような気になる者が多い。で、それまでみずからに禁じていたクラブ活動にうつつをぬかすようになる者が多いな」

やっぱり、と思ったヒカルは「医者のなかにもずいぶんヘンなのがいるようなので心配だ。病院では患者や看護師とまともにコミュニケーションできない医者を見るし、医局では驚くほど反動的な社会戯評をしてるのを聞くことがある」と切り込んでいった。

火男は口をへの字に曲げて淋《さみ》しそうな微笑を浮かべただけだった。それで、ヒカルはちょっと挑発してみることにした。「なぜ、そしていつから、火男は出世コースから外れたんですか?」

今度はヒカルの質問に誘導され、火男は鬱憤を吐きだしはじめた。「最初から出世コースなんてものには無縁だった。それまでの医者製造機構に入って行かなかっただけのことだ。そうさな、……学年が進み、臨床実習がはじまって、大学病院医局の実態を知るようになって憂鬱になったのさ」

「どうして?」

「当時、男をダメにする3大組織として悪名高かったのが、相撲部屋《すもう》、記者クラブ、それに医局だった」

「そ、そんなころから……でも、いまでも当たっていそうな……」

「企業が学生の青田刈りをするように、医学部の教官たちはナイーヴな学生をたぶらかして医局講座制という専制君主制の底辺に引きずりこんでいた。同級生の多くは、そんな医局の階段を昇っていくための処世術を身につけて茶坊主のようなふるまいをする先輩の姿を見て、ああはなりたくないと考えたもんだ」

「茶坊主だって、な、なんというたとえ」

「いや、本当だ。教授の意に沿うことだけを考えて医局の中で身を処していると、そんなふうになるんだ。さらに夏休みなど研究室に出入りするようになって、業績第一主義の研究室ではときに研究データの捏造《ねつぞう》や水増しがおこなわれていることも見聞きした」

「若者としては当然、反乱ですね！」

「そのとおり！　我々の世代の医学生たちは卒業間近のころから研修医時代にかけて、医局に所属することを拒否して闘った。同級生の結束は固かったから、教授会も医局に入らずに大学病院で研修することを認めざるを得なくなった。そして、我々研修医が自主カリキュラムを作って理想の卒後研修を行うためのコミューン、自治的共同体とでも言おうか、は医局員の共感も得て３年間も続いた」次々に書類に目を通しては丸めて屑《くず》かごに抛《ほう》り込みながら、火男がつづける。

「これは１９６０年代に世界を風靡《ふうび》した学生反乱のひとつだったとも言えよう。最後は、国に尻を叩かれて事態の打開を焦った教授会が、機動隊という国家の暴力装置を引き出してワシらのコミューンをつぶしてしまった」

初めて聞く話に興味をそそられたヒカルが先を促した。「で、医学教育の改革は進んだの？」

「そんな状況に陥った大学で、医学教育の改革が進むわけがないだろうが」と言って書類を整理する手をとめて向きなおった火男、「それ以降、医者の世界も旧態依然たる状態にもどってしまった。いや、以前にもまして反動的な状況になってしまったというべきだろう。大学病院に残ろうとするものは教授にたいする忠誠度を試す現代版の踏み絵を踏まされ、教授の独裁制はいっそう強まったんだから」

そこで言葉を切った火男は、思いついたようにつづけた。「そういえば、このあいだ、近くの大学の教授に会ったとき、推薦図書一覧を見せられた。各科の教授が医学生に読んでほしい教養書をあげているんだが、それを見て驚いた」

「推薦図書ですか！　お節介ですね。……ところで、なんで驚いたんです？」

「なんと、一昔まえまではだれもが中学か高校で読んでいたような本が大半を占めていたからだ。偏差値だけで高校生を選んでいるので、入って来る学生の多くがまともな家庭教育、中等教育を受けていない。それで医学生の教養を高め、社会人としての常識を身に付けさせようと、そこまで手当てしなければならないんだよ」

ここでヒカルが唐突に尋ねた。「ところで、いっしょに反乱を起こした仲間は、どうなったんですか？」

「全員、大学から追放されてしまった」

「教授会が研修医を反逆罪で追放した？　まるで封建時代の話だ！」

「皆、社会の片隅を照らすような存在になっている。だが、たまに昔の仲間が集まると自分たちの半生をふり返って、苦い思いに沈んでしまうんだ」

「どうして？」

「よき医者たらんと生きてきたが自分たちの努力はどんな結果を生んだか、自分たちはどういう存在か、などという思いに、どうしてもとらわれてしまうからだ」

「もうちょっと、具体的に言うと？」

「結局のところ、非情な社会で酷使されて変調をきたした肉体を治療しては、またもとの社会に帰す、そんな存在でしかなかったんじゃないかと考えてしまうんだよ」

「それで火男は、いまは何を望みに生きてるんですか？」

一瞬ためらった火男は、表情を引きしめて「医者としての生涯をおえようとしているいま、残された仕事はこれからの世代の教育、それも魂の教育をするために、おまえたちのガイドとなって、封印された過去を旅することだと思っとる」と、いつになく荘重な調子で言った。

200X年1月

January 200X

中国山地での火男との対決～ヒカルの回想

――正月は空きベッドの目立つ病室で過ごした。一時帰宅していた患者がもどりはじめ、昼食のデザートに鏡開きのしるこが出た週の終わりには外泊訓練がはじまった。退院して自立した生活ができるかどうかのテストだ。

自宅に帰ると、ぼくの入院中に伯母が整理した家からは両親の衣類をはじめ家具や食器など、めぼしいものはみごとなまでになくなっており、家のなかはガランとしていた。そのことに、一種のさわやかさをおぼえたほどだった。

炊事から入浴まで、日常の用はなんとかひとりでできないことはなかった。ひとけがなく底冷えのする家で、ひたすら火男から借りた本を読んで過ごし、夜は重いふとんに丸まって眠った。話し相手もいず、心の底から孤独を感じた。

翌朝は早く目を覚ましたが、何もすることを思いつかなかった。朝食がわりのインスタントラーメンをすすりながら、ふと、森へ行こう、そう思いたった。葉ずれの音を聞き、渓流のせせらぎに耳をすませば心が休まるだろうという思いにかられながら、車庫から自転車をひっぱりだして埃《ほこり》をはらった。県下の有名進学校に合格したとき、喜んだオヤジが10万円も出してくれたマウンテンバイクだった。

回転部分に油をくれ、ポンプをついてタイヤに空気を入れようとしたが、なかなか硬くならない。バルブのムシゴムを引っぱり出して調べてみると、すっかりベトついて縮んでいた。それで愛車を自転車屋まで押していってムシゴムを交換してもらった。コンプレッサーつき空気入れのノズルをバルブにあてると、今度はあっというまにタイヤは硬くなった。

サドルの硬さをつらいとお尻で感じながら大通りに出て、かなりの数のダンプカーが交じる車列の横を中国山地へと向かってペダルを踏んだ。排気ガスを浴びながら30分あまりひたすら走ると、道はようやく上り坂にさしかかり、車の数はめっきり減ってきた。

勾配がさらにきつくなり、息を切らしながら汗だくになってペダルをこいでも前へ進まなくなったところで自転車から飛び降りた。そのとき、片麻痺《まひ》が残っているせいでよろけたがなんとか立ちなおった。それから自転車を押して歩きながら呼吸を整えた。道がやや平坦《へいたん》になるとサドルにまたがってペダルを踏み、すこし勾配がきつくなると自転車を押して歩くといったことのくり返しを1時間半もつづけていると、入院中に弱ってしまった脚がガクガクしてきた。

ようやく峠にさしかかったとき、なんとなく心ひかれる横道があったので、国道からそれて林のなかを走るその道へ入った。すると、いきなり、にぎやかな鳥の声と渓流の音に包まれた。〈来てよかった!〉と顔がほころび、吹き抜ける風にざわめく木々の梢《こずえ》を見あげたとたん、道は急なカーブからきつい上り坂になっていた。あわてて自転車から飛び降りたが、弱った手足が体重を支えきれずに転んでしまった。あいにくのジャリ道で両膝、両手だけでなく、額まですりむいた。情けなさに涙があふれてきて、ひとしきりわが身の不運を呪った。苦痛は黙って耐えるより声に出したほうが楽になることを集中治療室で学んでいたのだ。気をとりなおし、チェーンがはずれて道端にころがる自転車のところまで足を引きずりながら近づいた。

そのとき、背後からくぐもった声が降ってきた。「ひどい目にあったな。……そこで傷を洗ったほうがいい」

飛びあがるほど驚いてふりむくと、ひとりの男が崖の上の暗い木立を背にして立ち、足元の渓流を指し示していた。噴き出る汗と血と土埃《つちぼこり》が目に入ってよく見えず、男の表情は分からなかった。不安をおぼえたが、傷の痛みと情けなさに圧倒されて言われたとおりに渓流のふちまで行った。しゃがんで傷から泥を丹念に洗い落としていると、水の冷たさにしだいに痛みがやわらいできた。

差し出されたタオルで顔をふきながら男に礼を言い、もしやと思って聞いてみた。「なにか消毒薬をもっていませんか?」

「しっかり洗えばそれで十分。消毒薬を塗ると傷の治りが悪くなるだけだ」素っ気ない返事だった。

聞き覚えのある声にハッとして、「ひ、火男?」と思わず叫んだ。それからあわてて、「ひょっとして湖西先生?」と言いなおした。

「よく来たな」白い歯を見せ、にっこり笑ったその顔は、まぎれもなく火男だった。

ぼくはその落ちつきはらった態度に腹がたち、さっそく食ってかかった。「いったい、ぼくが今日ここに来るってことが、どうして分かってたんですか?」

「ワシがここにいるときにおまえが来た。それだけのことだ」

「それではなんの答えにもなりません」

「ワシにも分からないことに、どうやって答えられようか。それならワシだって、どうしておまえがここに来たかと尋ねたって不思議じゃあるまい。それがほんとに、そんなに大事なことか」

火男は片ほおをすこしゆるめて笑った。「とにかく、おまえがここにいる。ワシにはそれで十分だ」

旧知の人にたいする懐かしさとでも言いたい感情がぼくの胸を締めつけた。だからなんだろうか、我ながらおかしいと思うことをさらに口走ってしまった。「そんなこと言って、ぼくを待ってたんでしょう、ちがいますか？」

火男は「いや、べつに。ワシはただ海を眺めていたんだ」とかわした。そういえば木立のかなた、南のほうにかすかに海が見えたような気がした。

火男は手にしていた杖《つえ》をもてあそびながらつづけた。「おまえに会えてうれしいよ。まえからおまえとじっくり話がしたいと思っていたんだ。ワシについてきなさい。このさきに気持ちのいいところがある」

そう言うと火男は崖の上にある小屋へ入っていった。〈さて、どうしよう〉近くの岩に腰かけて火男を待つあいだ、行きたいという思いと、おかしなことにかかわりあうのはごめんだという思いのあいだで、ぼくの気持ちは揺れていた。じつを言うと、すでに火男への親近感を強くもっていたのだが、この日の火男の現れ方や、彼がかもしだす雰囲気にすこしばかり薄気味悪さを感じてもいたのだ。火男は小屋の中でしばらくごそごそしていたかと思うと、くすんだ色の小さな袋と水筒をぶらさげて出てきた。

ぼくの心の迷いを感じとったのか、火男はこう言った。「途中で引き返したってかまわない。おまえの気持ちしだいだ」

その突きはなしたような言い方にぼくは挑発されてしまった。「行きますとも。ぼくもあなたと話がしたいとずっと思っていたんだ」そう言うと、勢いよく立ちあがった。

火男は黙ってゆっくり立ちあがると、ぼくを従えて葉を落とした喬木《きょうぼく》の森を歩きだした。あちこちの谷に雪が消え残っていたが、中国山地の南斜面は冬でも晴れた日は明るく暖かい。起伏にとんだ山道を火男は足どりも軽やかに、考えにふけりながら歩いていた。

ぼくも遅れないよう、麻痺の残る足で懸命に歩いた。いくつもの渓流を渡り、大きな岩を何度も回って歩いていると、〈いったいどうして、ぼくはここでこんなことをしてるんだろう〉〈彼に〝理想の父親像〟を求めているのだろうか。ぼくは偉そうな年長者が大嫌いだったのに……〉から、〈すでにぼくの頭はおかしくなっており、この老人を買いかぶっているのではないか〉まで、際限なくわきあがってくる疑念にとらわれつづけた。だが、あたりに満ちた落ち葉の香りがここちよく、しだいに歩くことに専念できるようになった。

1時間あまりたったころ、突然、あたりのようすがふつうでないことに気づいた。驚いたことに、すべてのものが色彩を失い、耳慣れた森の音も間遠に聞こえて現実味がなくなっていた。フッと、一種のめまい感に襲われて、ぼくは立ち止まった。ちょうどそのとき、ぼくらは森のなかの開けた場所に立っていた。野原の中央には数えきれないくらいの大きな岩があり、そこにはまぎれもなく神聖な雰囲気が漂っていた。こういった場所へはまえに一度来たような気がする、そんな既視感にとらわれたとたんにぼくはそこで休みたくなった。

火男はそそり立つ、ひときわ大きな岩のまえにいた。そしてぼくのほうを振りむき、顔の半分だけでほほ笑んで言った。「さ、着いた。ここで話をしようじゃないか」

ぼくは、岩の上に腰をおろした。すると、木々の梢を吹き抜ける風の音、渓流のせせらぎが一度によみがえってきて、思わずため息が出ると同時に涙がにじんできた。このときに感じたのだ、いままでぼくがいた病院という環境がいかに自然から切り離されたものだったかを。とくに、あの集中治療室！　窓のない部屋は夜も昼も蛍光灯で照らされ、目に入るすべてのものが白々と輝いていた。あの無機質な環境を思い出すと気分が悪くなる。

気持ちが落ちつくと、急に疲労と空腹感が襲ってきた。朝から何も食べてなかった気がした。それに町から山へと自転車を走らせるのも、火男のペースで山道を歩くのも、難儀だった。ぼくの疲れたようすを見て、火男は担いでいた袋から茶色の包みをとりだし、ほうってよこした。タケノコの皮の包みをもどかしい思いでほどくと、2個のおにぎりが出てきた。夢中でかぶりつくと、唾液腺が痛むほどに口のなかにつばがほとばしりでた。

歩いていたときと同じように考えにふけりながらゆっくり食べていた火男は、ぼくが話しかけようとすると目をつぶって首を横に振り、黙って食べるよう促した。そして水筒をほうってよこした。ぼくが2個のおにぎりを食べ終わり、まろやかな水でのどをうるおし、満ちたりた気分になっていると、火男は顔をあげてぼくを見た。そして手にしていた2個目のおにぎりを包みに戻しながら尋ねた。「気分はどうかね」

「いいです」あわてて言うと、自分でも顔が赤くなるのが分かった。我ながらすこしがっつきすぎたかなと思って、恥ずかしかったのだ。

「いいとはどういうことかね」彼がさらに畳みかけてきた。

うるさいな、と思ったので黙っていると、火男が静かに言った。「無難な答えばかり心がけているうちに、それが習い性となってしまったな」

ぼくはあっけにとられて火男をみつめた。

「どんな気分かと聞いただろう」火男はさらに返事を促した。

ぼくはしかたなしに答えた。「でも、ほんとに気分がいいんですよ。病室に長いこといたあとだからでしょう」これだけでは許してもらえそうもないと思い、つけくわえた。「山の霊気を吸って、はじめてリフレッシュされたような気になりました」

「はじめてリフレッシュされたような気になった、か」火男はゆっくりと、ぼくの口調をなぞった。それからうなずいて言った。「よろしい。では、はじめるとしようか」

とたんに、おなかがグーッと絞りあげ、一瞬、便意を催した。同時にのどが詰まるような気がした。いつかは火男と対峙《たいじ》しなければならないときがくるだろうとは思ってはいたが、いざその時になると逃げ出したいという気持ちが強く働いたのだった。

火男は長いあいだ、ぼくをみつめていた。人の心を見透かすような、しかし暖かいまなざしだった。彼の視線に耐えられなくなって目をそらしかけたとき、火男がようやく口を開いた。「おまえは本質的でないことにとらわれている」

「何がおっしゃりたいんですか？」自分でも感じていることだったので、落ちついて対処した。

「おまえは、人の賞賛を得ることばかり考えてきたな」

「それがいったい、どうしたというんです？」

火男はぼくの反発に構わずにつづけた。「大事なことは、おまえが自分のことをどう考えるか、この世で何をしたいかということなんだよ」

「ぼくの生き方のどこが問題なんです？」

「それに、いいと考えてやってきたことが思うようにいかなくなって傷ついたとき、それを社会や友人や親や自分が受けた教育のせいにすることだ」火男は岩の上にあぐらをかいて座り、ゆっくりと言った。

「だから？」ぼくはしだいにいらだってきた。

「おまえはこれまで自然に親しむことをせず、社会とも生きた交渉をもたず、ひたすら級友を押しのけ、抜けがけをする競争的な世界に生きてきた。そのおまえが、そういう生き方もできなくなって、これからいったい、どうやって生きてゆくのか……。孤立無援のおまえは、自分が負うべき責任を他の人に押しつけることもできずに、ひとりで悩んでいるんだろう」

ようやく、火男の言葉がズシンと胸にこたえた。それでもとりあえず言葉を返さなければと思い、あわてて返事をした。「まったくそのとおりです。穴ボコに落ちこんでしまってはいあがれない心境です。つまり……」そして、いったいどうしてこんなことになってしまったのか必死で考えた。だが、集中できなかった。火男の言葉によって、数日まえからぼくの心をかき乱していた感情に打ち負かされてしまったのだ。

追い打ちをかけるように火男が言った。「何が本当に自分のしたいことをいまだに妨げているのか、考えたことがあるか？　これまでの自分の生きざまをふり返って、いったい何が原因でそうなってしまったのか、考えてみるがいい」

それに反発し「ぼくは一番望ましいと思われることに専念し、それで成果をあげてきた」と勢いこんで話しはじめた。ところが、「病気になってからそれができなくなった。そして自然な感情の流れも途切れてしまった……」と言ったところで考えこんでしまった。そう、親からも教師からも認められる生き方、望むものがなんでも手に入る生き方のみが関心事となってしまっていたのだ。そのあげくがこのざまだ！

そのとき、絡まりあったつる草のように、学校でのいやな出来ごとの記憶が一度によみがえってきた。授業に集中できなくなって、よく教師にどやされるようになっていたのだ。教室で机についているとテニスコートで走りまわることを夢みたり、学校新聞の原稿を書かなければ、学園祭の準備をしなければといった雑念がつぎつぎと湧いてきた。ところが、いざテニスコートに立ってみると翌週に迫った試験のことが心配で集中できず、こんなことをしていていいのかと焦りをおぼえたものだ。その合間に、初めててんかん発作を起こした瞬間の記憶が浮かんだり、それから級友がとるようになったよそよそしい態度がふいに意識に侵入してきたりと、とりとめがなかった。

そんなぼくの落ち着かない様子を見て、火男はしんみりとした調子で言った。「かわいそうになあ、おまえはいつも何かに駆りたてられているような気分で生きてきたんだろう。それで友達のなかにいても、落ち着いたあたたかな雰囲気にひたることができなくなったようだな」

そのとおりだった。いつも競争的な環境にいたので、人の善意を感じたことがなく、だれかのあら探しをせずにはいられなかった。そしていつもひとりきりになりたいと願ったり、逆に人を恋しがったりと気持ちは揺れていた。ぼくはこういった感情に圧倒されてしまったが、声に出して泣くことはできなかった。そして喉がつまり息を吸うことも吐くこともできなくなって、倒木の上に突っ伏してしまった。いつのまにか近づいていた火男が片手でぼくの手をとり、もう一方の手でぼくの背中をさすってくれた。

どのくらい時間がたったのだろう。ぼくは楽に息ができるようになったので、火男の腕をはらいのけた。なにか不遜な気分がわき起こって、はね起きると岩の上にあぐらをかいて座り、先手を打った。「なぜ、あなたはこんなお節介をするんですか？」テニスではサーブをたたきこむ側がゲームを支配するのだ。

「こんなお節介って？」

「ぼくと話したがるってことですよ。なぜ、あなたはこのぼくにかまうんですか？　入院したときから、ずっと……」

彼は笑って言った。「ワシは今、おまえと大事な話をしている。それでいいじゃないか」

「たしかに。でもあなたには、ぼくと話をしなければならない理由があるんですよね。違いますか？」

「もちろん、ワシにはワシなりの理由がある。でも、おまえにとって大事なのは、〈いま、ここでワシと話をしている〉ということなんだよ」

本当は、火男と森にいるだけでうれしかったのだ。だが、ここで引き下がるわけにはいかない。「ちょっと待ってください。あなたこそ、ぼくと話がしたかったんじゃないですか。ぼくは、あなたのあとについてきただけですよ」今度はぼくが皮肉な笑いを浮かべる番だった。

「そうだ。しかし、なぜおまえはワシのあとについてきたんだ。それはおまえの選択だろう、なぜ他人に理由を聞く」

答えようがなかったので、しかたなくぼくはうなずいて言った。「あなたの言うとおりです」そして、とことん話をつづけてどんな成り行きになるか見きわめてやろうと身構えた。こんな癖のために、ぼくは「瞬間湯沸かし器」と陰口をたたかれているいやなやつだということを知っていた。

ところが急に気が遠くなるように感じて話の筋道を見失いそうになったので、とりあえず頭に浮かんだことを叫んでみた。「みな、さも何者かであるようなふりをしている！」

火男が〈おや？〉という顔をしたので、関心をつなぎとめられたと思ってつづけた。「あなたは、なぜ彼らがそうしているか、考えてみたことがありますか？」

「あるとも」火男はきっぱりと答え、ゆっくりと言葉をついだ。「みな、生きのびるためにはそうしなきゃならんと知っているからだよ」

ぼくはゆっくりと頭を横に振りながら、薄ら笑いを浮かべて言った。「いや、そうは思いませんね。多くの人が、そうせざるをえないように強いられてるんですよ。家族、教師、それに世間が、自分がほんとうは望んでいないようなことをいっぱい要求してくるんです」

「まわりの圧力か……」火男は一瞬、悲しそうな表情になったが、断定的に言った。「抑圧され、支配されているとおまえが言う大衆を、ワシはおまえが考えるほど純朴だとは思わんね。彼らはおまえが想像しているよりもはるかに、この体制のなかでどうふるまったらいいか分かっているのさ。……彼らはそれより他の状況を求めないだけなんだ」そして、袋から水筒をとりだしながら言った。「こんなことをおまえと語りあうつもりはなかった。おまえという存在の根源にかかわる話にもどろうじゃないか。……だが、そのまえに、すこし休息が必要だ」

肩透かしを食らったような気がしたが、ぼくは近くにあった斜めに生えている木の幹にもたれかかった。そしてすこしリラックスして、のどを鳴らしてうまそうに水を飲んでいる火男のようすをじっくりと観察した。いつものように左目は閉じ切らず、白目がむきだしになっていた。

水筒の栓をきつく閉めて袋に入れながら、火男は話しはじめた。「もっと大事なことは、その日暮らしの生活をしている人たちだけでなく、エリート教育を受け経済的な余裕を手に入れた者たちの関心も、職場の対人関係や家族のことに限られているということなんだよ」咳払《せきばら》いをしながら、火男はつづけた。「さらに言うならば、皆すこしでもいい生活をすること、〈もっと、もっと〉とむさぼることとしか考えておらん。そんなふうだから、過去にも未来にも関心がないばかりか、いまの生きた世界にも興味をもたなくなってしまった」

県下でも有数の進学校に通う自分たちのことを言われているなと感じながら黙って火男の言葉を聞いていたが、突然さきほど見失った話の脈絡を見いだしたような気がした。それで最近読んだ本の気にいった個所《かしょ》を手がかりに、口をさしはさんだ。「まったくそのとおりですよ。みな自分の生命力を投資の対象とみなし、マーケットでの最高値で売るために自分の技能、知識、容姿を磨くことに専念しています。そして、自分の商品価値やマーケットの状況を考慮しつつ、その投資によって最大限の利益を得ようと必死になっていますからね」

そんなことはどうでもいいといわんばかりに、火男はつづけた。「ワシが問いたいのは、みな望むような生き方ができているか、おまえたちが学校で得た知識がすこしでも世界を住みやすい場所にするために役立っているかということなんだ」

ちょっとムッとしたぼくは、つけくわえた。「自分自身を精神的に高めるためや、世の中をよくするということには役立っているとは言えないでしょうね。いまじゃ高等教育を受ける目標は、自分の技能や知識を、また自分自身つまり〈人格パッケージ〉を、できるだけ高い値段で売ることになっていますからね」

「どういうことだ」火男が目を丸くした。

それで、さらにあわてて言葉をつぎたすはめになってしまった。「だれもかれも、できるだけ有利な取引をしようと血眼になっている。専門技術を磨いている医者だってそうでしょう。いや、それ以外のプロフェッショナルと呼ばれる種族だけでなく、大学の教職についている連中だってそうなんじゃないですか?」

火男は力をこめて言った。「つぎには、人生は前進あるのみ、〈公平な〉取引をして消費するだけ、現代人は時間からも人間からも自然からも疎外されてしまっている、と、こうくるんだろう。笑わせるね! ワシらは、こんな床屋の世情談義みたいな会話をするためにここにいるんじゃないんだ!」そして、ちょっと息をついてから言葉をついだ。「結局、おまえ自身が親や教師の意向に配慮したり、自分を世間の意向に沿わせたりしてきたということではないのかね。その結果、おまえの意欲はなえてしまった。おまえの両親はとっくに逝ってしまったというのに……」

火男の瞳に炎が燃えはじめ、もどかしそうに頭を振ってつづけた。「これからおまえが何をしようとするにしても、その結果を自分で引き受ける用意がありさえすれば、なんだって達成できるんだよ」それでもまだ意をつくしていないと感じたらしく、遠くに視線をやりながら話しつづけた。「皆がそういう気概をもつようにならなければならん。この国にはおよそ1億2000万人が生きている。だが、だれもがこの国の政治・経済・社会体制に不平たらたらのくせに、それをしかたのないものとして受け入れている」

ただお説を拝聴しているのに飽きたぼくは、クサビを打ちこむことにした。「それは、いまこの国を支配している人たちが庶民をあやつる知恵と手段を握っているからでしょう。いいですか、経済的な支配下においたり教育を与えないで放置したりすれば、庶民は変化しようにも変化できないいじゃないですか」

火男は、いかにもおかしくてたまらないといったようすで顔を真っ赤にして笑った。

ぼくは、さらにあせってつけたした。「国家の人民支配の公式はいつも、世界中どこでも同じです。まず国家の暴力装置で押さえこむ、つぎに教育で型にはめこむ、それから脱政治化してこの世は変えられないと思わせてしまう、そしてパンとサーカスを与えて不満をそらさせる」

「パンとサーカスだと？」

「〈市民は政治的関心を失って久しい。いまでは、たったふたつのことしか望まない――パンとサーカスばかりを〉ローマ帝政末期の風刺詩人ユベナリスの言葉です。もっとも、この場合のサーカスは、剣闘士が命をかけて戦った闘技場での試合をふくめた広義の娯楽のことですがね」ちょっと得意になって仕入れたばかりの知識を披瀝《ひれき》した。

「笑わせるじゃないか」火男は身を乗り出し、ぼくを見据えて語気を強めた。「だれかから得た知識の受け売りをしてなんになる。なんか気のきいたことを言ったつもりか、えっ？　おまえは人といっしょにいながら人の言うことを聴こうともしない、自分で考えようともしない！」

意外な反応にあっけにとられて見返すと、火男はさらに怒気をふくんだ声で言った。「空虚な言葉をはき散らしてはならん。自分の心の深みから出た言葉しか、人の心の深みには到達しないことを覚えておけ」

火男の言葉のはしばしに、話がかみあわないもどかしさを感じた。また、ぼくの表情から不満をかぎとったのか、火男はズバリと言った。「おまえは一向に自分の本心を明かそうとしない。自分の望みについても語ろうともしない。親や教師から期待される役割を演じているうちに、それが本性になってしまったんだな」

この言葉は、ぼくが子どものころからいつも抱いていたネガティヴな感情の数々——あきらめ、無力感、それから弱者にたいする差別意識や憎悪など——を一度によみがえらせた。子ども時代にぼくが身につけた処世術《しょせいじゅつ》は、ほんとうはちがう行動をしたいと思うことがあっても、どうせダメだろうと判断して、罰を受けないですませるようにふるまうことだった。勉強に精を出したのも、両親と教師から賞賛を得るためだった。その結果、ぼくは恐ろしく単純な価値観を身につけてしまっていた。級友のだれよりもよくできる自分を誇りに思うぶん、ほとんどのできない級友を軽蔑せずにはいられなくなった。さらには「町を歩いている庶民・大衆なぞ、なんのために生きているのか分からない」と公言して憚《はばか》らないようになってしまっていたのだ。

ぼくの波立つ心を感じとったのか、「こんなときこそ、気持ちを落ちつけて自分の心の声に耳をすませることだ」火男は感情を抑えた低い声でゆっくり語った。

火男のこの言葉で、ぼくは〈自分のなかにいる、もうひとりの人間〉の存在を強く感じるようになった。それは、集中治療室で意識をとりもどしてから気づいた存在、ぼくの心の奥深くでミノムシのような姿で逆《さか》さ吊《づ》りになって泣き叫んでいる男だった。

すると、もっとも思い出したくない高校時代の悪夢がいっきょによみがえってきた。クラス一の嫌われ者だったぼくは、ある夏の日の夕方、部活が終わったときに一瞬のスキをつかれて数人の同級生から打ちのめされ、卒業生が捨てていったカビの生えた柔道着に幾重にもくるまれて、柔道着の帯で木の枝に逆さ吊りにされたのだった。汗臭さと息苦しさより、だれにも見つけられることなく死ぬんだという恐怖心に押しつぶされそうになった。幸い、校庭の裏山にある公園でデートしていた若い男女が見つけ、帯を切って解放してくれたので助かった。小便と鼻血をあごからしたたらせながら職員室に現れたぼくを見て担任の教師は仰天したが、ロクに事情を調べもせずにケンカ両成敗ということで決着をつけてしまった。それ以来、いつも頭痛に悩まされ、痙《けい》攣《れん》が起きる頻度もまして、頼りの学業成績は急激な下降線をたどった。この事件を親に話すのは自分のプライドが許さなかった。ぼくはこの忌まわしいできごとを忘れようとして同級生との交わりを避け、ますます自分の殻にこもるようになった。

今日、火男が呼び出したみじめな姿をした男は圧殺《あっさつ》されかかっているぼくの分身であることは薄々分かっていたが、それを絶対に認めるわけにはいかなかった。

ぼくがもの想《おも》いに耽《ふけ》っているあいだ、火男は顔を真っ赤にして、ぼくが寄りかかっている木のまわりを何度もグルグル回っていた。驚いたことに、額の血管が怒張して脈打っているように見えた。突然、彼はぼくの正面で立ち止まり、ぼくの胸を切り裂くような目つきで見つめてこう言った。「おまえは、本当のおまえはどこにいる? どうしてるんだ?」

返す言葉がなかった。気まずい沈黙のなかで、自分のつばをのみこむ音が火男に聞かれそうな気がした。

「しばらくのあいだ、ひとりになることだな」火男はそう告げると、ゆっくりと歩み去った。背中を丸めて渓流のほうへ降りていく火男の後ろ姿を見ながら必死で考えたが、答えは見つからなかった。〈自分が一番いいと思ったことに専念してきた。ところが、病気になってからそれが間違っていたことに気づいた。でも、あの環境で他にどんな生き方があっただろうか〉ぼくは迷路に入りこんでしまった。

風が木の葉を揺らしはじめると、すこし気持ちが落ちついてきた。たしかに、ぼくの心ががんじがらめになったことの責任は、ぼくの両親とぼくのまわりの人間にあったはずだ。でも、彼らに支配されたという意識はなかった。去っていった両親もぼくを自由に育て、なんら束縛したとは思ってなかっただろうし、教師たちのだれもがぼくに何か強制したとは思っていないだろう。

しかし親の価値観、学校で賞揚される成功者像は、〈何者かにならねば〉という見えない何トンもの圧力となってぼくを締めつけた。生きてきた環境全体から見えない圧力を受けていただけに、ことは厄介だった。そんな状況がおもしろいわけがない。だが、逃れられない。そんな自分を不甲斐《ふがい》ないという思いも強かった。火男に促されてぼくが陥っていた窮地を言い表そうとしても言葉にならなかった。そのかわり、ふたたびぼくの内に住む男の存在を強く意識した。

そのとき、いきなり火男が目のまえに現れた。小柄なからだに怒りがみなぎっていた。「おまえは卑怯《ひきょう》者だ!」彼は突然、大声を張りあげた。「おまえが自分自身のことを語らないなら、オレが言ってやろう。あるとき、おまえは見抜いた。ひたすら勉強し課外活動にも精を出していれば両親の意向にそえ、教師にも一目おかれて安定した未来を手に入れられるということを。そのときから級友は仲間ではなくなった。すぐれた相手は蹴落とす対象となり、劣った相手は軽蔑の対象でしかなくなったからだ。それから自然に親しむこともやめ、社会に関心をもたなくなり、狭い世界に閉じこもってしまった」

黙っていると、火男の言葉がたてつづけに飛んできた。「いったい、おまえはどうしてるんだ。この病気をしてから絶体絶命の危機に陥ったが、思いがけず身にまとってきた鎧《よろい》がほころびかけてきた。それは恵みのときだったんだよ、そう思わんか？　おまえは自分を客観的に見ることができるようになって、自分の能力をも認識できるようになったからな。だが、一歩踏み出そうとはしない、この臆病者めが！」

咄嗟《とっさ》にぼくは言葉が出なかった。火男の意図が理解できなかったのだ。それでもぼくは、黙っていては負けだと思って怒鳴り返した。「ぼくにかまうんじゃない。おまえみたいなジジイに、オレの気持ちが分かってたまるか！」

「カッコつけなくたっていい。自分自身を語れと言ってるんだ」ゆっくりと彼は言った。

「もうたくさんだ！」ぼくは飛びあがって叫んだ。「ぼくのことにかまうなって言ってるだろ、ほっといてくれ！」火男に一歩近寄って声を荒らげた。

彼は声をたてて笑い、さらに挑発的な言葉を放った。「図星だな。硬直した価値観にかられて競走馬のような生活をしてきたおまえが、それでも人らしく生きてきたって言い張るのか？」

「うるさい、いいかげんにしろ！」ぼくは怒鳴った。

「そうか、おまえも他の連中とまったく同じウソつきなんだな！」火男が叫び返した。火男はつぎつぎと矢を射てきた。「おまえは真実を語ることのできない人間だ。それどころか、まわりに全面的に降伏した屈辱を感じないですむように、感情を押し殺してしまった。周囲に同調して生きるためにウソで固めた殻をまとってしまったんだ」

火男の追及は執拗《しつよう》だった。「そして厚い殻のなかに閉じこめた自分の正体をだれかに見つけられたらどうしようかと、いつもビクビクしながら殻を強固にしようと必死だったんだろ。それでついに本当のおまえはやせ衰え、干からびてしまった」

このころにはおそまきながら、ぼくは幻想の世界に生きてきたことを悟らされていた。ぼくは虚構が崩れ去ったあとも、なおもそれにしがみつこうとしていたのではないかと考えこんでしまった。その瞬間に、後ろに回った火男に襟首をつかまれた。ぼくを吊り下げながら、火男は語気を強めた。「ほら、ここをよく見ろ！　ここにおまえの姿がある」

火男は小柄なわりに驚くほど力が強く、ぼくは自分の胸元をのぞきこむ格好になった。そして、そこにぼくはあの男の姿をはっきりと見た。ミノムシのような姿で逆さ吊りになっているその男が自分自身であることはすぐに分かった。ぼくは不安に耐えられなくなり、火男の手をふりはらうと草のなかに倒れこみ、声をあげて泣いた。

ぼくの上に屈《かが》みこんだ火男は静かに語りかけた。「おまえがこれまで見ていたのは幻だ。自分の本当の姿を見るんだ。目を見開いてよく見ろよ、ヒカル。そして心のなかの苦悩をすべて吐き出してしまうんだ！」火男が言葉を発するたびに息苦しさをおぼえていたぼくは、吐き気に襲われるようになり、どうしても言葉を口にすることができなかった。それを目にした火男は、そっと離れていった。そのあと、長いあいだ身動きもならず、ぼくは枯草の上に横になっていた。

どのくらい時間がたっただろうか、寒さに身ぶるいして上体を起こした。すでに低い山並みの彼方《かなた》に陽が沈みはじめ、短い冬の1日が終わろうとしていた。火男は岩の上に座って日没の光景と対面していた。

ぼくが自分に目をむけてぼんやりと座っているのを感じたらしく、火男はつぶやいた。「ワシは幼いころから、日の出と日の入りのときには、他のことをやめて座るように言われたもんだ。何を祈ったかは覚えていない。また、何かを考えるということもなく、ただ座っていたように思う」

陽が沈みきってしまうと、急に夜の闇がおおいかぶさってきた。ゆっくり立ちあがった火男は柴《しば》を集め、手ごろな石を拾ってかまどをこしらえた。そして残照のなかで細い枝、太い枝、湿った枝を選り分《え》《わ》けると、まるで儀式かなにかのように神妙な顔をして、それらの枝を細心の注意をはらって組みあげた。数日まえの雪で湿った木の枝は火つきが悪かった。そこで火男は枯れた松葉を拾ってきて下に敷いたり、その上に小枝を組みなおしたりして火を燃え立たせようと懸命の努力を重ねるはめになった。それをぼくはただ座って眺めていた。白い煙に顔をしかめ白目がむきだしになった左目から涙を流しながらゆがんだ顔をますますゆがめて火をフーフー吹いているのを見て、我ながら火男とはよく言ったものだと思いながら。

ついに燃えあがった炎をじっとみつめながら、火男が言った。「隔世遺伝というのかもしれないが、ワシはたき火がうれしい。この暖かさ、木のはぜる音、木の香り、……なにもかも懐かしい」

動かない火男の顔の半分は黒光りしていた。そこには結局、ぼくの殻を破らせることができなかった悲しみがにじんでいた。

暖かさに引かれて、ぼくはたき火にソロソロと近づきながらようやく口を開いた。「匂いと音が古い記憶を呼びさます。嗅覚も記憶もともに、かばっていったっけ、旧《ふる》い脳の働きだね」

この言葉でぼくがふだんの調子をとりもどしたことを知った火男は、ため息をついて「海馬《かいば》だ」と一言で訂正し、まわりの巨石に目をやりながら言葉をつづけた。「古代にこの場所であったことを思い浮かべてごらん。人びとは1日の労働をおえ、たき火を囲んだ。冷えたからだを暖め、彼らの神に祈りを捧《ささ》げてから、採取した食べものを分かちあった。満ちたりた気分のなかから自然と歌や踊りがはじまる。そこから言葉も発達し、共同体の記憶が伝承されるようになったにちがいない」

火男はふと思い出したように、しまっておいたおにぎりをとりだし、ふたつに割って半分をぼくにくれた。パチパチとはぜる薪《まき》の香ばしさを楽しみながら、ぼくはそのおにぎりをゆっくりとかんで食べ、水筒の水を飲んだ。するとふたたび、全身に力がみなぎるのを感じた。

そうこうするうちにすっかり暗くなり、宇宙の静けさがゆっくりとぼくらの頭上に降りてくるように感じた。火男が語りはじめた。「ワシは、どうしておまえがあんな殻を背負って生きるよようになったのか、じっくり考えてもらいたいと思った。おまえと本質的な話をしたかったから、話が脱線してもそのままにしてきたんだ。だが残念ながら、おまえは自分の殻を破ることができなかったな」

自分でも無念の思いにとらわれているところだったので、顔をあげることができなかった。黙って聞いていると、火男はたき火に薪をつぎたしてから「いいか、これからワシが話すことを全身全霊を傾けて聞くんだぞ」と深い声で念を押すように言った。「それからもうひとつ、ワシがこれから言うことが心にしみこむ時間を与えてくれ。ワシの言葉がおまえの心に根づいて、花開く機会を与えてほしいんだ」ひざの上で両手の指を組んで祈るように言った。

「おまえは父親を憎んでいたな。おまえがあれほど荒れたのは、おまえの父親が体現していた価値体系が間違っていることをかぎとっていたからだ。あのとき、おまえに見えない圧迫をかけつづけていた存在にたいして猛烈な怒りを発することによって、人格の統合を保つことができていたように思える。だが、おまえの父親だけを責めるんじゃないぞ。問題の根は深い。家族のなかにおける父親の存在感が、近代日本では数世代にもわたって揺らいでいたということに目を向けなければならん」

「数世代にもわたって？」

「そうだ」と答えた火男は、パチパチ音をたてて燃える小枝が放つ香りを胸いっぱいに吸いこむと、力をこめて言った。

「まず戦中派からはじめよう。第2次大戦が完全な敗北に終わったとき、彼らはよりどころとしていた天皇制を中心とする価値観を全面的に否定した。その結果、彼らは精神的に漂流するようになってしまった。で、その子どもの世代はどうなったかというと、対決すべき価値体系を喪失してしまった、というより、はじめからもてなかった。その結果、父親となることのできない世代となってしまったのだ。古来、父親の務めは規律を守り、人格を練磨することを教えることにあるのは知ってるな。父親の世代がそのような役割を放棄したことによって、その子の世代は父親の務めを学ぶ機会を失ったんだ」

そこで一息ついてぼくをみつめ、「ところで、戦中派が戦場から帰ってきてできた子どもが団塊の世代と呼ばれているのは知ってるな」と言った。

「知ってるよ。個性を殺して組織の歯車になりきり、日本の〈驚異的〉といわれた経済成長を支えた世代だろ。うちのオヤジはその最後尾に属している」

うなずいて火男は言った。「団塊の世代は父親の権威をもって育てられなかった世代なんだ。彼らのなかには、〈対等な親子関係が理想〉などという者が多い。愚かなことだ」

父親のふるまいをいつも疎ましく思っていたぼくはあいづちを打った。「オヤジもぼくが中学に入ったころから勉強を教えるときや世間智《ち》といったものを伝えようというとき以外は、対等であらねばと思いこんでいたな。それをうさんくさいと感じていたよ」

火男はわが意を得たりと、大きくうなずいて言った。「彼らは〈権威〉を否定する感情を非常に強くもって生きてきたので、自分が親になったときに押しつけはいけないという建前に縛られて、子どものしつけができなくなったんだ」

「その結果、どうなったんです?」答えは予想できたが、ぼくはあえて聞いた。

「来るべき世代に向けて道徳的価値観を伝えることができなくなってしまった」火男は厳然と言い放った。

「それが何で問題なんですか!　……どうしてそうおっしゃるんですか?」

「毎日の新聞の社会面を見ろよ。いや、病院という狭い世界での人びとのふるまいを見ただけでも分かるだろう」そこでいったん言葉を切った火男はぼくの不満の表情を見て、つづけた。「自分の権利を主張するばかりで、自分の行動が社会にどんな影響を与えるかといったことを考えない、自分の身勝手な行動が回り回って、やがては自分にもはね返ってくることが分からない者が増えた。この国にはかつてなかったほど利己主義がはびこって、社会にたいする責任感や、〈全体のことを考える〉という視点が欠如してしまったとしか思えない」そして、ため息とともに吐き出した。「こういった傾向は程度の差こそあれ世界的な現象だが、これは人類の未来にとってはたいへん恐ろしいことだ」

そろそろ結論だと思い、ぼくは思わずこんな言葉を口にした。「で、どう生きろと、このぼくに？」疲労は限界に達し、ぼくは我慢できなくなっていたのだ。

自分の頭を使え、という答えが返ってくるのではないかと一瞬身構えたが、予想に反して、火男の言葉は思いやりに満ちたものだった。「そこそこ安定した楽な暮らしができているからといって、現状維持を望むようになっちゃならん。それから自分が得をするからという理由からだけでなく、苦しみ、憎しみのためにも体制に自分の生を差し出すことのない人間になることだ。そのためには歴史的に自分の国の本当の姿を知らなければならん。それができる人間は、どんな力にも利用されたり支配されたりすることはなくなるだろう」

火男は静かに立ちあがり、ぼくを見下ろして言った。「そんな人間に生まれ変わるのは、それほどむずかしいことではない」そしてぼくの手をとって立ちあがらせ、ヒタと見据えて語りかけた。「おまえの体力も気力もまだ完全には回復していない。それ以上に問題なのは、おまえの心をおおう厚い殻だということが分かった。だが心配はいらない。おまえには若さがあるし、ワシには経験がある。それから、ワシらふたりのあいだには信頼がある。そう、ゆるぎない信頼が……」

たき火が映えている火男の瞳をみつめ、ぼくは思わず火男を両腕に抱いた。彼を心から抱きしめると、彼もしっかりとぼくの抱擁に応えてくれた。

火男はふいに向きを変え、つぶやきはじめた。「だが、問題の根は深い。おまえにはもっと超絶的な体験がないと、おまえの心をおおう厚い殻は破れまい。さて、どうやっておまえの手助けをしようか」

考えこんでしまった火男をたき火のそばに残したまま、ぼくはふり返らずに歩きだした。火男と遭遇した渓流のそばまできて、倒れていた自転車を闇のなかから引きだし、はずれていたチェーンをギアにはめた。それから自転車にまたがり、ビュンビュン耳に鳴る風をここちよく感じながら、いっきに山道を下った。

ヒカルが自分の家のふとんの中で目を覚ましたときには、夜が明けていた。

ヒカルは数日後に退院した。脳出血を起こした病気・脳動静脈奇形は手つかずのまま残っていることは知っていたが、治療を希望しなかったのだ。

ヒカルはひとりで退院手続きをすませ、「こんな統計があるので、心配ないと思います」と明るい表情で同室者に別れの挨拶をした。脳動静脈奇形が出血を起こしたあとの1年間の再出血率は6パーセントという主治医の説明を、安全率94パーセントと読み替えたのだった。

「お、おまえ、それはち、ち、ちがうだろうが。ア、アブナイ、危ないぞ。マテ！　まて！　待て！」同室者のひとりで、脳出血のため片麻痺と失語症になってリハビリに励んでいた高校教師が、引きとめようと懸命に左手で車椅子を動かして追ってきたが、ヒカルはエレベーター・ホールで振りきって退院した。

ヒカルは孤独感と、これからの生活にたいする不安感とで胸が押しつぶされそうだったが、解放感にとらえられはじめてもいたのだった。

切迫する世界情勢、放射線被曝の知識の乏しい医者

脳血管内治療専門医の受験勉強中の若い脳外科医・佐々木のそばで、ヒカルがクッキーをつまみながら佐々木の求めに応じてインターネットを駆使して必要な情報を集めていた。てんかん発作を予防する薬の服用を怠っていたヒカルは、退院して1週間目に火男から電話で厳しく注意された。それで学校の帰りに薬をとりに病院に寄ると、自然と医局に足が向いたのだった。

火男が現れ、ヒカルにウインクしてから佐々木の顔を見て言った。「精が出るな。夕べは当直でほとんど寝てないんだろう。そのうえ、きょうの午前中は外来診療、昼からは手術の助手をしていたというのに」

「手術が終わって、集中治療室に患者を移してから術後の指示を出し、それから受けもち患者15人の回診をすませて、ようやくお勉強の時間です。病院は最小限のスタッフで回さざるをえなくなり、みな疲れきっています。これもいわゆる小泉改革以来、いっそう進行した低医療費政策の結果です」と顔をしかめて言った。

「このところずっと家に帰っていないようだが、いいのか」

「いいのかと言われても……、専門医試験が3ヵ月後に迫ってきましたしね。どうせうちは母子家庭ですからと、女房もあきらめ顔ですから」

一瞬、せつなそうな顔をした火男、佐々木の手元をのぞきこんで言った。「どれどれ、きょうは放射線障害の勉強か」

「われわれ脳外科医は放射線医学の基礎が弱いもんですから、どうしても後回しになってしまいます。でも、臨床の現場で実際にこんな知識が必要なんでしょうか」

火男は教科書をパラパラとめくりながら顔をしかめて答えた。「言いわけはよろしい。いやしくも臨床医たる者、放射線障害あるいは放射線の影響について、患者から必ずなんらかの質問を受けることを忘れてはいけない。だがなあ、自分が使っている放射線のことをあまりにも知らない医者が多いな」

「まいったな」赤鉛筆を指の間でもてあそびながら佐々木がつぶやいた。

「放射線安全を確保するための基本的な数値として線量限度が決められている。職業被曝《ひばく》の線量限度と一般人を対象とした公衆被曝の線量限度が決められているが、医療被曝の線量限度を言ってみよ」

「たしか、医療被曝には線量限度がないんですよね」

「そのとおりだ。では、そういった特例が認められるための条件、つまり、放射線を使用するにあたり、われわれがどんなことを知り、どのように行動しなければならないとされているか言ってみなさい」

「放射線の害が利益を上回る……でしたか。おっと、訂正します。放射線の利益が害を上回るでした」

「そう、それを正当化という」素っ気なく言った火男、「それから？」と問うた。

「…………」

「もう沈黙か。もうひとつ大切なことがあるのを忘れたか」と返答を促したが、答えが返ってこないので、火男は「医者が放射線防護・管理の十分な知識をもち、被曝を少なくすることにつねに努めることだ。それを最適化という」と熱をこめて言った。そして「いいか、よく覚えておくのだぞ、放射線はどんなに低レベルでも発癌《はつがん》などの健康リスクを有しており、それは放射線の線量に比例して増加することを。安全基準なんてものは存在しない」と付け加えた。それから、ため息とともに吐き出した。「ただでさえ、日本の医療被曝の多さについては、欧米から強い非難が浴びせられていることを忘れてはならん」

「日本では患者さんにむだな被曝をさせているということですか」

「残念ながら、そのとおり。医者たる者、放射線を使うべきであるかどうか厳密な判断をし、必要な臨床情報が得られる最低限度まで被曝線量を減らすことにつねに努めなければならん」

火男は佐々木の顔をのぞきこんでつづけた。「ことにカテーテルを使った血管内治療がさかんにおこなわれるようになってきたが、むずかしいケースでは治療に要する時間も長くなるので、脱毛や皮膚障害を起こすことがある。その結果、〈放射線のことをろくに知らない医者が、人間のからだに長い時間、放射線をあてている〉という強い批判が生じている。血管撮影装置をはじめとして、診断と治療のために放射線診断機器を使う者にとっては、おまえが勉強していることくらいは医者としての最小必要限の知識と思え。脳血管内治療専門医試験では放射線防護の配点も高いことを忘れるな」

佐々木が頭をかきながら答えた。「分かっていますよ。物理学に弱い医者としては後回しになってしまいましたが、放射線防護、放射線障害については教科書で基礎を学んだあと、最近の放射線医学雑誌の血管内治療特集号にも目を通しました。それに、インターネット上の情報はヒカルが集めてくれています」

「このくらい理解するのに、たいした物理の知識なんか要りはせん。どれどれ、インターネットにはどんな情報が載っているのやら」

言って火男は拾い読みする。

「〈大量の放射線の被曝後すぐに発症する症候を急性放射線障害と呼ぶ〉そのとおりだ。被曝線量と症候との関係は〈2グレイ以上の被曝で2～12時間後に食欲不振、嘔気《おうき》が起こる〉か、フンフン。〈つぎに、被曝者の半数が死亡する半致死線量の4グレイ以上の放射線を浴びると、2～12時間後に激しい嘔吐《おうと》と下痢を呈する。そして4、5日を過ぎると血のまじった激しい下痢がはじまり、脱水状態に陥る。それでも2日後には、いったんこれらの消化器症状はおさまり小康状態を保つ〉とね。しかし、死神はこのあいだもせっせと仕事に励んでいるんだ。〈1週間を過ぎるころから粘液と血液のまじった激しい下痢がはじまり、消化管から細菌感染を起こして敗血症から死の転帰をとることが多い。一般に全身に6グレイを超える放射線を一度に浴びると死は免れ得ない〉。中枢神経症候はというと、〈20～30グレイ以上というきわめて大量の放射線を浴びることで引き起こされ、被曝者は錯乱状態から昏睡《こんすい》状態に陥り死亡する〉か」、と読みあげた後しばらく沈黙し、宙をにらみながら「爆心地での初期放射線量は広島では24グレイ、長崎では29グレイと推定されておるのう。爆心地近くにいて、即死しなかった人も錯乱状態から昏睡に陥って死亡したことが知られている」とため息をついた。

「こんな知識がもう必要とは思えませんが……」佐々木があくびをかみ殺しながら言った。

「どんな世界に我々は住んでいるのか、おまえは分かってないようだな」

「と言いますと?」

「インターネット上の記事は、1979年のアメリカ・ペンシルベニア州スリーマイル島や、1986年のウクライナのチェルノブイリ原子力発電所で起きた放射性物質が飛散するという重大事故の記録からはじまっているだろう。これらの事故によって、原子炉はいったん暴走しはじめたら人間がコントロールすることは絶望的なまでにむずかしいこと、その結果、永久と言えるほどの長いあいだ放射線を出す廃棄物を、国境を越えて広い範囲にまき散らすことを人々は知った。それなのに、我が国は太平洋プレート、北米プレート、ユーラシアプレート、フィリピン海プレートの境界に位置し、国土には縦横に活断層が走っている上に多くの活火山を抱えるこの小さな列島に原子炉を増設し続けている。頻発している中小の事故を隠蔽してな。このままいけば、60基になる日も遠くないだろう……。そもそも、原子炉というものはとてつもなく長い年月、高い放射能を出す廃棄物を処理する方法もない未完の技術だということを忘れてはならん。それに機械的に巨大で複雑なシステムであるために、組み立てからメインテナンスまで、さまざまなメーカーが関与し、それに下請け、孫請けがからんで行われているのが実情。そのうえ経営上の圧力がかかるので、人為的なミスが生じる可能性はきわめて高くなるのだ」無精ひげをごしごしこすりながら火男はつづけた。「また、核兵器は1945年の長崎以来、人類にたいして使用されてはいないが、多くの国が核兵器を保有し、テロリストも核兵器の入手を狙っている昨今、核攻撃がおこなわれる危険性が高まっている。原子炉も恰好《かっこう》のテロの対象だと、インターネット上の多くの記事も警告を発しているじゃないか」

「それで?」

「多くの場合、核実験の被害者をふくめた被曝者を診《み》る医者は彼らがどれだけの放射線を浴びたかという情報をもっていないので、症状にもとづいて判断するしかない。ところで、戦前アメリカに留学し、放射線生物学を学んだ東大病院の都築《つづき》医師の話を知っているかね」

「そんな古い話、知りませんよ」

「都築医師が留学中にエックス線をウサギに照射してその影響を発表すると、同僚の医者は無意味な実験だと嘲笑して、こう言ったそうだ。〈そんな多量の放射線を人が一度に浴びることなどありえない〉」

「それがこの話と、どうつながるんです？」

「まあ、聞け。その知識が帰国後すぐに役立って、広島に投下された言語に絶するひどい爆弾が原爆であり、それを生きのびた人びとのからだを蝕《むしば》んでいるのが放射能であることに、彼がはじめて気づいたんだ」

「本当ですか？」佐々木が身を乗り出してきた。「その話を聞かせてください」

「原爆症の世界ではじめての解剖例は仲《なか》みどりという若い女優さんだ」

「え、女優？」

「そう、戦時中は多くの芸能人が演芸慰問隊として軍隊の慰問に行かされていた。芸能人もお国のために働けるチャンスと張りきって、海外の戦地にまでさかんに出かけていったんだ。仲みどりが所属していたのは〈桜隊〉、吉本興業《よしもとこうぎょう》の喜劇役者たちは〈わらわし隊〉、これは陸海軍戦闘機隊の〈荒鷲隊《あらわしたい》〉をもじったものだな。

桜隊は公演のため広島に滞在していて被爆し全滅したが、仲みどりだけは実家のある東京まで逃れて東大病院の外来を受診した。そのときに診察したのが都築医師だった。血液検査をおこなうと、白血球数は400と極端に減っていた。やがて頻回の粘液や血液のまじった下痢に悩まされるようになり、脱毛や皮膚潰瘍《かいよう》、紫斑などがつぎつぎと出て、8月24日に亡くなっている」

火男は流しへ行き、サーバーからコーヒーをカップについで言った。「長崎の医療の中心だった大学病院は、爆心地にきわめて近いところにあったため壊滅してしまった。それでも傷ついた市民は大学病院をめざしてつめかけ、門にいたる坂道で折り重なって死んだ。広島でも状況は同じで、ほとんどの病院が破壊されたので、医師たちは倒壊を免れた公共の建物を病院がわりとして最低限の医療をするしかなかった」

火男は佐々木のほうに向きなおり、目をみつめて言った。「そのうちに生き残った市民のなかに、おかしな死に方をする人がいるのに医師たちは気づいた。多くの市民が無残な死に方をしたにもかかわらず、行方不明になっていた家族がひょっこり帰ってくるケースがあった。再会を喜びあったのもつかのま、その多くが数日後には紅斑、脱毛、血便を呈して続々と死んでいった。それで、はじめは伝染病ではないかと疑われたんだが、撮影していないレントゲン・フイルムがいつのまにか感光していたことから、この爆弾が放射能をまき散らしたことを疑う医師が出てきた。そしてついにアメリカ軍の放送によって、広島と長崎に投下されたのが原子爆弾であることを知るにいたったんだ」

大きく目を見開いて佐々木が言った。「アメリカ軍の放送によってはじめて知ったなんて、ショックです。日本の情報収集能力はずいぶん低かったんですね、そんな瀕死《ひんし》の国に無警告で原爆を落とすなんて……」

冷めたコーヒーを口にふくみ、ちょっと顔をしかめた火男、「ところで、広島の病院で働くおまえたちは、郷土の誇り、大作家とたたえられる井伏鱒二《いぶせますじ》の『黒い雨』くらいは読んどるだろうな」と尋ねた。

「ああ、あれですか、平和教育の一環としてあの本のさわりは読まされました。郊外にいて被爆を免れた若い女性が家族を気づかって市内に入ったところ、爆発で吹きあげられた高い放射能をもつチリを多量にふくんだ雨、いわゆる黒い雨を浴びるくだりは、たしか〈雷鳴を轟《とどろ》かせる黒雲が市街の方から押し寄せて、降って来るのは万年筆ぐらいな太さの棒のような雨であった。真夏だというのに、ぞくぞくするほど寒かった……泉水の水で手を洗ったが、石鹸《せっけん》をつけて擦《こす》っても汚れが落ちなかった〉というふうに書いてあったのを覚えています。でも正直言って、ピンときませんでしたね。せいぜい過去の忌まわしい出来事、将来こんなことが起きるはずもないし、自分たちとなんのかかわりがあるのかと思いました」

うなずきながら聞いていた火男、「ワシも『黒い雨』はまだ若いときに手にとったことがある。女も子どもも腕をまえに突き出して焼けただれた皮膚をひきずり、体中から血を流しながら、目に見えない存在に導かれるように高みへ高みへと群れをなして上っていく。人間でないものにされた市民の凄惨なありさまが冒頭に出てきたところで辟易《へきえき》してすぐに放り出した。

ところが数年まえ、廊下で、ボランティアが市立図書館の蔵書をまとめてもちだし、ワゴンに積んで入院患者への図書サービスをしているのに行きあった。「先生も1冊どうですか」とすすめられたので見ると、井伏鱒二の『黒い雨』があるじゃないか。福山の病院で働くようになったからには、彼の代表作の1冊くらいは読み通しておかねばならんと思って借りて読んだ次第だ」

頭をかきながら告白した。

「あの本はどうも話が暗くて、さきを読もうという気になりません」佐々木は率直に言った。

火男が厳しい表情で言った。「要するに、読書の習慣がないというだけのことだろう、恥ずかしいことだ。ワシがこの本のことをもちだしたのは、放射線の慢性障害のことがよく書かれているからだ。主人公の娘さんのケースは入市《にゅうし》被爆だが、出血傾向にはじまり、難治性の膿痂疹《のうかしん》に悩まされ、貧血が進行するという晩発性放射線障害の典型例だ。結婚して家庭をもちたいと願っていた気だてのいい娘に、悪夢の記憶が薄れかけようとしているころに襲ってくる比類ない災厄を、庶民の平凡な日常生活を通して、ときにユーモラスな筆致をまじえながら伝える力量には感銘を受けたぞ。備後《びんご》弁がほのぼのとしたいい味を出しておったな」

話題を変えたいと思った佐々木は、本棚を見渡して言った。「最近、先生の本棚には原爆関係の本と今次大戦の本が増えましたね」

「『黒い雨』を読んで以来、ワシは学びはじめたぞ。原爆関係の本も３００冊くらいは読んだかな。それから、こちらの新聞には原爆関係の記事が年間を通じて載っている。長崎を除いて、どこでもこれは8月だけの季節ネタだがな。もちろん、このあたりでは患者さんのなかに被爆者も少なくないし、その方々からもいろんな体験談を聞くことができた。その結果、どうなったと思う？　だんだん長崎の記憶がよみがえってきたんだ。ワシの終戦直後の長崎の記憶、意識下に押しこめられておったやつがな」

ふたりの話を聞くともなしに聞きながら、ネット・サーフィンをつづけていたヒカルが、「ぼくも近ごろ、原爆や第2次大戦関係の本をずいぶん読むようになりました」学校で聞いた講演から受けた感動にからめて、自分の最近の成長ぶりをアピールした。「呉《くれ》の軍港から沖縄に向けて出撃した戦艦大和《やまと》に乗り組んでいて、大和が撃沈されたものの九死に一生を得て生還し、そのうえ広島で被爆した少年兵の体験談にあまりにも強烈なインパクトを受けたので、彼のことを書いた本をすぐに手に入れていっきに読んだのがきっかけです」

「これだろう」と言って火男は、輝く海と青い空の表紙の本を本棚からとりだした。「この本の語り手は福山市在住のピアノ調律師・八杉《やすぎ》さん、平和な時代なら傑出した音楽家になっていただろう……。それが、かつて人類が体験したことのない地獄を2度もくぐり抜けた。戦後、原爆の晩発症に悩まされながらの社会復帰も大きな試練だった。そのたびにミステリアスな力が働いて彼を助け、生きのびさせた。彼はどれもこれもお祖母《ばあ》さんが導いてくれた観音さま信仰のおかげと言っているがね」

ヒカルは同調し、「同級生たちも、めずらしく引きこまれるように八杉さんの話を聞いていました。最後はスタンディング・オベーションでお見送りしましたよ」と答えたあと、あらためて本の印象をのべた。「ぼくが強いショックを受けたのは、子どもたちが飛行機、戦車、軍艦などの兵器をあやつって国を守るために戦うといった勇ましさに憧れ、競って軍隊に入ったこと。戦争の実態を知らず、何のためにだれと戦うのかも考えずに……。どんな才能のもち主も、一介の兵士・何も考えない殺人マシーンにしてしまう軍国主義社会の風潮を恐ろしいと思ったな」

「社会の風潮ね……」急にひざを乗り出した火男が、「ところで、サダコのことを知らんではなかろうね」と佐々木に向きなおって問うた。

「2歳のときに被爆し、被爆後10年目に白血病を発症し、ツルを１０００羽《ば》折れば治ると信じて折りはじめ、700羽《ぱ》手前のところで力つきて死んだ広島の女の子のことですね」

「そんなふうに簡略化すると、まるで博物館に展示してある古い人形だな。本当のところ、鶴は1000羽以上も折っていたんだよ。あの子は50メートルを7秒5で走り、学校中でかなう者のいない短距離走の選手だったということを知っているか？　成人していれば、オリンピックにでも出られそうな元気な女の子だったんだ。それが、からだの不調を感じて入院した病院で、死にいく同病の子をみて自分の運命を悟る。〈なんとしてでも治りたい〉という強い願い、それがツルを折りはじめる動機だったんだ。哀れじゃないか」

そこでいったん口をつぐんだ火男は「サダコの話が共感をよぶのはなぜか」と言って、探りを入れるようにふたりの若者の顔を見たあと、「希望のないところに希望を見いだそうと、最後まで努力した姿勢が素晴らしかったからだ。サダコの話に触発されて、カナダとオーストリアの作家がサダコの本を書いている」本棚からその2冊をとりだして机の上に並べた。

横目でチラッとそれを見た佐々木は「湖西先生の独演会も佳境に入ってきましたね」ふたたび生あくびをかみ殺しながら言った。

チラッと片眉を上げて佐々木を見た火男、若い医師の興味を引きつけようと思ったのか、ちょっと話題を転じた。「このまえ、スペイン人の友人が脳血管内治療センターをつくったのでバルセロナまでお祝いに行ってきた。センターは最新式の血管撮影装置はもちろんのこと、ヘリポートまで付いている立派なものだった。開所式のときにはバルセロナ市長やカタルーニャ自治州の厚生大臣が祝辞をのべにきたし、いろんなメディアも取材に訪れて大いに賑《にぎ》わった。イベリア半島の国でも脳血管内治療が、脳卒中治療の切り札として注目されるようになったことの表れだ。

彼らの対応は早い。日本とちがって、これがいいとなるとそれを臨床の場で効率よく応用するための態勢を素早く整えるところが素晴らしい。……ところで、バルセロナについて何を知っているかね」

火男の意図に反してしだいに瞼《まぶた》が下がってきた佐々木とは対照的に、瞳が輝いてきたヒカルが答えた。「ピカソ、ミロ、ダリ、日本人の好きなガウディ。それから、このまえオリンピックがあった町としても日本人にはなじみの深いところです」

「あの町にはなんと、サダコ学園という小・中・高一貫教育の学校があるんだよ。オーストリアの作家が書いたサダコの本に触発された教師らがつくった学校だ。生徒の大多数は上流階級の子が占め、卒業生の多くはすぐれた福祉関係の専門家になっている」

「驚きましたね、バルセロナにサダコ学園ですか！　創立者がサダコの物語に触発されたとおっしゃいましたが、そのいきさつをもうすこし聞かせてください。サダコの本はいまでも読まれているんですか？」と思わず身を乗り出したヒカル。

「1961年にオーストリアで出版された児童文学者カール・ブルックナーの『サダコは生きる』は、34ヵ国で翻訳出版されている。この本が広く読まれたのは、冷戦下で世界的に危機感が高まっていたからだ。その影響でフランコの独裁にあえいでいたバルセロナに、本当の平和を教える教育機関としてのサダコ学園が生まれた。『サダコは生きる』は、もちろんいまでも世界中で読まれつづけている。難民収容施設の子どもたちに希望を与えたり、平和と非暴力を願う人びとのネットワークの広がりを助けたりしている」

そこで一息ついた火男は「難民の話で思い出したが、いまの世のなか、このままいくと放射線障害の知識が必要になるやもしれん」と言いはなった。

「まさか、冗談でしょう」

「イラク戦争で米軍が使った劣化ウラン弾がまき散らした放射性物質によって白血病や奇形児など、慢性放射線障害の悲惨なケースが多発した。それに核兵器をめぐる世界情勢は切迫してきていることは知らんではなかろう」佐々木に向きなおって火男はつづけた。「米ソの冷戦が終結したとき、核兵器が世界中から廃絶されるような希望的観測が広がった。しかしその後、危機は世界的に拡散した。民族紛争で核兵器が使われる可能性が強くなったからだ。１９９９年５月末、インドとパキスタンの核保有国間に生じた紛争は核戦争に発展する可能性を秘めていたんだ」

「その言葉で、長崎の人びとの反応の記憶が生々しくよみがえってきました」とヒカルが答えた。

「どんな反応だった？」と火男。

「こんな世界情勢に触発されて、長崎県も国民保護計画に核攻撃を受けることを想定して対処法を盛りこんだ。これは極限まで気力、体力を奮い起こして語り部《べ》をつづけてきた被爆者の多くを、〈自分たちの努力は、いったいなんだったのか〉という苦い思いにしずませたと言われています」といっきに答えた。

「でも、それがいまのぼくらになんの関係が？」と佐々木。

　若い医師ののみこみの悪さにいらだって、「おまえらは、医局で鍛えられたついでに自分の頭でものを考える習慣をとっぱらわれているからな。というより、受験競争のチャンピオンは、はじめから試験に出そうにないことを考える習慣をもたなかったというべきか。医学生のときも、勉強といえば進級試験のための勉強ですませ、あとはマージャンか部活に明け暮れて、飲め！

歌え！　踊れ！　だったんだろ。このへんで自分の生きている世界の歴史と政治ってえものをよく考えたほうがいい」火男が不機嫌に言った。しだいに激昂《げきこう》してべらんめえ口調になってきた火男だったが、佐々木はと見ると、居眠りをしていた。

一息ついて気をとりなおした火男が静かに言った。「核テロを未然に防ぐためといって、アメリカが発表した２００５年統合核作戦ドクトリンには核兵器を使う決意がのべられており、しかも敵が地下につくった工場を破壊するなど、先制攻撃の意図があることを明示している。これは危険な政策だ。相手はかならずそのまえにテロ攻撃を仕かけるぞ」

佐々木からは反応が期待出来そうになかったので、代わってヒカルが口を開いた。「いったん核テロがおこなわれたらどんな惨状になるか、想像できますか？」自分のパソコンのモニター上に、インターネットを駆使して調べたことを示しながら、「広島、長崎では衝撃波による破壊力を最大限に発揮させるため、地上５００〜６００メートルで爆発するように設定されていた。このためキノコ雲は成層圏に達し、放射性降下物質は一部しか地上に降下しなかった。しかし地表で爆発したら放射性降下物質はすべて地上に降りそそぐ。被害想定の専門家によれば、広島が地上爆発だったとすると市民は致死量の27倍の放射能を浴びたことになる。その結果、およそ20万人が死亡し、６ヵ月間は爆心地に立ち入れないくらいの放射能汚染がつづいたと推定されています」

「そうだ！　9・11テロ後のアメリカ人は核テロに心の底から怯えている」ため息をついた火男は「だが、これを金儲《かねもう》けの機会と考えている輩《やから》もいる」と苦々しげにつけくわえた。

ヒカルが膝を叩いて言った。「そういえば、こんなニュースもありますよ」そして小さなデジタル音楽プレーヤーをポケットからとりだして言った。「ぼくは英語のヒアリングの練習と思って欧米の放送局のラジオ・ニュースをときどきダウンロードしているんですが、このニュースは聞き捨てならないと思って消さずにおいたんです」スイッチを入れるとアメリカのラジオ・ニュースが流れた。

佐々木が顔をしかめた。「早すぎてよく分からない。なんて言ってんだ?」

ヒカルは頭をかきながら要約してやった。「オサマ・ビンラディンが核兵器を入手してアメリカで使いたいと言っているので、核の危機は迫っている。で、アメリカ政府はプロジェクト〈バイオ防御〉を発動して巨額の予算を投入した。これを巨大市場とみて〈バイオ防衛産業〉が活気づいた。

ときを同じくして、アメリカの地方都市の小さな生物工学のベンチャー企業が放射線障害治療の画期的な薬を開発した。これはネズミのみならず、人間以外の霊長類でもその効果が証明されており、しかもこれまでに開発されたこの種の薬のなかでは副作用がもっとも少ないのが特徴。軍関係者が訪ねてきて、40年間探していたものだと評価するほどのしろものだった。それでたちまち、同社の株価が7倍にはねあがった。ところが、政府は10万人分しか買いあげるつもりがないことが分かり、大量生産の準備をすすめていた政府の言い分は、これは出発点で、あとは効果をみて、ということだそうです」

ようやく頭のはっきりしてきた佐々木が「アメリカの話は結局そう言うところに落ち着くのか。ネオコンの大物がその企業の大株主だったりして……」と納得顔でうなずいた。

火男は頭を振り、「やれやれ、いったいどこで、どうやって大勢の人間にたいする効果をみようというのか」と吐き出すように言った。

「そういえば、北朝鮮の核の脅威の増大にたいする反応のひとつですが……」とヒカルが紹介したのは「以前から母体と胎児を結ぶ胎盤のエキスには傷ついた細胞を修復し再生させる働きがあることは知られていたが、最新の技術で出産後に医療廃棄物として捨てられていた胎盤から抽出した細胞を短時間で大量に培養し、放射線障害に有効な治療薬が効率よく製造できるようになった」という最新ニュースだった。

「どんな実地応用を彼らは考えているんだろうか？」と火男。

そこでヒカルが説明を追加した。「まず、戦争がはじまったときの第1対応者となる米軍兵士に予防措置として飲ませることだそうです。それから原発の廃炉作業に従事する作業員にも」

火男は、「それだけじゃそろばん勘定に合わないだろう。真の狙いはどこにあるのか？」と言ってから急に頭をあげ、語気を強めた。「国民全体に予防的に飲ませる？　どのくらいの期間？……。こんな発想自体ナンセンスじゃないか。核戦争の実態をみようともしない者の考えそうなことだ」

「どうしてです？」トロンとした目を向けて尋ねる佐々木。

佐々木のほおを引っぱたくような調子で火男が言った。「血液学の専門家が言うには、ひとつの病院で治療できる放射線障害の患者は10人程度だそうだ。膨大な手間と設備、費用がかかるからだ。しかもひとたび核戦争がはじまれば、とてつもない破壊力によって瞬時に大量死がもたらされるだけでなく、都市の下部構造も破壊されてしまい、あらゆる医療技術も薬物を用いての治療も無力化されることは広島、長崎で十分分かっただろうに……」

まだ、ピンとこないふうの佐々木の顔を見て、「わが国でもおかしな動きが出てきている」と口を開いた火男、ズイと顔を近づけて言った。「2004年4月に防衛庁長官が衆院特別委員会で弾道ミサイル防衛システムの必要性を説いたさい、〈広島、長崎が原爆攻撃を受けたとき、爆心地でも生き残った人がいる〉発言をして物議をかもした」

大きく深呼吸した佐々木、「核シェルターの効能を蒸し返すんですか？　核兵器の本質をゆがめた発言だということくらいは、ぼくにだって分かります」肩をすくめ、右手で首筋をもんだ。

「〈核戦争になっても大丈夫。生き残りの技術があるじゃないか〉というより、日本も〈核装備をしたい〉というのが本音だろうということで問題になったんだ」と火男。

そのとき、ヒカルが口をさしはさんだ。「そういえば、憲法改正の圧力もかなり強まってきましたね。インターネットを見ていても分かります」

「日本の世論もどんどん右傾化しておる。このまま放っておけば、遠からず海外に出かけて戦争をはじめるぞ。核武装するのも時間の問題だ」

フンと鼻を鳴らして、「まさか、そんな！」と佐々木。

「昨年の終戦記念日の新聞を覚えてるか？」

「新聞はもう何年も読んでいません。必要ないんです。興味あるニュースはインターネットで見ますから」と佐々木は言った。

それにはとりあわず、「東京にある千鳥ヶ淵の無名戦没者の墓で戦没者慰霊祭がおこなわれ、各党の代表が挨拶した。民主党の挨拶にもあきれてしもうた」火男が嘆息した。

「そろそろ独演会のフィナーレですね。ところで、どうしてですか？」

「自衛のための核武装は必要とかなんとか、カッコつけてゆうとったぞ。さすがに社民党の代表が、〈終戦記念日の慰霊祭では、もう二度といくさはいたしませんというべきでしょうが〉とたしなめていた。戦争体験のない議員が過半数を占めるようになって空気がおかしくなってきた。もっとも、これはわが国に限った現象ではないようだな。イギリスでは故ダイアナ妃の息子が仮装パーティにナチス将校の扮装《ふんそう》で登場して世間の顰蹙《ひんしゅく》をかったが、かの国でも最近は成人の6割がアウシュビッツを知らないと答えたそうだ。ドイツでさえ、記憶の風化が懸念されている。戦後60年の節目にドイツのマスコミがおこなった歴史認識に関する全国アンケート調査で、〈ホロコーストとは何か〉という問いに24歳以下の若者の半数近くが正解できなかった。かぎ十字の使用などナチスを連想させるものを法律で禁止してきたドイツだが、歴史教育のありかたにたいする議論があらためて巻き起こっている」

頭をたれて聞いていた佐々木が急に顔をあげて「半分しか働いていない私の脳に、放射線障害の生きた知識をたたきこんでくれたおふたりに感謝します。最後に一言ずつ結論をどうぞ。まず、お若い方から」ヒカルにマイクを突き出すまねをした。

ヒカルが毅然《きぜん》と言った。「全世界で同時に核兵器を廃絶しないかぎり、核が拡散するのは避けられない。そのためには、日本から強力な運動を起こさなければ。かつての被爆者の苦しみを、二度とくり返してはならない」

火男が目を伏せてボソボソとしゃべった。「もう、言うことは言いつくしたよ。ワシが近いうちに病院を辞めて長崎に引きあげるのは知っとるな。ヒカルは副部長に引き継いでもらうつもりだ。おまえもヒカルをなんかと助けてやってほしい」

「分かりました。やります、やりますよ！　あとは引き受けましたから、どうか安らかにお眠りください」

火男はぎょろりと佐々木をにらんで言った。「こいつめ！　まだ、ワシは長崎でやることがあるんだ」

三原城での再会

退院して半月もすると、ヒカルの半身不随はグングン回復してきた。リハビリの一環で利き手を交換し、箸《はし》も使え、稚拙ながら字も書けるようになった。軽度の失語症が残っていて思ったことをうまく口に出せず、いらいらがつのることもあった。しかし、てんかん発作を起こすようになってからいつもつきまとっていた、とらえどころのない不安感は消えた。

思い返してみると、ヒカルの気持ちを変えた決定的なできごとは脳出血で瀕死状態にあったとき、なんともいえない明るく暖かな〈光の存在〉とでも形容すべきものに出会ったことだった。この遭遇によって新たな視線を獲得したような気がした。人生の基本的な学習計画とでもいうべきものを垣間見《かいまみ》たからだ。こうして魂が不自由な肉体のなかに拘束されているのは、この世界というかけがえのない学校で学ぶためであると思うようになった。

自分でもふつうでないと思う話を、友だちに分かってもらえるとは思わなかった。それでも、自分がいかにむずかしい状況を乗り越えてきたかという体験だけでなく、いかに自分が身のまわりのものすべてから新鮮な感触を受け、いとおしく思うようになったかを話さずにはいられなかった。そうすれば友だちももどってくるだろうと、期待して教室に顔を出した。だが、同級生の態度は冷ややかだった。同級生も教師も、ヒカルがすこしでもそんな話を口にすると困惑の表情を浮かべ、すぐにヒカルを無視するようになった。彼らは1年さきの大学受験しか眼中になかったのだ。

正月の華やぎはとうに消え、春の気配も感じられない1月下旬は、ヒカルにとっては子どものころから、なんの楽しみも見いだせない一番いやな季節だった。その日も登校の途上、駅の入り口にあるコンビニでおにぎりをふたつ買った。手を離れたラップがシャッターを下ろした商店街でうずくまるホームレスのまえで舞うのを横目に、コンコースを急いで通り抜けた。それから胃におさまった冷たいおにぎりを重苦しく感じながらホームへの階段を上った。すると、それだけでその日に必要なエネルギーの大半を使ってしまったような気がした。

吹きさらしのホームには、笑ったり大声でしゃべったりしている高齢者のグループがあちこちにたむろしていた。その多くは、背中に意味をなさない横文字が書かれたブランドもの風のジャンパーやスポーツシャツを着ていた。黒っぽいオーバーを着て黙然と立つ、広島への中年の通勤者の姿もちらほら見えた。

電車がホームに入ってくる直前に、広島の進学校まで通っているヒカルの同級生が数人どこからともなく現れ、ドアが開くやいなや、列をつくって並んでいる中高年者よりさきに素早く乗りこんで座席を確保した。いつもの光景だった。すぐに居眠りをはじめた彼らを見て、ヒカルは〈やつらは、どうせこんな田舎であくせくしているおとななんて、とるにたりない存在と見下しているに決まっている〉と内心で毒づいた。夜中過ぎまで勉強しなければならない彼らがひどい寝不足で、なりふり構っておれないのは知っていた。彼らのまえに立たされた通勤者はつり革につかまって窮屈な姿勢で新聞や週刊誌を開き、無表情に電車に揺られていた。

ヒカルはドアの近くに立ち、もってきた文庫本を読んだ。三原駅の手前まで電車がきたとき、ふたりの同級生がヒカルに近づいてきて絡みはじめた。「おい、藤井」と言いながら白目をむいて痙攣するまねをした。「あっちの世界はどうなんか。きれいなねえちゃんが、いっぱいいるんとちがうんか」ヒカルがからだの向きを変えようとすると、ふたたび痙攣のまねをして、読んでいる本をこぶしで突きあげた。

仕返しを考えているうちに電車は三原駅に着いた。ヒカルは咄嗟に思いついて、発車間際のドアが閉まる寸前をみはからってホームに滑り降りた。そして、閉じたドアのむこうで啞然《あぜん》としている彼らに向かって中指を突きあげてやった。

学校へ行く気がすっかりうせてしまったヒカルは三原駅の改札口から外に出た。初めての町だったので、どこに行くあてもなかった。瀬戸内海のどこかの島にでも渡って暇つぶしでもしようかと考えて、フェリー乗り場を探して海岸までぶらぶら歩きはじめた。

飲み屋や喫茶店の連なる町並みを抜けたところに城の一部と思われる石垣がわずかばかり残っており、〈船入櫓《ふないりやぐら》跡〉という標識が立っていた。かつて瀬戸内海から入ってきた船が城に荷物を降ろした場所だという。そこに立っていた薄緑色をした銅像の横を通りすぎようとしたとき、像のまえでしきりに涙をぬぐっている男に気がついた。その男の顔を見てハッとした。なんと火男ではないか！　やつれてはいるが人目を引く独特の顔立ちに見間違いはない。あらためて銅像はと見ると、筆と紙を手にした少年の立像だった。

「だれですか、この子は？」はるか東のほうに万感の思いをこめたまなざしを向けている少年に興味をひかれて、ヒカルは思わず聞いた。

「おう、ヒカルか。久しぶりだな」驚いて振り向いた火男は、一瞬バツの悪そうな表情を浮かべると、若干の怒気をふくんだ調子で言った。「なんだ、おまえは近くの福山に住んでいてそんなことも知らんのか。長崎の西坂で殉教を遂げた26聖人のひとり、トマス小崎だ」

口をとがらせてヒカルが言った。「キリシタンの少年のことなんか、知ってるわけがないでしょう」

「それもそうだな」火男はもっともだとばかりにうなずいて、手短に説明した。「京都でとらえられ、長崎で処刑された26人のキリシタンのなかに11歳から14歳の3人の少年がいた。そのひとりがトマスという霊名をもつ小崎少年だ。彼らはみせしめのために耳を削《そ》がれて、大坂の町を引きまわされた。それから、長崎で処刑されるために1000キロの冬の道を裸足《はだし》で歩かされた。途中で1泊したこの城の牢屋《ろうや》で410年ほどまえのきょう、小崎少年は伊勢《いせ》にいる母親にあてて別れの手紙を書いたんだ」

フンと鼻を鳴らしたヒカル。「厳寒のさなかに耳を削がれ、長い距離を裸足で歩いた。そして覚悟を決めて、この町の牢屋で遺書を書いた。幼い少年が、たいしたもんだ。でも、後ろ手に縛られ、引き立てられていく罪人がどうして筆と紙なんかもっていたんだろう」

「おまえはあいかわらず、細かなことが気になるんだな。……それはな、小早川《こばやかわ》家の重臣にキリシタンがいたんだ。彼が闇にまぎれて牢を訪れ、ひそかに手渡したんだろう。歴史家も26人の殉教者の中国地方での足跡がたどれなくなっていたところ、この手紙のおかげで、1月19日、三原城内の牢屋に留め置かれたことが確実となった。彼らは福山の北にある神辺《かんなべ》を通って尾道《おのみち》に抜け、三原に着いたと考えられるようになったんだ」

「ところで、火男はなんで、わざわざこの像を見にここにくる気になったの?」

突然、風向きが変わってたじろいだ火男。ちょっとためらってから、口を開いた。「ワシはこの10年、福岡から福山に通っている。新幹線のなかは執筆のための貴重な場所だ。三原駅を過ぎるとすぐに福山駅、降りる準備をしなければと使っていたコンピュータのふたを閉じてカバンにしまうころにトンネルに入る。するといつも瞼が重くなるんだ」

そして両手を後ろ手に組み、前屈《まえかが》みになって銅像の前を行ったり来たりしながらつづけた。

「トンネルのなかでゴウゴウと反響する単調な響きを聞いていると奇妙なことに、いつもこの短いまどろみのあいだに、しばしばひとりの少年の姿が浮かぶようになった。あるときは後ろ手に縛られて山道をトボトボ歩き、あるときは薄暗い部屋の床に置いた紙に考え考え何かを書きつける少年の姿だ」

「またまた、ぼくをかつごうとして!」

ヒカルのまえまできた火男は「そうかね。そう言い張るんなら、近ごろの話をしよう」憤然として言った。「9・11テロで崩壊した世界貿易センターの真下を地下鉄が走っている。そこに電車が近づくと、乗客は犠牲者のことを考えざるをえなくなる。なぜだと思う?」

「それは……、犠牲になった3000人のエキスがしみこんでいるからでしょう」

「それより、人々の魂の叫びを聞く能力の問題だと言いたいね」火男はふだんの調子にもどってつづけた。「話がわき道にそれてしまったが、昨年の暮れに手掛かりがつかめたんだよ。ある日、ワシの外来を受診した患者が1冊の薄っぺらな本を忘れていった。見ると『広島教区殉教地　巡礼地案内』とある。パラパラとページをめくっていて、三原城の石垣を背に建てられた、ひとりの少年の銅像の写真が目についた。26聖人のひとり、トマス小崎だ。それでトンネルの中でいつもワシの意識の中に侵入してくるのはこの少年かもしれない、いつか三原城を訪ねてみようと思うようになったんだ。そのブックレットには少年の書いた別れの手紙も紹介されていた。その手紙が見られるだろうという期待も膨らんできてな」

ヒカルはいつになく黙りこみ、船入櫓跡のまえに立つ銅像に見入った。それからポツリと尋ねた。「また、どうしてこんな寒い日に？」

「いよいよ仕事を辞めて長崎に帰ることにしたからさ。ところで、きょうは何日だ？」

「1月19日……」

「きょう、ワシが思いたって出てきた理由が分かっただろう」火男は銅像のまわりを歩きながら言った。「だがな、駅員に手紙のことを尋ねても全然知らないと素っ気ない返事。それで駅の観光案内所を訪ねたが、ここでもだれも知らないという。親切なお姉さんがつぎつぎにファイルをたぐって調べてくれたが、トマス小崎の手紙が保管されている場所は分からなかった。せめてもと、トマス小崎の銅像のありかを聞くと、その場所を地図で示し、それを建てたカトリック三原教会の場所も教えてくれたというしだいだ。だがなあ、記憶の手掛かりとなる場所がすっかり破壊されてしもうて……、どうしたら、おまえに分かってもらえるやら」

ヒカルは、火男の言っていることの意味が分からないというふうに頭を振った。

「そうだな、ワシについてくるか。これを建てたカトリック三原教会を訪ねると、何か手掛かりがつかめるかもしれん」
「いいよ。他にすることもないし」

トマス小崎

人影もまばらな市街地を山のほうにむかって歩きながら、火男が語った。「結局、トマス小崎は書いた手紙を母親に送ることができずに長崎で処刑されてしまった。しかし、その手紙がいっしょに磔《はりつけ》にされた父親の着物の襟に縫いつけられていたのを、殉教者の遺物を求める信者が発見した。父親の血で染められた手紙には、たくさんの涙の跡があったという。これが一度きりの音信と思い、幼い弟たちと母親のことを考えながら書いているうちに、少年はこらえきれなくなったのだろう」

「しかしヒカルよ」と呼びかけた火男は、一段と声を張り上げて言った。「トマス小崎の手紙はフロイスをはじめ、何人かの司祭たちの手によってポルトガル語に翻訳された。それを読んだヨーロッパの人びとは、アジアの小国に生きるひとりの少年の清冽《せいれつ》な信仰心に大きな感銘を受けたと伝えられているのだ」

JRのガードをくぐり、右に折れた。「ところでヒカルは殉教者というと、どんなイメージをもっているかね?」住宅街のなかに建つ赤十字病院を左手にみて東に進みながら火男が尋ねた。

パタンパタンと音をたてながら右足を引きずり、黙々と歩いていたヒカルが顔をあげた。「殉教者か。清らかに信仰を貫いて死んでいった人たち。でも、意固地な変わり者、みじめな死に方をした人たちという暗いイメージがつきまとうな。ほら、マスコミがよく使う、冷笑的なレッテル」いったん言葉を切ったヒカルは、歩道の上にころがっていた空き缶を麻痺の残る右足でなんとか蹴飛ばしてつづけた。「だけど、ぼくには関係ないなという感じ。なんで、宗教ごときに命をかけなきゃならないのか分からない。日本ではキリシタンが代表だろうけどね。よっぽど社会状況に希望がもてなくて異国の宗教にのめりこんでいったんだろうけど、列強の日本侵略のお先棒を担いだんだから、太閤《たいこう》さまや将軍さまに消されてもしかたないよね」

やっぱりか、という表情を浮かべた火男、「それは殉教者のなんたるかを知らない者の言うことだ。おまえまでが権力者にへつらった、殉教者を不当に蔑んだものいいをするとはね。おおかくされた殉教者の歴史をもっと勉強しなければならんな。そうすれば、ここに日本人の心の金の鉱脈があることが分かるだろう」

ふくれっ面でヒカル、「はるばる日本まできた異国の宗教が無残にも布教に失敗し、大勢の善男善女を巻きぞえにしたというだけのことじゃないか」

「そうじゃない！　おまえは、はじめて西洋の宗教と文化に接した中世日本人の精神的な飢餓状態を理解できるか？　それと、彼らが受け入れ、命をかけて守ろうとした信仰とはいったい何だったのか考えてみなきゃならんな」

「でも、キリスト教は日本にはそぐわないと思う。日本は昔から特別な国だったから……、人びとの知性は高く、精神性も豊かで独自の文化をもっていた」

「やれやれ、おまえにも相当な自文化中心主義が根づいているとは驚きだ」上り勾配がすこし急になってきたので、火男は息を切らしていた。それでも諭すような口調でヒカルに言った。

「……殉教者のことを学ぶのは、厳しい試練にあった宗教の栄光と悲惨の歴史を通して日本人というものを知るまたとない方法なんだよ」

ふたたびＪＲのガードをくぐって坂道を上りながらふと見あげると、教会は東へ向かう新幹線が三原駅を出てすぐにくぐるトンネルのある町はずれの丘の斜面にひっそりと建っていた。ふたりは敷地の入り口にある幼稚園の横を通りすぎ、奥の古びた聖堂のまえに立った。大きな木のドアを押し開けると重いきしみ音がし、掃除をしていた小柄な年配の修道女が顔をあげた。火男を見ても顔色ひとつ変えず、こころよく迎え入れてくれた。

火男は入り口で片ひざをついて両手の指を組みあわせ、正面の十字架につけられたキリストを仰ぎみてから祭壇に近づいた。船入櫓跡のまえで見たものより、さらに二回りほど小さな少年の銅像が祭壇の横に立っていた。火男は最前列の椅子に腰掛けると目を閉じ、動かなくなった。ヒカルは左右の側廊の壁にかけられた数枚の木版画を見て回っていたが、やがて1枚の絵に見入ると小刻みに震え出した。ただごとでない気配を感じた火男がヒカルに近づき「どうしたんだ？」そっと尋ねた。

「この子だよ、ぼくの夢にしばしば現れたのは……。きょう、この子の立像を見たときから妙に親しみを感じていたんだ。聖堂のなかの版画を見て、前世のぼくはこの子だったということを悟ったんだ」

後ろ手に縛られて地面に座らされたトマス小崎が、そこかしこに生えている、赤い実をつけた手のひらほどの小さな木に見入っている絵をさして、ヒカルが言った。「覚悟は決まっていても、このヤブコウジのひこばえを見て涙があふれてきた。赤い実をつけたこの小さな木を見ていると、故郷の伊勢に残してきた弟たちを思い出してしかたがなかったんだ。それに、オカアは藪《やぶ》のなかでけなげに生きるこの小さな木は〈永遠の命の象徴〉とも呼ばれていることを教えてくれたしね」

小刻みに震えつづけるヒカルの肩を抱きながら、火男は長崎・西坂でおこなわれた磔刑《たっけい》のようすを描いたその版画に見入った。前景には深い悲しみにしずむ母親の姿、背景には十字架につけられた少年の左右から、役人がみぞおちに槍《やり》を突き入れようとする瞬間だった。

そのとき、火男は思い出した。ヒカルのみぞおちにテニスボール大の古いケロイドのような傷跡があることを。幼いころにホクロを切除した跡だとカルテには記載されていたが、傷口はひきつっており、その時はひどく下手な手術がなされたものだと思った。そして今、ある本に〝前世の記憶を有する者のもつアザや傷は、前世で受けた傷に一致していることが多い〟と書いてあったのを思い出した。それにしてもヒカルがカトリック教会で、前世の業や輪廻転生《りんねてんしょう》といった仏教の思想を語るとは！　火男は意外な展開に驚いた。

突然、火男の手をはらいのけて立ちあがったヒカルは、「ウソだよ、だれが前世なんか信じるもんか！　ちょっと火男をからかってみただけだよ」と聖堂の入り口まで駆けながら叫んだ。

「この子はもう……」と絶句して思わずこぶしを振りまわした火男は、しまったという顔をして入り口へ行くと、振り返って片膝をつき祭壇に向かって頭を下げてから外へ向かった。

気をとりなおした火男は、せめて手紙のありかくらいは知りたいと思い、ホールで掃除をしていた修道女に尋ねてみた。

「さあ、存じませんが」と答えた修道女は、「かわりと言ってはなんですが、これをお読みくださいい」と言って数種類のパンフレットを渡した。

火男は礼を言って聖堂を出た。すでに正午に近く、太陽は高く昇っていて目がくらんだ。

「ごめんよ。命の恩人をからかって悪かった。でも、あの少年に強い一体感を感じたのは確かなんだから」寄ってきたヒカルが言った。

「想像力を養い育てた成果か。ワシもちょっとかつがれてしまったな」火男がいまいましそうに応じた。

門に向かって歩きながら、火男はパンフレットをパラパラとめくり、数人の教会関係者が書いたトマス小崎の銅像建立の顚末《てんまつ》記や1月19日前後に毎年この近辺でおこなわれる巡礼の道行きのときに信徒が歌う26聖人をたたえる歌などのなかから、ポルトガル人の司祭らによって翻訳されたというトマス小崎の手紙を和訳したものを見つけて読み上げた。

一心に耳を傾けたヒカルは「ずいぶん、おとなびた文章だね。いまでいえば中学生くらいの子でしょ、そんな小さな子が母親に宛ててこんな別れの手紙を書くなんて！」と感想をもらし、「いまは、その手紙のポルトガル語訳だけが残っているということなんだね」と結論づけた。

坂道を下りながら、ヒカルはいささか気落ちしたようすで町に目をやっている火男に声をかけた。「どこにでもある貧相な風景だね。駅前のビルの屋上にひしめくサラ金や酒の看板群、こいつらは夜になると派手なネオンサインで輝くんだ。それから、壁のようにそそりたつ金融機関に大小の予備校。町の南側に広がる瀬戸内海は、白々と輝く工場の建物群に視界をさえぎられている」そして尋ねた。「実は、ぼくは市内からあまり出たことがないんだ。このあたりの海岸線にはずっとこんな景色がつづいているの？」

「いや、もっと東のほう、尾道を過ぎて鞆《とも》の浦《うら》のあたりまでいくと、作曲家の宮城道雄《みやぎみちお》が幼くし

て失明するまえに記憶にとどめ、琴の名曲〈春の海〉で讃《たた》えたような美しい海岸が広がってい
る。だが、瀬戸内に残っている自然海岸は激減している。たしか、1996年度の調査ではわず
か37パーセント弱だったと記憶している。しかも、そのほとんどは人の近づけないような急傾斜
の崖地だ。生命の多様性と海水の浄化作用を支える渚《なぎさ》が埋め立てでいちじるしく減って、瀬戸内
海の汚染が進んだ」

町へ向かって坂道を下りながら、「ここまで手紙のようすが詳細に伝えられているから、三原
市のどこかに保存されているものと思っていた」火男は未練を断ち切れない声でボソボソと言っ
た。「城の片隅に手紙を保管してある博物館があって、そこに向かって白い土塀に照り映える光
を浴びながら石段を上る自分の姿を何度も想像してみたもんだ」しばらく黙って歩いてから低い
声で言った。「それで三原駅に着いたらまず、改札口に立っていた駅員に城のある場所を聞いた
んだ。すると驚いたことに、〈奥の階段を上がっていってください〉と言うじゃないか。問い返
すと、〈行けば分かります〉と素っ気ない返事だった」

冷め切ったピザの一切れ

駅に帰りつき構内に入ると、一息ついて歩みをゆるめ、改札口のまえを通りすぎて奥へ向かっ
た。階段を上りながら「三原城、どうなっていたと思う？」火男が尋ねた。

ヒカルが首をかしげているうちに、階段を上りきった。階段の上は行き止まりになっていた。
横にあったアルミサッシのドアノブを回して、ヒカルをまえに押し出しながら「ほれ、このとお
り、これが本丸の跡だよ」火男は言った。

本丸には新幹線と在来線の駅舎がのしかかり、幼稚園の運動場くらいの広さの三角形の空間をよどんだ水をたたえた堀がとりまいていた。数本の細いマツの木がいっそうわびしさをきわだたせていた。

どさっとベンチに身を投げ出したヒカルが鼻を鳴らした。「ふーん、これが三原城の名残か。まるで冷め切ったピザの一切れだ」

火男は「おいおい、なんということを言う」とたしなめて「三原城は毛利元就《もうりもとなり》の三男、小早川隆景《たかかげ》が1567年に瀬戸内海の小さな島々をつないで築いた堂々たる城だった。潮が満ちてくると海に浮かんだ城のように見えたため、〈浮城《うきしろ》〉と呼ばれた美しい城だった」とJRの駅を見あげながら説明しているうちに、「それがこのざまだ。城はズタズタにされてしまった」と結局はヒカルの言葉に同調する口調になってしまった。

「どうしてこんな無残なありさまになってしまったんだろう」立ちあがったヒカルは左手で本丸の跡地を、右手でJRの駅舎をさしながら尋ねた。「ここにどんな力が働いたのか知りたいな」

「倒幕を果たした薩長土肥《さっちょうどひ》の新興勢力の連中にとっては、城郭は幕藩体制のシンボルにすぎなかったために破壊され、城跡は切りとり放題になった。全国的に軍隊、病院、学校など旧帝国日本のインフラや、陸上競技場、テニスコートなどで占められているところが多いが、これほどの破壊はめずらしい」昼下がりの陽を浴びて、火男の表情には疲労の色が浮かんで見えた。

「それにしても、なぜ三原ではこんな途方もない破壊が避けられなかったんだろう?」

「三原は山が海に迫っていて土地がなかったせいだろう。城跡のほとんどが旧国鉄の駅になってしまった。それで城という町のへそになるものがなくなったために、町の風景も貧弱なものになってしまった。古い町並みも空襲で焼きつくされ、戦後は駅前商店街が町の景観をいちじるしく変え、高度経済成長時代の終わりには本丸を横切っていた在来線に新幹線が乗っかってとどめを刺してしまったんだ」

ヒカルはベンチに座って語りつづける火男のなんとなく薄汚れた姿に胸騒ぎをおぼえ、それを口にすると、勤めていた病院は辞めたと言ったじゃないかと、ぶっきらぼうな答えが返ってきた。

「ほんとに辞めたの、これからどうするつもり?」

「故郷の長崎に帰るところだと言っただろう」

「いったい、どうしたの?」

「政府が数年まえに高齢者を在宅で看《み》るようにという方針を出して、病院のベッド数をどんどん削減しはじめてから、脳卒中専門病院や2次、3次救急センターが、行き場のなくなった要介護老人で埋めつくされた。それで、助かるべき救急患者も救えなくなっている」と言って顔を伏せた。それから「自分で生きることのできなくなった高齢の親を子どもたちが面倒をみようとしない社会で、これ以上医療をつづけることはできない」とため息とともに吐き出した。さらに間をおいて、ポツリとつけくわえた。「それに、世界一の長寿国になったころから、日本人の死生観は相当におかしくなっとるぞ。ひたすら身体《からだ》を生かすことのみ考え、死が避けられない状況になっても死と向きあおうとはしない」

医療の現状にたいする怒りを吐き出しているように聞こえる、ちょっと脈絡のつかめない話を聞いて、ヒカルは火男も燃えつきたのだなと見当をつけて言った。「脳血管内治療医としてパイオニア的な働きをしたあと、火男は管理職についたと入院中に職員から聞いたんだけど、それももういいということなんだね。で、これから何をして暮らすの？」

「ハタ揚げでもして暮らしながら、死を本来の重さのなかにおきなおしてみようと思っている」

「はたあげ？　平成革命の党でも立ちあげて、世直しですか」ヒカルがチャチャを入れた。

「いずれは、な」火男はまじめな顔で答えた。そして声を張りあげてつづけた。「まあ、聞け。ハタ揚げちゅうのは長崎の凧揚《たこあ》げのことだ。長崎の凧は特別だ。戦国時代以前から海外の文物は長崎から日本に入ってきて、全国に流れていったのは知ってるな。凧も中国大陸をはじめ東南アジア、インド、ヨーロッパからさまざまなスタイルのものが入ってきて、土着のものに影響を与えて全国に流れていった。かつては長崎にも数十種類の凧があったというが、そのなかで、オランダ人の従者として長崎に来たインドネシア人が伝えた、戦わせて楽しむ凧が定着し長崎のハタとして発展していったものといわれる。これは、かたちがシンプルで機動性が高いのが特徴。名人があやつると、右旋回・左旋回、急降下・急上昇して自由自在に空を飛びまわって戦うんだ。〈ハタ〉と呼ばれるようになったのはトビウオが水面からはねあがったかたちに似ていることから来たんだ。トビウオは太い胸鰭《むなびれ》を羽のように広げて長い距離を飛ぶのを知ってるな」と言って、松の小枝を拾って砂地に〈羽太〉と書いた。

そしてヒカルの気持ちを引きたてようとするかのように、大声で言った。「キラキラ輝く夏の西海をグライダーのように飛行するトビウオの優美で力強い姿もおまえに見せてやりたい。それを一度見たら忘れられないぞ！　生命力あふれるトビウオを海の民が天から授けられた特別な魚として、崇《あが》めてきたのも道理だと思うだろう」

「いつだったか正月のテレビ番組で全国の凧の特集をやっていたな。なかでも長崎の凧は色彩が美しく、デザインも粋で、ずば抜けてすぐれていたように記憶しているよ。たしか、あれは江戸時代に長崎港に出入りしていた南蛮船の船尾の旗のデザインをとり入れたんだよね？」

火男は勢いこんで「そう思われているようだが、それだけじゃないんだ」と訂正したあと、気晴らしのためにいつも眺めているというハタのデザイン・カタログ集をカバンからとりだしてパラパラとめくりながら、うんちくを傾けはじめた。「昔から長崎っ子は、粋な江戸前や上方の文物をいち早くとり入れて自分のものにするのが得意だった。その結果、ハタの模様も着物の模様、四季の花、オランダや日本の文字、家紋など驚くほど多種多様となった。長崎のハタが素晴らしいのは、かたちがすっきりしているのにくわえて、青空に映えて美しく、空高くあがっても、どこのだれのハタがあがっているか分かるようにデザインも簡略化され洗練されていったからだ。現存するだけでも500種類を超える多種多様な模様が生まれた結果、なかには自然と西洋の国旗に似たものもあったというところだろう」

しだいに説明に熱が入ってきて、「それに、みじかな生きものと自然や天体をデザイン化した〈波に千鳥〉や〈月にこうもり〉や〈明けガラス〉などを見ると、長崎っ子の美的センスも分かろうというもんだ」と身を乗り出してつづけた。

「おシャレだね、ぼくの好みだ」

「4月になると町を囲むあちこちの山の上でハタ揚げ大会があるんだ。春の西海の潮風を浴びながらハタ揚げをするのはまことに爽快だぞ」

「行ってみたいな」

「よし、来るがいい」火男が勢い込んで言った。「おまえなら、長崎に1年もいれば次々に驚異に満ちた体験をして、自分の殻を破ることができるだろう！」

「長崎で？　まさか！」

「昔から長崎は世界への窓といわれてきたからな。そこで全身・全霊をあげてこの世界と、その背後に満ちるエネルギーの源を知る努力をすればな」

この時、火男はヒカルの制服姿に初めて気づいたふうで、すこし顔をしかめて言った。「さて、旅支度だ」

この言葉に弾《はじ》かれたように、ヒカルはカバンをひっくり返して私服をとりだした。学校に行きたくなくなったときのために、いつもカバンのなかに入れておいたものだ。それに着替えるためにヒカルはトイレに駆けていった。

ベンチの上にぶちまけられている雑多なカバンの中身に、ハイデッガーの『存在と時間』や、赤塚不二夫《あかつかふじお》対談集『これでいいのだ』があるのを見て、火男はつぶやいた。「まだ、手あたりしだいなんでも読んでいるようだな」

晴れ晴れとした表情でもどってきたヒカルは、「他にもやるべきことがあるだろう」と火男に促され、石垣のふちまで行って東を向いて立った。巻紙を広げて思案しつつ、筆で手紙を書くまねをした。思わずふきだした火男からハガキを受けとると、ヒカルはベンチに腰掛けて伯母あてに書こうとした。10分ほど頭をひねったが、〈旅に出ます。当分は帰らないでしょう〉というメモのような短い文章しか書けなかった。

「ぼくの放浪癖を知っている伯母は、いつものようにあてのない旅に出たくらいにしか思わないでしょう」と言って頭をかいた。

「さて」公園のベンチにくつろいで座っていた火男は、座りなおして「おまえがあれほど多くのものを失った状況から精神的に立ちなおるためのカギは、事態がなぜあのように急速にひどい状態に陥ったのかについて、じっくり考えなおすことにあるのだ」と言った。そして、一息ついてつづけた。「この国の歴史を考えながら自分という人間を見直すことができれば、おまえは自分の親やいまの社会への憎しみにとらわれることから免れ得るだろう。そして自分が何者であり、何をなしたいと望んでいるかを明らかにすることができるのだ」

なおも考えをまさぐるようすで地面に落ちていた松の小枝でしばらく砂地に字を書いていたが、立ちあがると腹の底から絞り出すような声で言った。「おまえがこの国でなにごとかを成し遂げ、さらにはもっと大きな世界に一石を投じようと思うならば、知性と誠実さだけでなく、宇宙の創造エネルギーと結びついた、もっと大きな力を知ることが必要なんだ。そのためには、これまで過ごしてきた日常的な空間とはちがった長崎の特別な環境に身をおいて、五感を研ぎすまさなければならん。そうすれば、そんな力を獲得するのを助けてくれるようなガイドが時空を超えてつぎつぎに現れるだろう」

火男はヒカルを促して、アルミサッシのドアを開けて駅ビルのなかに入った。階段をゆっくりと下りながら、火男は自問した。〈ワシはいったい、何をしようとしているのか。なぜ、一度は捨てた故郷に、こんな少年をつれてもどろうとするのか〉だが、正直なところ、火男はこうした問いへの確かな答えを持ち合わせていなかった。たんにヒカルを放っておけないだけだったのだ。肉体を救ってやっただけで、寄る辺のないこの少年を、この無情な社会に放り出すことに罪悪感をおぼえたとしかいいようがなかった。

ヒカルはハガキを駅の構内のポストに投函《とうかん》し制服をゴミ箱にたたきこむと、「さあ、用意万端、整いました」とカラリと言った。

広島まで各駅停車の新幹線〈こだま〉で行き、そこでもっと速い〈ひかりレールスター〉に乗り換えて新幹線の終点・博多《はかた》まで行くことにした。

広島から長崎へ

広島駅で待ち時間が15分あった。じっとしているのが嫌いな火男が、ヒカルを促してホームを端から端まで往復しながら言った。「広島の駅前広場の光景もまことにお寒いかぎりだな。ゴタゴタしたデザインと調和のとれていない色彩のビル群がひしめきあっており、精いっぱい目立とうとする屋外広告物がその上を被《かぶ》っている」

「駅前というのは、どこでもこんなもんでしょう」

「町の第一印象は駅前の光景で決まる。旅行者の大部分は駅から町に入るということを、だれも考えないんだろうか」

「駅前はおいといて、高層住宅や商業ビルが平和記念公園をとり囲む爆心地近辺の光景もひどいもんじゃないですか。なんで鎮魂の場を静かで安らぎに満ちた空間に保つことができないんですかね」

「昔から原爆慰霊碑を通して原爆ドームを望むとき、その背後にそびえたつ商工会議所ビルが目障りだった。だが、状況は改善されるどころか、もっと救いがたいものになっているぞ。最近あそこに行ったら、右手には超高層のホテルが建ち、左手には新興宗教の電光看板が輝いているしまつだった。……ところで、原爆ドームの北東にあった野球場が駅の近くに移設されたが、その跡地利用計画をめぐって、もめているのを知っとるか？」

「と言うと？」

「市は商工会議所ビルを野球場の東に移し、その跡地から水辺まで広がる芝生の広場をつくり、平和記念公園をあわせた広大な緑地を建設する計画を推進しようとしている。それについて、地元商店主らは〈にぎわい対策がない〉として反対しているんだ」

「おかしな話だね。すぐ近くにある原爆ドームは世界遺産。それはつまり、人類からの預かりものでしょ。それにふさわしい静かな環境を整えることがなんと言っても大事なはず」

ホームを歩きながらヒカルの言葉に耳を傾けていた火男が、唐突に言った。「おい、あっちに広島城の天守閣が見えたぞ」

「えっ、城が残っていたの？」ヒカルは数歩もどって見てみたが、目に入るのはビルの重なりばかりだった。

「もちろん、建て替えられたものだ」火男はふり返らず、スタスタ歩きながら言った。「天守閣は原爆が爆発したときに爆風を受けて横に飛び、近くの川原に落ちたんだ」

「せっかく建て替えた天守閣も、ビルの谷間からわずかにのぞけるようでは形なしだね」ヒカルがつまらなそうに言った。

「だから、彼らはもっと威勢のいいものをつくろうとしたんだ。あのプロジェクトが実現していれば、いまごろは近未来的なデザインの塔の500メートルの高さから、〈平和の光〉なるものがワシらをつねにピカリピカリと照らしていたことだろう」

「平和の光……、気持ち悪いな。何、それ？」

「天守閣で思い出したんだが、1989年に広島市が広島城築城400周年と市制100周年記念事業をおこなったさい、〈この年を新たな歴史的な時代への転換点〉として祝うためのさまざまな企画が出された。そのひとつに自動車メーカーの平和の塔プロジェクトがあった。これは、〈明るさ〉と〈地域の繁栄〉を象徴する世界一の壮大なタワーを建てようというものだった。その塔には原爆が爆発した高さと同じ場所に〈平和の光〉をつけ、地上には商店街、祭りの広場、国際青年会議所などを配置した娯楽センターを建設する構想だった。

当然のこととして、原爆の歴史に蓋をするものではないかという強い反発が市民から巻き起こり論争となった。このプロジェクトを擁護する側は、〈広島はいつまでも原爆の悲惨さを強調するだけでなく、平和の喜びを求める時期ではないか〉と主張した。おりしもバブル経済が破綻したこともあって、結局、このプロジェクトは実現することなく終わった」

火男は急に黙りこみ、しばらく考えてから言葉をついだ。「知っとるか？　あの日、この町の500メートル上空でいかに恐ろしいことが起こったか、そしてそこから戦後世界の核支配がはじまったということを」

うなるように言った火男の顔を見て、ヒカルは思わず声をあげそうになった。顔が真っ赤になり、膨れた左のひたいは脈打っているように見えたのだ。

一息つくと、火男は「最近出たこの本を読め」と言ってカバンから1冊の本をとりだした。

「ＮＨＫ広島の『核・平和』プロジェクトが、原爆の起爆装置が起動してから10秒間に何が起きたかをまとめたものだ」

ホームのベンチに座って列車の到着を待つ10分ほどのあいだに、斜め読みしたヒカルが目を丸くして言った。「炸裂《さくれつ》するまでの１００万分の１秒のあいだに発生した膨大な中性子は、つぎの核分裂を引き起こしただけでなく、あらゆるものを突き抜け、あらゆる物質の原子核にぶつかって新たな放射線を生み出したという。この本では爆心地にいた人びとの被曝線量は中性子とガンマ線を合わせると約60グレイと推定している。放射線の破壊力は、仮に50グレイの放射線を手のひらにあてられたら穴が開くという、とてつもないものだ。中性子やガンマ線による被曝は約１週間つづいた」

「物理好きのおまえはのみこみが早いな」と火男。

眉間にしわを寄せたヒカルが視線を宙に漂わせてつづける。「被爆者の死亡の20～30パーセントは、つづいて出現した火球の熱による〈閃光《せんこう》やけど〉によるもので、２キロ以内の野外にいたら生き残れる可能性はなかったと言われている。火球によって加熱された空気が膨張するとき、まわりの空気がいっきに押し出されてすさまじい衝撃波が生じる。そのスピードは音速より速いと言われるが、衝撃波は地面に衝突してさらに圧力を倍加させる。さらに、火災が発生した地域に向かって市の周辺から吹きこんでくる風によって、20分後に火事嵐が生じた。この強風にあおられて町は燃えつきた」

一息ついたヒカルが感想を口にした。「ぼくは大災害を直接経験したことはないので、テレビで１９９５年の阪神・淡路大震災の映像を見てショックを受けました。大震災後に神戸《こうべ》の町のあちこちから火の手があがり、町の上空は真っ黒な煙におおわれて世の終わりはこのようなものかと思ったけど、あれも火事嵐なんでしょ?」そして頭をゆっくり振りながらヒカルはつけくわえた。「それにしても、戦後世界を核の呪縛下においた、あのとんでもないしろものを〈あれで平和がもたらされた〉として、〈平和の光〉なんて言い換えたがる人たちがいたなんて驚き。原爆を投下した側もあきれただろうね」

「新しい権力者に迎合する輩はいつの世にも、どこにでもいるものさ」火男は大きく息を吸い、苦々し気に言った。さらに「これから訪れる長崎でも、事情は似たようなものだった。あそこの爆心地の公園の名称はいまだに〈原爆落下中心地〉だろうが。あたかもあの惨禍は天災だったと言わんばかりだ」と言うと、カモノハシのような鼻面をした新幹線が入ってきたのを見て立ちあがった。

ふたりが乗り込んだ新幹線は広島駅を出るとスピードをあげ、近接するふたつの鉄橋を渡った。あの日、被爆した無数の市民が水を求めて殺到して溺れ死んだ太田川《おおたがわ》の支流は満々と水をたたえ、カキ舟がのどかに浮いていた。

広島駅からドイツ語をしゃべりながらバックパックを背負って乗りこんできた若いカップルは、早くももたれあいながら眠っていた。驚くほど大きなトランクをもちこんできた西部なまりの英語をしゃべる中年の夫婦は、トランクの処置に困ってまだウロウロしていた。見かねた火男が「こちらに収納場所がありますよ」と教え、一番後ろの座席の背後にあるスペースへと案内した。

座席にもどってきた火男が口を開いた。「長いこと新幹線で行ったり来たりしているからよく分かるが、広島への欧米人の訪問者が本当に減ったな」

まじめくさった表情でヒカルが反論した。「お言葉ですが、原爆資料館への入館者数はここ数年間増えつづけていると新聞に載ってましたよ。その理由は、宮島がミシュランのガイドブックで高く評価されたからだとか」

「ワシは広島へ行くたびに、平和記念公園を歩き、資料館をさっと見てまわるんだが、そういえば、たしかに観光会社のパック旅行の退屈な部分として暇つぶしをしているような輩も少なくないな」

「火男には、海外の専門家仲間というか、友人が多いみたいだけど、彼らの関心はどうなの？」

「ヒロシマ、ナガサキへの彼らの関心はすこしずつ低下してきたようだな。第2次大戦の記憶が薄れ、全面核戦争の脅威を突きつけていた冷戦構造が瓦解し、ＥＵ（欧州連合）の成立によって戦争が犯罪化されていくにつれてな」

「そのまえはどうだったの？」

「1970年代半ばまでは、ヒロシマ、ナガサキは世界的に広がったアメリカの帝国主義的侵略の象徴としてとりあげられたものさ。1980年代にかけてヨーロッパを舞台に米ソの両大国がＩＮＦシステム、つまり中距離核戦力を手にして対峙するようになると、彼らはヒロシマ、ナガサキに〈全面核戦争のもたらす破局〉を見たといわれている」

ペットボトルの水を一口飲んだヒカルは、「ところで、被爆者も戦後の世界情勢をめぐる動きに翻弄されつづけてきたんだよね」とすこし話題を変えた。

「おまえがこの問題に興味をもってくれたことをうれしく思うよ」火男は勢い込んで話しはじめ

た。「終戦直後は原爆に関する事柄はGHQ（連合国総司令部）によって厳しい報道管制下におかれ、語ることは許されなかった。そんな状況にあって、被爆者は肉体的不調にくわえ世間の偏見にさらされた。結婚差別や就職差別などを受け、行政の支援もなく、生活も貧窮をきわめ、生きのびたことを呪うほどだったという。このように、戦争犠牲者にたいする法的措置は戦後長らくとられなかった。

そのいっぽうで、1953年には恩給法が改正されて軍人恩給が復活した。戦争を計画し推進した者たちがまず補償の対象となったのは、激しさをましてきた冷戦の戦略として、日本を反共の防波堤として利用しようとする英米の戦略のもと、1951年に締結されたサンフランシスコ条約の結果だ。占領中はポツダム宣言にもとづき勅令第68号によって、日本の非軍事化の方針が徹底され、軍人・軍属の遺族にたいする扶助料の支給は禁止されていたにもかかわらずだ」

「しかも戦争犠牲者の補償を後回しにしてね！」ちょっとため息をついてヒカルが言った。

「それでも1957年になって原爆医療法、1968年に被爆者特別措置法が制定され、遺棄されていた被爆者にようやく法的救済措置がとられるようになったんだ。とはいえ、これも被爆者を全人的に援護するものではなく、さまざまな制限や条件がつけられ、厚生大臣の認定を得なければ支給されないものだった」

気をとりなおすようにヒカルが聞いた。「高度経済成長時代には状況は改善した？」

憮然《ぶぜん》として火男が応える。「逆だ！　国によって捨てられたも同然の戦争被害者のほとんどは厳しい経済格差にさらされるようになった。この問題に国民の目を向けさせたのは、とり残された被爆者の苦しい生活ぶりだった。地道につづけられてきた被爆体験の語りは、〈いつまでも原爆でもあるまい。経済が大事〉と忘却を促す勢力に抗する大きな力となってきたと言ってもいいだろう」

「1990年代に起こった冷戦構造の終焉《しゅうえん》は、この問題にどんなインパクトを与えたの?」

「国家主義によって封じこめられていたさまざまな史実が明るみに出るようになったことだ。その結果、世界的に歴史認識をめぐる軋轢《あつれき》が先鋭化した。アジア諸国では日本軍の残虐行為にくわえて、性奴隷制の犯罪性が広く認知され、国際的な非難の高まりをみるようになった」

「そういえば、韓国や中国から長崎、福岡の炭鉱に強制連行されて坑内労働に従事させられたとして被害者や遺族から企業が訴訟を起こされるようになったけど、ここでも国のふるまい方が重要になってくるよね」

「そうだな。国が音頭をとって解決を図らねば企業も動かない。道義的にふるまわねば、いくら経済力があっても尊敬されることはないんだ」

顔を真っ赤にしたヒカルがつぶやいた。「戦争推進者とその末裔《まつえい》が次の世代にツケを回してきたから、国際社会で活躍しようとする若い世代の足を引っぱることになったんだ」

しばらく口をつぐみ、沿線の海岸沿いにつづく石油精製工場に目をやっていたヒカルが、気をとりなおして言った。

「人類は20世紀に人類史上かつてない規模でさまざまな愚行を世界中でくり返してきた。21世紀の幕開けには、これから協調と平和の時代になるといった期待が高まったけど……」

「ところが、実際に起きたのは低強度紛争や世界的な貧富の格差の増大だった。そして、それによって難民キャンプや人身売買など、痛ましい事態が世界中で数えきれないほど生じている」

「低強度紛争って？」ヒカルが頭をかきながら聞いた。

「低強度紛争というのは、戦争よりも規模や程度が低いレベルの紛争のことだ。ベトナムでの手痛い経験から直接的かつ大規模な介入に消極的になっていたアメリカにレーガン大統領が誕生してから、強いアメリカの再生のために紛争介入の手段として採用した戦略だな」

「テロや破壊工作といった戦術を使って？」

「そう、戦略は内乱鎮静から内乱扇動へと変化したんだ」


無言で通りすぎる車掌や車内販売員に感心して、ヒカルがくつろいだ調子で言った。「静かだね、サイレンスカーに乗ったのははじめて。車内放送がないのもいい」

火男は「これが、あたりまえだ」と素っ気なく言って、座席の背もたれを倒して眠ってしまった。火男の寝息を聞いているうちに、ヒカルも眠りに落ちた。夢に現れたのは緑したたる熱帯雨林の光景。奇妙なことに、つぎつぎと現れるシーンは肌の白い客が遊ぶ、みごとに整備されたリゾートの光景のみで、先住民の姿も彼らが暮らす集落もまったく存在しなかった。ときどきプールからあがった彼らが机について操作する電子機器のかたわらに置かれた時計には、202X年の表示があった。


ヒカルが目を覚ましたときには、新幹線は山口県の厚狭《あさ》駅を通過するところだった。そのころから空が急に明るくなってきた。このさきに新しい世界が広がる予感と闘病生活をおえたあとの陽光あふれる九州への旅の期待はヒカルの気分を高揚させた。

目を覚ました火男が、まぶしそうにまばたきをしながら言った。「世界の各地で人びとが遭遇しているさまざまな破局は、ヒロシマ、ナガサキから世界の目をそらさせてしまった感がある。どうしたら、もっと日本の被爆体験が、世界市民に注意を促すことができるだろうか？　発展途上国の人びとの生も死も世界秩序のバランス次第で決定されていることを！」そして、眉間にしわを寄せて考えこんでしまった。

「そう悲観的になることはないでしょう」ヒカルが座席の背もたれを立てて姿勢を正して慰めると、火男も座りなおして言った。

「そのとおりだ、ヒカル。原爆の悲惨な記憶をもちつづけている日本人こそ、クラスター爆弾、白リン弾、劣化ウラン弾など、子どもや市民を犠牲にする兵器の非人道性に鋭敏な感受性をもっているはずだ。すでに時間と空間の制約を超えて1945年の広島、長崎と、これらの非道な兵器によって蹂躙《じゅうりん》されている地域と、現在の日本を結んで展開されている運動のなかに世界状況を変える力を見いだすことができよう」それからもうひとつ、と言って火男はつづけた。「ソ連の消滅によって唯一の超大国になったアメリカによる、アメリカのための世界秩序ができるはずだった。ところが、イラク戦争ではアメリカにくらべて格段に弱小の国々が戦争反対の立場をとった。そしてイラク戦争後、アメリカはさらに国際社会にたいする影響力を失った」

その話題に触発され、ヒカルが目を輝かせて言った。「あの戦争のときも日本の世論は反対したにもかかわらず、日本政府は一貫してアメリカ追随の姿勢をとったよね。地球規模で情報が飛びかい、物質的な相互依存が進んでいる現代は経済力、軍事力、さらに軍事同盟すら頼りにならないのに」

「そう、すべての問題を抱えた人びとが強力な抵抗手段を手にするようになったのが現代だ。先進諸国の民衆も、これからの世界秩序を構築してゆくためには人類の多様性を理解することが重要なことに気づき、さまざまな抵抗運動を突き動かしている問題の是正につとめるようになってきたな。根底にある貧困、抑圧、不公平などは自分にはね返ってくるものだからな」

「と言っても、いったいどうやって？」

「イラク戦争直前に世界中で1000万人を動員した反戦運動のうねりは、インターネットで形成されたのを覚えているか。これは、ナショナリズムとは異なる選択肢を人びとが手にしはじめたことを意味している。昔から民衆は為政者が押しつける秩序の従順な受け手となりがちな存在だった。いまでも、さまざまな宣伝手段に踊らされやすいものだが、日本にも自分の頭で考え主体的に行動することによって、望ましい世界秩序を構築していこうとする動きが出てきている。インターネットやNGO（非政府組織）を活用し、世界中の人びとと連帯してな」


新幹線の終着駅・博多。大音量の放送にさらされながら列車を乗り換えた。車内では〈お忘れもののないようお荷物をご確認ください。電車とホームのあいだに転落しないようお子さまの手をおつなぎください〉、ホームでは〈エスカレーターにお乗りのさいは黒いベルトにおつかまりください〉、そしてコンコースでは九州各地と下関《しものせき》へ向かう列車の乗り換え案内が頻繁に流れて言葉を交わすのも困難だったが、火男は顔をしかめ声を張り上げて話しつづけた。

「ここはワシが大学を出た街だ。ワシらが研修医のころ、入局を拒否して卒後の自主研修を推進することから始めた運動は医局講座制改革へと発展した。そして教授会と対立し、ストライキを打ったことは福山の病院で話したな。追いつめられた教授会が機動隊を導入してストライキを解除し、同級生のほとんどは大学病院から放り出されてしまった。そのころには高度経済成長期にはいっていて、新幹線がここまで延びて博多も個性のない都会になってしまった。そういった次第でワシは博多への愛着を失ってしまった」

人と騒音でにぎわうホームを通り、長崎本線の列車に身を落ちつけた。ホームで買ったかしわ飯弁当を食べているあいだも、車内放送が大音量で流れつづけた。列車名、停車駅名、到着時刻、乗り換え案内などのテープが流れたあと、車掌の肉声が同じことをくり返し、たどたどしい英語のアナウンスがまた同じことをくり返した。

車内アナウンスがやっと終わり列車が発車すると、車内販売員が沿線の景色の講釈、土産ものの売りこみ、冬の行事案内をはじめた。「2月8日は針供養です。この日は昔から女性の祈りの日で、終日裁縫を控え、錆《さ》びた針や折れた針を豆腐やコンニャクなどの柔らかいものに刺して日ごろの労をねぎらいます」

火男は通りかかった車掌にくぐもった低い声で抗議した。「ちっとは静かにできんのか」車掌は粗末な身なりをした火男を一瞥《いちべつ》するなり、小腰をかがめて「まことに申し訳ありません。決まりですのでご容赦ねがいます」と言葉づかいだけは丁寧に言って、さっさと行ってしまった。

怒りで顔を真っ赤にしたヒカルが抗議しようと立ちあがりかけると、火男は「争ってはならん」と小声で鋭く注意して座らせた。そして「いまはこの世の大事に集中しなければならんときだ。長崎滞在中におまえに考えてもらいたい10の設問を掲げよう」と言って駅弁の包み紙のしわを伸ばし、火男がその裏に書きつけたのは次のようなことだった。

①　原爆の開発は当時の国際情勢からやむをえなかった？
②　原爆投下は終戦を早め、日米双方の多大の人命を救った？
③　未来へはあらかじめ決まったように進んでいる？
④　歴史の流れは変えられないか？
⑤　どんな力が歴史の流れを決めてきたか？
⑥　禁教、鎖国がなければ、原爆の惨禍もなかった？
⑦　軍事費を教育、医療、福祉、それに環境問題にまわせていたら？
⑧　人生における私の課題は？
⑨　死とは？
⑩　永遠の命とは？

ヒカルは手渡された駅弁の包み紙をていねいに折りたたんでカバンにしまいながら尋ねた。

「なんでこういった課題を長崎で？」

「長崎は固有の地勢的特性ゆえに、中世から近世まで世界への窓口だった。アジア諸国との長い相互関係だけでなく、近世のはじまりを告げるヨーロッパの文物は長崎を通じて入ってきた」そう言うと深々と座席に腰かけ、背筋を伸ばした火男は言葉をついだ。「そこでくり広げられた生と死の壮絶なドラマをつぶさに観察することで、日本とは、日本人とはといった問題意識を研ぎすますことができるだろう。それは現代日本のみならず、この世界を理解するための強力な手だてとなるんだ」

「そんなこと、いままで考えたこともなかった」

「若者は考えないようにしむけられている。恐ろしいことだ」

それからもうひとつ、と言って目を閉じた火男は、急にヒカルのほうへ上体を傾け、目をみすえて低い声で言った。「いでよ、おまえに向かって！」驚いて腰を浮かしそうになったヒカルを制し、「〈あなたは国を出て、親族に別れ、父の家を離れ、わたしが示す地へ行きなさい〉これならなじみがあるだろう」

「知ってる。旧約聖書の『創世記』でしょ。神がアブラハムに臨んだときに語った言葉だよね」

「そのとおりだ」火男は満足げにうなずいて「いでよ、おまえに向かって！」とくり返した。

「ユダヤ教の律法の、同じ個所のヘブライ語の原典では、このように呼びかけているんだ。なんとインパクトの強い表現だろう。おまえは中国山地でワシと長い時間を過ごしたが、結局、自分の殻を破ることができなかった。長崎でなら、それができる。そう思ったからワシは、おまえを長崎につれていくんだ」

ヒカルは目を閉じて聞いていた。頭のなかで〈いでよ、おまえに向かって！〉という言葉がこだましつづけていた。

長崎

長崎に近づくと列車は長いトンネルに入った。火男の語りは、疎開先から長崎に帰ってきたとき、自分の記憶がはじまったころに移っていた。

「戦争が終わった翌年の夏、大学の講義が再開されるという知らせを受けとった父は、母と4歳になったばかりのワシと1歳にもならない弟をつれて疎開先から長崎にもどった。姉ふたりは疎開先に残してな。それだけ長崎の食糧事情は悪かったんだ。8月の昼下がり、列車は長崎に近づくと急に速度を落としては止まり、止まっては進むのくり返しだった。原爆が投下されて1年たってのことだから、たまたま大規模な保線工事が行われていたのかもしれんが……」

火男の声が現実味を失って別世界からのもののように聞こえはじめた。

「いよいよ長崎駅が近づくと、列車は何十分も止まったままになってしまった。線路の両側には工場の廃墟《はいきょ》がどこまでもつづいていた。屋根が吹っ飛んで、ねじ曲がった鉄骨がもつれあってたれさがる光景の恐ろしさと、車内に風が入ってこなくなって暑さとのどのかわきに我慢できなくなった。ぐずりはじめたワシをなだめ、父が遠くをさして言った。〈あれが名物の大学病院のおばけ煙突だ。よくも爆風に負けなかったものだな〉母に向かって言ったのか、聞きわけのない幼子の気をまぎらわせたいと思ったのか分からないが、見ると、小高い丘の上のボロボロになった建物のそばに煙突が2本見えた。煙突には白黒しまもようの迷彩が施されていたが、そのうちの1本はくの字に折れ曲がっていた。地上に残った建物の数は少なく、草も木もない世界には人影もなく、ただまぶしいばかりだった」目を閉じて記憶をたぐりよせるように火男が言った。

ヒカルは、いまふたりが乗っている列車も止まっては動き、動いては止まるをくり返しているように感じていた。

突然、カッと目を見開いた火男が、焦点の合わない目を向けるヒカルをにらみつけて言った。

「その光景の凄《すさ》まじさが、幼心にどれほどのインパクトを与えたか想像できるか？　爆心地の浦《うら》上《かみ》の手前から長崎港沿いにかけて、鉄道の沿線には三菱《みつびし》の兵器、電機、製鋼、造船の工場が10あまりとガス工場、発電所が連なっていた。その廃墟のなかを列車は進んで行ったんだ。

まわりにはこれらの工場で働く工員のための寮が6つと一群の大規模市営住宅、小学校から大学まで16の学校、3つの大病院があった。軍需工場だけでなく、工場労働者とその家族の住宅、教育施設が標的にされたんだ。工場では学徒動員の学生の他に、九州全土から集められた少年工が大勢死んだ。地域の医療センターが根こそぎ破壊されたため、負傷者の効果的な治療はほとんど行えなかったんだ」

ヒカルはいつのまにか窓枠にもたれて眠っていた。目を覚ましたとき、列車はこぎれいな建物群のあいだを抜けて速度を落とし浦上駅に30秒ほど停車したかと思うと、すぐに長崎駅に着いた。長いプラットホームを歩いて改札口を出ると、スタイルも彩りもデザインもちぐはぐな建物が頂上までびっしりと張りついた丘が目の前に立ちはだかった。

潮の香を含んだ季節風になぶられて、あくびをしながらヒカルが言った。「ふーん、これが長崎か。さえない町！」

「たんなる田舎町にしか見えんだろうな。これが幕末には、長い航海のすえにたどりついた外国人の目を、山の頂上から波打ち際にいたるまでしたたるばかりの緑で慰め、世界の三大美港に勝るとも劣らないと讃えられた町なんだよ」片ほおをゆがめ、ちょっと寂しそうに笑って火男は言った。「だが、神経を研ぎ澄ませば、かすかな痕跡からこの起伏にとんだ小さな町の辻々《つじつじ》に漂っているものが見えてくるぞ。殉教を見守った長崎の人びと、直接・間接に被爆体験のある市民の記憶はこの町に今も生きているんだ」

火男はいったん言葉を切り、表情を引きしめて言った。「おまえは眠っているあいだに長崎入りした。だがな、江戸時代には才気あふれる若者が蘭学《らんがく》を学びに、長い長い道のりを歩いて全国から長崎をめざした。到着するやただちに師匠の部屋にあいさつに訪れた彼らの姿を思い浮かべてみよ」

クルリと火男のほうに向きなおって床に手をつくまねをしたヒカルは、目をキラキラ輝かせて言った。「ただいま広島から参上いたしましたヒカルでございます。よろしくご指導くださいますようお頼み申し上げます」

金比羅山上での入市式

駅前の陸橋を渡って坂道を上り、西坂公園を横目に見て、浦上から金比羅山《こんぴらさん》の裾をめぐって東へ走る細い道に入った。

「この道を大勢の被爆者が火の海となった浦上から逃れていった。長崎生まれの作家、林京子の『祭りの場』には浦上の工場に勤労動員されていて被爆した女学生たちが、ひたすら山向こうの母校をめざしたようすが生々しく描かれている」火男がふり返って言ったが、片足を引きずりながらついてくるヒカルはムッツリとうなずいただけだった。

15分ほど歩いてその道からはずれ、丘の斜面に張りついた住宅のあいだを走るウネウネした坂道を延々と上った。ヒカルがネをあげそうになったとき、「ここがワシらのねぐらだ」と小さな公園のむかいの家をさして火男が言った。

それは本当に小さなあばら屋だった。ここに住まいを定めたことに大きな理由はなさそうだった。火男が脳血管内治療を盛んにおこなっていたころ大学病院から紹介されて長崎から来た患者さんが持ち家を貸してくれたとのことだった。ここが終戦直後、火男の幼いころの生活圏に近いということもその理由のひとつと思えた。

簡単な夕食をすませ、むかいの公園を横切って崖っぷちに出ると、町を見下ろしながら火男が言った。「原爆によって、ここから右のほう、浦上一帯は壊滅し、正面に見える長崎駅から県庁周辺まで類焼した。左のほうの繁華街はこの山で衝撃波がさえぎられたため、壊滅的な打撃を受けずにすんだ」

「平坦な広島とだいぶちがうんだね。火男はどこに住んでいたの？」

「中川町と言ってな、父が勤めていた長崎高商、現在の長崎大学経済学部だが、の官舎があったところだ。あのあたりだな」と言って左手でさし、「春になると市民がハタ揚げに集まっていた風頭山《かざがしらやま》の下の谷間、繁華街の近くだ」とつづけた。

ヒカルは町を眺めまわして感想をもらした。「長崎という町は、本当に港とそれをとり囲む山の上に3次元的に発達した町なんだな」

もの思いに耽っていた様子の火男がぽつんと言った。「家族で話題になったこともなかったし、この齢《よわい》になるまであまり考えたこともなかったんだが、うちの一家は危ういところで原爆の災厄を免れたんだよ」

「どういうこと？」

「最近、機密指定を解除されたアメリカ軍の記録によると、戦略空軍命令は町の中心部を流れる中島川にかかった常盤橋《ときわ》を目視して原爆を投下すること、それができなければ基地にもち帰ることだった。常盤橋はうちから1キロと離れていない。ここに原爆が投下されていれば繁華街をふくむ旧市街の建物はすべてなぎ倒されて火の海となり、狭い長崎港の対岸にある三菱造船所から浦上のほうに広がる三菱兵器関連の数多くの工場もふくめて軍需産業はすべて壊滅的な打撃を受け、長崎の町は完全に破壊しつくされていただろう」

「それがなんでまた、浦上に投下されるはめになったの？」

「原爆投下に関してはまだまだ分かってないことが多いが、原爆投下の第1目標であった福岡県の小倉《こくら》は前日の八幡《やはた》空襲の影響で煙におおわれていたため、投下は断念された。その後、原爆搭載機はちょっと迷ったあと、長崎へ向かった。しかし、長崎の上空に達したときには、標的に指定されていた常盤橋は雲におおわれていて見えなかったらしい。

パイロットは長崎の上空を数回旋回して帰りの燃料が心配になったころ、雲の切れまからのぞいた軍需工場を中心とした浦上の町を見て、〈注文どおりだ〉と考えて原爆を投下したと言われている。だから町の中心地と三菱造船所は壊滅を免れた。もっとも、初めから浦上が狙われていた、それはパール・ハーバーで使われた魚雷をつくった三菱兵器工場があったためだとか、日本のカトリックの中心地だったためとも言われているが……」

「ところで、どういうわけで火男はそのとき長崎にいなかったの？」火男の言葉をさえぎってヒカルが聞いた。

「そのすこし前に父が軍隊にとられたんだ。それで留守家族は父の田舎に疎開して難を免れた。父は40歳を過ぎていたが、本土決戦迫るということで召集され、鹿児島《かごしま》の海岸に上陸してくると予想された米兵を迎え撃つための塹壕《ざんごう》掘りをしていた。そのころには、戦力になるような若者はもう残っていなかったんだよ。3回目の召集を受けたとき、父はわが身の不運を呪ったと思うよ。でも、そのおかげで家族全員が生きのびることができたという次第だ」

「火男もその齢になって、その不思議さに思いいたったというわけだね」

「もし父が召集されていなかったなら、そして原爆が予定どおり常盤橋に投下されていたら……、投下目標から1キロほど上流で川遊びして1日の大半を過ごしていた幼いワシが一瞬で黒こげになり、母はつぶれた高商官舎の下敷きとなり、父は学生を引率して通っていた三菱の工場で崩壊した建物に押しつぶされただろう。……その様子が目に浮かぶようだ。そう、運命の不思議を思わずにはいられないが、長崎生まれで被爆しなかった者として、犠牲になった市民にたいしてなんらかの務めを果たさなければならないと思うようになったんだよ」

「火男は11歳までしか長崎にいなかったと聞いたけど、どうしてそんなに長崎に執着するのか不思議だな」

「小学校時代までに人の精神的な枠組みは形成されるからな。ひどい食糧難のただなかにあり、荒廃した長崎……でも、長崎での生活は楽しかった。食うや食わずの生活をしながら市民は早々といろんな祭りを復活させ、年中行事の数々を楽しんでいた。ささやかな弁当をもって春は町をめぐる山々へハタ揚げに出掛け、夏は湾内のねずみ島へ海水浴に繰り出したもんだ。盆明けの町を練り歩く精霊流しの行列のドラや鉦《かね》の音、耳をつんざく爆竹の音や花火の閃光は今でも記憶に鮮やかだ。秋は天まで届くように思われた長い石段を上って諏訪神社《すわじんじゃ》のおくんちの演《だ》しものを見にいき、クリスマスには町の周辺にある修道院のミサにあずかった」

「祈りの長崎と言われるわけだ」

「ちがう！　原爆はすべてを根こそぎにした。代わってアメリカ風のものが驚くほどの勢いで流れ込んできた。子どものときに神を信じる心は育たなかった。成人して、容易に他人の善意を信じることのできない性格になったのもそのためだろう。それは医師になって何年もたって直接に人の生き死にに与《あずか》るようになるまで待たなければならなかったのだ」

　ふいに火男が黙りこんだ。ヒカルが顔をあげると火男が厳粛な面持ちで言った。「これから入市式をやるぞ、この上にある金比羅山でな」

　ふたりは住宅街を抜け、段々畑をぬって登山道へ入った。森の近くまで来ると二の鳥居があり、そこをくぐって石段を上ると三の鳥居が見えてきた。ヒカルが胸一杯に冬の澄んだ空気を吸うと、新たなエネルギーが全身にみなぎってくるのを感じた。ふたりでこの町での新しい生活にたいする期待を語り合いながら夜の登山を楽しんでいるうちに、三の鳥居をくぐって金比羅山神社に着いた。

　ヒカルはさい銭をあげて軽く頭を下げてから、神社の縁起を書いた立て札に目をとめ感嘆の声をあげた。「ふーん、古い神社なんだね。百済《くだら》の琳聖《りんしょう》太子が山上に香をたいて北辰《ほくしん》を祀《まつ》ったのが起源。その後、嵯峨天皇《さがてんのう》の弘仁《こうにん》年間、つまり８２０年に、神宮寺が建立された。昔から長崎の人びとの崇敬を集め、在留中国人も海上交通の守護神と仰いで貿易の繁栄を祈った。明治維新のときに金比羅山神社と改称されたんだって」

　神社の裏の森を抜けると、火男が「金星観測記念碑を見にいくぞ」と声をかけて本道をはずれた。１５０メートルほど歩くと、ピラミッド型の古びた石碑が立っていた。懐中電灯で照らしてみると、上部にVENUSと彫られ、下部に観測を記念するフランス語の銘文が刻まれていた。

「開国したばかりの1874年、つまり明治7年に、ここで天文学的に重要な観測がおこなわれた」火男は言葉を切り、「これはフランスの観測隊がここで金星の太陽面通過を観測した記念碑だ」とつづけた。

「それって、太陽、金星、地球が一直線に並ぶ現象だよね。でも、それを観測することにどんな意義があるの？」

「この現象を観察して地球と太陽の正確な距離を計測しようというのさ。そのために欧米諸国は観測隊を派遣した。金星観測の最適地として日本が選ばれ、4ヵ所で観測がおこなわれた。ここはそのひとつ」

石碑を左に見てすこしすすむと、広い草原に出た。

「江戸時代から盛んにハタ揚げ大会がおこなわれた場所だ。ほら、〈長崎ぶらぶら節〉にうたわれておるだろう」と言うと、突然、嗄《しゃが》れ声で「ヘハタ揚げするなら金毘羅、風頭……、」と唸《うな》った。

「あっ、だれの落としものだろ」草原のなかに巨石がポツンと立っているのに気づいたヒカルが叫んだ。

「長崎っ子はドンク岩と呼んでおる。子どものころはひよこ岩と呼んでいたな」

「ドンクって？」

「カエルのことだよ」

「そう言われれば、そう見えるね。ここまで飛びはねてきたのか」ヒカルはおかしくてたまらないといった表情で言ってからつづけた。「ひよこ岩という呼び名もいいね。長崎の幼子の愛らしさがうかがわれて、好きだよ」

町の反対側に回り巨岩に背中をあずけて空を見あげると、頭上に広がる満天の星にふたりとも息をのんだ。

「百済の皇太子が北極星《ほっきょくせい》を祀り、在留中国人が貿易の振興を祈り、フランス人の天文学者が金星を観測したこの山は、ワシらが長崎への入市式をおこなうのに、なんとふさわしい場所ではないか」と火男が同意を求めた。

ヒカルはそれには応えず、またもや心のひだにこびりついていたしこりがほぐれていくような気分を味わいながら、ゆっくりと語った。「福山の病院の屋上で星空を眺めて寝ころんでいるとき、からだが星々のただなかに浮かんでいるような感じがして、なんともいえない安らぎをおぼえた。そのとき、ぼくのふるさとは宇宙のまんなかにあると悟ったんだ」そして、しばらく沈黙してから、白い息とともにしみじみと自分の感慨をもらした。「いまはここが宇宙の入り口のように思える。こうしていると、宇宙はどうしてできたのか、〈とき〉はいつ生まれたのかなどと考えずにはいられない」

「それは〈宇宙は無限の広がりをもつのか、それとも、宇宙の果てというようなものがあるのか〉や〈神は存在するか〉とならぶ古代からの物理学や哲学上の大きな命題だな」火男の深い声が返ってきた。「しかし、このような遠大な問いに、全存在を有限の地上に縛りつけられた人間に答えが出せようはずもない。いくら科学が進歩しても、おそらくこのことに変わりはないだろう」

「それで時間とか、宇宙とか、そこにみなぎる力のことなどを考えはじめると、すぐ頭が痛くなってくるんだね」

大きくうなずいて火男は言った。「おまえの抱くこういった疑問を、平凡な生活の関心と習慣に絶対にかき乱させてはならん。まずはインスピレーションに満ちた哲学者、神学者の言葉に耳を傾けよう。いまから1600年の昔に聖アウグスチヌスは〈時間というものは神の創造されたこの宇宙の属性。宇宙の創生以前には時間は存在しなかった〉と言っている」

そして、ヒカルの目をみつめ、「神の存在を理論的に証明することはできない、おまえも分かっていると思うが……」と断ってから言葉をついだ。「カントは〈人間の心には経験も理性もおよばない領域がある。その余白を埋めることができるのは信仰だけだ〉と書いている。カントは、時間とか神とかいった哲学上の遠大な問いはワシら人間の理性のおよぶ範囲を超えているために、確かな答えは出ないと考えた」

「確かな答えは出ない……」

「この旅の主なテーマもそういったことだ。この長崎で感覚を研ぎ澄ませば、宇宙の何がしかが地上へ降りてきていることも分かるだろう」

夜がふけて急に冷えこんできた。

ヒカルは身震いをし、信じられないという調子で言った。「へっ、この日本の西の果ての、時代の流れからとり残されたような町で？」

「そう、欧米から見れば、東の果ての日本の、な」と火男の笑いをふくんだ声が返ってきた。

200X年2月

February 200X

史跡の上に積み重なる史跡

〝南国〟長崎でも立春とは名ばかり、その朝はあまりの寒さにヒカルは早く目が覚めた。眠りが浅かったせいか頭がぼんやりしており、気分が悪かった。カーテンを開けると、曇り空の下にありきたりの地方都市の風景が広がっていた。

井戸端で顔を洗っていた火男がもどってきてヒカルと肩を並べると、言った。「この町に戦国時代の末期、430年前にキリスト教が花開いた。キリシタン最盛期には教会の尖塔《せんとう》が林立し、聖歌隊の声が流れて異国情緒あふれる美しい町だったという。それが1614年の禁教令によってキリスト教関係の建物はすべて破壊され、多くの寺院にとって代わられた。そして原爆で町の大部分は破壊され、戦後、焼け跡の上に建てられたバラックは、日本が経済成長を遂げるにつれて思い思いに建てられた薄っぺらな洋風建築か、けばけばしい折衷趣味の寄せ集めに変わってしまった」

それを受けて「それを屋外広告物が覆い、日本国中どこにでもある落ちつきのない町ができました」とヒカルが引きとった。

「かつて日本の都市でも農村でも、人びとが集まって暮らす場所で人びとが大事にしたのは、お互いの生活をすこしでも気持ちよいものにするための礼節だった。そして、住まいから着るもの、生活用品のひとつにいたるまでけばけばしいものを排し、しぶく洗練された色調と意匠のものを尊んだものだ。それは、貧しい庶民にいたるまで〈日本人は生きることを芸術の域にまで高めている〉と、幕末から明治の初期に日本を訪れた多くの欧米人が口をきわめてたたえるほどだった。それがどうだ、いまではむきだしの商業主義と野放図な自己主張が町中にあふれかえっているじゃないか」

火男は頭を振ると、気をとりなおしたように「それはそうと、腹が減っただろう」と言って、げたをつっかけ井戸端まで行った。それからつるべで水をくんでコメをとぎ、台所へもどって来ると電気釜のスイッチを入れた。

そして、火男は宣言した。「殉教者トマス小崎の霊に導かれて長崎まで来たんだ。きょうはまず、キリシタンと幕府の闘争について学びにいくぞ」

朝食のあとかたづけを手早くすませると、火男は金比羅山の麓にあるねぐらを出て坂道を下って行った。ヒカルがそのあとをあわてて追う。

まず夫婦川《ふうふがわ》町の春徳寺《しゅんとくじ》へ向かった。トードス・オス・サントス教会のあったところだ。教会は1569年に、いまでもポルトガル語の響きそのままに唐渡山《とうどさん》と呼ばれる丘の上に建てられた長崎最初の教会であり、南蛮寺と呼ばれて親しまれたという。一時は、トードス・オス・サントス教会にあったセミナリオ（中等学校）には町の有力者が競って子弟を入学させたほどだったが、それも禁教令によって破壊されてしまった。その跡は仏教の寺院となり、寺の敷地《しきち》に残っているのは〝キリシタン井戸〟だけだった。

それからふたりが電車道を避けて裏通りを下っていくと、時代劇に出てくる家老屋敷《やしき》のようなつくりの小学校に行きあたった。真新しい正門を見ながら、「〈小学校も町おこしに協力していますう〉っていう感じだね」とヒカル。

「それは、ここに末次平蔵《すえつぐへいぞう》の豪壮な屋敷が建っていたからだ」

「すえつぐへいぞう？」

「長崎に移住した博多《はかた》商人の息子だ。朱印船貿易で財をなして長崎代官にまでなったが、とらわれて江戸の牢獄《ろうごく》に幽閉され、幕臣に惨殺された。幕府の重臣が禁制の貿易に手を出しているのを知ったので口封じのために消されたと言われているが、くわしいことは分かっていない。ジョアンという霊名をもつキリシタンだったが、キリシタン禁教令が出ると、いちはやく仏教徒となり、長崎奉行に協力して精力的にキリシタン弾圧をおこなったことでも知られている」

一息ついてふたたび正門に目をやりながら、火男は記憶をたぐりよせるような表情で言った。

「ここらの小学校の子どもはワシの通っていた小学校の子にくらべ、いかにも町の子という感じで、気がきいていてケンカも強かった。ワシらはめったにこの界隈《かいわい》には近づけんもんだった。高度経済成長期を過ぎて都心部の小学生の数が減ったため、ふたつの小学校が合併してこの小学校ができたんだ」

「ふーん、おもしろいね」ヒカルはあくびをかみ殺しながらチャチャを入れた。

それにはかまわず、「まあ聞け、これからが肝心なところだ」と言って火男はつづけた。「校舎の建て替えにともなって敷地内の発掘調査がおこなわれたところ、サン・ドミンゴ教会の遺構が現れた。サン・ドミンゴ教会は１６１４年の禁教令が出されると同時に破壊されてしまった。その跡地に末次平蔵が屋敷を構えたんだ。教会の遺構はこの敷地内に建てられたサン・ドミンゴ教会跡資料館に保存されている」

「長崎の狭い市街には歴史がぎっちりつまっていると聞いたけど、本当だね」

「史跡の上に史跡が積み重なっている。ローマほどではないがな」そう言って火男は片ほおで笑った。

それからふたりは、ちょっと坂を上ったところにある長崎歴史文化博物館に寄った。数年まえにおこなわれた発掘調査の最古の場所に顕《あらわ》れたといわれる、長崎奉行所立山役所入り口の豪壮な石段をゆっくり上りながら火男が口を開いた。「これは県立美術博物館、知事公舎、ユースホステルをとり壊して新しく建てられたものだ。半分は長崎奉行所ゾーンで占められている」

まぶしく陽に輝く長大なナマコ塀をしたがえた城門とみまがうばかりの威圧的なつくりの門を見上げ、ゆっくりと足を運びながらヒカルはその奥に控えているものへの期待に胸を膨らませた。

館内に入ると、奉行が藩主などを応接した書院や、貿易品の荷改めをおこなった対面所などが美々しく再現されていた。玉ジャリが敷きつめられたお白洲《しらす》では、着つけ体験で着物の着方を学んだ子どもによる、裁きの寸劇が演じられていた。ハタ揚げに夢中になって畑を踏み荒らした〈たこキチ〉と、畑の持ち主の大ゲンカを扱ったハタ揚げ騒動だった。

それをいくえにもとり囲んで見物する観光客を横目に見て通りすぎながら、「ノーテンキなものだ」と火男がつぶやいた。

「そう、にべもない言い方をしないで、何が問題なのか説明してよ。奉行やその背後にいる将軍の威光を誇示するようなつくりになっている、というのは分かるけど」追いすがりながらヒカルが口をとがらせた。

「よかろう。まず、徳川幕府を支えた機構がどういうものか、言ってみなさい。高校の日本史の時間に学んだだろう」

「旗本八万騎と呼ばれた将軍直属の軍団、徹底した大名の統制、天領という幕府の直轄地が支えた財政でしょ。それから、そのなかの重要な地域を管掌するのが遠国《おんごく》奉行、長崎奉行はそのひとつで……」

「そう、鎖国時代にあってオランダ、中国との唯一の貿易港だった長崎は、軍事、宗教のみならず経済の観点からも列強の侵略の手がかりとなりうる、目の離せない町だった。それゆえ、長崎奉行には旗本のなかでもとくに能吏をえらんで過分な手当を与え、役得を認め、近隣の雄藩をも指揮できるだけの権限を授けた。このような優遇措置が災いして道を踏みあやまり、輩下《はいか》の人びとや住民を翻弄した奉行も少なくない。長崎にいるあいだに、彼らと町の支配者、庶民との確執を学ぶのもおもしろかろう」

キリシタン関連資料の展示はとみれば、ごく狭いたった一部屋分のスペースしか割りあてられていなかった。「あの比類ない残虐な弾圧の歴史を、よくもここまで矮小化《わいしょうか》し平板化したものだ！」火男は首を横に振りながらはき捨てるように言って、さっさと外に出てしまった。

追いすがりながら、ヒカルが言った。「せっかく金をかけて復元するからには、長崎奉行を通して徳川幕府がどういうものだったかが分かるようにしてほしいな」

「そのとおりだ、ヒカル！　封建社会が７００年もつづいたのは日本だけ、その究極のかたちが江戸時代だ。封建制度が長く続きすぎたことの後遺症は、いまだにおまえらを縛っているんだ」

「この出逢いに恩寵ば感じとります」

中島川まで来てから、川のほとりの道を川下に向かって歩いて常盤《ときわ》橋の近くまで来たとき、背後でバタッという音がした。振りむくと、老婦人が両膝をついて地面に突っ伏していた。右手でバイオリン・ケースを大事そうに抱え、左手で体を支えた老婦人のそばには、買いもの袋が投げだされ、野菜やイワシが散乱していた。ヒカルは苦痛にゆがむその顔を見てぎょっとした。顔だけでなく、手も異様に浅黒く、無数の小さなブツブツでおおわれていたからだ。

老婦人を助け起こして川岸のベンチに座らせた火男が、「深堀さん、深堀さんじゃないですか！　大丈夫ですか？」と声をかけた。

「あっ、湖西先生。ぶざまなところをお見せしてしもうて、……大丈夫です」

「歩きぶりはずいぶんよくなったと聞いていましたが」

ぴしゃりと右の太ももを叩いた深堀夫人が答えた。「足の力はだいぶついて来とります。そいでんごらんのとおり、まだときどき、ころぶとですよ」

ヒカルが〈この人はなんのために生きているんだろう〉と思いながら、砂まみれになった魚や野菜を拾いあげてビニール袋に入れていると、聞くともなしにふたりの会話が耳に入ってきた。

「相変わらず、バイオリンによる慰問活動をつづけていらっしゃるんですね」

「きょうは施設を訪ねて、原爆孤老と呼ばれる方々に聞いていただいたとです」

「ゲンバクコロー？」と思わず口に出したヒカル。

「親兄弟をなくし、被爆者にたいする偏見や無理解から就職や結婚もままならず、孤独のうちに老境に入った人たちのことですたい。孤児として人生のはじめから苦労ばなめつくした人たちも多かとですよ」

「年月が重なるとともに、問題はいっそう深刻になっているようですね」と火男。

「被爆の後遺症や晩発症に悩まされてきたうえに、加齢現象が人一倍強く出とる人も多かですね。

そげん人たちの心をバイオリンはとかし、慰め、励ますのにこのうえなか力ば発揮するとです」

その言葉を耳にしてからヒカルは川底へ下りていった。流れで手を洗いながら逆光に浮かぶふたりの姿を見あげて、〈このふたりの立ち姿は絵になるな〉と思った。ふたりのあいだには、言葉というものがすっかり捨て去られてしまったのではないかと思えるほどの長い沈黙があった。

「よう長崎に来てくれましたね」沈黙を破った深堀夫人が、一歩火男のほうへ歩みよって彼の腕に両手をかけた。「私は、この出逢《であ》いに恩寵《おんちょう》ば感じとりますと」と聞こえたようにヒカルには思えた。〈恩寵？　恩寵ってコンピュータ・ゲームの用語じゃないか〉と一瞬思ったヒカルだったが、恩寵がここでは特別な意味をもつようだと考えながら石段を上がり、ふたりに近づいた。

ふたたび恩寵という言葉が耳をとらえた、今度ははっきりと。「そうですか、おふたりが長崎におらすあいだに恩寵の上に恩寵が積み重なりますよ」

ヒカルを夫人に紹介し、ヒカルに向きなおった火男は言った。「深堀さんだ。ひょっとすると長崎で会えるかもしれないと思っていたが、こんなにすぐにお会いできるとは……」

「ありがとう、助けてもらって」深堀夫人はよく通るアルトでヒカルに礼を言ったあと、ヒカルの興味を察したかのように手短かに自分の病気の説明をした。それでヒカルは、夫人の病気は40代はじめに発症した神経線維腫症1型という稀《まれ》な病気であること、その合併症としてできた静《じょう》脈瘤《みゃくりゅう》が巨大化したために脊髄が圧迫されて両足が麻痺《まひ》してしまったこと、地元の大学病院では治療経験がないほどの珍しい病気だったため、火男に紹介されたことを知った。

「湖西先生はカテーテルば使うて血管のなかから治してくださったと、……メスで切らんでね。それでまた歩けるようになったとですよ」

無数の腫瘤《しゅりゅう》におおわれた浅黒い顔の奥で、いきいきと動く深堀夫人の美しい目にヒカルはひかれた。

「近くですけん、寄っていかんですか」と誘われ、ふたりは深堀夫人が営んでいる古書店を訪ねることになった。

つれだって歩きながら、深堀夫人の原爆体験を聞いた。

「私のは、たいしたことはなかとですよ」とすこしためらってから夫人は語りはじめた。繁華街から蛍茶屋水源池のある谷のほうにすこし入った伊良林《いらばやし》に住んでいたため、爆心地とのあいだに介在する金比羅山の陰になり放射能や熱線による障害は受けなかったこと、しかし猛烈な爆風を受けて飛び散った窓ガラスの破片を全身に浴びたため、いまでもときどきからだのあちこちから白い繊維状の組織に包まれたガラスの小さな破片が出てくることなどを。そして夫人は、その簡潔な説明を次のように締めくくった。「そのからだをいまでは無数の腫瘤が覆うようになったとですよ。この病気は被爆とは因果関係はなかろうと聞いとりますばってん……」

ヒカルのほうに向き直って、「昔の人が業病と呼んでいたような、つらい病気を受容して社会奉仕に励む深堀さんのおかげで、ワシも自分の顔貌へのとらわれから解放されたんだ」と火男が夫人への共感をこめてのべた。

深堀夫人の店は観光客が足を踏み入れることのないような、さびれた商店街の一角にあった。両隣の店はシャッターをおろしていた。木製の引き戸をガタピシ音をたてて開けながら深堀夫人が言った。「本の虫だった私は、本屋のツケをもって貧乏な大学の勤務医に嫁入りしたとです」

意味がつかめずに戸惑っているふたりを店の奥のソファに座らせてお茶をいれながら、「人のよか夫は薄給のなかから、せっせとツケば払うてくれてから大腸がんであっけなく死んでしまいました。診断がついたときにはすでに肝臓に転移しとったとです。夫が逝ってからここで古本屋を開いて、30年たちました」

そして目を宙に浮かし、ため息をついて言葉をつづけた。「悲しみに耐えながら、しだいに増えていく腫瘤の数ば数えとりました。そのころから肌も黒ずんできたとです。これでもかつては準ミス長崎に選ばれたほどでしたとに」と薄く笑った。「食べていくためにひとりで古書店を経営するかたわら、原爆孤老のお世話をするボランティア活動ばつづけとります。ときにはバイオリンの助けを借りながら……」

しばらく口をつぐんだ深堀夫人が両手に包みこんだ唐津焼の湯のみに目を落として、つぶやくように言った。「そいでん、さっきも施設からの帰りに市電に乗って座席につくと、横に座っとる人があわてて席ば立たすとですよ……いつものことですばってん。伝染する病気と思うとっとでしょうかね」

「触っていいですか」両目を見開いて深堀夫人の顔をみつめていたヒカルが聞いた。

一瞬たじろいだ深堀夫人、それでも「珍しかね、そげん人は……、よかよ」と静かに応じた。

ヒカルが目をつぶって夫人の顔をなでていると、「これが私の病気の一部、すべて神経線維腫と呼ばれる腫瘤ですたい。触った感想は?」と尋ねられた。

「温かくて、柔らかい。ビロードのような手触りですね」

「おうち(あなた)がこの病気から柔らかさ、温かさを感じることができっとは、なしてだと思われます?」深堀夫人はこぼれるような笑みを浮かべて言った。

「分かりません」ヒカルは頭をかいて、あっさり降参した。

「動物の身体《からだ》をおおう皮膚というデリケートな織りものには、隅々まで神経が張りめぐらされておっとですよ。神さまはそげんして被造物のからだを守るとともに、ものに触れて感じることができるよう、巧妙な仕組みを用意された」

ヒカルは脳出血で開頭手術を受けたあと、頭皮を切られた跡がいつまでもしつこく痛んだことを思い出しながら「そうですね、たぶん……。そこからひどい苦痛も与えられるけど」とだけ答えた。

「私の病気はその全身の皮膚に張りめぐらされた神経のはじっこから、つぎつぎと腫瘤が出てくっとよ」深堀夫人の声が湿り気をおびてきた。

「いったいなぜ、こんな病気が起きるんでしょう?」

深堀夫人は悲哀感を吹き飛ばすように笑って、「遺伝子の異常だとお医者さんは言わすばってん、ほんとのこと言うとなぜ私がこんな病気にかかったのかはだれにも分からんと!」と言うと、軽い調子でつけくわえた。「神さまに聞いても、きっとこう言わすでしょう。〈許しておくれ、だれも完全ではありえないんだから〉と」

「ぼくもそう聞いたら納得しただろうな。どうしてぼくを半身不随にし、てんかん発作を起こさせる動静脈奇形なんてものが脳にできたんだろうとぼくの主治医を問いつめたとき、その若い医者は〈先天的な奇形〉とか、〈最近はなんらかの機転で血管増殖因子が活性化されたのだとも考えられている〉とか、わけの分からないことを口走るばかりだった……」

ほほ笑みながら聞いていた深堀夫人が言った。「神さまの間違いは、いかに小さなものでも悲しみを生む。でも考えてごらん、この世に人間として生まれ出てくるだけでも奇跡じゃないの。ちょっとした神さまの失敗はだれにでもあるばってん、人間同士の慰めと思いやりで補いあって生きていかんばね。そいでん、人はこういったものを理由に差別しあい、傷つけあう」

ふと思いついたというふうを装って、ヒカルは中島川のほとりで初めて夫人を見た瞬間に心に湧いた疑問を言葉にした。「何が楽しみで、あなたは生きているのですか？」初対面なのにこんなぶしつけな質問をしてはいけないとためらったのだが、聞かずにはいられなかったのだ。

ふっ、ふっ、ふっと笑った深堀夫人は、急にまじめな口調になって言った。「〈実存は本質に先立つ〉って言うでしょうが」

「実存は本質に先立つ？」

「昔の高校生はだれもが、この言葉を口にしていたわ」そして背筋を伸ばして宣言した。「そう、私はこういう姿で長崎に存在する、そして殉教と原爆という未来にみずからを投げかけるものよ」

「殉教と原爆という未来にみずからを投げかける？」唖然《あぜん》として、深堀夫人の言葉をおうむ返しに言うヒカル。

「1年も長崎にいれば、私というものについての答えが出るわ」

深堀夫人の話をうなずきながら聞いていた火男が言った。「我々が長崎に生まれ育ったことと、線維性骨異形成症や神経線維腫症1型という病気にかかったことには因果関係はないだろう。しかしこれだけは、知っておいてほしい。このような表徴をもって生まれなければ、また長崎に生まれ育っていなければ、ふたりとももっとべつの人生を送っていただろうし、おまえにかかわることもなかっただろう」

3人はしばらく沈黙に沈んだ。それから火男が言葉をつづけた。「それよりもふたりとも、みずからを選ぶことによって全人類を選んできたということを覚えておいてほしい」

「みずからを選ぶことによって全人類を選んできた、か」フーッと息を吐き出したヒカルは、「よく覚えておくよ」と言ってふたりのそばを離れ、本棚へ向かった。

お茶を飲みながら雑談にふけるふたりには目もくれず、本棚に並んだ本を手あたりしだいに手にとって見ていたヒカルが感想をもらした。「キリシタンや殉教関係の本が多いですね」

「大学での私の専攻よ」

「どうして、そんな暗いことを大学で勉強しようという気になったんです？」

「暗いこと、か。私たちが中近世のキリスト教徒や殉教の歴史を学ぶのは、激しい弾圧を受けながらも良民たらんと希望をもって生きようとした庶民のことを知るためよ。あなたもすこし勉強するだけで人間存在の偉大さにうたれ、勇気が与えられるでしょう。陰鬱な気分にしずんでしまうなんてことはないわ」

「でも、なぜいま日本で殉教史なんですか？」

「殉教史を学ぶことによって、ひとつの宗教の日本におけるふるまいにとどまらず、日本の社会体制、文化、そしてなにより日本人がどんな精神構造をもった民族であったかを知ることができるのよ。殉教者のことを忘れ去ってしまえば、彼らは永久に死んでしまう。そして、私たち自身がたちまち死への道をたどるのだということを悟るでしょう。……ところで知ってた？　名前と殉教地の分かっている殉教者の数だけでも5000人から6000人と言われている。ところが、6代将軍・徳川家宣《いえのぶ》に仕えた新井白石《はくせき》によると、その数はなんと20万～30万人にも達した！」

肩をすくめてヒカルが応えた。「〈世界に比類のない殉教の歴史は日本の教会の誇り〉と言いたいんでしょう！　このなかには聖職者や信者、その親類・縁者だけでなく、その周辺にいた人々、棄教者や島原・天草の乱で死んだ人たちのような、教会が信者とは認めていない人たちもふくまれているんだろうけど、ともかく、原爆の犠牲者にも匹敵する数の人びとがキリシタン弾圧の犠牲になって死んだ。当時の日本の人口からすればたいへんな数だ。……とかく小説や映画で、ひたむきな宗教心だけが情緒的に語られるけど、あれは惨憺《さんたん》たる布教の失敗例じゃないですか。イエズス会に領土的な野心があったからとか、彼らの戦略的な失敗だとか言われているようだけど、いずれにしても無残なものだ」

夫人がピシリと言った。「雑駁《ざっぱく》な考え方をしてはいけないわ、ヒカルくん。それから、為政者がつくった歴史をうのみにしないこと。一握りの権力志向の人たちの背後に、圧《お》しつぶされていった無数の大衆がいた。彼らはその圧政、悪政のもとで精いっぱい生きていたことを忘れてはいけない」

「でも、それって、日本という世界の片隅の、ひとつの宗教の受難劇というだけのことではないんですか？　くどいようですけど、いま、殉教史を学ぶ意味は？」

「これはホロコーストに匹敵するような世界史上の大事件よ。近世にはいったばかりのころ、日本人は大勢の外国人の司祭を残虐に殺しただけでなく、ナチスがユダヤ人におこなったと同じような残虐行為を無数の同胞《どうほう》にたいして断行したわ。このことは日本人にはほとんど知られていない。広島学や長崎学の講座がきわめて少数の大学にしかないのと同じように、日本人の怠慢よ、これは」

火男が重い口を開いた。「ワシは殉教者と迫害者、人間はどっちにでもなり得るということに興味があるな。神に仕えるか、地上の主人に仕えるか……。人間にとって宗教とは何か、同胞意識とは何か、そして人間とは何なのか、それを学ぶのも殉教史を学ぶ意味だろう」

「殉教も原爆も知らないよ」

「ところで、きょうはどこに行ってきたの？」

「金比羅山の麓のねぐらを出て、まず春徳寺に行きました」口いっぱいにほおばったカステラをあわててのみくだし、お茶でのどをうるおしてからヒカルが答えた。「それから港へ向かって坂道を下り、桜町小学校から長崎奉行所跡に回りました」

「長崎奉行所跡から先はどちらへ？」ふたりに向かって深堀夫人が重ねて聞いた。

「出島の横を通って大浦天主堂に行こうかと思っとりました。出島のあたりは、ワシが大学を出たばかりのころに訪れたときは、まだ殺風景な倉庫街だったが……」

「考えのない埋め立てで昔の景観はすっかり損なわれてしまってましたが、最近は往時の景観がずいぶん復元されていますよ」

「ところで、ワシは出島で生まれたんだよ、出島で！」とうとつに火男が言った。

「ほんとですか？」深堀夫人がおかしそうに笑った。「どう見ても、先生には異人さんの血がまじっているようには見えませんが……」

「そうだろう、母親から出島にあった病院で生まれたと聞いただけだから」

「そういえば、あそこには大きな私立の産婦人科の病院があったわ」

「母が語った思い出話を覚えとる。入院中に院長の愛馬が軍隊に徴用されたときのことだ。〈万歳！　万歳！〉と小旗をふって馬の出征を見送る病院の職員や町内会の人びとの群れから離れて、院長が物陰で泣いていたと……。日中戦争が、いよいよぬきさしならんようになっていくころの話だな」

「あの病院はとっくの昔にとり壊されてしまいました。それで、お育ちになったのは？」

「中川町ですよ。父親の勤めていた長崎高商の官舎があったもんで。住宅難のため、終戦直後は一軒の家に二家族が住んでいましたよ。白蟻《しろあり》に食い荒らされた古家でしたが」

「中川町のあたりもすっかり変わってしまって。高商官舎もとり壊されて、たしか、料亭に変わってしまいました」

「殉教も原爆も知らないよ！」本棚のところへもどっていたヒカルが突然、頭を振りながら、ぶっきらぼうに言ってふたりを挑発した。

深堀夫人の目から火花が散った。「ヒカルくんは正直かね。そいでん、恥ずかしかことよ」

「どうして？　ぼくには関係ないことだよ。それに、そんなローカルな会話にはとてもついていけない」

「ローカルな話ばかりで悪かったわね。ばってん、日本の現代社会の病根に一番翻弄されとるとは、あんたたち若者でしょうが。原爆の問題にしても、なぜ女・子どもと老人を主体とする市民がこんなにも大勢、惨殺されたのかを知ろうと思うなら犠牲となった人びとの時代だけでなく、400年も歴史をさかのぼって中世と近世の結び目をしっかりと確かめんと。そんために長崎に来たとでしょが！」

深堀夫人はまだ言いたりないと思ったのか、一息ついて改まった口調で話しはじめた。「〈どうして殉教が起こったか〉とか、〈なぜ原爆が投下されたか〉などといった問題を理解しようと思えば、どんな人間の仕業がからみあって生じたことかを知らなければならないし、その結果、支払われた犠牲の意味についても考えなければならないわ。それから、時代の流れに巻きこまれて押し流された人びとの声に耳をすませてちょうだい」

顔面をおおう腫瘤までもが赤くなって震えているように見える夫人の気迫に押され、ヒカルは「ハイハイ、まじめにやります、火男の弟子のメンツにかけて」と言わされてしまった。そして気ぜわしく、「えーっと、それではきょう行ってきた史跡にちなんで、〈キリスト教徒と支配体制側の死闘〉について聞かせてください。それから、〈その結果が現代日本にまでどんな影響をおよぼしているのか〉を知りたいと思います」とつけくわえた。

まだ怒りがさめやらぬようすで深堀夫人が言った。「まず言っときますけどね、ほんとのキリスト教徒は支配体制と死闘を演じるようなものではないのよ。それに、あなたの口調はまるで観光客ね。ガイドに向かって、そこで演じられた活劇を語れといった調子じゃないの。質問するときはもっと考えて、系統的に質問しなさいな」

「分かりました。それではまず、当時のヨーロッパの覇者ポルトガルは16世紀中葉になぜ日本をめざしたのか、キリスト教が日本に入ってきたときの国内の状況はどうだったか、布教はどんな妨害を受け、どのようにしてキリスト教はそれを乗り越えて受け入れられるにいたったのかと言ったところですかね。それからキリシタンが弾圧されるようになったきっかけ、仏教界はそれにどのように関与したのか、そしてキリシタンは弾圧を受けながらどのようにして信仰を守ろうとしたのかにも興味あります」

「よろしい、まず日本の国内状況と、アジア世界を見てみましょう。それから、アジア世界に接触してきたヨーロッパ世界の人びとがどんな人たちだったかを知らんばね。これから何回かに分けて話しましょう」

熱が入ると、深堀夫人の解説にはすぐに長崎弁がまじった。「それからね、ヒカルくんがはじめにした質問、〈その結果が現代日本にどんな影響をおよぼしているのか〉については、長崎にいるあいだに思いばめぐらせて自分で答えを出さんばいけん。資料ば貸してやりますけん、おうちも勉強せんばいかんとよ」

「そのとおりだ、ヒカル」うなずきながら聞いていた火男が口を開いた。「世界でも多くの国がひしめきあっている地域では民族・文化間の摩擦がつねに生じているが、そうでないところでは新しい文化共和の理念の理解すら難しい」

「それにあえて挑戦しろと……」

「そうたい、おうちにはそれができきっと！　長かった鎖国をくぐりぬけてきた日本人には、いまでんそいがむずかしかばってん」

キリスト教との邂逅から禁教へ

深堀夫人から質問の矢が飛んできはじめた。「ヒカルくん。戦国時代というと、あなたはどんなイメージをもっているの？」

近畿と西海諸国とを結ぶ回廊のような中国地方に生まれ育ったものとしては、常識だろうと思いながら、ヒカルは余裕をもって答えた。「京都の公家《くげ》や鎌倉系の武士にかわって地方豪族や才覚ある土民が腕をふるえるようになった時代。軍事力・経済力が支配する混沌としたアナーキーな世界ですね」

「そうね。16世紀には地方にも独自の文化をもち、活力に満ちた庶民の組織が発展しつつあったことに注目しなければならない。堺《さかい》、博多《はかた》などの海港に発展した商人都市国家、大坂の石山本願寺を中心とする宗教国家、加賀の浄土真宗をよりどころとする農民国家、それに九州から西日本に広まったキリシタン信仰など。ところで、西海は倭寇《わこう》の世界だったことは知ってるわね」

「西海の民は独立自尊の気概にとんでいましたからね。大昔から国の枠組みをものともせず、朝鮮、中国、南海の国々へ出かけていっては生業をたてていた人びとも多かった。彼らの物語を読むと血が騒ぎます」

「血が騒ぐ、か。瀬戸内出身のヒカルくんは塩飽《しわく》水軍の末裔《まつえい》かもしれないわね。倭寇はアジア世界に築かれた通商路で、縦横に活躍していた。西欧の列強もね、直接に日本に現れたわけではなく、まずこのようなアジア世界の通商路に接触したのよ」

「ほんとですか！　驚いたな」

「銃もキリスト教もまず、このようなアジア世界の通商路を経て日本に上陸したというのが史実のようね。そして1575年、鉄砲隊を組織し新しい戦闘隊形を整えた織田信長《おだのぶなが》が戦国の群雄割拠を制し、統一権力を創成した」

「では、まずキリスト教の側からみた当時のわが国の事態や、彼らの情勢を教えてください」

「いい考えね。カトリック教会の司祭や船長らの公的、私的な書簡など、たくさんの文書が残っているからね」

「中世日本のタイム・カプセルといったところですか」

「それを読むと、キリスト教がなぜあれほどに燃えさかったのか、伝来以来、半世紀のあいだにおもに九州や畿内で急激に信者を獲得し、力を得たのかが分かるわ。そして、なぜローマの初代教会の受難に匹敵するともいわれるほど過酷に弾圧されねばならなかったかも」

「でも、それって、結局は帝国主義進出の典型的なパターンをわが国がくじいたということでは？　まず宣教師が出ていって住民を精神的な奴隷としたあと、進出してきた国王の軍隊に呼応して反乱を起こさせる。もし彼らの野望をくじかなかったら、日本は植民地になるのを免れえなかった。列強の進出を阻むためにとった、鎖国という政策は正しかった」

「ヒカルくん」深堀夫人のアルトが響いた。「おうちも、そげん単純か侵略論ば信じとるとね。そんな理屈は鎖国政策を正当化するために事後的につくりだされたもので、史実を正しく反映してない！」そして、一歩つめよってつづけた。「インド、南米諸国やフィリピンの事例から類推して、〈修道会は列強の植民地政策の尖兵《せんぺい》〉ですって、とんでもない！　当時日本でそれが現実の脅威だったかを見なきゃいけない。それから、だれのふるまいが為政者にそのような危惧をもたせ、どの国がそれをあおり、結局、どんな目的にそれが利用されたかもね」

「よく分かりませんが、宣教師は最初から背後にポルトガルの軍隊を背負って日本を侵略しようとしていたんでしょ」

「バカなこと言っちゃいけないわ。あなたが歴史から何かを学び、未来に介入する力を得たいと思うならどうしたらいいか、一言で言いましょう。人間を見ること、組織のふるまいだけを問題にするのではなくね。それから、禁教から鎖国へいたったことによって日本は何を失ったか、今日にいたるまで尾を引いている鎖国の後遺症は何かを知らなければ」

「まず人物を見ろってことですね、宣教師の……」

「宣教師の働きかけだけでなく、日本人の側の反応も絶対君主、武士、庶民に分けて見なければならないわ。それじゃあ、まず宣教師からいきましょう。あの時代、いくら激しい宗教的な情熱にかられても、いくつもの大陸をめぐって地球の反対側にある東洋へ到達することは国王の力を借りずには不可能だった。考えてもごらんなさい、激しい潮流や嵐に翻弄され、船腹を裂こうとする岩礁の潜む危険な海域、海賊の巣窟のような海峡を通りぬけて、いくつもの大陸をめぐる航海のむずかしさを。だからと言って、帝国の手先でしかなかったというのは間違いよ」

「宣教師が帝国の手先だったというのは間違い？　そうですか、根拠を言ってください」

「宣教師はすぐに見抜いたのよ。日本は資源に乏しく、武道を好み、理屈好きで手なずけることのむずかしい人たちの住む、植民地としては魅力のない国であることを。そして、すでに衰微しつつあった本国の国王に、大きなリスクを冒して銀を求める船を送る意味はないと書き送っているわ。そのかわり、彼らはこの小さな島国が信仰の豊かな土壌であることに希望を見いだして布教に専念した。このことが激しい迫害を招くもとになったということよ」

あってはならない殉教

ヒカルは反撃の手はじめに「それで世界史上最大の殉教劇を演出するにいたる。それって宗教的英雄の行為なんでしょうけど、殉教はあってはならないことでしょ。宗派の方針や状況判断の誤りのために、良民として生き、平穏に一生をおえるはずの人びとが家族ぐるみ過酷な責め苦を負い、身も心も引き裂かれてもだえ死ぬ」と言ってみたが、深堀夫人の反発もなかったので、思いきって言葉をついだ。「それで、宗教的指導者の栄光は残っても、それに従った庶民は生きた痕跡まで徹底的に抹殺され、あとにはなにも残らない。いったいだれの思惑が、どの組織の間違いが、この惨劇をもたらしたのか」

みなにお茶をついだ深堀夫人は、やおら姿勢を正して言った。「日本へのキリスト教の布教もだれかが書いた筋書きにそって一直線に展開したということではないのよ。仏教にいろんな宗派があるようにカトリックにもさまざまな修道会があって、それぞれの個性を発揮して布教に励んでいる。当時、日本で布教していたおもな修道会はイエズス会とフランシスコ会だけど、活動の重点のおき方も異なるし、日本人への接し方もちがっていたわ。

それに、同じイエズス会のなかでも、軍人上がりのカブラルに率いられたポルトガルの司祭たちと、ルネサンスの人文主義の精神を体得したヴァリニャーノに率いられたイタリア人の司祭たちとのあいだには、ふるまい方から日本人への接し方のみならず、布教方針にも大きなちがいがあった。そして徳川幕府の時代になると、オランダ、イギリスというプロテスタント2国がカトリックを追い落とすために、スペイン、ポルトガルの帝国主義的野望を幕府に吹きこんで鎖国の口実を与えた。これに棄教者がからんで宗教史上、比類のない大弾圧劇に発展したのよ」

「さきほど、深堀夫人がおっしゃったことだが、重要なのは人間を見ることだ」火男が重い口を開いた。「組織のからんだことには、どうしても非人間的な要素が入りこんでくる。だが、布教に関して決定的な役割を果たした人びとの志の高さと日本人にたいする接し方、日本文化についての認識の深さを個々に見なければ」

「まずザビエルですね、やっぱり」ヒカルが応じた。

待ってましたとばかりに、深堀夫人が再び話し始めた。「1548年のこと。アジア世界の布教にとりわけ熱心にとりくんだイエズス会のザビエルは、インドのゴアにいて布教がすすまないことに焦りをおぼえていた。そんなとき、誤って人を殺して日本から逃れてきたヤジローと名乗る若者とふたりの従者に洗礼を授けることになった。ザビエルは彼らにキリスト教の教理を教えているうちに、そののみこみのよさから〈日本人は短期間で真理に達することができる〉と、日本での布教に大きな期待を抱くようになったと言われているわ。

ザビエルはヤジローの案内でマラッカから中国人のジャンクに乗船して、頻繁に台風が襲う密貿易ルートをたどった。苦難に満ちた航海のすえに来日を果たし、まず京に上った。というのも、日本国家の長に会って正式に国王に布教を許可してもらうためだった。本来、布教は中国や日本のような独立した国家では、国家と国家のあいだの協約でなされるべき性質のものだったからよ。ところが、天皇はザビエルには会おうとしなかった。京は戦乱の巷《ちまた》となっており、だれが王か分からないような状況だったんだね。

そこでやむなく地方に下って、有力な大名たちから彼らの領地での布教を認めてもらう方針をとったの。それで山口に来て、たえず質問し、討論し、理性をもって真理を受け入れる熱意あふれる信者たちに接したザビエルは、生涯でかつてなかったほどの満足感をおぼえることができた。〈山口で過ごしたあの四ヵ月を思い出すと、一生の中で最も幸福な時期だった〉と回想している。こういった山口の人びとの瑞々《みずみず》しさは何でしょうね。彼らは、習俗化されてしまった諸宗教を宗教と思って、まったく抵抗なく接している現代の日本人と同じ人種かと思ってしまうわ」

「それにしても」頭をかきながらヒカルが言った。「中世日本人が遭遇したキリスト教の何に反応したか想像するのはむずかしい」

「中世は戦乱の世、人びとはつねに死と隣りあわせの生活をしていた……こう言っても分からんだろうな」応じた火男はヒカルの表情を見て表現を改めた。「兵火によって、いつも町は破壊され、家族は離散し、老人や病人は捨ておかれた。重税にあえぐ農民は子女を売り、間引きや捨て子に走ることに慣れていた。多くの農地が放棄されたのでちょっとした天候の変動で容易に飢饉《ききん》が起こり、疫病《えきびょう》がはやった。それで人びとは、悪や不条理は人生と不可分のものだと思うようになった。人間の悪や業を凝視する浄土真宗が地方に深く根を下ろしたのはそのためだろう。

いっぽうで、閉塞感にあえぎ、しかも人間はほんのわずかな時間しか存在しないと鋭く感じていた人びとのなかには、たえずどの宗教が自分にとって真実かということを調べて、道理に合うものを自分で選択しようとした人びともいた。仏教でことたれりとせずに、真剣に宗教を求めていた日本人もいたんだよ」

「その代表が織豊時代のキリシタン大名でしょ」とヒカルが身を乗り出した。「彼らは影響力も強かった」

「そうね」とヒカルの意見に同意した深堀夫人、「彼らが大名のなかでも傑出した人物ばかりだったということと、30人以上という数の多さに驚かされるわね。彼らの多くは宣教師を自邸に招いて、何日でも宗旨討論をおこない、それが道理であると納得すると迷うことなく受け入れた人たちよ。織田信長の時代にはキリシタン大名が輩出し、あちこちにセミナリオが建ったわ」そこで言葉を切り、一口お茶をすすってから、しみじみと言った。「信長は安土《あづち》城下の子弟の教育の場を寺子屋からセミナリオに切り替えようとしていた。信長の寿命があと10年長かったら、日本は現在とはまったく異なった国になっていた可能性が十分にあったでしょう」

「歴史に〈もしも〉はないでしょう」と鼻を鳴らすヒカル。

「さきほど私が言ったことを思い出してちょうだい。歴史というものは、だれかが書いた筋書きにそって一直線に展開するようなものではないわ。わずかな差をもって社会でひしめきあういろんな力のなかから、選択に選択が重ねられてひとつの方向が定まっていくのが現実なのよ。ほんのちょっとのことで、歴史の流れはまったく変わってしまう可能性があるということをつねに念頭において歴史をみる習慣を身につけてほしいわ。それはあなたたちが未来を決めていく力を得るための修業でもあるのよ」

「分かりました、肝に銘じておきます」と素直にヒカル。「ところで、信長の寿命があと10年長かったら、日本はちがった国になっていたかもしれないとおっしゃいましたけど、その理由は？」

「自負心と世界観のスケールの相違ね。信長には秀吉《ひでよし》、家康《いえやす》とちがって自分自身と祖国にたいするゆるぎない信頼があったから、宣教師らのふるまいにいたずらに疑心をかきたてられることもなかった。それどころか、ヨーロッパまで視野に入れていた信長は、布教を保護することによって日本の王として世界中に自分の名を広めるつもりだった。そこが、アジアしか眼中になかった秀吉、家康とちがうところよ」

「それよりもぼくが興味があるのは、なぜキリシタンがきわめて短い期間に激しい迫害を受けるようになったのかということなんです」

「やっぱりすぐそこにもどっていってしまうのね、ヒカルくんは」

「すみません。でも、どうして支配者側の憎悪と反感を買うことになったんでしょう」

「彼らは日本古来の宗教を悪《あ》しきものとみなして国家の軍事力を後ろ盾に戦闘的態度で臨み、日本の為政者を刺激した」火男がヒカルの質問に答え、さらに自分の意見をのべた。「そのため日本人は西洋の軍事技術の脅威だけでなく、文化的な侵害の恐れを感じたのではないか」

すかさず深堀夫人が割って入り、骨ばった人差し指を火男に向けて横に振りながら「私は日本での宣教活動を単純な文化的帝国主義のケースと矮小化することはできないという意味のことを言ったでしょう！　覚えてないの？」と訂正した。

火男も引き下がらない。「宣教の初期の段階には布教の目的のためには手段を選ばないむきもあったし、権力を懐柔しようともした。いっぽう、秀吉は大陸への侵略にスペインとポルトガル、イベリア2国の軍事力を利用できないものかと考えた。思惑が行きちがったことが、秀吉が禁教に踏みきったおもな原因だろう」

「事実はもうすこし複雑かって、言うとるでしょうが！」深堀夫人がじれて語気を強めた。「ザビエルが来日してから35年がたつのに布教が成果をあげていないのは、あまりにも好戦的なイベリア両王国本位に傾いているためではないかとみたイエズス会は、イタリア人をアジアへの巡察師に任命した。

新しく巡察師に任命されて日本にやってきたヴァリニャーノは、それまでの管区長カブラルをはじめとして、フロイス、コエリョらポルトガル系宣教師のとっていた宣教方針が、貿易や武器の売買などを餌にして権力者に接近して上から改宗を迫るものであり、また人種的偏見の強い彼らには日本人を教育して司祭を育てようという気持ちがなかったことを知った。そんな彼らの姿勢が日本人に疎まれており、日本のキリスト教を破滅させる恐れがあることを確認したヴァリニャーノは、そこで布教方針の大転換を図った」

「カブラルの方針って？」

「日本人は人種的に劣るから司祭にはできない、従僕であればいい、ということよ」

「ひどい話！　で、ヴァリニャーノのとった方針は？」

「日本人の生活・習慣に寄りそいながら、セミナリオやコレジオ、つまり中等学校と大学校をつくって教育に大きな力をそそいだわ。また、天正9年（1581）の10月に訓令を出して、司祭らは日本の諸侯とは距離をとってつきあうよう、ことに軍事行動には肩入れすべきでないとまでのべているのよ」

大きく目を見開き、首を振りながらヒカル「来たるべき受難を予測していたかのような用心深さですね」

「己が権力を握るために、ひたすら有能な部下を働かせては用済みになると抹殺してきた秀吉のやり方を知っていたヴァリニャーノは、いずれ秀吉の心中にキリスト教への疑念が生じることを予見していたようね」

「それは、九州征伐が終わった段階で現実のものとなった」火男がひざを乗り出して言った。

「九州の覇権を握ろうとしてうごめいていた薩摩《さつま》を、秀吉はキリシタン大名に大動員をかけて抑えさせた。しかし、降伏した薩摩にたいして異例の寛大な処分しかおこなわなかった。それはキリシタン大名の強さと結束の固さを目のあたりにした秀吉が、全国統一の最大の障害は〈キリスト教〉であるということを確信したからだ」

「九州征伐が終わった段階で、秀吉の心中には大きな疑念が湧き起こったとしても不思議ではないね」と膝を打ってヒカルが言った。「有力なキリシタン大名と司祭がいつか同盟して自分に逆らい、その軍事力をもって天下をとるかもしれないと」

「そう」と言ってヒカルの膝をパシッと叩いた深堀夫人、「にもかかわらずイエズス会は長崎を教会領にしてしまった。ヴァリニャーノが当時の世界でも抜きんでた知の巨人であったことは否定できない。だけど、彼のやったことは教会外の視点で見るとどうだったのかも考えてみなければね」とつづけた。

「と言うと……」

深堀夫人は冷めた調子で言った。「領主大村純忠《おおむらすみただ》はポルトガル貿易から上がる利潤でもって仇《きゅう》敵《てき》・龍造寺《りゅうぞうじ》氏に対抗しようと、ポルトガルに強い影響力を持つイエズス会に長崎の譲渡を申し出た。ヴァリニャーノはそのような誘いに乗ることは日本の統一政権からイエズス会に領土的野心があるという疑惑を招く恐れがあることは重々承知しており、迷ったふしはある。だけど結局は信者や司祭の身の安全をはかり、将来の司教区設立の布石としてその提案を受け入れてしまった。このことは日本のキリスト教会にとっては、悔やんでも悔やみきれない大失敗ね。……1587年の秀吉の伴天連《ばてれん》追放令から1612年の第2代将軍徳川秀忠《ひでただ》の禁教令を招いてしまったから。信長だって同じような措置をとったことでしょう、彼の時代にイエズス会の長崎領有が起きていたなら……。それまで散々苦い思いをさせられてきた本願寺派を全国制覇の最終段階にいたっても屈服させることができなかったからね」

「秀吉が禁教に踏み切ったのは」と火男が補足した。「いくつかの要因が重なってのことと考えられるが、秀吉が中国侵略のために欲しがっていた船をめぐる行きちがいが宣教師とのあいだにあったことが一番大きいようだ。それにつづくコエリョの無分別な言動が秀吉の逆鱗《げきりん》に触れたのが、宣教師追放の直接の原因となったのは間違いないだろう」

勢いこんで話しつづける火男の湯のみにお茶をついだ深堀夫人は、「ヨーロッパにおけるカトリック宗派間の対立が日本にまでもちこまれたという点も、見逃してはならないことね」とまずクギをさしてから、具体的にのべた。「遣欧少年使節のローマ滞在中に教皇が交代した。イエズス会よりの教皇にかわって新しく教皇の座についたのは、フランシスコ会だった。イエズス会は日本では、為政者の意向に配慮して非常に慎重にふるまっていた。海外における布教に経験を積んでいたからね。ところが、日本における布教活動に後れをとったフランシスコ会は、すでに秀吉が禁教令を発していたにもかかわらず活発な布教活動を展開した。それを秀吉は自分の権威にたいする公然たる挑戦と受けとったのよ。それから、さきほども言ったけど、ヨーロッパにおけるカトリック対プロテスタントの抗争の影響も無視できないわね」

火男がそれを引きとって答えた。「そう、イギリス、オランダのプロテスタント2国はカトリック諸国の領土的野心を秀吉に吹きこんだ。そんなことが重なって、禁教の機会を狙っていた秀吉はサン・フェリペ号事件をきっかけに過酷な弾圧を開始した。そのはじまりが26聖人殉教なんだ」

「サン・フェリペ号か……」記憶をたぐりよせるような表情でヒカルが言った。「高校の日本史の時間に習ったな。たしか、マニラからメキシコへ向かって太平洋に乗り出した直後、猛烈な台風にあって難破し、土佐に漂着したスペインの商船……」

「そうだ。秀吉の配下は、この船には莫大《ばくだい》な価値ある商品と大量の武器が積まれていただけでなく、大勢の兵員と7人の宣教師が乗っていることを知った」火男はそう言ってから、「朝鮮出兵に失敗して財政的に窮していた秀吉はすべての積み荷を奪い、彼らを日本を乗っとりにきた海賊だということにしてしまったんだ」と事件の処理法にまで言及した。

「さきほども言ったことだけど、あの時代に日本人はキリスト教の何に感応したのか」ヒカルが身を乗り出して尋ねた。「そこにすごく興味があるなあ。あれほどの弾圧を受けながら、なぜキリスト教が燃えさかったのか。文化に対する興味を超えた何かがそこにはあるように思える」

「戦国の殺伐とした世相の中で、神に対する愛は隣人愛に発するとして互いに慈しみいたわりあうことを勧めるキリスト教の教えは新鮮だった」火男は一言、一言、区切りながら喋《しゃべ》った。「それで、日本人は〈愛〉の概念を〈ご大切〉と訳した。彼らの愛し崇《あが》める神は〈日本的権威〉をはるかに超越した存在だったのだ。それゆえに、統一権力はキリスト教を危険な存在とみなすようになった」

「秀吉は信長とちがって、権力の拡大にしか関心がなかった。近づきつつある近世、世界を見通すことができず、キリスト教の弾圧に乗り出したんだね。そして家康はさらに弾圧を強めた」ヒカルが確認を求める口調で合いの手を入れた。

火男がうなずいて「禁教令が出たあとも信者の数は増えつづけ、幕府の家臣団のなかからもキリスト教に改宗する者が出るような事態に国家、……というより、自分の家門の存亡の危機を感じたからだ」と応じる。

「でもね、秀吉も家康もしっかりした現実感覚をもっていたから、貿易による利益は失いたくなかったのよ。だからみせしめとして、家臣のキリシタンや教会の指導的な人物を抹殺するにとどめていたわ。ところが、死ぬことを本懐と心得た武士や殉教の栄光を求めるキリシタンは泰然として、あるいは喜々として死に赴いた。そんなみごとな死にざまが殉教熱を燃えあがらせ、人びとは殉教者の遺骸、遺品や血を奪いあい、ときには墓を暴いてまで死体をもち帰り、公然と信仰を表明するようになったの」

「処刑場で殉教者の遺骸、遺品や血を奪いあうだけでなく、墓を暴いてまで死体をもち帰る。なんてグロテスクな！」ヒカルが顔をしかめて言った。

「ちょっと分かりにくい感情でしょうけど、キリスト教の寺院は聖人の墓の上や、殉教した場所に建っているものが多いわ。ささやかな教会さえ打ち壊された日本のキリシタンは、みじかにいて崇敬を集めていた模範的な信者のからだの一部、衣服の一切れでももち帰って祀《まつ》らなければ気がすまなかったんでしょうね」

「それだけでなく、禁教令が出て大きな命の危険にさらされているのに、公然と信仰を表明する。それって、集団ヒステリーじゃないですか」

「そうじゃないわ！　……でも、つぎからつぎに信者と公言して殉教を願う人びとの熱狂は、取り締まりにあたった奉行以下の役人たちだけでなく、教団組織の温存を模索していたイエズス会の司祭たちまでをも困惑させるほどのものだったことは確かね」

「それがいっきにキリシタン組織の壊滅へと向かったのは、どういう力が働いたからですか？」

「天下分け目の関ヶ原の戦いのあと、2代目キリシタン大名の棄教が相ついだわ。棄教するやいなや彼らは幕府の歓心を買うために、熱心な迫害者となった。そしてあらゆる残虐な拷問をおこない、自分の家臣や領民たちを棄教させようとしたの」

火男がやおら口を開いた。「将軍も2代目以降は官僚化した幕臣にとりまかれて、現実的な為政者の感覚を失った存在となった。そんな政権からは極端な政策が出てくるものだ。イラク戦争がはじまる直前の、わが国の2世、3世の国会議員の言動を思い出してみるがいい。おっと、話が脱線してしまった。

この頃からキリシタンにたいして、司祭や教会の指導的な人物を抹殺するだけでなく、ふつうの信者をもさいなみ、徹底的な根絶を図るようになった。最初はみせしめとして磔刑《たっけい》、斬首《ざんしゅ》で信者の命を奪っていたが、転向には効果がないどころか、殉教者のみごとな死にざまが崇敬を集めるようになると、殉教の栄誉を与えないようにとさかんに火刑をおこなうようになった。しかも、逃げようと思えば逃げられるほどにゆるく縛ったり、湿った薪でチロチロと焼いて長く苦しませたりと、あの手この手をもちいて信者の心をもてあそんだんだ。そのような試練に耐えて殉教を遂げる日本の信徒のようすは、外国の宣教師や船長らによって詳細にヨーロッパ諸国に伝えられ、キリスト教界を鼓舞した」

「それでね、幕府は〈殺すなかれ、生かして苦しませよ〉といった、いっそう陰湿で残虐な方針をとるようになったの。まず、キリシタンは人肉を食らう者とか、死体を崇める者といった偏見を人びとに植えつけた。そして法の保護をはぎとり、指を切り、顔に十字の焼き印を押し、足の腱《けん》を切断して歩けないようにして放り出すといったむごさだったわ」

「当時は〈追放〉も死罪につぐ極刑だったんでしょ?」やりきれないといった表情を浮かべてヒカルが聞いた。

「追放されると、あてどなく山野をさまよう流民と化すしかなくなる。でも、それだけではすまなかったの。山野に小屋がけし、洞窟をみつけて雨露をしのいでいると、奉行のさしがねでならず者が襲ってくる。小屋を焼かれ、家族の見ているまえで、男どもは殴打され、斬りつけられて殺され、女・子どもは陵辱されて遊郭に売り飛ばされたの。

このように徹底した弾圧をおこなっても、陸続と潜入してくる宣教師に安心できなかった徳川幕府がとった方針は、ありもしない外敵をつくりあげることだった。イベリア2国には日本を侵略する国力も意志もなかったことは知っていながらね。そして3代目の将軍の治世、1633〜1639年までのあいだに5回の〈鎖国令〉を出して国を閉ざしてしまった」

「それを支えた悪名高いシステムがあるでしょ。軍国主義が支配した帝国日本の、となり組につながる……、名前は忘れましたが」

「五人組のことを言ってるのね。町人、農民を監視するために幕府が組織し、国の隅々まで張りめぐらした相互検察、連帯責任の制度のこと」

「それともうひとつ、戸籍制度につながるものは何でしたっけ?」

「宗門人別改帳《しゅうもんにんべつあらためちょう》ね。これはキリシタン弾圧のための宗門改と、領主による賦役負担能力調査のための人別改とを合わせて制度化したもので、17世紀後半には戸籍に相当する領民把握のシステムだった。このような制度のもとで一度キリシタンの嫌疑を受けたら、一族郎党みな殺しといったむごい処罰を逃れるすべはなかったのよ」

「欧米世界が近代に向かって動いている時代に、徳川幕府は力ずくで〈危険思想〉を押さえこんで動かない封建体制をしいた」ヒカルがカン高い声で叫んだ。「徳川というひとつの家門を守るために、国を私物化したとしか言いようがない！」

「こうして仏教と儒教のみの文化に囲いこまれ、〈鎖国〉をくぐりぬけた日本人は、考え方に合理性と柔軟性を失うようになってしまった。同じころ、明《みん》は内乱と清《しん》の侵入によって崩壊した。この事件によって、周辺諸国の人びとの世界観は根本から変わった。その結果、辺境とされてきた朝鮮や日本にこそ華は生きのびているという文化的自尊意識、つまり〈華夷《かい》変態〉が生まれてきた。やがて中国にたいして優越感を維持するために日本文化の独自性が強調されるようになり、近代化を進めてからは軍事力を背景に中韓に優越感をもつようになった。日本人の精神的な枠組みを考えるうえで、これはとくに大事なことね」

火男が「あらためて感じることだが」と重々しくうなずきながら言った。「現代の日本人が、宗教について考えることをいっさいやめてしまい、たんに伝統を守ることを〈宗教〉とみなすことに満足しているのにくらべると、４００年まえの日本人はなんと瑞々しくも雄々しく、真摯《しんし》な人たちであったことか！　明治以降も権力をはばかって語られなかったことだが、ここに日本人の豊かな精神性を見ることができる」

「禁教、鎖国がなければ、日本人はずいぶんとちがった人種になっていたでしょう。そして原爆という新刀の切れ味をみる試し切りの対象にされることもなかったでしょうね」

「どういうことですか？」ヒカルは思わず湯のみを取り落としそうになりながら、目を丸くして尋ねた。

「世界の王のひとりとなろうとしていた信長の時代に、世界に向けて開かれた意識をもっていた日本人ですからね。もし鎖国をせずに、近代にはいり基本的人権の尊重と信教の自由を勝ちとろうとしていた西欧世界としっかりした関係を築くことができていれば、異端視されることもなく、軍国主義に席巻《せっけん》されて滅亡の道を突っ走り、あげくのはてに原爆の威力を示すための材料にされることもなかったでしょうから」

パンとひざを打って火男が言った。「殉教は日本で語られず、原爆はアメリカで語られなかった。ヒカルよ、さきほどから深堀夫人が言っているように、歴史を学ぶのは将来、間違いのない選択をするためだろうが……。与えられたものをうのみにするだけではだめだ。資料を読みこみ、その現場を歩きまわって、その光景を思い浮かべ、できごとに巻きこまれた人びとの顔が見えるようになるまで思いをめぐらせることだ」

「おおいなる想像力をもって殉教史と原爆を勉強してね」と念を押すと、深堀夫人は長崎弁で締めくくった。「長崎は近代史を学ぶための学校ですたい」


アゴだしのきいた五島うどんをごちそうになり、からだの芯から温まったふたりが外に出ると短い冬の日はもう傾いていた。大浦天主堂を訪れるのはまたの機会にし、歩いて金比羅山のうちに帰ることにした。新大工町の商店街まで来たとき、ヒカルが火男の袖を引いた。電気店のショー・ウインドーに飾られたテレビではジャンヌ・ダルクの映画が放映されていた。

映画はすでに終盤にさしかかっており、謀略にあってとらえられたジャンヌが、フランス国王、イギリス軍、教会間の駆け引きで翻弄されるところだった。ついに火刑を言いわたされたジャンヌが、「それだけはやめてほしい、ひとおもいに首を刎《は》ねて」と哀訴するシーンを、ふたりは寒風のなかに立ちつくして見た。ヒカルはそこに展開された強い宗教的情熱と、死にたくないと悶《もだ》える生命力の激しい葛藤に打たれた。

それから、家族の目の前で長い時間をかけて焼かれるというこの上ない苦しみを味わわせられた大勢の長崎の殉教者のことを思いながら、長い坂道をゆっくり上って家へ帰った。夫が妻の目の前で、妻が夫の目の前で、親が子どもの目の前で、子どもが親の目の前で……。

原爆の痕跡を探して

2月も中旬になると、ときおり季節風が弱まって弱い日差しに恵まれるようになった。

「きょうはまず、ワシが疎開先から帰ってきて住んでいたところに行ってみようと思う」と言いながら火男はハーフコートをはおると、「それから、原爆投下の当初の目標だった町の中心を通って実際の爆心地へ向かうぞ」という言葉を残して、帽子もかぶらず前のめりになって坂を下っていった。

ヒカルが息をきらせて追いつき、並んで歩きながら「火男はどんな子どもだったの、戦争中の記憶があるの?」と問うと、ようやくヒカルのほうへ顔を向けて答えた。

「ワシの記憶のはじまりは4歳だ。戦争中の記憶はほとんどない。ほれ、疎開先から長崎に帰ってくるときに列車から見た、焼けただれた三菱《みつびし》の工場群と爆心地の風景が記憶のはじまりと、長崎入りするときに言っただろう」あとは黙りこみ、ひたすら前のめりの姿勢で急な坂道を下っていった。

電車道に出ると火男の表情がようやく晴れてきた。「このすぐ上は蛍茶屋という市電の終点。そこにあった車庫は子どもたちにとって夢の殿堂だった。そこで整備を受けている電車を眺めることの他には、川遊びとハタ揚げ、これが終戦直後の生活のすべてだった」記憶をたどるような表情でそう言ったかと思うと、急にオロオロとあたりを見まわしはじめた。やがて、あまり自信がなさそうな表情で「たぶん、この通りだったと思うが……」と言いながら、斜めに下る路地に入った。ヒカルもついていったが、すぐに川に突きあたった。

火男は橋の上まで行ってこちらを眺めまわし、もどって来たと思うと川沿いに建つ大きな和風建築のところまで急ぎ足に上っていった。再びもどってくると、大きなため息をついて言った。

「本当だ。官舎はなくなって料亭なんぞになってしまいおった」

川沿いの道を川下に向かって歩きながら、「すっかり変わってしまって、このへんには当時の思い出を呼びさますなにものも残っていない」くり返し言ったかと思うと、今度は護岸工事が施されたきれいな柵のついた川をのぞきこみながら、しみじみと言った。「汚い川だったが、学校から帰ると一日中川原で遊びほうけていたもんだ。このころから低みに身をおいて世のなかをみる癖がついたのかもしれん」冗談のような一言をつけくわえた。

道はすぐに小学校に行きあたった。

「ワシの母校だ。原爆が投下されたとき、このあたりは金比羅山の陰になっていたので、直接の被害はなかった。それで瀕死《ひんし》の被爆者が爆心地から大勢運ばれてきた。そのむごたらしく、痛ましいようすを上級生からくり返し聞かされたもんだ」ぐるりと学校をとり巻く細い道をたどりながら火男が語った。「目をつむると、この道を、できものにおおわれた枯れ木の枝のような手足をしたワシらが通っている姿が目に浮かんでくる。なんせイモとイワシしか食うものはなかったからな……」

「つい先日、信じられない思いをしたんだけど」とヒカルが読んだ新聞記事をひいて応えた。「当時の長崎の学童はみな栄養失調で、その血中たんぱく質の濃度は、いまのアフガニスタンの子ども並みだったと書いてあった。あれは本当だったんだね」

それには答えず、「そういえば、オレは小児結核にもかかったぞ」急に思いついたように火男が言った。「仲のよかった同級生の家に遊びにいくと、いつも父親が薄いふとんにくるまって咳《せき》をしながら寝ていた。それからワシが通院することになった病院の陰気な雰囲気を、いまでも思い出すな」

運動場の横を通るときは、さすがに火男の顔が輝いてきた。「すきっ腹を抱えて、いつもこのグラウンドで野球をやっていた。道具はすべて手づくり。バットは棒を削ったもの、グローブは母がズックを縫ってつくってくれたものだった。ボールはアデノイド（咽頭扁桃《へんとう》）切除手術に耐えて買ってもらったものだった。局所麻酔だったため、死んだほうがマシと思われるほど苦しかったが。……そんな時代だったのだ」

火男の声がしだいにはずんできた。「校庭のまわりをユーカリの大木がとり囲んでいたので、教室にも清々《すがすが》しい香りが満ちあふれていてな、校章もユーカリの葉を結んだものだった。いまでもユーカリの芳香をかぐと当時の思い出がよみがえってくる」そう言ってぐるりと見まわしたが、それらしい大木は1本も見あたらなかった。ふたりは川に沿って下る道をたどり、校門をめざした。火男は校門のわきに小さなユーカリの木が1本だけ立っているのを目にして、落胆の表情を浮かべた。

「校舎も建て替わってしまったし、本当にこれが母校か」とつぶやき、もう一度川へもどり、離れたところから校門のあたりを眺めたり、校門から校庭のほうに回ったりして、さまよう火男。

そのようすをヒカルは皮肉な目つきで眺めていたが、校門の近くに立つ電柱を見て目が吸いよせられた。そこには学年と女児の名前の入った標語が張りつけてあった。それを目顔で示すと、火男が〈気をつけよう、見知らない人、変な人〉と声に出して読み上げた。そしてため息まじりに「やれやれ」というと、ようやく学校から離れた。

川沿いの道を行き、いくつもの眼鏡《めがね》橋を横目に見て、町の中心へと向かう火男の足どりは重かった。「ワシは町の中心にある橋を標的として投下される予定だった原爆で、宇宙のチリとなりはてていたかもしれない。そう考えると、いまこうやって生きていることを不思議に思う」さらに川下へ向かって足を進めながらつぶやいた。「被爆者たちにも、長崎に住んでなかったなら、あるいは、あのときに生まれていなかったなら、べつの生があり得たのだ」

ヒカルが口をとがらせて言った。「胎内被爆の問題だってあるね。原爆を投下したものは罪のない子らの未来まで奪ってしまったんだ」

「そうだなあ」火男がしみじみと言った。「自分が経験したときだけが大事なのではなく、そのとき並行して他の人たちに流れていた時間に思いをはせてみなければ……。トルーマンとその閣僚が原子雲の下で地獄の苦しみを味わっている女・子どものそれまでと、その後に送ったはずのつましい生活を想像することができたなら……。そして犠牲になった彼らも自分の父が、夫が、息子がアジア諸国でおこなっていたことにたいする洞察力があったなら……」

港のほうから船の汽笛が響いてくるようになったころ、火男は「この橋が投下目標だったんじゃ。これから実際の爆心地に向かうぞ。わずか3キロの道のりだ」と言って橋を渡り北へ転じた。

ヒカルは〈常盤橋〉と書かれたなんの変哲もない小さな橋をふり返り、ポツリと言った。「人びとが行きかう町の中心の橋が投下目標か、広島と同じだね」

県庁のまえを通りすぎ、西坂を右手に見て車がビュンビュン駆け抜ける電車通りを爆心地へ向かって歩きながら火男が語った。「疎開先からもどってきてすぐ、父は一家をつれて爆心地を歩いた。このあたりはどちらを向いても瓦礫《がれき》の山、緑ひとつない乾ききった荒野だった。好奇心いっぱい、あっちをのぞき、こっちをのぞきしているワシは、家族から遅れた。ひとり離れて道端の井戸をのぞきこんだところ、牛の頭蓋骨が底から見あげていた。急にしんとした不気味さが怖くなり、ゾッとして皆のあとを追った」

そして、ヒカルの顔をのぞきこんで言った。「想像できるか？　この日本全国どこにでもあるような、中層のオフィスビルやマンションに低層の商店、スーパーやガソリンスタンド、パチンコ屋やゲームセンターが渾然一体《こんぜんいったい》となった騒々しい町並みが、かつては果てしなくつづく原子野、沈黙の世界だったことが？　通りすぎる人も自転車も荷車もなく、遊びまわる子どももいない世界。生きものの気配がまったくない世界だったことが」

ヒカルは首を横に振り、表情を殺して言葉を返した。「火男のお父さんはどういう考えだったんだろう？」

「自分の気持ちを語ることの少なかった父親の真意は分からないが、これが記憶に残っている唯一の家族教育らしいものだ。このときの散歩と疎開先からもどってくるときに列車の窓から見た、果てしなくつづく破壊された町並みと工場群とが、ワシのこの世における記憶のはじまり。自分の精神構造の土台にしみこんでいて、なにかにつけて立ち上がってくる原風景となったのだ」

さらに市電の停留所をいくつか過ぎて浜口町電停から右に折れ、原爆資料館へ向かった。

原爆資料館

原爆資料館で2時間を費やした。行きつもどりつしながら、ふたりはひたすら見た。「あれを、こんな狭い空間に閉じこめおって……」火男の食いしばった口からもれた一言がヒカルを驚かせた。「あの大惨事がすっかり矮小化されてしまっておる」

「いいじゃないですか」ヒカルはあえて軽い口調で応じた。「瓦礫の山から拾ってきたものでいまだに残る物理作用を説明し、さまざまな人体への影響は多くの被爆者の写真で示し、破壊の規模は地形図とグラフを使って示している。展示はよく工夫されていると思いますよ」

「そう思うか。無数の市民が人間でないものとされてしまった、そんな状況がここで起こった。それも、主として女・子どもと老人からなるひとつの町の住民のほとんどがぬぐい去られてしまった。それがうかがいしれるか」

返す言葉もなく、ヒカルが当時の政治状況を説明するパネルを見るふりをしていると、火男は畳みかけるように「分かるか、ひとつの社会が丸ごと破壊されてしまった。そこでは市民が助けあうことすらできなかった。そして、生き残った人びとは人間的にふるまうことができなかったことで生涯苦しみつづけているんだ」と言って、押し黙ってしまった。

それから火男が口を開いたのは、11時2分で止まった振り子時計のまえに来たときだった。「分かるか、これはたんに投下時間を示すものではない。この瞬間に失われた時間は永久にとりもどすことはできないと訴えかけているんだ。おまえが目にしているものはすべての人に日常の営みを停止させ、あらゆることをはじめに立ち返って考えなおすことを促しているんだよ」

まだ言いたりないと思ったのか、言葉をついだ。「この展示が、被爆の悲惨さ、核攻撃の非人道性を実感させ得るものであるかどうかだけが問題ではないのだ。大事なことは、ここにいたった経緯をはじめに立ち返って考えさせ、現在に生きるワシらが被爆者になすべきこと、次世代に残すべきことにとり組ませ得るものであるかどうかということなんだ。……どうだ、核爆弾の開発と使用は、世界的な風潮、性急な前進志向と科学至上主義の必然的帰結であったことにまで思いがいたるか?」

とつとつと語りかける火男と歩いていて、気が付くと、〈いまなお、世界各地でおこなわれている核実験で被曝者《ひばく》がつくられている〉という展示の最後のセクションにさしかかっていた。そこでセミパラチンスクでくり返された核実験で被曝した住民の診療にあたり、みずからも健康を害した女性医師が語るのをビデオで見た。感情を抑えて、彼女は淡々と語っていた。〈大国は自分の国では人体実験をやらないものです。そう、アメリカが日本やマーシャル諸島でやったように、ロシア人が支配した旧ソ連はセミパラチンスクでやりました。フランスはアルジェリアとムルロワ環礁で、それからイギリスも南太平洋でやりました〉

その横にずらりと並んだモニターテレビでは、ドイツや北米大陸の辺境の住民がウラン鉱山や核関連工場が引き起こした放射能汚染の実態を告発していた。労働者が被曝したのみならず、河川や土壌の汚染によって食物も汚染され、赤ん坊や幼児にまで被害が出ている、と。

〈これまでこんな病気について語ることは許されませんでした。国家機密だからという理由で……〉とやつれた中年女性が告発するのを聞いて、火男が補足した。「1990年代にはいり冷戦構造が終焉《しゅうえん》したため、国家主義によって封じこめられていたさまざまな史実が明るみに出るようになった。どこの国の核実験でも犠牲者が出ている。それも植民地や辺境に住む人びと、少数民族がまず被害をこうむるんだ。中国でも新疆《しんきょう》ウイグル自治区での核実験によって多くのがん患者が発生した」

そこで一息ついた火男は、「それだけじゃない。アメリカでは冷戦期に核兵器の量産に従事した作業員に、がんをはじめとする健康被害が多発していることが明るみに出はじめた。そのうえ、これまでは知られていなかった臨界事故が何度も起きていたことも知られるようになった。同じようなことは、ロシアをはじめ他の核兵器保有国でも起こっていることだろう」とつけくわえた。

火男の声に他のモニターテレビの声が重なる。〈広島、長崎でひとつの都市を消滅させうる兵器の存在を知った人類は核開発競争に狂奔し、旧ソ連・ロシアの1万5000発の核爆弾をはじめ、世界中に核兵器がおよそ2万6000あるといわれています。そして核爆発をともなう実験が、アメリカの約1000回をはじめとして核保有国合計で2000回以上もくり返されてきました〉

ヒカルがため息とともに吐き出した。「正気の沙汰《さた》とは思えない」

それに応えるかのように、べつのモニターテレビから荘重な声が流れてきた。〈アメリカがビキニで爆発させた水爆は、広島型原爆の1000倍の威力があります。この核実験によって太平洋全体が汚染されたのを受けて、鈍い各国の指導者らもさすがに1国だけでなく、地球の存続自体を脅かしかねない怪物をこの世に呼び出したことを悟るにいたりました。

その結果、1970年には核不拡散条約（NPT）が発効され、2003年9月までにインド、パキスタン、イスラエル、北朝鮮を除く189ヵ国が採択しています。2005年5月にはNPT再検討会議が開かれ、核保有国は核兵器廃絶の明確な約束を迫られましたが、その後もアメリカは、〝核による先制攻撃〟〝新型核兵器開発〟〝核爆発実験再開〟の意向を表明しました。それに北朝鮮につづいてイランにも核兵器開発の疑惑が広まり、いっそう核拡散の危機が高まりつつあり、NPT体制の崩壊が危惧されています〉

それを耳にしながら、地下の展示場から螺旋《らせん》状のスロープを上って地上の出口へ向かった。天井からつるされた模型を見ながら、「これがトマホーク巡航ミサイルだ。アメリカが世界中どこでも、望むときに攻撃できることを湾岸戦争で示したしろものだ」火男がため息まじりに言った。

「さっき見た長崎を攻撃したのが〈ふとっちょファットマン〉なら、さしずめこれは〈スキニーガイ——やせっぽち〉だね。どれも醜悪！」

「力の信奉者、きわめて偏った価値観のもち主が、自分はヌクヌクと安全なところにいて世界を支配しようとして開発したこの怪物はGPS、つまり全地球方位システムを利用して誘導するようになってから一段と精度がました」苦々しげに火男が応える。

「GPSって、自動車や携帯電話のナビゲーションに使われているシステムだよね。二十数個の人工衛星からの電波を受けて現在の正確な位置を知ることをできるようにした」

「本来、GPSはアメリカ政府が精密誘導兵器を目標に向かって正確に飛ばすように開発したもの。それを民間に開放したんだ。ところで、GPS衛星が飛んでいる高度2万メートルは、地上よりわずかに重力が弱いので時間がごくわずか速く流れる。また、秒速4キロという高速で飛んでいるので、わずかに時間が遅れる。正確な位置を知るためにはこれらを考慮に入れた補正が必要になるが、この事実は相対性理論をみじかなものに感じさせるだろう。おっと、また脱線してしまったな」

火男のコメントにあまり感銘を受けなかったようすのヒカルは、いま見たものに思いをめぐらせ、「見る人にここにいたった経緯をはじめに立ち返って考えさせ、核廃絶にとりくませるには、この展示ではまったく不十分だね。入ってくるときに感じたんだけど、この展示場にも思いきった設計の変更が必要だ。たぶん、この爆心地一帯をひとまとめにして考え直すべきだとおもう」とつぶやきながら目を細めて光あふれる外へ出た。

爆心地公園から平和公園へ

火男は資料館を見ただけで、いささか消耗した感じになり、原爆落下中心地にある公園に向かってよろめくように坂を下りていった。そこに爆心地を示すものとして残されている浅いクレーターのようなくぼみに目を止め、ハッとしていった。「終戦直後に同じ家の2階に住んでいたお兄ちゃんが爆心地に3日目に入った18歳の若者をしたたかに打ちのめした虚無感を著書に書いていたが、このことだったのだな」そして、胡乱《うろん》げなヒカルを見て言葉を継いだ。「マコト兄ちゃんと呼ばれてみんなから慕われていたお兄ちゃんの名は徳永恂《とくながまこと》。長じて大学の哲学科の教授になった人だ」と言って1冊の本をカバンから取り出して読み上げた。「〃あの爆心地の何も無い古代円形劇場の廃墟《はいきょ》のような空間、無のうちに露出していた白い地表。その光景が与えた衝撃は、人間を越えたものから到来し、人間を人間以下のものに突き落とすかのように私を叩きのめした。人間がこれほどまでに貶《おとし》められ侮蔑されていいのか〃また、こうも書いている。〃折れた鉄骨やくすぶっている楠《くすのき》の立木、焼け爛《ただ》れて生死も判然としない人間、爆心地を過ぎて、そういうものたちが見えてきたとき、むしろ私はほっとしたのを覚えている〃」と。ヒカルが口をつぐんだままだったので、「彼は〃原爆が人間にもたらした沈黙は限りなく重く深い〃とも書いているが、それはその後もあたりを支配し続け、被爆の1年後に爆心地をさまよった4歳の私をも戦慄させたんだ」とつぶやいた。

火男は新しく建った巨大な母子像や移設された浦上天主堂の壁の一部には一瞥《いちべつ》をくれただけで、公園をふちどる下《しも》の川という名の小さな川にかかった橋を渡ってさっさと公園を離れ、先に立って川沿いの道をたどり始めた。ヒカルは道沿いにつらなるラブホテルを見て目を丸くしながら後につづいた。ヒカルの反応には気付かなかったようすで火男はうめいた。「原爆〈落下〉と言うのか。あたかも原爆は天から自然に落ちてきたもののように……。いまだに原爆を投下したアメリカに気をつかっているとはね！」

ふたたび橋を渡って丘に登る道をたどりながら火男が語った。「1992年にこの平和公園の駐車場工事のさいに、刑務所の遺構、死刑場跡などが出てきた」

それに呼応するように、資料館でもらったパンフレットに目を走らせていたヒカルが驚きの声を上げた。「この刑務所に収容されていたのは強制連行された韓国人と中国人が主体。それもほんの微罪で逮捕され、服役していた人たちだ。それに近くにあった捕虜収容所には数人の連合国の兵士がいた。彼らと職員を合わせて134人が亡くなったんだって」

「広島でも連合国の捕虜が原爆の犠牲になっている。彼らを救出することよりも、開発したばかりの2種類の原爆の威力を比較し、誇示するために戦略上必要でもない原爆の投下を優先した。非情なものじゃないか……。遺構の一部は工事が終わったあとに復元されたが、市民から保存すべきだという声の強かった死刑場跡は解体されて別の場所に埋められてしまった。市長の〈原爆遺跡とは言えない〉とのツルの一声でな」

火男は声を落としてつづけた。「〈忌避感情〉、つまり事実を直視したくないという気持ちのあらわれだろう。そのあとで、そこで使われていたレンガは致死量の数十倍のガンマ線を浴びていたことが判明した。これを無差別・過剰殺戮《さつりく》と言わずしてなんぞ！」さらに火男は顔を寄せて

「それだけではない。この地域にはいわれのない差別を受けていた人たちが多く住んでいた」と言った。

「どういうこと？」

「浦上がキリシタンの里と呼ばれているのは知ってるな」

「それは知ってるよ。だから祈りの長崎なんだろ」

「そのキリシタンを監視するために、そのまわりに配置されていた人たちがいたことは？」

「それは知らなかったな」

「被差別部落と呼ばれた地域の人たちだ。人びとの無知と人の心にぬきがたく存在する差別意識は現代にいたるまで、いわれのない偏見にもとづく不幸を日々生み出している。

長崎の被差別部落の起源のひとつには、倭寇で中間搾取の取り締まりにあたった人びとや、ポルトガルとの貿易で輸入品の鑑定人として働いた人びとの職能集団がある。長崎奉行は豪商や寺の住職と結託してこれらの人びとの生業の権利を奪いとったり、勝手に移住させたりしていた。浦上のキリシタンを監視し弾圧するためにも、被差別部落は配置されたんだ。1791年のキリシタン弾圧を手はじめとして、何百年にもわたってこのふたつの集団は命がけで争うようにしむけられていた」

「封建制度の遺物の上に帝国主義の残滓《ざんし》が積もる。よりにもよって、そんなところになんでまた原爆が投下されたんだろう」

「どんな大災厄でも、ものごとは起こるべくして起こる。長崎の歴史的背景とそこに暮らす人びとの思いとは関係なくな」

「どういうこと？」

「アメリカ軍は軍需産業とその従業員が働く地域を爆撃目標とする計画を早くから立てて、日本の都市のなかからいくつかの候補地をあげていたんだ」

右手を真上に上げ、左手を水平につきだした裸体の巨人像に近づきながら、ヒカルが甲高い声をあげた。「何、この異様に発達した筋肉、それに眠たげな目をした、むくんだ顔！　巨人像の思わせぶりなしぐさだけでなく、台座から碑銘板の題字にいたるまで、なにもかも安っぽい」

〈平和祈念像〉のまえで何組もの観光客が巨人像のポーズをまねて目をつぶり、腕をひろげて写真を撮りあうと、ひとしきり笑いころげてから去っていくのをしばらく見ていた火男が口を開いた。「原爆資料館の写真で見た、凄惨な被爆者の姿に打ちのめされたような気分になっていた観光客も、バス・ガイドから著名な彫刻家の手になるこの巨人像のポーズについてなんらかの説明を聞くと、なにか納得したような気になるんだろう。そして、ふたたびこの像に目をやって〈ここで起きたことは神の摂理と思わなければ。犠牲になった人びとよ、安らかに眠れ〉とでも気持ちの整理をつけて、〈祈りの長崎〉から〈異国情緒あふれる〉港長崎の観光に出かける。そういう仕組みになっているようだ」

「ところで、この巨人像のことだけど」とヒカルが尋ねた。「原爆はカトリックの町・浦上に投下された。その結果、浦上地区のカトリック信徒1万2000人のうち、8500人が死亡したと言われている。そういうわけでキリスト教の神のイメージが選ばれたんでしょ？」

ヒカルを一瞥した火男は「こんな巨大な偶像の支配する空間で、だれが心静かに犠牲者の冥福を祈ることができようか」と絞り出すと、黙ってしまった。そして、しばらく間をおいてからつづけた。

「この巨人像は市当局が長崎県出身の著名な彫刻家・北村西望《きたむらせいぼう》に依頼してできたものだ。しかし、この像には公開された当初から宗派の違いを超えて批判が強かった。もちろん、神道、仏教の人たちはあまりにキリスト教的だとして嫌った。また、当のキリスト教の人たちは偶像崇拝につながると言って顔を曇らせた。こういった認識すら西望にも市当局にもなかったとしか考えられない。1981年に長崎を訪れたローマ教皇、ヨハネ・パウロ2世も野球場でミサをあげ、市長がくり返し懇願しても平和公園を訪れることはなかった。それまで長崎を訪れた諸外国の首長は、みな平和公園を訪れたにもかかわらず、だ」

「数年前にも市当局が建てた母子像をめぐって騒ぎがもちあがり、当時の市長と前市長が裁判所で対決する事態になったそうだね」

「さきほど通りすぎた、爆心地公園に建っていた巨大な母子像のことだな。市の委員会は1997年に市民や被爆者の意向を無視して西望の弟子に依頼してこの像をつくらせ、爆心地を示す碑《いしぶみ》と入れ替えようとした。これまた、幼子キリストを抱いて地上に降り立ったマリアを彷彿《ほうふつ》させるとして強い反発を招いたが、半世紀近くたってても同じことをくり返す長崎の政治・文化風土に問題があるとしか思えない」火男は一寸《ちょっと》のあいだ思いに沈んだが、すぐに気を取り直してつづけた。「行政は離島をみれば橋をかけ、海岸をみれば護岸工事をやり、公園をみれば記念碑を立てたがる。すべては委員会で討議した、民主的な手続きをふんでやったことだと言ってね」

「ここ、おかしいね」ヒカルが突然、はじけるような笑い声をあげた。「原爆投下でなくて落下中心地と言い換えた爆心地に公園をつくり、駄作としかいいようのない母子像を据える、それと囚人たちが二重に懲罰を受けた刑務所跡を地下に埋めこんでつくった公園を平和公園と名づけ、思わせぶりなポーズをした巨人像で重石《おもし》をする。そうすると、なんか収まりがついたような気になるんだろうか？　いや、この一帯はあいまいなイメージの所産だらけだ」と言うと、ヒカルは何かを確かめるような表情で公園の芝生を縦横にせわしなく走りまわった。しばらくしてもどってきたヒカルは、女性の声音をまねて言った。「ここ、いいですね」

あっけにとられて見ていた火男が言った。「お、おい、どうしたんだ、いきなり」

「これぞ、まさしくパーク・アンド・ラブホテル！」

「なんだって？」

「ラブホテルの上にある公園ってことだよ」

「それがどうした」

「本当は熊坂出《くまさかいずる》という若い監督がベルリン国際映画祭最優秀新人作品賞を受賞した映画のタイトルさ、覚えてないだろうな。うらぶれた初老の女が経営するラブホテルに迷いこんできた、孤独感にさいなまれている10代、20代、30代の3人の女の物語。〈ここ、いいですね〉はそのうちのひとりが屋上の小さな公園を見たときにつぶやいたせりふ。それぞれ心の秘密をかかえている女たちにとって、屋上の公園が人生を肯定するきっかけになったという話さ」

「おまえ、いつあの映画、観《み》たんだ」

「このまえ学校をサボったとき。寒くてたまらなかったし、別に行くところもなかったから、たまたま飛びこんだ映画館でやっていたんだ。快楽のために人間の芽が消費される施設の上に造られた小さな公園が、子どもが無心に遊び老人がそれを眺めて楽しむ〈聖域〉ってこと。それを見ることで、女たちが再生のきっかけをつかんだんだって」

「ワシもあの映画は観た。ラブホテルに子どもや老人がゾロゾロ入っていくのはおもしろかろうと思ってつくったというが、そんなことはありえない話だよ。隣近所のうるさい日本の社会ではね……。若い監督が頭のなかで捏《こ》ね上《あ》げてつくったようなしろものだと思った」と言って、火男はひとしきり笑った。

ヒカルがまじめな顔をして言った。「だけど、ここに来てはじめて分かった。本当にそんなものがあるんだ、と」

「おい、いったいどういうイメージを喚起されたんだ？」

「中国人、韓国人の労働者、それに連合国の捕虜をあわせて100人余りの人々が孤独な死を遂げた刑務所があった。その丘の上に築かれた公園では、記念写真を撮るためにポーズをとっては足早に立ち去る観光客。その下にあるラブホテルでは、汗みどろになってもつれあう男女。それを眠たげな目で見下ろす巨人像。この地域のいくつもの学校の生徒や兵器工場で奴隷労働に従事していた学徒動員の学生の無数の魂魄《こんぱく》が漂う空を背景にね」

「やれやれ、この子はもう……」

「ここ、よくないですね！」再び女の声音で言ったヒカル。「これは映画とちがって、絶望の果てに平和を創造するためのエネルギーをくみとることのできるような聖域ではない」と切り捨てた。

「おまえが造りかえるなら、どうする？」

「爆心地全体を見てまわって考え、1年かけて答えを出します」

「よし、期待しとるぞ」


巨人像の後ろをまわり、背後からアパート群が迫る浦上天主堂を右手に見ながら坂を下った。ヒカルの喚起したイメージについてしばらく思いをめぐらせていた火男が、つぎにヒカルをつれていったのは、爆心地から600メートルの距離にあり、1300人の児童を失った山里小学校だった。

日曜日でひとけがなかったが、校門がすこし開いていたので校庭に入ると、児童記念館と標識のある建物があった。入り口に立つと、「どうぞ、お入りなさい」と館内から声がかかった。たまたその日、田舎の母の実家を訪ねていたために難を逃れたという児童記念館のボランティアが出て来て、このあたりで起きた惨状についてパネルや写真帳を示しながら説明してくれた。ヒカルは表面が溶けて泡だった瓦や、溶けてひとかたまりになったビン類をガラスケースからとりだし、ひとつひとつなでながら説明を聞いた。

1時間あまり児童記念館で過ごしたあと、ふたりは校舎の裏の崖に掘られた防空壕《ぼうくうごう》に案内された。あの朝、空襲警報が解除されて市民が緊張を解き防空壕から出たころ、原爆搭載機がエンジンを止め滑空してひそかに長崎の上空に侵入した。このことに気づいた市民はほとんどいなかった。原爆を投下するやいなや反転してスロットル全開で爆心地からの離脱をはかる爆撃機の爆音を聞き、防空壕に飛びこんだごく少数の人のみが爆心地でも生きのびることができたという。

いまでも掘ればたくさんの骨が出るという校庭の土を踏みしめて校門まで歩きながら、火男が西のほうをさして「あのあたり、爆心地から500メートルの距離にあった城山小学校も1400人の生徒を失ったそうだ」とぽつりと言った。

校門を出て三菱長崎兵器製作所大橋工場の跡を訪ねようと北へ向かった。楽しげに語りあいながら学生がつれだって歩く長崎大学文教キャンパスを通っているとき、火男が口を開いた。「ここにあった工場で真珠湾《パール・ハーバー》攻撃、マレー沖海戦で使われた魚雷がつくられた。この工場をはじめとする三菱の兵器工場、造船所関連の工場が浦上川の沿岸に長崎港の河口まで連なっていた。それゆえ、長崎が標的にされたのは確かだ」

ヒカルがキャンパスを見まわしながら「爆心地の写真にはかならず写っている廃墟、もつれた毛糸玉のようにひん曲がった鉄骨がからみあっていた工場は跡形もないね」と言ったが、火男は黙って裏門から構外へ出るよう促しただけだった。そして「これだけが唯一の名残だ」とキャンパスの塀をさして言った。

見ると、長い塀の基部に埋めこまれるようにして、三菱のマークの下に〈兵器〉と彫られた標柱が残っていた。ヒカルは標柱の近くにあるパネルの説明文に目をやり〈被爆当時、大橋工場、茂里《もり》町工場を合わせて三菱兵器製作所全体の従業員数は女子挺身《ていしん》隊、学徒報国隊をふくめ1万7793人。そのうちの2273人が死亡、5679人が負傷した〉と読みあげ、感想をもらした。「生き延びた1万人も被爆したはずだ。その後の人生、無事にはすまなかっただろう」

ふたたびキャンパスに入り、正門までもどりながら火男が言った。「九州各県からつれてこられた小学校を卒業したばかりの大勢の少年や、朝鮮人労働者も被爆したことも忘れてはならん」「教室から駆り出された女学生もね。戦争の先行きへの不安にくわえ、育ちざかりの身には空腹や疲労、眠気との闘いもつらかっただろうね」ヒカルがやりきれないという表情で言った。

長崎大学の正門を出てさらに北へ向かい、爆心地近辺の熱線で焦げた民家の石組みやレンガ塀、爆風でずれた寺の巨石、門柱などに残る被爆のわずかな痕跡を黙々と見てまわった。被爆したものの、生きのびた庭木を見るためには、市の北部へ爆心地から3キロほど離れた地点まで行かなければならなかった。爆風にも打ち倒されず、爆心地に面した側が熱線に焼かれても生き残って成長しつづけた木々は、根元から空に向かい、焦げた部分のまわりに樹皮が両側からケロイド状に盛りあがっていた。

ふたたび爆心地へもどり、坂道をゆっくり下りながら火男が「おまえがさきほど口にした疑問だがな。こうやって爆心地周辺を歩きまわってみればみるほど、〈よりにもよって、なぜ中国、韓国からの強制連行の労働者や連合国の捕虜、大勢の小・中学生に女学生、被差別部落の人びと、それに爆撃した者たちと同じ神を戴《いただ》くクリスチャンが、かくも大勢犠牲にならなければならなかったのか〉を考えずにはいられなくなる」と言って、汗ばんだひたいをハンカチでぬぐった。しばらく黙々と歩き、道路沿いにある小さな民家まで来たとき、火男が言った。「妻を失い、自分自身被爆しながら爆心地にとどまり、男手ひとつで幼子を育てながら浦上が原爆攻撃を受けたことを意義づけしようとした人物がここにいた」

そのとき「必ずここにいらっしゃると思っていました。遅かったこと、ずいぶん待ちましたよ」という声がして、入り口から深堀夫人が姿を現した。

如己堂

敷地のなかに入り、1間かぎりの住まいを見てヒカルが嘆声を発した。「永井隆《ながいたかし》博士。この如《によ》己堂《こどう》に住んで闘病生活を送りながらふたりの子どもを育て、著作活動に励んで〈原子野の聖者〉とたたえられた人ですね。それにしても、ずいぶん小さい粗末な家ですね」

「一面の焼け野が原で永井親子が雨露をしのげるよう、彼の信奉者たちが資材をもちよって建てた家だ」火男が解説をはじめた。「永井隆は戦況の悪化で多くの若い医師が召集されたため、人手の足りなくなった大学病院で放射線診断機器を駆使して獅子奮迅《ししふんじん》の働きをした。それで重度の放射線障害を受けるほどの被曝をしたといわれている。大学病院は地域の医療センターだったからな。それにくわえての爆心地での被爆だ。若い粗野な医者だった彼を霊的に導いてくれた妻を失うという心の痛手にもかかわらず、今度は被災者の治療に超人的な働きをした。

やがて、死の床についてから考えるようになった。〈なんの罪もない市民がはらったこの甚大な犠牲の意味はなんなのか、なぜ彼らは死ななければならなかったのか〉と。たった1発の原爆で美しかった港町は一変し、死臭が満ち、ウジがはいまわり、ハエが飛びまわる世界に変わってしまった。生き残った者も茫然自失《ぼうぜんじしつ》、死を免れたことを呪うほどの困難な生活が待っていたのだ」

如己堂を出て坂道を下りながら火男がつづけた。「市民の心はすさみきっており、ささいなことでいがみあい、被爆者は差別された。ことに被爆を免れた町の衆の〈あんなんは、お諏訪《すわ》さんに参らんけん天罰のくだったと〉という心ない言いぐさも胸に突きささった。〈あんなん〉はあの人の意味、カトリックをさしていった言葉だ。そこで永井隆が唱えたのが〈浦上燔祭説《はんさいせつ》〉だった」

「浦上はんさいせつ？」ヒカルが顔をしかめて聞いた。「それ、何？」

〈燔祭〉とメモ帳に書いた火男が首をひねり、「ホロコーストのほうがなじみがあるか。ほら、旧約聖書にしばしば出てくる〈神の怒りをなだめるために生贄《いけにえ》の羊を祭壇で焼きつくす儀式〉のことだ。これは、被爆者イコール贖罪《しょくざい》の羊という永井隆の解釈」

「なんで被爆者が生贄の羊ということになるの？」

「世界大戦という大罪を犯した人類が神の怒りをなだめるためには、たび重なる弾圧を受けながら信仰を守りとおした浦上の信徒の受難が必要だった。神のまえに正しいものとされる真の信仰者が犠牲になったとたん、天皇が終戦の詔《みことのり》をたれたもうたではないか、というレトリックだ」

「でも、カトリック以外の市民も大勢、犠牲になったんだから、この説には無理があるな。これはやっぱり、火男がさきほど言ったように、浦上の同胞にたいする慰撫《いぶ》のメッセージだね」

「ところが、外部の人間がその利用価値に気づいたんだ。アメリカ政府が核兵器攻撃の残虐性をおおいかくしきれなくなってきたとき、浦上のカトリック指導者から出てきたこの説の利用価値をいち早く認めたのだ。

衰弱がすすんで大学を辞職した永井隆は文筆活動で子どもたちを養っていくしかなくなったのだが、著書の出版はままならなかった。そこで、GHQは紙の調達も思うようにいかない彼に大量の用紙提供といったかたちでの援助を申し出るいっぽう、日本軍の残虐行為の記録と抱きあわせというかたちでの出版を強要し、この提案をのまなければ文筆活動自体をつぶすと恫喝《どうかつ》した。

結局、このような提案を受け入れた永井隆にたいするアメリカ為政者からの見返りは大きかった。なにしろ、日本全国を巡回講演していた三重苦の聖女ヘレン・ケラー女史が如己堂に見舞いに訪れたほどだったからね」

深堀夫人がつけくわえた。「こういったアメリカの反応をみると、原爆を投下したアメリカが想像を絶する惨状を知って忸怩《じくじ》たる思いにとらわれたことがはっきりと分かるわね」

「日本の戦争推進勢力にとっても、永井隆の言動はきわめて好都合だった。なにしろ、全国巡幸のおりに長崎を訪れた天皇が大学病院に永井隆を見舞い、とくに〈お言葉〉を賜ったくらいだったからな。それは紋切り型の見舞いの言葉の羅列だったが、彼はありがたい、もったいないと感激のあまり、〈おそれ多いことであるが、陛下も戦争犠牲者でいらっしゃると思う〉とまで洩《も》らしている」

「アメリカの聖女、天皇につづいてローマ教皇庁からの教皇特使の訪問も受けた。日本人の多く、ことにカトリックは大いに慰められ、たいへん名誉なことと受けとめたのは言うまでもないことよ」深堀夫人が補足した。「だけど、これは冷戦構造の渦中にあって、彼を政治的に利用しようとする動きがいかに激しかったかということでしょう。このような〈外圧〉に促されるようなかたちで市長表彰につづいて長崎市の名誉市民となり、国会の表彰勧告にもとづき吉田《よしだ》首相の表彰を受け、あらためて天皇から銀杯一組を賜った」

「市民の受けとめ方はどうだったんですか？」

「市民の受難を〈人間の傲慢にたいする神の懲罰〉と意義づけたこの解釈には、生き残った長崎市民からの反発ははじめから強かったわ。カトリックはほんらい内省的な傾向が強く、人類愛を外に向けてハデハデしく宣伝しないものよ」

「やっぱりね」とヒカル。

「ワシの両親も浦上燔祭説については〈勝手なことを言う〉と強く反発していたのを幼心に覚えておるぞ」

「そして、本人が居心地悪く感じるほど、世間があまりに聖人、聖人ともてはやすようになって、おかしいと思う人も増えたわね。作家の井上《いのうえ》ひさしも、同じカトリックとして永井隆のことを誇らしく思い、みるみるうちに時の人となっていくのをまぶしく見あげていたけど、やがて子ども心にも彼の言動をおかしいと思うようになった、と書いてるわ。浦上の信徒だけが神の意にそうものか、それなら広島の犠牲者はどうなのか、通常兵器で殺された人びとは犬死にだったのかと考えてね」

そのとき沈んだ空気を吹き払うような明るい声で深堀夫人が言って、新聞の切り抜きを示した。「これを見て、最近の記事よ。あなたたちに見せようと思ってもってきたの。終戦直後、いまをときめく浦上の聖者・永井隆に被爆体験記を書くよう命じられた山里小学校の女子児童の語った話。

その子は、たまたま原爆投下時に防空壕のなかで遊んでいたために死を免れた。間もなく防空壕に押しよせた人でないような姿になった被爆者の苦しみの声のこだまする阿鼻叫喚《あびきょうかん》のなかで、ひとり家族のことを案じながら過ごした長い時間、気力を奮いおこしてその人達におこなったささやかな救護活動、母と姉の遺骸を探しあてて火葬したときの寂しさ、再会を喜んだもののすぐに亡くなった兄を看《み》とった悲しみと兄の遺志の継承の誓いなどを書きとめたの。

文集に手記を採用されてから如己堂に出入りするようになったその子と永井隆は、最後にはいつも睨《にら》みあいになったそうよ。肉親を奪われた無念さにかられ、浦上燔祭説について〈おかしかばい！〉と断固抗議する長崎の子の気迫に圧されて永井隆はいつも黙りこんで、しまいには降参し〈許しておくれ。私も弱い人間なんだから〉と謝ったという。それでも、死期が迫ったことを悟った彼は〈このような強い子が世界を変える。生きのびてこのような子を応援してやれないのが残念だ〉と語った。この記事で、いまは老境にさしかかったこの子が強く訴えているのも、聖人として彼をひたすら崇めることなく、こんな永井隆の人間らしさ、優しさを知ってほしいということ。いい話ね」

「すでに重度の放射線障害を呈していたうえに被爆し、妻を失った失意のわが身をかえりみず被爆者の救援に奮闘する男気のある彼や、この逸話に表れた率直な彼の姿にひかれるな。聖書からの引用をふんだんにもちいてクサイ教えをたれている彼よりも」と火男。

「結局、あの途方もない体験をひとつの価値観や神話体系に引っくくることはできないということよ」深堀夫人がまとめにかかった。「広島の被爆者も、多くの著作における自分たちの描かれ方に強い不満を表している。市民も行政も、被爆者を人として尊重し、個人としての価値観を思いやらなければならないということね」

「そのとおりだ」大きくうなずいて火男がつけくわえた。「生きのびた者にとって、被爆体験は自我を開く壮大な体験たりうるものだった。しかし浦上燔祭説は皮肉なことに、神の経験にたいする防衛機能を果たしている」

「どういうこと？」

「つまり、かけがえのない無数の命と引き換えに体験できたかもしれない神秘を、一連の概念や理念に矮小化してしまっている。超越的で内面的な経験を迂回《うかい》してしまって、そういったもので落ちつかせてしまうんだ」

「相変わらず、火男のいうことはむずかしいな」

「いまにしてみれば浦上燔祭説はたぶんに奇矯な感じもするでしょうが、それを永井隆が考え出さざるをえなかった社会的な背景は理解できたわね」深堀夫人はほほ笑んでとりなすように言ったあと、つけくわえた。「でも、これだけは覚えておいて。長崎の市民はいっぽうで、同じく被爆者の救助にあたった医師・秋月辰一郎《あきづきたついちろう》の反核の思想に触発されて、それぞれの未曾有《みぞう》の痛切な体験にもとづく〈長崎の証言運動〉を発展させてきたということもね」

「浦上燔祭説は乗り越えられようとしている？」目をクリクリ動かしながらヒカルが問うた。

「そうも言えるわね。カトリックの側も、1981年2月に広島、長崎を訪れた教皇ヨハネ・パウロ2世が平和アピールで、〈戦争は死そのもの、戦争は人間の仕業〉と明確に定義し、将来の人類にたいする責任を担うために過去をふり返ることの重要性を説いたことを覚えておいてほしいわ。それは被爆者援護法の制定を求める長崎の人びと、戦争責任の追及は自分たちに課せられた責務だから、死没者にたいする弔意の表明を政府に迫らざるをえないと考える人びとを大いに力づけたことは事実ね」

浦上天主堂

丘の上に建つ聖堂が迫ってきた。丘の裾を巻いて流れる小川のほとりにある、半ば土に埋もれた鐘楼ドームが目をひいた。重さ50トンと推定される鐘楼が爆風で25メートルも吹き飛ばされたのだ。

建て替えられた聖堂に向かって左の前庭には、熱線で焦げた数体の聖人の石像が並んでいた。いずれも鼻が欠けたり、腕や指をもがれたりしており、なかには首を吹き飛ばされた姿で立っているものもあった。

3人そろって聖堂へ向かった。火男は例によって、入り口で片ひざを立てて手を組み祭壇を仰ぎみてから中へ入った。だが、5分ほどいただけで3人とも席を立った。

入り口で顔を見あわせると、「残念ながら、」とヒカルがまず口を開くと「霊感を与えてくれるような建物ではありませんね」とつづけた。それに対して、深堀夫人が寂しそうにうなずいた。

聖堂に背を向け、前庭に向かって坂を下りながら火男がめずらしく顔を真っ赤にして言った。

「かけがえのない遺跡を撤去してできたのがこれか。とり返しのつかないことをしてしまった」

「だって、しょうがなかったんでしょう。浦上の信者たちは日々のミサだってあげなきゃならないし……、彼らの都合も考えなきゃ」と取り成すヒカル。

「しょうがない、か。おまえまでそう言うのか、ヒカル。長崎の町中どこを探しても原爆の遺跡は残っていない。建物の破片が標本として狭い博物館に陳列されているだけだ。ワシが言いたいのは、せめて聖堂の廃墟だけはあのまま保存しておくべきだったということだ。教会は悔悟の場だろうが、〈とんでもない間違い〉にたいする……。もっともっと犠牲者の呼びかけを聞く場がいるんだ」怒りがおさまらないようすで火男はくり返した。「爆心地で苦悩の日々を過ごし、絶望から立ちなおろうとしてきた人びとを慰め力づけてくれる鐘をおさめ、ミサをあげるための聖堂の1日も早い再建を望んだ信者の気持ちも分からんではない。だが、廃墟の聖堂を保存しなかったのは、とんでもない間違いだった」

それから一息つき、火男が「これを見ろ、ヒカル」と言ってカバンからとりだしたのは、数枚の終戦直後に撮影された聖堂の廃墟の写真だった。「原爆投下当時の長崎地裁所長で、保存委員会の委員長も務めたことのある石田《いしだ》寿《ひさし》が被爆直後に撮ったものだ。原爆資料館にも掲げられている」

ヒカルは地面にしゃがんで、まず遠景の1枚を見た。すべてが消し去られた地上を見下ろすように夕暮れの丘に立つ聖堂の残骸。人類が滅び去ったあとの世界を象徴するような恐ろしい光景だった。廃墟に近づき聖堂の祭壇の後方、後陣のあたりから入り口に向かって撮った写真を見ると、おびただしい瓦礫が崩壊した聖堂のなかを埋めつくし、もうひとつの鐘楼ドームを抱えこんで、人の立ち入りを拒んでいるようだった。

クローズアップで撮った写真には、かろうじて倒壊を免れた壁にそって、首をもがれたり、目鼻を削《そ》ぎとられたりした諸聖人や天使の像が立っていた。いかなる力にも傷つけられるはずのない天使が顔の半分をもぎとられ、この世のものではない力がここに働いたことを示していた。瓦礫のなかにすっくと立つヨハネ像も、南側入り口に天を仰いで立つ悲しみの聖母の像も廃墟のすべてと一体化して、人類がみずからの上におこなった愚行を強烈に告発しているように思えた。

ヒカルは突然、地面がぐらついたようなめまいをおぼえ、手をついた。

地面に座りこんだヒカルを見下ろして火男が口を開いた。「浦上天主堂は、〈浦上四番崩れ〉といわれる明治初期の大弾圧のあとに長いキリシタン禁制が解かれ、喜びあふれる信徒がかつて踏み絵がおこなわれた庄屋《しょうや》跡地を買いとり、レンガや石材を積みあげ、30年の歳月をかけて1925年に完成した大聖堂だ。当時は東洋一の大聖堂といわれたものだが、西洋の大聖堂とは比較にならないほどこぢんまりした素朴なもの。聖人や天使の石像も、この地で地蔵などをつくっていた石工が見よう見まねでつくったものだ。

それが〈浦上五番崩れ〉ともいわれる大惨事をもたらした原爆投下で、建物も石像も強烈な放射線を浴び、熱線に焼かれ、衝撃波に打たれて崩壊すると同時に、人類がつくったモノをはるかに超えたコトになったのが分かるだろう。遺跡が一体となって、ここにいたるさまざまな動きの連鎖について見る者を考えこませずにはいないような……。

原爆投下から1ヵ月ほどしかたっていない時期に、この場を訪れた原爆被害調査団のある物理学者は〈凄惨というより、神々しさを感じた〉と言ってるじゃないか。それがなんとしたことだ！　この世に類のない遺跡が解体されて、石像群は前庭に、こちらの壁は爆心地に、あちらの壁は資料館にとバラバラにされてもっていかれた。考えのない人間どもの手によって、コトからモノ以下のさらしものにされてしまった！」

ヒカルは上目づかいに火男を見あげて言った。「広島は産業奨励館の廃墟を保存した。最近もあるフランスの詩人がそこを訪れて、広島の詩人仲間といっしょに被爆した作家・原民喜《はらたみき》の詩碑に献花した。平和のメッセージを伝え、原爆犠牲者の鎮魂のためにアヴェ・マリアを独唱した詩人は感動の面持ちで、〈核廃絶は政府の手ではできない。われわれが立ちあがらねば〉と語った」

ヒカルはうなずきながら聞いていた深堀夫人に頭を下げて頼んだ。「人びとがそのような省察と悔悟のときを過ごせる遺跡が長崎から姿を消したのは、どうしてなんでしょうか？　長崎の原爆遺構保存運動の経緯を教えてください」

「そうくると思って、あのころの記憶をまさぐったり、図書館に行ったり、インターネットで情報を補ったりしておいたわ。浦上天主堂存廃をめぐって議論がかわされていたころ高校生だった私は、特別な関心をもって新聞を読み、浦上から通ってきていた同級生の意見を聞き、町の人びとの声を聞いていたの」

深堀夫人は手提げカバンから資料をとりだした。そして「信じられないかもしれないけど、原爆遺構保存運動は投下後すぐにはじまっているのよ」と言いながら、首のない聖人像の向かいにあった岩に腰をおろして資料を開いた。「被爆2ヵ月後の1945年10月6日付の長崎新聞は、妻を原爆で失った長崎大学名誉教授で市会議員の国友鼎《くにともかなえ》の、保存に関する市議会への提案を紹介しているわ。〈世界平和の基を作った科学の脅威原子爆弾の研究資料として、全世界にこれを送らねばならぬ。文化国民の義務において市当局は直ちにこの対策を立てよ〉」

「〈世界平和の基を作った科学の脅威原子爆弾〉か、いま聞くとずいぶんおかしな論調ですね。

しかも研究資料としての保存を訴えている。終戦直後の被占領期にはアメリカの意向を気にした、こういうふうな言い方しかできなかったんですね。それと、一面の瓦礫の原子野にあっては、浦上天主堂といえども特別な存在ではなかったということですか？　そのあたりの事情、保存運動の経緯をもうすこし具体的にくわしく知りたいな」

手を後ろに組み、傷ついた諸聖人の石像のまえを歩きまわりながら、火男が言った。「行政には理念が欠如していたし、なんとしても記憶の手がかりとなるものを保存しなければと思った人びとには力がなくて保存運動が継続できず、遺構はつぎつぎと消滅していった。浦上天主堂もその例外ではありえなかったということだろうか？」

「一般にそう思われています。でも、それだけじゃない。ここにはアメリカの明白な力が働いていたのよ。官民合わせてのアメリカからの働きかけが」深堀夫人はめずらしく気色ばんでそういうと、べつの岩をさした。「ちょっと、そこに腰をおろしてください。私が知っていること、調べたことをすべてお話しするわ」

ふたりが並んで座ると、深堀夫人がおもむろに口を開いた。「長崎市がようやく原爆資料保存委員会をつくったのは1949年4月。爆心地のまわりに散在していた原爆の資料を保存する目的のこの委員会には、教会関係者も参加していたので、天主堂の廃墟も当然、保存の対象になっていた。委員会は1951年8月にとり壊し反対を確認しているわ。

9月1日付の長崎日日新聞の〈浦上聖堂存廃、是か非か〉と題した特集には原爆資料保存委員会の見解、教会側の意向、部外者の意見などが紹介されているわ。あの写真を撮った石田寿は〈あれを壊したら長崎は原爆の跡として何を残すつもりでしょう〉〈あの遺跡は汽車からでも見えるようにすべての考慮をはらうべきものだと思います〉〈あそこの除去は広島の行き方とはまったく反対だと思います〉などと、平和運動のためのかけがえのない遺跡であることを強調し、広島の例もあげて広く教育的価値が伝わるようなかたちでの保存を訴えている。そのほか、この特集記事にはすでに遺跡を平和教育の素材として活用している学校の例や、保存を望む大勢の観光客の意向も伝えているわ」

一瞬考え込んだヒカル、「たしかに長崎本線を通る列車からあの遺跡が見えるように、高い建物を建てさせないようにして保存していたらと考えずにはいられないな」と意見を述べて「で、行政と遺跡を所有していた教会の姿勢は？」と問う。

「保存委員会は田川市長（当時）にたいし、天主堂の廃墟を〈保存しなければならない〉と8年間にわたって9回、答申しつづけた。ところが、最初で最後の本格的な市議会論争は1958年2月の臨時市議会でおこなわれたのみ。そこで論争に終止符が打たれて、なんと翌月にはとり壊されてしまったのよ。

臨時市議会で〈原爆の恐ろしさを後世に伝える貴重な資料〉〈あの残骸が戦争の愚かさを示す十字架〉と泣いて保存を訴えるふたりの議員にたいし、市長は〈あの残骸が観光資源になっていることは間違いがないが、平和のために役に立っているとは思わない。原爆の恐ろしさは科学的に証明されているので、この廃墟があろうがなかろうが問題ではないと思う。教会側の都合でとり壊されてもしかたがない〉〈市民の犠牲で多額の市費を投じて保存する必要はない〉と名市長の誉れ高かった田川市長らしからぬ答弁を最後に質疑は打ち切られてしまった」

「開きなおりともとれる答弁！　それで結局、教会側の処遇に任されてしまったということですね」とヒカルがあいづちを打った。

「ある時期まで、市当局、教会側の姿勢は保存の方向で一致していたのよ。それが田川市長、山口司教（当時）が1955年のほぼ同じころに渡米したのをきっかけに、両者とも撤廃に転じたのを覚えているわ」

パンとひざを打った火男が、うめくように言った。「なぜあんなに性急に廃墟をかたづけて新たに聖堂をつくったのか疑問に思っていたが、このへんに謎を解くカギがあるんだな。とんでもない間違いをしたということをあれほどあからさまに物語る遺構を、そのままにしておきたくなかった者たちの思惑に乗せられたんじゃないか」

「そのことを追及した高瀬毅《たかせつよし》という長崎生まれのジャーナリストがいるわ。田川市長も山口司教も訪米中にセントポールとワシントンを訪れていることに注目して現地で資料を集め、衝撃的なこの本を書いたわ」深堀夫人は手提げから1冊の本をとりだした。

「『ナガサキ　消えたもう一つの「原爆ドーム」』だな。ワシも出版されてすぐに読んだよ」

「セントポールについて何か知っています？」ヒカルが火男に問いかける。

「日本人にはあまりなじみのないところだな。ワシも隣接するミネアポリスとあわせて、ツイン・シティーズと呼ばれる中西部の経済、交通の中心地としか覚えていない。そうそう、セントポールはその名が示すように、大聖堂を中心に発展したアメリカのカトリックの総本山でもあるな」

「取材でセントポールを訪れた著者の高瀬毅も、冬は寒風吹きすさぶ大平原のなかにあるこの町と、南国の港長崎とのあいだに風土の類似点がまったくないことに驚いているわ。この本に書かれていることで興味があるのは、なんと言っても、田川市長にたいしてはアメリカと日本との初の姉妹都市締結、山口司教にたいしては大聖堂建設資金の提供と、それぞれにアメリカの強力な働きかけがあったことよ」

「いまでは、ありとあらゆる都市がアメリカをはじめとする海外の都市と姉妹関係を結んでいるけど、姉妹都市運動はこのときにはじまったんだね。どんな政治的な意図があったんだろう」とヒカルが疑問を口にした。

「1955年12月7日、セントポール市議会は長崎と初の姉妹都市関係を結び、アジアの諸都市とアメリカの都市の提携モデルとなることを議決している。これは被爆地長崎にたいする慰撫策ではないかと考えられるけど、真珠湾攻撃の日に議決したことには、原爆攻撃の罪を日本のパール・ハーバー奇襲攻撃と相殺しようとする意図が読みとれるわね」

「アメリカがそういうふうに動かなければならなかった経緯を知りたいな」と身を乗り出すヒカル。

「原爆が投下されて1ヵ月もたたないうちに、ロンドン・デーリー・エクスプレス紙に広島の惨状を発表したバーチェットや、翌年、ニューヨーカー誌に『ヒロシマ』を寄稿したジョン・ハーシーによって広島の惨状が欧米に報道されると世界中から批判の渦が巻き起こり、カトリックもプロテスタントも、指導的立場にある聖職者が〈アメリカは史上初の原爆投下により、とり返しのつかない罪を犯した〉という趣旨の声明を発表したわ。究極の戦略爆撃の犠牲者の大部分は女性、子ども、老人だった。市民相手に〈悪魔の兵器〉を使ったという国際的な反発もあって、アメリカ政府は陸軍長官スティムソンに原爆投下を正当化する論文『原爆使用の決定』をハーパーズ誌に発表させたのよ」

「なるほど」と手を打ったヒカル、「それがのちに百万人の命を救ったという神話を生み、いまにいたるアメリカ人の原爆投下の正当化の根拠になったんですね」とまとめた。

「のみこみが早いわね、ヒカルくんは。それと同時に、アメリカ政府は対外広報活動にも力を入れた。トルーマン政権の政策・対日心理戦略計画に源流を発する対日文化政策は戦後、きわめて組織的かつ積極的におこなわれた。教育者、労働者、ジャーナリストらから日本の若いリーダーならびに、その予備軍をスカウトして渡米させるＵＳＩＳ（米広報文化局）、その上に位置するＵＳＩＡ（米海外情報局）、さらにはその頂点に立つ国務省の国際文化戦略の一環としておこなわれたのよ。このなかから、日本をはじめとして世界中に親米的な指導者が大勢生まれたのはよく知られた事実よ」

火男があごをしごきながら合いの手をいれた。「そうだな。その代表的な存在であるフルブライト留学生上がりが、与野党ふくめて政界、財界、労働界や学会、文化人など日本の指導層にいかに多いかは驚くばかりだ」

「この政策が長年にわたって成果をあげたのは、アメリカ人の生活や文化を教えこむことは民主主義の旗手であるアメリカの使命であり、冷戦時代のアメリカ国家の安全を保障するものであるという、パブリック・ディプロマシーの精神を信奉したアメリカ国民が官民あげて献身的に推進したからだと思うわ」

「パブリック・ディプロマシーって？」ヒカルが頭をかきながら尋ねる。

「広報文化外交とか対市民外交とか訳されるわね。国益のために国家が意図を持って行う広報戦争のことよ」と深堀夫人が補足する。

「原爆とパブリック・ディプロマシーの関係を何かに例えるのはむずかしいが、アメリカの〈悪行〉をおおいかくすための〈善行〉の機能を果たしたと言えよう」と火男。

「そう観念的でシニカルな言い方をしないで、この本にもどりましょ」深堀夫人が牽制《けんせい》した。

高瀬毅の本をパラパラとめくりながら、火男が言った。「この本の著者は、現地取材によっても帰国後の田川市長の心変わりの原因を知ることはできなかった。しかし、パブリック・ディプロマシーを通じて視察旅行に招待され、懐柔された可能性を強く示唆している」

「根拠は何?」

「1955年にセントポールから姉妹都市関係を結ぼうという提案があって市長の訪米が促されたものの、長崎市の財政状態が厳しかったために見送られている。あの時代は東京―ニューヨーク間の往復航空券だけでも現在の金にして800万円もかかり、しかも厳しい外貨もち出し制限があった。ところが、1955年12月7日にセントポール市議会が長崎と初の姉妹都市関係を結ぶことを議決した翌年に、田川市長は1ヵ月あまりも全米を回っている。しかも、長崎高商出身のフルブライト留学経験者を通訳として連れてだ！　アメリカのしかるべき筋から強力なサポートがあったとしか考えられない。

いっぽう、山口司教は10ヵ月間も滞米し、新しい聖堂の建設に25万ドルはかかること、訪米ですでに4万ドルを得ることができたが、まだ10万ドル不足していることを訴えた。そんな司教をアメリカとカナダ各地の教会は兄弟として大歓迎し、大会衆のまえでミサをとりおこなわさせ、ヴィラノヴァ大学は名誉法学博士号を授与した。アメリカの教会の隆盛ぶりを目のあたりにし、壮麗な大聖堂を見るたびに浦上出身の山口司教は、多くの信徒を失い天主堂を無残に破壊された教会のことを思い、すこしでも早く自分たちの教会を再建したいという気になったとしても無理はない」

「アメリカの教会が破格のもてなしをした理由はなんだろう」

「原爆を投下して天主堂を破壊し、〈浦上五番崩れ〉と言われるほどの惨劇をもたらした原爆搭載機の機長が、プロテスタントの従軍牧師の祝福を受けて出撃したカトリックの信者だったという悪夢の構図は、アメリカのキリスト教世界としては消し去りたいものだろう。ニューヨーク州ロチェスターに建設されたばかりの戦没者記念ホールで初めて行われた合同慰霊祭で、山口司教にミサを司式させたことは原爆犠牲者への思いを相対化させ、かつての敵国にたいする葛藤を押さえこませる方向に働いたであろうことは想像にかたくない」

火男の解説のはじめの部分に、ヒカルが鋭く反応した。「牧師の祝福を受けたカトリックの信者が、ですか！　キリスト教の兄弟と呼んでいる人びとの頭の上に悪魔の爆弾を放り投げて逃げてゆくのに……」

顔を真っ赤にして立ちあがったヒカルを手を振って座らせ、「核基地の奥深くにあるフカフカのじゅうたんを敷きつめた指令センターの椅子に座って、ボタンひとつ押すだけで核兵器を搭載した長・中距離ミサイルを何千キロも飛ばし、敵の都市を攻撃できる核時代とは話が違うんだ」と断ってから、火男はつづけた。

「原爆の安全装置は気休めみたいなものだった、ちょっとしたショックを与えただけで、爆弾に装着されたウラン砲弾は標的に向かって飛んでいって終局的な核分裂を引き起こす。こんな危険きわまりないしろものを抱え、海上を延々と飛びつづけて戦闘機や高射砲が待ち構える日本の都市の上空に達し、目標めがけて投下しなければならなかった。深く考えることなく、危険なミッションに従事するときに受けることになっていた聖職者の祝福を受けただけのことだろう」

さらに火男は、わき道にそれたことを謝ってつけくわえた。「高瀬毅はセントポールの公共図書館と歴史資料センターで、両者の滞米中の言動に関するいくつもの報道を調べて紹介している。そのなかでもとくに驚かされたのは、山口司教が〈長崎とセントポールが姉妹都市の関係を結んだことにより、再建プロジェクトをすすめ、残りの爆破の傷跡を消し去ることを望んでいる〉と地元紙の記者に語ったことだ。

また、田川市長は広島が原爆投下を宣伝のために利用していると非難し、寛容な長崎の人びとは原爆にたいして憎しみをもたなかったことを強調している。さらに司教は戦争を終わらせるためには広島の犠牲だけでは足りず、神のまえに正しいとされる人びとの犠牲が必要だったと、永井隆の浦上燔祭説をなぞった見解をのべている」

ヒカルが言った。「結局、ふたりとも懐柔されてしまったということか！　長崎の人間は人がいいんだね」

キッとした表情で深堀夫人が言った。「そうとも言いきれんでしょうが！　広島をこきおろしてまで長崎の寛容さを売りこんどるじゃなかね。ほんと、涙んずる。広島の惨禍が世界中で知られるようになったのにひきかえ、長崎が忘れ去られていることにたいする焦りの表れでしょうが。それにしても、こんなふうに広島とのちがいを強調してまで長崎のいい子ぶりをアメリカにアピールしている。情けなかこと！」

「浦上の信者のあいだでも新聖堂を代替地に建設して遺跡は保存すべきだという意見が強く、帰国した山口司教とのあいだで深刻な対立が生じたようですね」と火男。

「そうはいっても上長、ことに聖職者には従順であることがカトリックの伝統ですからね。それよりも問題なのは、保存できなかったことについて、教会側と行政側がお互いに責任のなすりあいをしたこと。当時の長崎の地元紙が伝えるところによれば、信徒・教会側は〈敷地の都合上、新築するならとり壊すしかしようがないではないか。いつか当局が調査にきて、保存には百数十万円を要すると言ったきり音沙汰なしです〉と言い、さらに、〈原爆被災地を訪れるアメリカ人も、けっして誇れるものとは思わぬだろう〉と原爆を投下したアメリカ側の感情を慮《おもんぱか》っているしまつ。行政側も〈保存策については、最初から熱意も政治力もなく、また財源もなかった〉と撤去作業がおこなわれた1958年に田川市長の告白を伝えているわ。

教会も教会なら、行政も行政ね。廃墟と化した大聖堂を人類史的な見地から、かけがえのない遺跡として保存しなければという認識と意気ごみが、民にも官にも薄かったことは明らかかね」

ヒカルが口をはさんだ。「広島の原爆ドームを小さいころから見て育ったぼくとしましては、廃墟をそのままにしておけない日本人の心理も問題じゃないのかなと思います。最近NHKが放映した、連合軍のじゅうたん爆撃を受けて崩壊したドレスデンの聖母教会再建のドキュメントを見ましたか？」

「ええ、もちろん。ドイツでも若い世代は、もう終わったことだと言いたがる風潮のなかで、多くの市民は何百年たとうとドイツの罪は消えないという深甚な悔悟の年月を過ごした。そして、いつまでも過去にこだわってはならない、信頼と和解のシンボルとして再興すべきだという認識に達した。それから長い年月をかけて再建の意義を世界中にアピールして基金をつのり、保存していた瓦礫を使って再興したそうね。200億円かかった保存費用の半分以上は、ドイツ、アメリカ、スイス、イギリス、ポーランドからの寄付でまかなった。ことにイギリスとアメリカからの寄付が多かったそうよ。そんなやりかたもあったんじゃないかしら」

「そういう時間がなにより大事なんだ。もう一度、広島産業奨励館の廃墟を訪れたフランスの詩人の言葉を聞かせてほしい」

「〈非常に感動した。核廃絶は政府の手ではできない。われわれが立ちあがらねば〉だよ」

「遺跡の意義はますます重みをましている。日本でも核武装論がもちだされてきた今日、とくにそうだ」火男がうめいた。

「爆心地めぐりの最後に、山王神社の大クスに敬意を表しに行かんばね」深堀夫人の発案で、港へ向かう道をたどった。

途中、長崎大学医学部を経て、急な傾斜地に建つ医学部附属病院のまえを通った。

深堀夫人が口を開いた。「ここでは医学部の学生や教授、病院の職員をふくめて892人が死亡しているわ。町の医療の中心は瞬時に壊滅したけど、それでも市民は大学病院をめざし、門のところで息絶えた者は数知れず、……」と言いかけて下を向き、嗚咽《おえつ》をこらえた。すでに西に傾いていた陽が雲にかくれたとき、どんよりした空から白いものが舞いはじめた。

ヒカルが凍りついた空気をかきまわすような調子で、記念館の売店で手に入れた資料を読みはじめた。「破壊力の実験報告とも言うべきアメリカ空軍製作の映画では、〈コンクリートでできた病院や学校のほとんどが破壊可能で、救急医療の施行を阻止しえた〉」ここで急に「非情なものじゃないか」とトーンダウンし、さらに「アメリカ戦略爆撃調査団報告には〈原爆は、防空壕の完備されていた長崎で市民が避難する余地を与えなかった〉とはっきり書いている。まさに核兵器というのは市民を狙った究極の無差別テロのために開発されたものだということが、よく分かるな」ヒカルは読みおえると小さく身震いをした。

そのとき、ハッとしたように深堀夫人が言った。「そうそう、大事なもんば見落としとった。医学部のほうにもどらんば。こっちに来て」と言って、ふたりを附属病院と医学部のあいだに入りこんだ小さな谷をめぐる小道へと引っぱっていった。崖に掲げられた日本最古の医学部の創設150周年を盛大に祝おうというスローガンを横目に、附属病院に対面する位置まで来たとき、「ほら、これを見て」と深堀夫人がさしたのは〈長崎医科大学〉と書かれた巨大な門柱だった。

そのひとつは爆風で10センチ以上もまえにずれて傾いていた。爆風の威力に驚いた以上に、その場の雰囲気にショックを受けたと、ヒカルがすこし間をおいてつぶやいた。「人影のない谷間の人家の陰にたたずむ門柱。正門を別の道につけ替えたというけど、まるで歴史の証人を人の目から遠ざけているみたいだ！　これも忌避感情の表れみたいだな」

火男も頭を振りながら、「ワシは病理学教室の薄暗い標本室におさめられている古びた標本を連想した」と感想をのべた。

それから、「原爆の爆風圧のすさまじさを示すものはまだまだあるぞ！」と言って、近辺の墓地や神社に立ちよることを提案した。

「墓石や鳥居を見てまわって何がおもしろいの？」ヒカルが疲労の色をにじませて抗議した。

「爆風圧は爆心地で1平方センチあたり3・5キロというすさまじさだ」と言うや否や火男はさきに立って歩きはじめた。「その暴威の爪痕は爆心地から500メートルから1000メートルの距離にある巨石でできた遺物に残っているんだ」

その言葉にひかれ、ヒカルは足を引きずってついていった。

坂本国際墓地の古い墓石の多くはふたつに割れたり、角が欠けたりしていた。石できた十字架もふたつに割れ、ついであるものが多かった。

「十字架や墓石がなぎ倒されるほどの猛烈な爆風を想像できるか?」

愛らしい天使の欠けた鼻を、黙ってなでながらヒカルは首を横に振った。その白大理石の天使は墓の前に跪《ひざまず》いて首をすこし横に傾け、胸の前で両手を交叉《こうさ》させていた。

坂道を下りて電車通りを横切り、小さな神社の境内に入りながら火男が言った。「このあたりは爆心地から1500メートルくらいかな。この神社には玉垣がないのに気づいたか?」

「玉垣って?」

「石材でできた垣根だよ、神社に玉垣はつきものだ」

キョロキョロとあたりを見まわしていたヒカル、「あった、あれだ!」と声をあげながら社務所のわきにわずかに残る玉垣に近づいた。それは根元から大きく内側へ傾いていた。本殿裏に回ると石材が山積みされていた。玉垣の石材にまじって、崩れ落ちた鳥居の太い円柱と〈大神宮〉と彫られた大きな石板の額があった。

山王神社

ふたたび電車道を横切って山王神社の上り口まで来た。足を引きずりはじめている男たちを励まして参道の石段を上らせながら深堀夫人が言った。「熱線に焼かれ、着ているものを剝ぎ取られ、肌をむかれた被爆者は、火に追われて山のほうへ山のほうへと逃げた。……このあたりの広い畑は力つきて倒れた大勢の人で埋めつくされていたそうよ」

「この鳥居はその恐ろしい光景の目撃者だ」とつぶやく火男。一本足の二の鳥居は、てんでバラバラなつくりの民家やアパート群にとりかこまれて、ひっそりとたたずんでいた。石柱の表面に彫られた寄進者の名前は、爆心地に面した側は表面が剝離《はくり》して読みとりにくくなっていた。「片足だけでおまえは60年以上もけなげに立っていたのか」とつぶやきながらなでるヒカル。真下から見あげたヒカルには、危なっかしい感じで柱の上に乗っている笠石《かさいし》は爆風を受けたときに柱の軸まわりにすこし回転したことが分かった。

二の鳥居に背後から迫る民家の裏へ出ると、はじめて2本のクスの大木が見えた。社殿へとつづく石段をはさんで立つクスは、爆心地に面した側が焼けて地面から空へ向けて縦長の空洞となり、その両側から樹皮が盛りあがっていた。そのあまりの巨大さとともに、受けた傷の大きさに打たれたヒカルは、息をのんで立ちつくした。

「被爆直後、ここら一帯は吹き飛ばされた葉や枝がうずたかく積もっていた」薄暗い参道を上りながら深堀夫人が言った。「大きく天に向かって枝を広げたこの巨人が、大量の放射能を浴び、火球で焼かれ、激しい衝撃波を受けて身をよじっているさまを思い浮かべることができる?」そしてヒカルの顔をのぞきこんだ。

上を向いて口を開け、空をおおいつくす2本のクスの葉叢《はむら》を見あげながら歩いていたヒカルは、黙って首を横に振った。

「すべての葉をもがれ、焼け焦げた幹と太い枝だけの姿で死臭漂う原子野に立っている姿は、死そのものだった。人びとはすべての希望が絶たれた思いで焼け跡をさまよっていた」深堀夫人は「だけど」と声を張りあげて言った。「驚いたことに、この2本のクスは翌年の春になると若芽を吹いたのよ。それ以来、生き残って枝を繁《しげ》らせつづけるクスは市民の希望となった」

この時期、胸いっぱいに息を吸い込んでもクスの芳香は嗅げなかったが、ヒカルは目を閉じ頭をたれてサワサワという葉ずれの音にじっと聞き入った。

さい銭をあげて手を合わせたあと、拝殿の石段に並んで腰をおろし、3人は歩いてきた方角に目をやった。

火男がおもむろに口を開いた。「戦争が終わってちょうど1年目、延々と連なる工場群の廃墟をくぐり、果てしなくつづく原子野を通り抜けてワシら家族は疎開先から長崎にもどってきたという話をおまえにしたな。生きて動くもののない無彩色の世界、ワシにとっては、あれが記憶のはじまりだった」それから突然、調子を変えて吼《ほ》えた。「それにしても、ワシが見たあの光景はどこに行ってしまったんだ！　あれは夢だったのか。浦上に広がるこの光景はなんだ！　あの果てしなくつづく瓦礫の山がこんなふうになってしまって……」

驚いたヒカルが火男の顔を見ると、ほおの筋肉をブルブル震わせていた。立ちあがったヒカルは、「やれやれ！　禁域を騒がせないようにしましょう」と火男をなだめて近くの公園へ向かった。そのとき、クスの後ろから出てきた足の悪い白い大きな犬が、3人に近づいてきた。

木陰にあったベンチに火男を座らせた深堀夫人が、「はい、トッポ水。懐かしかでしょ」マホービンに入った水をコップについで差し出した。

目を丸くしてコップを両手に包んで、「ほんとか！　まだこんなもんがあったなんて……長崎っ子たちの命の水が。夏は町から家に帰る途中、わざわざ片淵《かたふち》を通ってトッポ水に寄り道して、崖からしたたり落ちる水を飲んだもんだ」と火男。

「ウ、ソよ。いまどき、清らかな湧水《ゆうすい》が町のなかにあるわけなかでしょが」と言って深堀夫人は笑った。「あの上の山も開発されてすっかり住宅地になってしもうて。これは西彼杵《にしそのぎ》半島の外海《そとめ》の山奥の水ですとよ」

「やっぱりね」と言いながら、火男はその水を目のまえにかざしてじっと見つめた。それから祈るように目を閉じ頭を下げてから、ゆっくり時間をかけてその水を飲みほした。そして落ちつきをとりもどし、「木は大地に根を生やし、石はいすわって訴えつづける。それでも人間がじゃまだと思えば、被爆の遺跡はひとたまりもなく消されてしまう。わずかに残った木や石を一生懸命に探し出して、その語りかけることを読みとるしかなくなっているんだ」と深いため息とともに言った。

「個人の住宅、公的な建物、そこに立つ樹木に巨石、これらすべての原爆遺跡の存続は当初から危うかったのよ。浦上天主堂を見ても分かるでしょう」深堀夫人の表情がにわかに曇った。「〈目に見えるかたちで、記憶の手がかりとなるものを維持することの意義を理解している者が少なかったからだ〉と言われるけど、みな、生きのびることに精いっぱいだったのと、悪夢は早く忘れたいと思うのが人情よ。だけど、人間の目撃者が高齢化しているいま、原爆遺跡、つまりもの言わぬ原爆の目撃者の保存と整備は緊急の課題。人間の記憶なんてはかないもの、廃墟の消失は、記憶の完全なる消滅を予告しているわ」

「もう、手遅れでは？」と口々にふたり。

「そうかもしれないわね。すでに多くの遺跡が消失してしまった。すでに失われたものについての記憶をなくした瞬間に、そのものにまつわるすべての事物は永遠に死んでしまう。究極の喪失という脅威が差し迫っていることを警戒しなければならないわね」と表情を曇らせた深堀夫人。急に顔を輝かせてつづけた。「でも、あなたたちが来てくれたことは大きな希望よ。原爆遺跡のとり壊しは、その歴史を消してしまうとり返しのつかない過ちだと訴えつづけなければね」

ふと白いやせ犬に気づいた深堀夫人はカバンからクッキーをとりだして犬に与えた。犬は夫人の指までも食いちぎりかねない勢いでむさぼった。ヒカルはこのときはじめて気がついた、薄汚れたこの犬の右の前足は、ひじのところからすっぱりと切断されていたことを。

「〈なんということだ、とんでもないことをしてしまった！〉日本が降伏した直後に長崎、広島に足を踏み入れた米兵は破壊の凄《すさ》まじさに戦慄し、激しい後悔の念にさいなまれたという」ため息をついた火男が、「これが核兵器のなんたるかを実感した人間の率直な反応ではないか」と大きな声で言ってから「これを見ろ」と、リュックのなかから薄い小さな写真集をとりだしてヒカルに手渡した。

「この本の序文にも、その思いがほとばしっている」ページをめくる火男の手がかすかに震えていた。「見ろ、原子野に生きる大勢の子どもたちを！　みな、ワシの身のまわりにいた子らのように見える」

「いつごろ、誰が撮った写真？」ヒカルが尋ねた。

「原爆投下の1ヵ月後にアメリカ海兵隊の第五師団が佐世保に上陸した。その中にオダネルという23歳のカメラマンがいた。彼は7ヵ月にわたって、長崎、広島、北九州、都城《みやこのじょう》を訪れて米軍が行った空爆の効果を撮影して回った。その間に目撃したことが自分の人生を永遠に変えてしまったとのべている。退役後にオダネルは体調不良に悩まされるようになり、30回ちかくも手術を受けたそうだ。入市被爆の恐ろしさをうかがい知ることのできる話だが、政府に補償を求めたところ却下されてしまったという。彼は私物のカメラでの記録も行っていたが、いつしか長崎の記憶は疎ましいものとなっていたようで、そのフイルムは持ち帰ったものの秘蔵していた。ところが、ある修道院を訪れて、ジェニー・デューバーという修道女が製作した火傷《やけど》を負った男性が十字架を背負っている彫像を見たときに、いい知れぬショックを受けた。その男の体には被爆者の写真が貼りつけられていて、〈ただ一度〉という題が付けられていたという。それから彼はトランクからフイルムをとりだして現像し、展示して回り、人々に語りかけるようになった。〟1945年のあの原爆投下はやはり間違っていた。それは100年経っても間違いであり続ける。絶対に間違えている、絶対に！　歴史は繰り返すと言うが繰り返してはいけない歴史があるのだ〟と。するとたちまち〈広島、長崎の原爆投下は必要だった。謝る必要はない〉といった非難の嵐が巻き起こった。自宅には嫌がらせの手紙が続々と舞い込んだが、家族は敢然と彼を支えたという」

「オダネルはからだを張って悟りをひらいたんだ」と唸《うな》って、ヒカルは写真集に見入った。おとなも子どもも、ヒタとこちらを見据えて何かを訴えているかのようだった。

「このカメラマンが老境にさしかかったころ、アメリカ各地を旅行していた岩手のクリスチャンのグループが、たまたま彼が撮った写真を見て息をのんだ。それからオダネルは、彼らから要請を受けて自分の秘蔵の写真をもって岩手を皮切りに日本各地を巡回するようになった。ワシは新幹線に乗って大阪の会場まで見にいったぞ。そのとき、オダネルと話もしたよ」

ヒカルが片手で犬の頭をなでながら、じゅうたん爆撃を受けて焼け野が原になった何枚もの都市の写真を見ていると、火男が言った。「その写真の説明が間違っていることに気づいたので、声をかけたんだ。〈これは佐世保ではなくて、福岡ですよ。沖合に浮かぶ島の数と形からこれが福岡だということは確かです〉〈そうかい、間違っていたか。アメリカ軍が焼きつくした町はどれも同じように見えて、区別がつかなくなってしまってね〉こうしてカメラマンと言葉を交わすようになったんだ」

新聞に掲載され、火男を大阪まで引き寄せたという1枚の写真にヒカルの目はくぎづけになった。そこにはひとりの少年が赤ん坊を背負って直立不動の姿勢で立っていた。赤ん坊は眠っているような安らかな表情をしているのも印象的だった。説明には〈弟の亡骸《なきがら》を背負って火葬にきた少年〉とある。だらりとたれさがった人形のように小さな足が痛々しい。

「〈あの子は下唇をギュッとかんで火葬を見守っていた。それから静かに背を向けてその場を去った。とても悲しくて話しかけることもできなかった〉とオダネルは万感の思いを込めて語った。それから〈あの子がいまも生きているなら、どんな人生を歩んでいるだろうかと手がかりを求めながら巡回写真展をつづけている〉とも」

横あいからその写真をのぞきこんだ深堀夫人が「最近、こんな記事が載っていたわ。この少年のことはきっと話題になると思ってもってきたのよ」と言って、新聞の切り抜きをとりだした。「戦後63年たってから、原爆資料館であの写真を見た幼なじみから〈あれは山王神社でいっしょに遊んでいた、よっちゃんにちがいない〉という情報があったそうよ。でも、文面からは、その後の消息は依然として不明ということのようね。あれだけ人に知られた写真の子なのに分からない。身近な人たちから学校の先生にいたるまで関係者がみな死に絶えたとしか考えられないわ」

「ところで」と唐突に火男が言った。「この写真は長崎で撮られたものではないのではないかという疑念が、最近被爆者や識者から出されているのを知ってるか」

「エッ、爆心地で撮られたものと思っていたけど？」とヒカル。

「オダネルは如己堂の近くで撮ったように話しているが、戦後60年以上経っていたこともあって彼の記憶はかなり朦朧《もうろう》となっていたので頼りにならなかった。この子は何も履いていない。爆心地あたりはとても裸足《はだし》で近づける状況ではなかった。それに何より背景がおかしい。トリミングされていない写真を見ると背景に雑木林が映っているが、爆心地の近くに雑木林が残っているはずがないというのがクレームの根拠だ」畳みかけるように火男が言った。「そのような問題に応えようと、長崎から大村湾周辺一帯で主に当時のことを知る人々に対して行った聞き取り調査に基づいてこういう本が出された」

そしてリュックから件《くだん》の写真が表紙になった1冊の本を取り出して掲げた。「著者は吉岡栄二《よしおかえいじ》郎《ろう》。1枚の写真の持つ意味を読み解くことにたけた写真美術史の専門家。この写真を見せられた土地の古老は〈良か家の子〉と言ったそうだ。穿いている半ズボンは都会的、おんぶ紐《ひも》は田舎では見られない金具の付いたオシャレなものだから。〈良か家の子〉は貧しかったこのあたりでは、疎開児童を指していたという。大戦末期の長崎と周辺町村には凄惨な地上戦が行われていた沖縄や、大空襲に遭った福岡からの疎開児童が大勢いたという。

深堀夫人がうめくように言った。「疎開児童！　……あり得ることね。土地の人びとのよそ者についての記憶はすぐに薄れてしまうものだし」

「それだけじゃない」と火男は沈鬱な表情で付け加えた。「著者はこの写真の原板から読み取れるささいな点、つまりこの子の足がむくんでいること、口角から血が滲《し》みだしていること、背負われている弟の顔にも溢血斑《いっけつはん》が見られることに注意を促している」

ゾッとしたように、ヒカルが叫んだ。「この兄弟は原爆症にかかっていた？」

「あり得ることだ。あのころの長崎の子らは皆、栄養失調で枯れ木のように細い手足をしていたんだ。ワシも例外ではなかった。そう言われてみると、この子の脚はふっくらしている。浮腫があるんだろうね」と火男は同調した。

「幼い子を荼毘《だび》にふすというおとなの役目をこの少年が果たしていたのはなぜか？　親はどうしていたのか？　という疑問も浮かんでくるわ」と沈んだ声で深堀夫人が言った。「死んだ子を見てちょうだい！　冬物の暖かそうな晴れ着にくるまれているわ。死の床についていた母親が、せめて幼いわが子の死出の旅路を飾ってやりたい、夜寒を防いでやりたいと願って晴れ着を着せ、〈焼場のおじさんに丁寧におねがいするのよ〉と注意して少年に託したのではないかしら。郊外の村まで逃れてきたこの疎開家族の体はみなすでに原爆症に蝕《むしば》まれていたのでしょう」と目を潤ませて言った。

それからちょっと間を置き、息を整えて夫人はつけくわえた。「そういえば、長崎市はこの写真をジュネーブの国連本部に新設された原爆常設展示室に展示しようとしたが、審査委員会で拒絶された。多数の委員から〈この子は悲しんでいるというが、泣いていないじゃないか〉とか〈直立不動の姿勢が軍人みたいだ〉という意見が出されたのが、その理由だったと聞いているわ」

「愚かなことだ」憤然として火男が言った。「国連職員でも自文明中心主義に染まっていて他国の文化を理解できない者が少なくないとはね！ 人前で感情をあらわにするのは恥ずかしいというのが日本人のあたりまえの感覚だった。この少年もそういう文化の中で育てられたのだろう。ましてや進駐軍のカメラマンが自分たちを狙っているではないか。シャンとしなければ、泣いてはならない、といっそう強く思った少年は姿勢を正し唇を結んでいたのだ。悲しみに耐えてね……」

「結局、この少年を同定することもその後の消息をつかむこともできなかったけど、著者はこの写真の尊さは時間を超越した〝象徴的な含意〟にあると言っているわ」

「もうひとつこのさい、覚えておいてほしいことは」と最後に火男がまとめた。「原爆の犠牲者全体の6割が家族全員被爆と、NGOの被爆問題国際シンポジウムで報告されている。長崎、広島では一家で、地域ぐるみで全滅した結果、無縁のまま処理された市民が何万人もいるんだ。こんなところにも、大量無差別殺傷兵器としての原爆の非人道性がはっきりと表れているとは思わんか？」

「それに原爆資料館の展示パネルには、〈今後70年間は草も木も生えないと言われた〉って書いてあったよ」ヒカルは考えながら思いを口にした。「権威筋が残留放射能の脅威を言いたててべつの場所に町をつくり、原子野をすっかり封印して保存するように働きかけていれば、その後、人類は核開発競争に走るということにはならなかったんじゃないかな。いまさら言ってもしかたないことだと思うけど……」

この言葉に触発されて「住むところを失って行くところのなかった市民は、春の訪れとともに焼け野が原に雑草が生え、生きのびた樹木が春の訪れといっしょに芽吹くのを見て安心した」と、爆心地が変貌をとげた経緯を深堀夫人が説明し始めた。「ともかくも、瓦礫を集めて囲いをつくり、焼けたトタン板を探し出して屋根として雨露をしのいだ。そのうち薄っぺらな杉板がどこからともなく町に流れこんできてバラックとよばれる貧弱な家が建ち、町並みが復活した。生き残った市民が残留放射能いっぱいの土地で早々と生活を再開することを、アメリカの当局者もよしとした。もう安全だ、ということを日本人自身が証明しているようなものだからね」

「いっぽうで、アメリカ当局は当初の計画どおり冷徹に被害の情報を収集しつづけたんだ」火男が補足した。「人体への影響を調べ、さらに水爆を開発する方向へ進んで、核兵器を冷戦の切り札としてしまった」

ヒカルが叫んだ。「抵抗をつづける頑迷な日本にショックを与えて目を覚まさせるというのなら、広島の1発だけで目的は達したんじゃないの？　ルーズベルトは海上で爆発させて威力を誇示する方針だったし。事前警告もせずに終末兵器を使っただけでなく、日本側に意思表示をする暇も与えずたてつづけに長崎にも投下するなんて……」

「それに関して言い忘れていたことがある。後に大統領つきのカメラマンとなったオダネルはトルーマンに直接聞いたそうだ、〈閣下は原子爆弾を投下したことを後悔していませんか？〉すると顔を真っ赤にして大統領はこう言った。〈それは私の決断じゃない、ルーズベルトがやったんだ〉と。彼らが惨状を知って忸怩たる思いにとらわれていたことをうかがわせるエピソードだね。そう、原爆投下という人類史上、未曾有のできごとを長崎から眺めることだ。そうするとアメリカの論理の欺瞞《ぎまん》性、それを招いた日本の愚かさがよく見えてくる。それがおまえのこれからの大事な仕事のひとつだ」火男のこの言葉を潮時に皆立ちあがった。

深堀夫人と火男は2本の大クスのまえを通るとき、手を触れてもう一度こずえを見あげた。犬はさも自分も仲間だといわんばかりに、3本足ではねながらイソイソとついてきた。

しばらく押し黙って考えをまとめていた火男が、1本足の鳥居をくぐって石段を下りながら言った。「原爆投下に関しては、まだまだ知られていないことが多い。情報がアメリカの一方的な独占状態にあったからだ。だが、すこしずついろんなことが分かってきておる。信じられないようなこともな」

3人は裏道を歩き、銭座町から電車通りに出て大波止《おおはと》まで行った。そこで右に折れると車の騒音から解放され、しゃれたレストランが軒を並べ、クルーザーが係留されたウォーターフロントの散歩道に入った。

「いつのまにか、こんなもんつくりおって!」火男は不機嫌になってきた。

「長崎出島ワーフと言ってね、人が集まって楽しめる港町らしいシャレた空間を欲する向きもあるのよ」深堀夫人がとりなすように言った。「これも殺風景な造船所や薄汚れた倉庫街の連なる長崎港を一新するプロジェクトの一環としてできたわ」

「ワシは倉庫の連なる旧《ふる》い港町の風景のほうが好きだな」火男は口をとがらし、そっぽを向いて言った。

水辺の森公園

長崎県美術館を左手に見て橋を渡ったあと、水辺の森公園の展望台に上りながら深堀夫人が通りすがりの観光案内所で手渡されたパンフレットを読みあげた。「〈グラバー園や大浦天主堂をみて異国情緒にひたったあとは、長崎出島ワーフから水辺の森公園に行って港町長崎ならではの風景を楽しみましょう。メインゲートまで行って丘の石段を上がると、港の眺望が広がります。2本の柱をフレームとして女神大橋の2本の主塔がおさまり、そのあいだを大小の船が走っています。近景には広々とした芝生の上でたくさんの人びとが思い思いにときを過ごしています〉どう？」

「女神大橋？　いつのまにそんなものつくったんだ？　長崎港沿岸の西部と南部を最短距離で結ぶことに、どれほどの意味があるのか？　いまどき、とてつもない金をかけてやらねばならないことか！」

「お金をかけたおかげで、グッドデザイン賞2004の金賞や土木学会デザイン賞2006年優秀賞をとった公園が生まれたわ」

「賞をとった？　それがどうした」火男がかみついた。

「ランドスケープ・デザインの6つのコンセプトのなかに〈土地の記憶〉というのがあるんだよ。空間を構成する3つの軸はグラバー軸、女神大橋軸、オランダ坂軸とされている。だけど、いずれの軸も原爆、殉教はまったく考慮の外じゃないか」ヒカルも反発した。

「にぎわいの空間と言ってね、広い空間が乏しかった長崎市の中心部に、人が集まることのできる港町らしい空間を欲する気持ちが市民のあいだに強かったということよ。そういうところに人が集まって楽しく騒ぐ、それが平和ってこと」と軽い調子で言った深堀夫人、火男の苦虫をかみつぶしたような表情を見てフッとため息をつき、つけくわえた。「都市計画の立案者たちは、怒りを静め、〈喜び〉と置き換えるような機会の創出を模索した。いつまでも平和公園、爆心地公園、浦上天主堂に頼ってはいられない。〈暗さ〉からの脱却をめざさなければというわけよ。また、原爆による破壊の記憶の保存と、エキゾチックとかレトロとかいった言葉で代表される異国趣味や懐旧趣味、それに南国・長崎で表される明るさ、陽気さ、気軽さを求めずにはいられない心理とうまく折りあわせていかなければならなかったのよ」

「町に散らばる被爆建築は、解体され建て替えられる。こうしてつぎつぎと原爆遺構は消えてゆく。そして、原爆の災厄を偲《しの》ぶよすがは原爆資料館に閉じこめられてしまう」火男は右手で山の手を、左手で港のほうをさしながらつづけた。「そのいっぽうで、都市再開発を推進する人びとは長崎奉行所や出島を復元したり、ウォーターフロントを飾り立てたりと忙しい。関係者みずからが〈驚異的なスピード〉と呼ぶほどの勢いで県立美術博物館、知事公舎、ユースホステルを壊してその跡に長崎奉行所を中心とした歴史文化博物館を建て、水辺の森公園には美術館が建った。被爆者援護法の制定にあれだけ時間がかかったのに、こんな人工的な公園が巨費を投じてあっと言う間にできあがり、交通需要が発生するはずもないのに公園から見て〈あのあたりに橋でもあったら絵になる〉と思える場所に橋がかかる。おかしいと思わないか？」

「おかしいと思っている市民も多いわ」憤然として深堀夫人が切り返し、すこし捨てばちな調子で「でも日本は、国の内外の侵略戦争の犠牲者にたいして謝罪せず、補償・救済を切り捨て後回しにしながら、侵略戦争を推進し加担した軍人・軍属への補償をいち早くおこなったような国ですからね」と言った。それから苦渋に満ちた表情でつけくわえた。「おなじ侵略戦争をおこなったあげく敗戦国となった国でも、ドイツではナチスの不法行為にたいする国家賠償法をはじめとする戦後補償の法制化がいち早く進められてきたのにね」

「なぜ、そんなことに？」ヒカルが火男に向き直った。

「天皇制国家の身分関係、法理が優先されてきたということだよ」

「具体的に説明してあげなきゃ分からないわよ」火男をたしなめた深堀夫人が、ゆっくりとした口調で話しはじめた。「つまり、こういうことでしょう。戦傷病者戦没者遺族等援護法の制定や軍人恩給の復活は1950年代のはじめになされたのに、政府は被爆者援護法の制定を戦後50年近くも拒みつづけてきた。自民党が単独で政権を維持できなくなってから成立した被爆者援護法も、被爆者が求めてきた国家補償の精神とはほど遠いものよ」

「どういう点が？」

「原爆投下を招くにいたった経緯の歴史的考察と政府の反省がなく、ふたたび被爆者をつくらないことを課題として掲げていないじゃないの」深堀夫人はきっぱり言ってから、「国家の不法行為を国家が補償することを義務づける国家補償法にしてはならないと考えた政府自民党が、〈国家補償〉という文言を盛りこむことに抵抗し、〈国の責任において〉としてしまった。これによって被爆者援護法は国家の自由裁量権のもとにある社会保障法のひとつとなってしまったというわけ」と補足した。

「自分の生まれ故郷がきれいになるのはうれしい、明るく広いにぎわい空間が欲しい、観光客が寄ってくるような港町らしい風景を誇りたい、といった気持ちは分からんではない。しかしだ、そうしておこなわれたウォーターフロント再開発ひとつみても、この町を支配している気分が分かるじゃないか」

「どういうこと？」

「暗さからの脱却をはかって異国情緒、南国の楽園という穏健さや安穏な気分を強調し、観光客ウケするようなファッション性を追求しようということだ。それは同時に、過酷なキリシタン弾圧と被爆体験の歴史をとめどもなく矮小化し平板化する浅薄な風潮に拍車をかけている。その象徴的な姿を長崎奉行所に見ただろう。天領長崎の風物として、美々しく復元しているだけじゃないか。徳川幕府の財政を支える天領を支配する機関として存在しただけでなく、このうえなく残酷なキリシタン弾圧を通じて日本の進む方向を変えたという歴史はわきにおいといてだ」

「歴史をとめどもなく矮小化し平板化する、か」とヒカルがつぶやく。

「すべて実質ではなく、〈雰囲気〉と〈イメージ〉を重視して計画立案し、長崎の貴重な歴史的遺産をたえず大衆ウケする商品へと変容させているだけだ」火男が憮然《ぶぜん》として言った。

「じゃあ、どうすればいいの？」

「すこしは頭を使え、自分で考えるんだ！　この1年をかけて、な。長崎の地政学、歴史、現代史における位置づけを考慮に入れてだ」

公園を一周してふたたび台地の広場入り口にある展望台に上った。白い犬もあたりまえのような顔でついてきて、〝仲間〟の足元に寝そべった。

町のほうへ目を向けた火男が口を開いた。「ここに立つと、カトリックを中心とする浦上と、諏訪神社を中心とする町方という長崎の二極構造がいまだに生きているのを実感する」

「どういうこと？」

「長崎は小さな町だが、ふたつの中心をもっている。そのひとつ、祈りの町と呼ばれる浦上は、かつては長崎の辺境に位置していた。そこはカトリックとそれを監視するために配置させられた被差別部落の人たちが争わされた土地だった。それにとらわれ人の収容所、病める人の癒《いや》しの場が加わった。もうひとつの諏訪神社の氏子が住む旧市街とその対岸の三菱造船所のあるあたりは港長崎と呼ばれたところ。天領時代以来の支配機構の所在地であり、商工業と歓楽の中心地だった」

「いいじゃない！」しばらく口をつぐんでいた深堀夫人が、ちょっとはすっぱな調子で言った。「〈真理というものは円形でなく、楕円形《だえん》である。一個の中心の周囲に描かれるべきものでなく、二個の中心の周囲に描かれるべきものである。あたかも地球その他の惑星の軌道のように〉と内《うち》村鑑三《むらかんぞう》は言っている。それが現実の人間社会のありようでもあるわ」

「異なるふたつでひとつ、とも言うよ」ヒカルは夫人をサポートしてから、火男に向きなおって尋ねた。「だけど、日本の片隅で長いこと内輪もめしていたような町に、なんでアメリカは原爆を投下したんだろう。どうしても分からない」

「そんなにむずかしく考えることはない。アメリカは早くから、軍需産業施設とそこで働く労働者の住む町を標的に投下することに決めていたんだ。楕円の中心のひとつに投下されたのは、長崎入りした日の夕方に話したような、いくつかの偶然が重なってのことだろう」

「それで、学徒動員の生徒たちや監督する教師も、強制連行された韓国人や中国人と連合国の捕虜も、彼らを監視する憲兵や看守とその家族も、患者や病院の職員も、差別された人びとやキリシタンも、みな虐殺されてしまった。なんてひどいことだろう！」とヒカル。

「考えてもご覧！　原爆は瞬時にひとつの都市を破壊し、そこにいるすべての人びとを、帰属も宗旨も国籍も関係なく焼き殺す」

「核爆弾の暴威からはだれも逃れられない！」ヒカルが叫んだ。

「それだけじゃない。なぜ原爆がつくられ、使われたかを考えはじめると、経済復興と前進という戦後精神を支えてきた呪文〈ふり返るな進め！　進め！〉をも問題にせざるをえなくなる。ここには回想、証言、物語を通して人びとを立ち止まらせ、考えこませるための学習、瞑想《めいそう》の施設が必要なんだ。原子野に果てしなく広がっていた廃墟を根こそぎにしてしまったいま、それはここにしかできない」そういうと火男は立ちあがり、皆のさきにたって公園を出た。ふたたびウォーターフロントの散歩道を通って出島のほうに戻りながら、火男が結論づけた。「長崎を世界中から人びとが学びにくるような学校にしなければ」

「学校？」意外そうな面持ちで聞き返すヒカル。

「そう、力と効率を求め味方か敵かの二分法で突っ走る近代の精神を、近世のはじまりにまでさかのぼって考えなおすための学校だよ。キリシタン弾圧と被爆の構造には驚くほど似たところがあるじゃないか」

「似たところがあるって……どういうところが？」と目を丸くして尋ねるヒカル。

「家族の目のまえで一瞬のうちに首を刎ねられるか、あざけりを受けながら何日にもわたってなぶり殺されるか、障害を負わされて追放されつねに監視と差別のもとにおかれる。致死量の数十倍のガンマ線を浴びせられ瞬間的に焼き殺されるか、生涯にわたるだけでなく世代を超えて生じる放射線障害に悩まされながら社会的な差別の下に生きる……どこにちがいがあろうか。長崎は世界中の人びとが、世界をおおうさまざまな紛争を解決し、核兵器を廃絶して平和をつくりだしていくために学びに来ずにはおれない学校にしなければ」

「もしそれができれば？」

「もしそれができれば、この町にはメッキしたような輝きではなく、底光りのする美しさが顕れるだろう。それができなければ、公園をつくって橋をかけ、水辺をいくら飾っても、ときの流れにとり残されて衰退していく地方都市のひとつとなるのは避けられまい」

中島川に沿って上り常盤橋で深堀夫人と別れるとき、白い犬は一瞬どちらについていこうかと迷ったが、若いヒカルの息吹に惹かれるように男たちについて金比羅山の麓の家まできた。ヒカルは井戸端で白い犬のからだを洗ってやり、餌を与えて家のなかに入れた。そして、ひいきのロック歌手の名前をとって〈レニー〉と名づけた。その夜からレニーはヒカルの枕になった。

200X年3月

March 200X

パン屋の店主、脳卒中に

ついに食料も底をついた。金もなくなった。だが、ヒカルは習慣になった朝の散歩をこの日も欠かさなかった。レニーが前になり後になりしてついてきた。シャンシャン音をたてて流れる溝に沿った坂道を下ると、港のほうから吹いてくる風には刺すような冷たさがなくなっているのに気づいたが、空腹をかかえての散歩は気が晴れなかった。

町角のパン屋のまえまで来たとき、焼きたてのパンの香りに刺激されて、つい店先に並べてあったチーズの香りの強いやつを3個ひっつかんで逃げた。

ヒカルは中年の女店員の追跡を振りきると、福山の病院で片麻痺《まひ》の回復を助けてくれた理学療法士の口調をまねて、「リハビリの成果、出ちょーよ」と言いながら、川沿いの遊歩道においてあったベンチに腰掛けて盗んだパンをむさぼった。ふと、われに返ると、レニーがダラダラよだれをたらしてみつめていた。握りしめていたため、クシャクシャになったパンをちぎって投げてやっているうちに、飢えた野良犬の姿が自分と重なって泣けてきた。

お決まりの散歩コースを歩いて家のまえの公園まで来ると、パン屋の店主が火男と並んでこちらをにらんで立っていた。

「身元はわれていたのか」とつぶやいたヒカルは、唇をかんで近づいていった。

肥《ふと》った店主が真っ赤な顔で、腕を振り回しながらわめきはじめた。と、思う間もなく、急にくずおれてしまった。驚いたふたりは店主の重いからだを抱え上げて、やっとのことでベンチに寝かせた。店主は必死にもがいていたが起きあがれず、火男の問いかけに答えようとしても言葉にならなかった。「脳卒中だ」火男の声を背に、ヒカルは公園の電話ボックスに飛びこんで救急車を呼んだ。

2分もたたないうちに救急車が到着した。救急隊員は「脳卒中の専門病院へ」という火男の要請を受けて、パン屋の店主を救急当番になっていた私立の脳外科病院に運び込んだ。

手早く診察を進める神経内科医に倒れたときの状況を説明していた火男の顔をまじまじとみつめていた中年の脳外科医が、「湖西先生じゃありませんか。学会出張でこちらへお見えになったのですか?」と問いかけた。

「いや、……親戚の子をつれて長崎見物としゃれこんでいたところだ。たまたま、……この男が脳卒中発作を起こすところに行き当たったんだよ」面倒なことになったという表情を浮かべて口ごもりながら答える火男。

それから火男と脳外科医は連れだってMRI室へと向かった。とんでもないことをしてしまったと自責の念にかられていたヒカルも、ふたりのあとをついていった。

モニター室で画面に現れるMRIの画像をひととおり見た火男は、脳の太い動脈が途切れたところをさして「MR血管撮影を見ると、脳底動脈が起始部でつまっている。形からみて脳血栓だろうな」と診断をくだし、「大切な脳底動脈がつまっているのに症候が比較的かるいのは、後交通動脈を介するバイパスの発達がいいからだろう」と考えを述べ、脳外科医にたずねた。「どうする?」

脳外科医は「発症から1時間以内ですし」と言ってから、別の画像をさして「脳実質にはまだ異常の出ているところはありませんから、血行再建術のいい適応となると思います」と緊張の面持ちで答えた。

「そうだな。がんばってくれたまえ」と言い残して火男はモニター室を出た。

検査室のまえを通るとき、待っていたパン屋の妻がすがりつくような目でふたりを見た。

「脳の大事な動脈がつまっています。生命の中枢を養っている動脈ですから、命が脅かされています。しかし、すぐに血液の流れを回復させてやれば……」検査結果の説明をはじめた脳外科医の横をすり抜けて「じゃあ、ワシはこれで」と言って外へ出ようとする火男。あわてて後を追うヒカル。

廊下の途中で女性の事務職員が追いついてきて「お疲れさまでした。せめてお茶でも」と頭をさげた。甘いものにでもありつけるのかと、思わずうれしそうな顔をしたヒカルを見た火男は「それではお言葉に甘えて」と応じた。医局で出されたカステラの味をヒカルは生涯忘れないだろうと思った。のどに詰まらせて目を白黒させながらあっという間に4切れ食べると、火男が手をつけなかった2切れは紙に包んでポケットにねじこんだ。

そのとき顔を出した脳外科医が深々と頭を下げると、訥々《とつとつ》と火男の説得にかかった。「先生、たまたまお見えになった先生にこんなことをお願いするのはなんですが、そのう……脳血管内治療をお願い出来ませんか。血栓溶解剤・t－PAではこんな太い動脈の再開通はむずかしいですし、仮に再開通できたとしても、ふたたびつまってしまう可能性が高いと思います。……道具はすべてそろっています。予定がおありかとは存じますが、なんとかお願いできませんでしょうか。私たちの勉強のためにも、ぜひ」

「ワシはもはや引退した身」と強い調子で断った火男についてヒカルも帰ろうと廊下へ出ると、

パン屋の妻と娘が手をとりあってベンチに座っていた。その打ちひしがれたようすを見て、火男は一瞬たじろいだ。

「ちょっとトイレに」と言ってそのわきをすり抜けて医局へもどり、ふたりの脳外科医に告げた。「看護師、放射線技師に血行再建術の準備をはじめるように言ってください。君たちが助手についてくれるとありがたいが……」

それからパン屋の妻と娘を診察室に呼ぶと、火男は脳血管の図譜を示しながらこれからおこなおうとしている脳血管内治療の手順を説明した。そしてパソコンのキーボードをたたいて要点を紙に打ち出して手渡した。ひとしきり手技のリスクと予後についての質問をしたあと、ふたりは「どうかよいと思われることは何でもやってください。お願いします」と治療に同意した。

それを耳にした火男は「親戚の子ですが、この子に見学を許していただけますか。高校生ですが、医学・医療にたいへん興味をもっておりますので」と問うた。

「どうぞ、良かようになさってください」

ふたりの言葉を受けて、風を巻いて脳血管内治療室に入った火男のあとをヒカルはあたふたと追った。

脳血管内治療

家族控え室

畳の上にモニターテレビが2台おかれただけの殺風景な部屋に、妻と娘が正座して画面を見つめていた。

カテーテルを操作しながら説明をする火男の声がスピーカーから流れてきた。「太ももの動脈から血管のなかに入れたカテーテルが、いま胸の大動脈の中を進んでいるところです。これから大動脈弓を通って脳の動脈に入れて血管造影を行います。脳の動脈が詰まっている部分の詳しい写真を撮るためです」

放射線コントロール室

放射線技師と肩を並べ、モニター画面を見ていた神経内科医が言った。「あれほど動脈硬化の強い動脈のなかを、よくあんなに素早くカテーテルをすすめられるもんだな。とくに、あの椎骨動脈のはじまりの部分は強く曲がり、しかも細くなっているのに……」

脳血管内治療室

火男は放射線技師に「これから椎骨動脈造影をおこないます。位置あわせをしてください」と指示すると、注射筒に造影剤を吸ってカテーテルにつないだ。

患者を乗せたテーブルの位置を微調整し、手早く撮影条件を設定した技師は「準備できました」と息をはずませて言った。

「ヨーイ、ハイ」と声をかけて力いっぱい造影剤を注入する火男。モニター画面には椎骨動脈の中を勢いよく上がっていった造影剤が頭蓋《ずがい》内に入ってすぐに止まるさまが映し出された。

放射線コントロール室

神経内科医がつぶやいた。「ＭＲ血管撮影で見当をつけていたとおりだ。脳底動脈の始まりのところでつまっている」それから、マイクロフォンで脳血管内治療室の火男に問いかけた。「これからどうしますか？」

脳血管内治療室

それには答えず、火男は助手を務めている脳外科医に尋ねた。「これからどうしたらいいと思うか？」

「えーと。マイクロカテーテルを脳底動脈の閉塞部のさきまで通して血管撮影ができれば、脳底動脈がどのくらいの長さつまっているかが分かります」

「そのとおりだ。だが、得られる情報はそれだけではない。閉塞部のさきの循環動態を知ることもできる。そのさきにさらに血栓はつまっていないか、バイパスのでき具合はどうかなどだ」

火男はマイクロフォンを通じて妻に説明した。「やはり脳底動脈がつまっていました。これからつまっている動脈のさきの状況を調べて、治療できるかどうか判断します」神経内科医もそれを聞いて納得の面持ちでうなずいた。

家族控え室

モニター画面に映し出された血管地図をなぞるように細いカテーテルが上っていった。それを追いかけるように、火男の声がスピーカーから降ってきた。「これはマイクロカテーテルという、直径1ミリにも満たない細いカテーテルです。脳を養っている動脈のなかへこのカテーテルをすすめ、つまっている個所《かしょ》を用心しながら通過させます」

右に左に曲がりくねり、ときにはループを描く動脈のなかを通って首から頭のなかへとスルスルと入っていくマイクロカテーテルの動きを眺めていた妻は、それが何かに似ていると思いながら、懸命に思い出そうとしていた。

「……そう、ハタばい。空にあがっていくハタのごたる」驚いてみつめる娘に「うちの人のあぐるハタの動きに似とう」と興奮して言った。「うちの父ちゃんはハタ揚げ名人と言われた人。早う良うなって、またハタ揚げのできるごとなってほしか……」

脳血管内治療室

閉塞部を通過させたマイクロカテーテルからおこなった血管撮影で、脳底動脈の終わりの部分も塞栓《そくせん》でつまっているのを認めた火男は、悲しげに頭を振って「これは、いかん」とつぶやいた。そこで家族待合室につながるマイクロフォンのスイッチが入ったままになっていたことに気づいた火男は、ちょっと慌てて「家族に直接会って、説明しなければならん」というなり、ゴム手袋をむしりとって脳血管内治療室を出ていった。ヒカルもあわててそのあとを追った。家族控え室のまえに来るとモニター画面をみつめていた妻が「もう、これでうちの店もおしまいばい」と打ちのめされたように言うのが聞こえた。表情を引き締めて控え室に入った火男は、パン屋の母子にこれからおこなう治療法の説明とそれに伴うリスクを手短にして承諾を得た。

それから火男はトイレへ飛び込むと冷たい水で顔を洗い、鏡に映る自分の姿に向かって、つぶやいた。「やるしかないな」

脳血管内治療室にもどった火男は「4バイアル（24万単位）のウロキナーゼを20ccの生理的食塩水で溶解しなさい」と助手に命じた。不審そうな顔をしている助手に「脳底動脈先端部の塞栓は、脳底動脈の狭窄《きょうさく》部が閉塞するときにできた血栓が飛んだ新鮮なものだろう。血栓溶解剤で溶ける望みがあるので、ここでまず6万単位のウロキナーゼを5分間かけて注入してみるのだ」と指示した。

助手は顔を輝かせて「分かりました。やってみます」と答えて注射筒を手にとった。とてつもなく長く感じられた5分間が過ぎると、患者が問いかけに答えて明瞭に話しはじめたので、ヒカルは自分の目を疑った。

「どうだ？」火男の問いに答えて、助手は「希望がもてますね。脳底動脈の先端の血栓が溶けて、意識の中枢を養う無数の細い動脈の領域に血流が回復したんでしょう」と喜色満面で言った。ヒカルも見ていてゾクゾクするような感動をおぼえた。何かとてつもないことを目撃しているのだという気がしたのだ。

「あと、18万単位のウロキナーゼを注入したがよかろう」と言う火男の示唆にしたがって、血栓溶解療法を続けた後に血管撮影をおこなった助手の脳外科医は、脳底動脈先端部の完全再開通を確認してから、はずんだ声でマイクロフォンに向かってその旨を家族に告げた。

「それでは手前の脳底動脈の閉塞部の治療に移るか。知ってのとおり、この手技はことにハイリスクだから、ご家族に直接会って説明してきなさい」火男の指示を受けて脳外科医が家族控え室に飛んでいった。その間に火男は器具の準備をはじめた。

説明をおえてもどってきた脳外科医が脳底動脈の太さの計測値を見ながら火男に言った。「バルーン・カテーテルのサイズは2・5ミリがいいと思います」

「2・0ミリにしなさい」と火男はピシャリと言って、「頭蓋内動脈の血管形成術は万事ひかえめにやるんだ」とつけくわえた。

モニター画面に映った病変部で膨れていくバルーンを見ながら、火男が低い声で注意を促した。「こ、この男の運命は、自分たちの指先にかかっているということを、わ、忘れるな。動脈がすこしでも裂けたらその瞬間に、いっ、一巻の終わりだからな」

ヒカルはこれまでいっしょにいて何度か経験していた。火男の息切れしたような話し方は極度の緊張状態にあって不整脈が出ているためであることを。

バルーンをしぼませてもう一度血管造影をおこなうと、血液の流れが回復して、たくさんの血管が画面いっぱいに黒々と映っていた。それを見た脳外科医が意気ごんで言った。「ここで2・5ミリのバルーンに替えてもう一度やりましょう」

火男は緊張を解いてあっさり言った。「もう十分だ。ほれ、〝Enemy of good is better.〟と言うじゃないか」

「なんですか、それ?」脳外科医が問うた。

「ワシらの世界のまじないみたいなもんだ」ボソッと言った火男。ピンとこない風の脳外科医の顔を見てつけ足した。「〈もうちょっと見栄えをよくしようとして余計なことをやるから、血管を裂いたり突き破ったりして、とり返しのつかないことになる〉とでも言おうか、それを諫《いさ》めるためのな」

モニター画面を見ていた神経内科医が首を振って「信じられないよ！　たいしたもんだ」と言って立ちあがり、放射線コントロール室から脳血管内治療室へ移動して神経学的な診察を手早くおこなった。それから、「いま、残っているのは軽い左の動眼神経麻痺だけです。それも消えてしまう可能性があります。1週間もすれば退院できるでしょう」と告げて部屋から出て行った。

　脳外科医がゴム手袋をむしり取りながら、その背中に皮肉を投げかけた。「先生は日ごろ、脳血管内治療医の仕事はコップ1杯の水とアスピリンにかなわないと言っていましたよね」

「抗血小板療法、しっかり頼んだよ」火男の笑いを含んだ声が追いうちをかけた。

　火男が家族を呼んで治療中に撮影した一連の血管撮影の説明をおえてモニター室を出るとき、術後の処置が終わってストレッチャーに乗せられて治療室を出ようとする患者と行き会った。家族が「お父さん」と叫んで駆けよると、患者は麻痺し

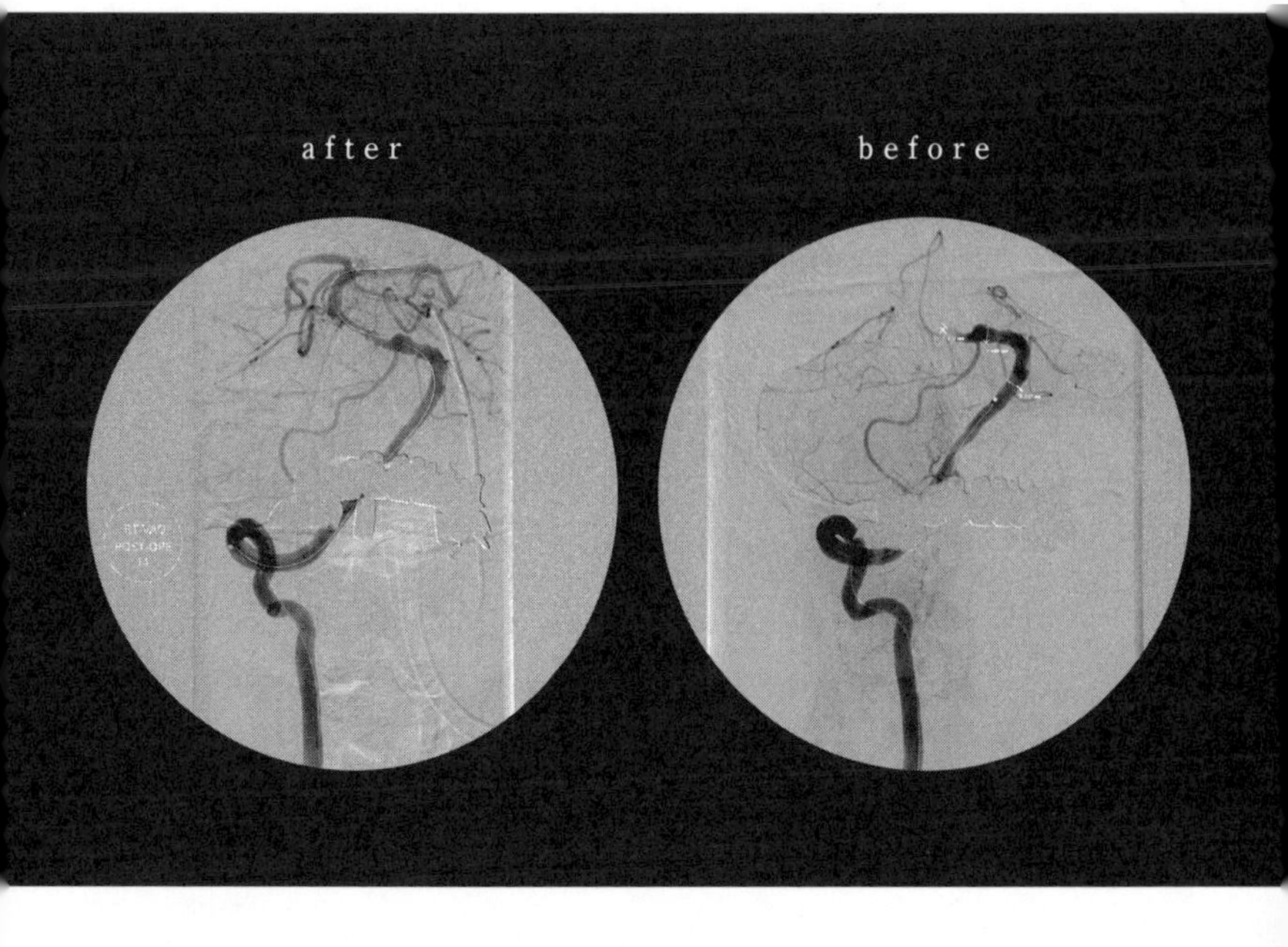

ていた手で妻の手を握りしめ、声をあげて泣きはじめた。ヒカルは、その光景を涙にうるんだ目で眺めていた。

医局にもどって、片隅にあるシャワー室に入りながら火男が言った。「患者さんは長い時間、ひたすら不安と闘っていたのだろう……気の毒にな。ともかくワシは、ほんの一瞬とはいえ、絶望感にとらわれて治療をあきらめようとした自分を恥じるよ」

「ぼくも恥ずかしい。ぼくのやったことが、こんな大事を引き起こしてしまって……」

「本当に、おまえは恥ずかしいことをしたな。……だが、あの店主は糖尿病による血管病変がずいぶん進行していたようだ。これまでにも何度か軽い脳梗塞を起こしているので、今回の発作もたまたま発症の時期に来ていたんだろう。しかし、おまえは自分の行いの償いをしなければ気が済まんだろう。奥さんにお願いして、ご主人が退院してくるまで店の手伝いをさせてもらいなさい」

そして火男は、術衣を脱ぎ捨てて素っ裸になって言った。「おまえもシャワーを浴びろ。だいぶ臭うぞ。金がなくなってから、ずいぶん長いこと風呂屋へも行ってなかったからな」

長いシャワーを浴びて放心状態で出てきた火男に、事務職員が「先生、先生」と小声で呼びかけて、上着のポケットに封筒を押しこんだ。

帰る途中の公園のトイレの横にあったベンチに座って封筒を開けると、1万円札が数枚と源泉徴収票が入っていた。火男は封筒をポケットにねじ込むと、苦笑して「ワシが帰ってきたことは脳外科医の間では知れ渡っているようだ。憐《あわ》れみをかけられたな」といい、ちょっと間をおいて「だが、これで当分飢えずにすむ」と言った。

「どうして長崎に帰る気に？」

「ところで、いったいどうして長崎に帰る気になったの？」

ヒカルの問いに、ペットボトルにくんできた水道の水をうまそうに飲んでから火男は答えた。

「このまえ、講演に呼ばれて長崎に来たときのことだ。駅についてすぐホテルにチェックインした。28階の部屋に落ちついて長崎港を見下ろしていると、港から吹き上げる風に乗ってトビが舞いあがってきた。そのトビが振り向いた瞬間、窓ガラスの外と内で目が合った。そのとき、トビが言ったんだ。〈よう帰ってきたな〉と」

「からかわないでよ！」

火男はしかたなさそうにつづけた。「近ごろはどんな病院でも、勤務医の価値が水揚げで評価される。病院のなかには毎年度末に来年度の営業目標を出させられる病院、毎月に病院運営会議とやらで、医者ごとにどれだけ稼いだか公表され、目標を達成したかどうかをチェックされる病院もあるんだよ。そこまでひどい環境でなくとも、頭の血管病の患者数は他の臓器の病気にくらべると少ないうえに、ひとりひとりの診断と治療にかかる時間が長いから稼ぎは少ない。それで、だんだんいづらくなるのさ」

「引退ですか？」ヒカルがたたみかけた。

「もうやる気がなくなったんだ」ぶっきらぼうな答えが返ってきた。

黙って座っているヒカルに、ポツリポツリと語りはじめた。「それにいまの医療制度では、医者も看護師もあまりにも忙しく、時間に追われ、患者の話をゆっくり聞いてあげることもむずかしい。これは患者にとって不幸なだけでなく、医療従事者は人間存在のミステリーに触れるゆとりがもてないため真の満足感が得られない。つまり、今の医療が肉体レベルにとどまり、魂の領域にまで深められない状況にあるということだ。

ワシらの専門領域、つまり脳血管内治療の世界は日進月歩。カテーテルを使って血管のなかから病変にアプローチできるため、切らずに脳の血管病がどんどん治せるようになってきている。この世界はいま、画期的な新しい道具や機器が続々と登場して沸き立っている。ところが、諸外国では広く使われているようなものでも、日本では厚生労働省が使用許可を出すまえに新たな安全試験を要求する。これがおそろしく面倒で、時間がかかる。同じ理由で、日本では自前で画期的な医療機器を開発しても、容易に使える状態にはならない。それで医師の開発意欲を削《そ》がれるだけでなく、国民もワリを食うことになる。なぜかというと、いつまでも2世代くらいまえのものを海外のメーカーから高い金で買って使うはめになっとるからだ」と憤懣《ふんまん》をもらしはじめた。

「それにな、こんなこともあった。数年まえにおまえと同じような脳動静脈奇形をもつビジネスマンの脳血管内治療をしたんだ」

「うまくいったの？」

「脳血管内治療が成功したあと、開頭手術がおこなわれた」

「それで、完全に治ったの？」

「手術で完治はしたが、手術後数日たって生じた脳出血で大きな後遺症が残った。患者側の弁護士はワシに落ち度がないことを知っていながら法廷戦術として、なんとワシまで訴えたんだ。連帯責任を問うことによって脳外科医との間に仲間割れが生じるのを期待したらしい」

「裁判の過程でいやな思いをしたんだね」

「治療にともなうリスクの説明を家族は〈聞いてない〉〈そんなつもりじゃなかった〉の一点張りだった。あげくのはてに〈だまされた〉と、こちらの人格を踏みにじる言辞まで弄したんだ」

「で、判決は?」

「その患者の主治医が几帳面《きちょうめん》な男でな。カルテの記載が完璧で、患者やその家族とのやりとりも克明に記録しておったのと、患者と家族の署名のある説明・同意書にも落ち度がないことが認められて、ワシらの全面勝訴に終わった。それはいいんだが、結果が思わしくなければ信頼関係を踏みにじる彼らの言動に心底がっかりした」

火男は深いため息をついてから、まだ言いたりないと思ったのかつづけた。「裁判の意見書を何通も書いたな。毎年、夏休みや冬休みをまるまる1週間ほど費やして。……あるときは患者側に立ち、あるときは医師の側に立って。それでつくづく思うようになったんだ、医療の世界から信頼関係が失われてきている、もうこんなことはやっとられんとな」

「どうして、そんなことになってしまったのかなあ」

「日本は医療制度でもアメリカのあとを追いかけている世界でも唯一の国だが、このように医療事故を紛争化させて裁判で解決する方法を選べば損害補償制度は破綻する。それに、ロースクールで法曹を毎年3000人も養成していれば、医療裁判が激増することは目に見えているだろうが」

「法曹って?」

「弁護士、裁判官、検察官だよ」

「どうしたらいいんだろう」

「医療事故を防止するシステムの構築にエネルギーをそそぎ、それでも過誤が生じた場合は過誤として認めて裁判以外の方法で処理する仕組みをとることだ」さらに、火男はすこし間をおいて、寂しそうな表情で自分に言い聞かせるようにつけくわえた。「こんなひどい医療環境で30年間、世界でもっとも危険な仕事といわれる脳血管内治療をやってきたんだ。薄い刃の上を渡るような思いで過ごした毎日だった。不十分な機器を使ってこの仕事をはじめた初期のころに合併症、つまり医療事故を起こしてダメージを与えた患者の数の1000倍以上を治したから、償いもすんだと思ってな」

長い沈黙がつづいた。

ヒカルは日ごろ感じている疑問を解決しておかねばならないと思い、さらに火男に迫った。

「元医者氏の感傷にはぼくがつきあいます。だからもう一度もとにもどって、どうして日本の医療が崩壊の危機に瀕《ひん》するようなことになったのか聞かせてくださいよ」

この一言が火男の情念に火をつけた。「よかろう。ちょっと腰を落ちつけて話そうじゃないか」

ふたりは川の土手にあった座り気持ちのよさそうなベンチへ移動した。川の流れに目をやりながら火男がやおら口を開いた。「医療費の増加が根底にあるのはいうまでもないことだが、それは医療の進歩と普及、その結果としての人口の高齢化によるものだ。むしろ国が推し進めている施策のほうが問題だ。政府は〈民間保険でカバーする範囲〉を増やし、〈公的保険の適用対象〉を広げない意向なんだよ」

「どういうこと？　もっと具体的に言ってください」

「〈民〉を増やすために民間医療保険の市場拡大、混合診療の解禁、株式会社病院の解禁などアメリカ型の医療制度に変え、〈公〉を減らすために小さな政府とし、国民負担率を小さく保つようにしているんだ」

「患者の自己負担分の増加にネをあげている国民にとって、〈国民負担率〉を小さく保つことはいいことのように思うけど……」

「だまされちゃいかん。政府は国民の負担率を抑制しなければならないと国民の恐怖心をあおっているが、これは欺瞞《ぎまん》だ」火男はしだいに興奮してきた。

「そもそも国民負担率って何？　政府のやり方のどこが欺瞞なの？」

「国民所得に占める租税と社会保険料の占める割合だが、これは日本だけで使われている用語だ。国全体の負担と思わせて、分担の不公平をおおいかくしている。具体的に言うと、日本は企業の公的負担率がいちじるしく低い。社会保険料の国際比較でみると、フランスやスウェーデンの約30パーセントにくらべ、日本は10パーセント強というところ。しかも事業主負担は年々低下していることが問題なんだ」

「それで企業は儲《もう》かっているの？」

「GDP（国内総生産）に占める企業の純利益の割合は2001年から右肩上がりの急上昇。それに反して、企業付加価値に占める人件費の割合は急降下している」

「ひらたく言うと？」

「企業は人件費を削ることで利益をあげてきた。企業側の生産性があがったという自賛の声には、働く人の生活が苦しくなったという深い恨みと嘆きの声がこだまする」

「財界独り勝ちということか。2001年といえば、小泉政権誕生の年だね。だんだん火男の言わんとするところが読めてきたぞ。長いこと病院にいて、いろんな患者さんとつきあってきたのは無駄ではなかったという気がする。貧しい高齢者が多かった。しかも退院しても支えてくれるはずの家庭が崩壊しているケースが大半だった。それにしても、日本の医療はどこへ行こうとしているんだろ？」ヒカルは疑問を口にした。

「国は〈公〉を減らし、〈民〉を増やそうとしている。それから、混合診療を認めようとしている。アメリカ型の医療制度をめざしていると、さっき言ったじゃろが」

「それが何で問題なの？」

「不平等・不公平であるだけでなく、社会全体の医療費負担も高くつくからだ」

「どうしてそうなるの？」

「アメリカの実情が示している。民間の医療保険制度は高くつくし、公的保険の被保険者が準無保険者化している。それから、混合診療の問題は保険医療が空洞化する危険があることだ」さらにもうひとつ、と言ってつけくわえた。「〈医療改革〉の〈外圧〉が強まっている。アメリカ大使館、アメリカ生命保険協会、在日アメリカ商工会議所、日本外務省は口をそろえて、〈郵政のつぎは医療〉となー」

ちょっと考えを反芻《はんすう》するように口をつぐんでから、もう一度くり返しておくが、と前置きして火男はまとめにはいった。「ヴィジョンを失った日本の政策、アメリカに追従して競争原理をとり入れた日本の政策の矛盾点がどんどん露呈してきている。ことに彼らが推し進めようとしている医療保険制度は、不平等・不公平であるだけでなく、社会全体の医療費負担も高くつく。混合診療は〈必要な治療が保険診療にふくまれていない〉ことが問題なんだ」

深くうなずいたヒカルは、もうこの話題はいいよと言わんばかりに立ちあがってつぶやいた。

「ところで、アメリカという国は、どうしてこうなったんだろうか」

公園を出て、家へ向かう道をゆっくりした足取りでたどりながら火男が答えた。「アメリカが偉大な国になったのは、だれもが〈みんなが生きる権利〉を認めたからだ。アメリカが夢を託した〈個人の責任〉の根底には〈友愛〉という概念がある。ところがアメリカが強大になると、アメリカ人は強欲になり、〈貧しい連中は自助努力がたりない〉でかたづけられた。それと同時に、アメリカは国際的にも傲慢になった。アメリカの外交政策は既得権益を手放さないための方策になった」

「どんな手法で？」

「アメリカ主導で動いている世界銀行の総会や、さまざまな国際機関を通じてな」

「社会科で世界中の主要国の大蔵大臣、国際的に活躍している金融機関の大物が一堂に会する国際会議のことを習ったよ。そこでは発展途上国、貧困国の社会・経済の発展と国民生活の向上を援助するための施策が練られているとね」

そう思いこまされているんだ、と口をとがらせ、そっぽを向いて火男は「先進国の援助は豊かな資源も労働の果実も、とことん吸いあげるための手段」と、にべもなく言い放った。

「火男の口調は、まるでコミュニストだね」ヒカルがおかしくてたまらないといったようすで揶《や》揄《ゆ》した。

「つまらんことを言ってないで、高く設定された金利や、低く抑えられた資源価格を見ろよ」

表情を引き締めてヒカルが言った。「アメリカは建国の志〈神のもとで、分かつことのできない、すべての者に自由と正義をもたらす〉を失ってきたようだね。アメリカ社会では個人の自由はほとんど消滅しかかっており、個人の責任も消えたように見える」

「よそさまの国のことをとやかく言うまえに、日本の建国の志とは何か考えてみなさい。そんなものはない？　戦争に負けて、おまえのおじいさん、おばあさんたちが〈なんという情けない国だったんだろう〉から、〈これからは自分たちの国をつくるのだ〉と思いはじめたときのことを知らなければならんな」

つぎの言葉を待つヒカルを無視して、火男は黙々と歩きつづけた。

〈鳴滝塾《なるたき》〉という案内板のある道をそれて坂道を上りはじめたとき、突然、火男がポツリともらした。「明治維新から今次大戦後までさかんだった進取の気性、ひたすら海外の文物を吸収しようとする日本人の意気ごみが失われてしまったかのようだ」

「なぜ、そんな言い方をするの？」

「列島内で生きるのが精いっぱいというふうになってしまっている。科学技術白書によれば、欧米に長期派遣された研究者はこの6年で半減し、留学生の数も増えていない。若者がなだれを打って海外に出かけている感じのする中国や韓国に引き離されている。過去をふり返らず、国の外にも関心を向けず、ひたすら内向き志向を強めている。その結果どうなっていると思う？」

そうか、と得心がいったという顔をしてヒカルが答えた。「家電や自動車をはじめとする工業製品で、これらの国々の成長がいちじるしい。品質で優位を保っていた日本のイメージが崩れつつあるというのは、こんなところに原因があったのか」

「それだけじゃない。研究者の国際的なネットワークからはずれてしまっている領域が多いと言われているが、残念ながら、それはワシが知っている医学の領域に限っていえば当たっていると言わざるをえない。ワシらの領域でも、国際学会で諸外国の医師と対等にわたりあえる医師は少ない。ことに若い世代に国際派が増えていないことが問題なんだ。政治のことだけでなく、気候変動、大気、水、エネルギー資源、新たな感染症など国際的な議論にくわわって、地球規模で対処しなければならない問題が増えているというのに、このまま孤立していけば、3発目の原爆も日本に落ちると本気で心配している外国の学者もいるくらいだ」

家が見えはじめたとき、ヒカルが聞いた。「ところで、最初の質問にもどるけど、長崎に帰る気になった積極的な理由があったんだよね」

一息ついて、火男が答えた。「正直言ってワシは原爆のことに大して関心はなかったんだよ、福山の病院に赴任するまでは、な……。福山にも被爆者は多い。それに講演会や研究会で広島市にも、しょっちゅう出かけるようになった。広島に出かけるたびに、平和公園を散策し、資料館を訪れた。それから仕事のかたわら原爆関係の資料を読みあさるようになり、生まれ故郷の長崎に帰る気になったんだ。長崎への途上、高校をドロップ・アウトしたおまえに出会った。これを天意と言わずして何と言おうか！」

「肝心の〈積極的な理由〉はまだ出てこないけど……」

「医者を辞めたワシに、なんの存在価値がある？　おまえたちの世代のガイドとなって過去を旅することだ。それに迷いはない。それしかワシには〈歴史の忘却、修正を迫る連中〉や〈グローバリゼーションの美名を掲げてアメリカとその追随者の陣営にくわわるか、敵になるか旗幟《きし》鮮明《せんめい》にしろという連中〉に効果的に対抗できる方法はないからな」

200X年4月

April 200X

唐八景公園のハタ揚げ

4月にはいると急に暖かくなり、いっせいにいろいろな花が咲きはじめた。火男が楽しみにしていた唐八景公園でのハタ揚げの日がきた。ヒカルもじっとしていられない気分だった。レニーを連れていきたかったが、電車に乗って出かけなければならないので、深堀夫人に預かってもらうことにした。

前日は激しい吹き降りだったため火男は滑稽なほど天気を心配していたが、当日の朝は陽が昇るにつれ晴れてきた。

市電に乗って正覚寺下へ向かった。空いた席に座ると、火男の隣にいた中年の女性が彼をチラッと見るなり席を立った。またか……と思って火男に顔を向けると、火男はのんびりした口調で話しはじめた。「小学校高学年のころから、こういうことには慣れっこだ。こうした行動はその社会の意識の反映だろう」

「それが政治家のいう〈単一民族〉からなる〈先進国〉の実態！」

「一皮めくると日本の社会には、キリシタン、被爆者、さまざまなマイノリティーを排除した原始的な感情がうごめいているのが分かるな」

「海外ではどうなの？　不愉快な思いをしたり、落ちつかない気持ちになったりしたことは？」

「いつ行っても、欧米の都会では気が休まった。無遠慮にジロジロ見る人はいないし、むりに目をそらす人もいない。目があえば、あたりまえのように挨拶してくるし、なんらかの興味をもった人はごく自然に病気のことを聞いてくる。そのほうが気が楽だ。社会の成熟度の違いというよりも、多種多様な人びとに接しつけているからだろう」

火男は話題を変えたいと思ったのか、休日というのに大きなカバンを抱えた半ズボンの小学生がヒカルに寄りかかって居眠りをはじめているのを横目で見て言った。「教育から競争原理を排除した国、市長が市電で通勤する国、軍隊をもたない国、化石燃料廃止をめざすエコ立国など、すこしずつ前進している国もある。変化の遅い世界だがな」

終点で電車を降り、曲がりくねった山道を登っていくと、両側に連なる大きなクスの老木が作る木陰はクスの新芽が放つ香気に満ちていた。

じっとりと汗ばんできたころ、突然、はるか前方の明るい日ざしの中から紫とピンクがまざりあった奇怪な造形がヒカルの目に飛び込んできた。そろそろ痙攣《けいれん》が起こりかけている足を引きずりながら近づいて見て、それは八重桜に山藤がからみつき渾然一体《こんぜんいったい》となって咲き乱れているのだとようやく知った。ふたりは肩を並べて2種類の花があでやかさを競っている不思議な光景にしばらく見とれた。その下の山道のあちこちには昨夜の嵐でできた大きな水たまりがあり、散った桜の花びらが水面をびっしりと被《おお》っていた。

ヒカルが水たまりのふちにしゃがみこんで水面をなでると、手袋をしたように花びらがついてきた。半透明になった花びらには、付着部の濃いピンクの部分から多数の筋が葉脈のようにさきに向かってのびている。小さな花びらの繊細な構築にみとれながら、じきに溝に流れて溶けてゆく小さなものに、これほどまでに精緻な細工を施した宇宙にひそむ大きな力の存在を考えずにはいられなかった。

その一方で、自分にも火男にも深堀夫人にも存在するそれぞれの障害を挙げて不条理を口にすると、じれた火男が「集中治療室に閉じこめられて、ひたすら花にみとれて生活していたころの習慣が残っているな。もういい加減にしろ、Nobody is perfect. だ、神を責めるでないぞ」と海水浴場に近づいた子どものような昂《たか》ぶりで、ヒカルをせき立てた。

公園の広場までくると、３６０度視界が開けた。海上をへだててはるか南に天草《あまくさ》、東に雲仙《うんぜん》の普賢岳《ふげんだけ》が春霞《はるがすみ》に煙っていた。西海からのそよ風が吹きぬけていく北の方向に目を転じると、白々と輝く長崎のまちが遠望できた。

ちょうどハタ揚げ大会がはじまる時刻で、すでに広い公園のあちこちにハタがあがっていた。息をはずませ腕をふって踊るような足どりで歩いていた火男が、空を仰いで「メンメンのこまかときは、いまとはひとつにゃならん」と言った。それから、おっという表情で言いなおした。「昔はこんなもんじゃなかった。この山の上に、丹後縞《たんごじま》、波に千鳥、月にコウモリ、あらゆるデザインのハタが揚がって空一面を埋めつくしとった」そういう火男の顔に不満の陰はなかった。このような上気した、輝くような表情の火男を見るのははじめてだった。

ふと気づくと、火男の姿が見えなくなっていた。見まわすと、公園の隅に店開きしたばかりのハタ屋に火男のずんぐりした姿があった。店の中は三色のすっきりしたデザインのハタで満ちていた。火男が選んだハタは40文バタといわれる一番大きなものだった。ヨマとよばれる麻が原料の太い凧糸《たこいと》もたっぷり買った。

火男は「ツケヨマのつけ方ば忘れっしもた。つけてもらえんですか?」と言って、ハタを店のおばさんに渡した。そしてヒカルのほうに向きなおって「ハタに道糸をつけてくれと頼んでいるのだ」とささやいた。

ヨカヨ、と言ったおばさんは「親骨の長さの4倍から5倍のヨマばとって……」と言いながら黒い渋紙で内張りをした大きな竹かごにとぐろを巻いておさまっていた大量のヨマの一部を切りとった。そしてその一端を「中くくりに上ツケヨマばして……」と言いながら親骨と横骨の交点に結び、他の一端を親骨の尾のはしに結んだあと、手品のような手つきでツケヨマの中点に根ヨマを結ぶ位置を決めた。その長いツケヨマをクルクル巻いてまとめ、最後に小さな輪をつくり「ここに根ヨマば結ぶとよ」と念を押して火男に渡した。火男は「分かっとる、分かっとる。あとは風の強弱でツケヨマに輪をつくり、本結びでとめて調節するとね」と応じた。その答えで安心したおばさんは、ハタの頭の部分をぐいっと後ろに反らせて仕つけ、火男に渡した。

「ほんと、よかハタ揚げ日和ばい。来年までとっときたかー」という声を背に、火男は人ごみからヒカルをつれ出した。外は微風《そよかぜ》・快晴だった。

10メートルほど離れたところで、ヒカルに胸の高さにハタをもたせて向かいあうと、「いいか、ワシが合図したらサッと上に押しあげろ」と言った。火男の合図でハタを離すと、ハタは風を受けていっきに空へ舞いあがった。火男がぐいぐいっと腕を引く操作と糸をたぐりだす操作をくり返すうちに、風をとらえたハタは空高くあがり、たちまち豆粒ほどの大きさとなって、ヒカルたちの頭上でぴたりと止まった。

そばにいた人たちが、「よかハタね」「ほんと、バランスのよかね」とにぎやかに声をかけてくれたので、ヒカルまでうれしくなった。いつのまにか、周囲にたくさんのハタがあがっていた。他のハタにからまりそうになると、火男は自分のハタを左右に急旋回させたり急上昇させるだけでなく、ヨマをゆるめて頭を下げさせたハタをぐいと引いてダイブさせたりして巧みに他のハタを避けていた。恍惚《こうこつ》の表情を浮かべて器用にハタをあやつる火男に、ヒカルはしばしみとれた。

ハタ合戦がはじまる時刻になると、火男は「素人は退散だ」と言って自分のハタを慎重にたぐりよせた。巨大なハタは頭上に迫ると、バン、バンという風鳴りをさせて降りてきた。

トーナメント制のハタ合戦がはじまった。司会者が1組の名人を紹介しおわると、上空でふたつの色あざやかなハタの激しい戦いが開始された。右に左に急旋回し、急降下、急上昇して高位のとりあいから、すきをみて相手のハタに襲いかかり、からみつく。しばし、くんずほぐれつの格闘をつづけていたかと思うと突然、ハタのひとつがグラリと姿勢を崩した。すかさず「ヨイヤー」というかけ声があがった。

勝ち誇ってぐいぐいと上昇していく勝者の誇らしげなハタ。切られてフラリ、フラリと力なく飛んでいく敗者のハタ。歓声をあげてそれを追う子どもたちの手には、カラタチの棘《とげ》のついた枝を先端にくくりつけた竹竿《たけざお》が握られている。切れて飛んでいくハタはとった人のものという決まりになっているのだ。こうしてトーナメント戦を勝ち残ったひとりが、真のハタ揚げ名人の栄冠を手にすることができる。

半日、山の上で空を仰いで過ごし、「やっぱし、ハタ揚げはよか。こんげん興奮したとはひさしぶりばい」ご機嫌の火男について、うなじをもみほぐしながらヒカルもいい気分で町への道をたどった。

「いまでも母親に感謝していることがひとつある。ハタを買う小づかいだけは気前よくくれたことだ」夕日を受けて火男の顔がかがやく。

「公務員の給料で4人の子どもを育てるカツカツの生活だったと、まえに聞いたけど……」

「〈男の子が一日中、山の上で空を仰いで過ごすとはよかことよ〉が母親の口癖だった」

ヒカルはすこし羨望をおぼえたが顔には出さず、火男に調子をあわせた。「終戦直後のすさんだ時代に、小児結核の子が谷底の風通しの悪い家にこもってうつうつとしないようにと、心を砕いてくれてたんだろうね」

坂道を下りながら火男が歌うように口ずさむ。「切れたハタはどこへ飛んでいく　雲仙地獄まで飛んでいく　……この世の束縛から解き放たれたハタは、風と戯れながら雲仙まで飛んでいくと昔からゆうたもんだ。雲仙は長崎んもんにとっちゃ、あの世たい。ワシにはハタの飛んでいくさきが見える。長崎でも原爆投下5年後までに死んだ市民の数は14万人。彼らの霊を慰めながら浦上を越え、雲仙の地獄で役人にさいなまれて死んだキリシタンを慰めに飛んでいくんだ」

その夜、ねぐらに帰って夕食をすませたあと、公園の崖っぷちに出て夜空を眺めながら話がはずんだ。「ハタの動きが何かに似ているように思ったんだけど……そうだ、3月にパン屋のオヤジの脳血管内治療を見たとき、モニターテレビで見た脳動脈のなかをすすむカテーテルの動きだ！」

昼間の高揚した気分がつづいていたのか、「そうたい、よう分かったね、ヒカル。ワシはこまかかったばってん、ハタ揚げ名人と呼ばれる境地にまで達しとったとさ。そいで、脳血管内治療医になってからデリケートなカテーテルの操作法ば難なく習得できて、脳の血管のなかをどこまでも進むることとんできるごとなったとたい」

いつの間にか長崎弁で話している自分に気づいた火男は、口調をあらためた。「ほら、ちょっとしたハタの向きの変化をとらえて、ハタをこづく、たぐりよせる。思った方角に向かなければヨマをくり出してまた向きを変えてたぐる。こういった操作で望む方向にハタを進めることができる。手元でのヨマの操作がハタに伝達するまでの遅れを考えてあやつるのがハタ揚げのコツ。ワシの脳血管内治療の技術の原点はここにあるんだ。ここから曲がりくねって、複雑に枝分かれした脳の血管のなかにマイクロカテーテルをすすめるためのこつやガイドワイヤー操作の極意をつかんだのさ」

「マイクロカテーテル？　ガイドワイヤー？」

「脳の病気の治療にワシらが使うカテーテルは、太さが1ミリにも満たない細いカテーテルだからマイクロカテーテルと呼ばれるようになった。これは長さが150センチもあってきわめてデリケートなしろものだから、治療にさいしては、まず親カテと呼ばれる太いカテーテルを脳動脈の始まりの部分まで進めてその中を通してやる。親カテから先に進めたマイクロカテーテルを無数の枝分かれを越えて病変部に向けて進めるためには、カテーテルのなかにガイドワイヤーと呼ばれる細くて・折れない・トルク伝達のよい・滑らかなワイヤーを入れて腰をつけ、血管の枝分かれのところに来るとガイドワイヤーをカテーテルの先端から出して望む動脈を選んだり、引っ込めて血の流れに乗せたりして病変部に導くのさ。

信じられんかもしれんが、ワシにはガイドワイヤーの先を頭のなかまで進めても、ちょうど血管のなかに指を突っこんでなぞっているように血管の抵抗が感じられるんだ。それで、血管を衝《つ》き破ることなく、ガイドワイヤーとマイクロカテーテルを頭の中の血管のどこまでも先に進めることができるんだ」

つい夢中になって語る火男を「まっこと、おとなは子どものころの遊びを仕事のなかでくり返すというが……」と火男の声音をまねてからかうヒカル。

「おいおい、なんということを言う」とバツの悪そうな顔をしてさえぎったものの、「こんな極度にデリケートな手術操作を、もろいまがりくねった脳の血管を破ることなく成功させられるかどうかは、指先の感覚の鋭敏さとどれだけ高い集中力を維持できるかにかかっているんだ」と、いささか得意顔で言った。「そのままだと亡くなるか、大きな障害を引き起こすおそれのある脳血管の病変を持った大勢の患者さんを、短時間で痛い目にあわせることなく治すことができたので、画期的な治療ともてはやされたもんだ」それからつけくわえた。「それで北は北海道から南は沖縄まで多くの患者が紹介されてきたもんだ。ときにはお隣の韓国からもな」

「毎日が興奮と感激の日々だった……」と合いの手を入れるヒカル。

「人の口から言葉をとるんじゃない」怖い顔をしてたしなめた火男。「心からいい治療法だと思った。こういう仕事をやってよかった、……それに……」

「それでも、手術中に起きる事故、合併症と言ったっけ、は避けられなかったんでしょう」唐突にヒカルが水をさした。ペットボトルの水を飲んでいた火男は「ウグッ」と言ったまま、目を白黒させた。「そもそも、どれだけの準備をして取り組んだの？ 合併症、治療中の事故のことに関してはどのように気持ちの折り合いをつけてきたの？」ヒカルは容赦なくたたみかける。

激しくせきこんでから、ようやく息を整えると背筋をのばして、生真面目な口調で火男は答えはじめた。「裁判長殿、被告は１９７０年代の初めに脳卒中のとびぬけた最多発地であり、わが国でも最先端の研究所のあった秋田に出かけ、動脈硬化の強い患者さんの曲がりくねった血管の中にカテーテルを進めて、６年間毎日約10例の脳血管撮影を行ってカテーテル操作法の腕を磨くことからはじめました。それから福岡の大学病院で10年間、毎日診断のための血管造影と初歩的な脳血管内治療をおこなった後、欧米の脳血管病の先進的なセンターに出かけて、2年間最先端の脳血管内治療を習得してまわったのです。そしてわが国初の脳血管内外科を市中病院に開設しました。この治療法の限界を打ち破り安全性を高めるために日夜、器具の開発や改良にも情熱を傾けました。国内のメーカーと共同で開発したマイクロカテーテルとガイドワイヤーは世界一の性能を持つことを証明して国際医学雑誌に発表もしました。それを精巧な血管モデルや動物を使って実験を繰り返し安全性を確認し、技術を磨いたうえで患者さんの脳血管内治療にとりかかった次第です。裁判長殿、どうか寛大な判決をお願いいたします」このように言い終えると、深々と頭を下げた。

ヒカルは調子を合わせることなく、素っ気なく「海外での修業を終えて帰ってくると、火男のもとには脳外科医がギブアップした患者が全国から集まってきたと聞いたよ」と、入院中に病院の伝説として職員から聞いた話を口にするに留《とど》めた。

「それはちょっとおおげさだが」と言いかけて、急に顔を曇らせた。「おまえは合併症のことを口にしたな。……合併症のことに関しては気持ちの整理なんて生涯つくわけはないだろうが！　それ脳血管内治療をはじめたばかりのころは、ワシらがもっていた知識も経験も限られていた。それに今からみれば、当時の器具は原始的だったと言わざるをえないし、画像診断の技術も未熟だったから、ときには大きな事故を避けることができなかった。今でもこの頃の患者さんのことを思い出さない日はない。休暇をとってリラックスしていても、当時の生々しい記憶がいまでもふいに夢のなかに侵入してくることがあるんだよ」と言って瞑目《めいもく》した。

火男の閉じきれない左目からひとしずくの涙がこぼれおちた。「そのころ、同僚のほとんどは責めるほうにまわった。もちろん、たいていの場合、こちらに何がしかの落ち度はあったんだが、たぶんにやっかみもあったと思う。そんなつらい状況のなかでも、押し寄せる患者さん相手に仕事はつづけなければならなかった。指先のほんのちょっとした加減の狂いで大事故を引き起こしてしまう。人の生死がワシの指先にかかっているという緊張感に耐えて手術をしなければならなかった。孤立無援に近い環境でな」

それから突然、火男はヒカルが驚くようなことを言った。「手術のまえに患者や家族を相手に、連日のように時間をかけて生きるか死ぬかの話をしていると、突如、笑いたくなるような衝動にかられることがあったんだ」

「自分が神の役割を演じることの心地悪さゆえ？」ひたすら聞き役に徹していたヒカルが問い返す。

「いつも、おまえは肝心なところでちゃかすな。……ストレスに耐えることがむずかしくなっていたのだろう」

「何が火男の支えになったの？」

「なにより大きかったのは、この新しい治療法のおかげで、生と死のミステリーに与《あずか》るという光栄にふんだんに浴したことだろうな。治療効果はとくに子どもに顕著に現れるもんだ。知的に退行しかかっていた赤ん坊の目が輝きをとりもどして笑い始め、ハイハイするようになる。座ることもできなくなっていた少年が壁をつたって立ちあがり、すぐに走りはじめる。そのなかから医療職についた子が何人も出たのは何という喜びだったろう！」

火男は「それに」と言いかけて、すこしためらい、口をつぐんだ。

ヒカルは胸に手を当てて頭を下げ、片膝をついて促した。「しもべは聞いております。どうぞお話しください」

火男はちょっと鼻にしわ寄せて「おまえはサムエルか?」と言ったものの、ヒカルの調子のいい励ましに乗せられて言葉をつづけた。

「恩寵《おんちょう》を受けたとも思っている、新しい治療法を開拓して自分の使命を果たさねばという決意もぐらつきかけていたころのことだ……。この超越的な体験を言い表すことはむずかしいが、頼れるのは自分だけという状況で脳血管内治療室の片隅に巨大な何者かの存在を感じたことがあるんだよ」

「また、また、ぼくをかつごうと、そんなこと言って! 神を見たとでも言うの?」

それにはかまわず、火男は目を閉じておもむろに言った。「脳血管内治療をするときには、患者の頭の血管のなか深く、深くにカテーテルをすすめて手術をするのは知ってるな。しかも相手は激しく血が流れる複雑な構造をした血管の病変だ。いくら修業をつんでいても、治療が予測のつかない展開をすることのあるきわめてストレスフルな手技なのだ。ある日、とくにむずかしいケースの治療を行っていたときのことだ……、手術が行き詰まって、何分たっただろうか。無理をすれば取り返しのつかない事故を引き起こして患者の命を危険にさらしてしまう、しかしそこで中止すれば死が避けられない運命にある患者を絶望の淵《ふち》に追いやってしまうというジレンマに陥っていた。自分が不完全で、小さく、はかない者であるという思いに押しつぶされそうになったとき、ふと、何ものかが腰のあたりを包むようにして支えてくれているのを感じたのだ。横目で見ても何も見えない、しかし暖かく揺るぎない存在に支えられていることは確かだった。ようやく落ちつきを取りもどすことができ、手術が順調に進みはじめた。すると、それは部屋の片隅に退いていった。そこには、2台の血管撮影装置の大型コンピュータ用のエアコンがブンブン音を立てているだけ。再び行き詰まって不安感に胸塞がりそうな思いになると、それはまたもや部屋一杯に広がって心もとないワシを支えてくれた。滑らかに手が動きはじめると、それはまた部屋の隅に退いていくといったことの繰り返しだった。あれはいったい何だったのだろう？　それ以来疑問を持ちつづけているが、その当時と比べて少しも分かっていない。だが疑問を持ちつづけているために、大事なことを忘れないで済んでいる」

「それって、大勢の宇宙飛行士が地球をはるかに望む宇宙空間で体験したと報告していることと同じじゃない？　ことに、ふたたび地球に帰ることができないかもしれないというような大変な危機にさらされたとき、神の臨在を強く感じたと報告している人が多いけど」

「そうかもしれん。人生で体験する大事なことの多くは決して証明できない。ただ証《あか》しをするだけだ。ともかく、それ以来、ワシは肩の力が抜けた。患者の治療にあたっているのは自分ではない、自分はすべてを超越した存在の手にすぎないと悟ったんだ」

火男はため息をついて立ちあがると、水飲み場へすたすたと歩いていきペットボトルに水をくんでもどると「いるか？」とヒカルに聞いた。

ヒカルは黙って首を横にふった。

「ヒカルは絶対的な孤独というものが想像できるか？」

「退院してからのぼくが感じたのがそれだと思う。宇宙的な孤独とでも呼びたいくらい。……両親に心から愛された記憶がない。その両親も死んでしまった。同級生はぼくをいたぶるだけの存在だった」

「そう、自分を愛してくれる人がいないだけでなく自分の善意も通じないという状況、必死でやっていることの意味が見いだせず生きている意味も分からないという、おまえがくぐり抜けてきた状況は絶対的な孤独と呼べよう」

「もうひとつ聞きたいんだけど、火男の手術室での体験は回心と呼ぶべきもの？」

「うーん、まかり間違えば患者を死に至らしめるかもしれんという極度の緊張状態のなかで霊的な体験をしたのは事実だが、あの1回だけで決定的な回心をしたとは言えないと思う。もうひとつ、にわかに悟ったことがあったんだ。あの体験のあとで聖書を読んでいて、〈よきサマリア人〉のくだりにきたときに、な」

「それは初耳でした。ところで、よきサマリア人の話って何だったっけ？」

「有名な話だ。ほれ、旅人が追いはぎにあって、身ぐるみはがされて道端にころがされていたという……」

「そういえば、中学校の聖書の時間にそんな話を読まされたような気がするけど、ほとんど覚えてないな」

「エリートの聖職者たちが通りかかった。だが、彼らは見て見ぬふりをして通りすぎた。いろんな人が行きかったが結局、親身に世話をしたのは〈二級市民〉として日ごろ差別されていたサマリア人だったという話」

「でも、なぜそんな話に心を打たれたの？」

「そのころ、ワシは本当にしんどい目にあっていたんだよ」

「どんな？」

「最先端の技術を習得して帰国したものの治療に必要な画像診断の機器はひどく旧式で、カテーテルなどの器材も大学から買ってもらえず、同僚たちからも村八分にされていたんだ」

「それも絶対的な孤独と言えるかも。それを、どうやってしのいだの？」

「目をこするようにして不鮮明な画像を見ながら、アメリカの大学時代の師匠から提供してもらったカテーテルを操ってな」

「それで実績をあげたんだからいいじゃないですか」

「いや、ほとんどギブアップ寸前まで追いつめられていたんだよ」

「まさか！」

「なにもかも自分ではじめたことだ。受け入れられる可能性がなければしかたがない、自分で幕引きして無医村にでも引っ込もうかとまで考えた」

「そのとき、この話に出あったというしだいですね」

「そのとおり。それで何がなんでも、この仕事をつづけようと思いなおしたんだ」

「ここに医療の原点があると、おそまきながら悟った？」

「おそまきながら悟った、か。まあ、そんなところだな。夜もふけてきた、今日はもうひとつ、〝The wounded healer〟という話をして終わりにしよう」

「傷を負った癒《いや》し人？」

「学会出席のついでに、留学していた大学の恩師に会いにサンフランシスコに行ったときのことだ。チャイナタウンの町のはずれに、場違いな感じで建っているカトリック教会が目についた。長いことミサにあずかってなかったので、ちょっと中に入って祈りを捧《ささ》げた。出るときに入口にある書店に寄るとヘンリ・ナウエンという司祭が書いた薄い本が山積みされていた。その本のタイトルがこれだ。この短い話にも心を打たれたもんだ。もともとはギリシャ神話にあった概念で、カール・ユングはそれを精神分析医と患者との関係に注意を喚起するためにもちいたという」

「知りたいな、その話」

「ナウエンの話はこうだ。救い主を長いあいだ待ちこがれていた民がいた。あるとき、預言者の長老が〈救い主はもう来ている〉と告げた。驚いた人びとが〈どこにおられるのですか〉と聞くと、〈城門のあたりだ〉という。その民のなかの数人が息せききって城門まで駆けつけた。見渡しても、いくさ帰りの疲れきった大勢の兵士が放心したように座っているだけ。〈いくら捜しても、それらしいお方は見えませんでしたが〉という報告に、民衆は口々に失望の声をもらした。すると長老が言った。〈それならもう一度言おう。自分の傷をていねいに養生しながら、他人を癒しているひとだ。行ってよく見なさい〉と」

「要するに、他人の苦しみにたいする感受性の問題だね。この話、よく分かるな。障害をもつ身としてはね」

その夜もいつものように、ヒカルは火男のいびき、寝言、歯ぎしりに悩まされた。唯一ちがっていたのは、ムックリ起きあがってふとんの上に座り、いくら悔やんでも悔やみきれないという表情でブツブツ言い出したことだった。そんな火男の姿を見て、今日の夕食後に公園の崖っぷちでかわした会話に誘発されて脳血管内治療の合併症の悪夢がよみがえってきたのだろうとヒカルは見当をつけた。

「何年たっても、そういった事故の生じた瞬間がフイに夢のなかに侵入してくることがある」と火男は語っていたが、この夜もそのようなつらい記憶がよみがえってきたため、頭のなかで何度もやりなおしてみて、どこが間違っていたのか必死で見きわめようとしているようすだった。

ヒカルが30分ほど公園で時間をつぶして帰ってくると、「ああ」とため息をついた火男は、猛烈な吐き気に襲われたそぶりのあと突っぷしてしまった。やがて死んだように静かになったかと思うと、苦しげな寝息をたてはじめた。

ヒカルは火男の乱れた掛けぶとんを直してやると、胸をポンポンと叩き「お休み。今度はいい夢をみるんだよ」とささやいて横になった。今日の火男との会話がつぎつぎとよみがえってきてなかなか寝つけなかったが、wounded healer wounded healer……とつぶやいているうちに、いつのまにか眠りに落ちていた。

200X年5月

May 200X

茂木の海に遊ぶ

明け方にぱらついていた雨もあがり、朝食が終わるころには遠くの林でマツゼミが鳴きはじめた。食器を洗っているヒカルに向かって、公園に出た火男が「もう夏がそこまで来ているな。そうだ、きょうは茂木《もぎ》に行こう。雲仙を眺めながら海につかると気持ちいいぞ」と呼びかけた。悪くはない提案だ、海で泳ぐのは何年ぶりだろうと考えてヒカルはその提案に飛びついた。

茂木に向かうバスには他に乗客はいなかった。天草灘《あまくさなだ》を吹き抜けてきた風がここちよく流れる車内で、火男が話しはじめた。「〈現代人は過去か未来に生き、現在を生きていない〉と言われるな」

この言葉を聞いて、火男は〈とき〉について話したいと思って自分を茂木に誘い出したのだとヒカルは察した。数ヵ月暮らしてみて、たしかに長崎というところはいやでも〈とき〉について考えさせられる場所だと感じていたからだ。

ヒカルは考えをまとめる時間を稼ぐために、とりあえず物理の知識で対処した。「時間というのは物理的な現象でしょ。ほら、300年前にアイザック・ニュートンが〈絶対的で真実かつ数学的な時間は、それ固有の性質にもとづいてみずから一様に流れ、外界のなにものにも関係しない〉と時間を定義しているね」と言ってみたが、火男はそっぽを向いて口をつぐんでしまった。話がかみあわなかったと判断し、ヒカルもだんまりを決めこむことにした。

ちょうどそのとき車窓の外に広がりはじめた西海の壮大な景色に、ヒカルは目を奪われてしまった。正面には天草灘のかなたに天草、左手には橘湾《たちばなわん》のかなたに頂上にうっすらと雲をたなびかせた雲仙《うんぜん》の普賢岳《ふげんだけ》が見えはじめたころ、バスは茂木に着いた。

海岸に出ると、空はすっかり晴れあがっていた。砂浜でシャツとズボンを脱ぎ捨てたヒカルは、一直線に走ってサファイア・ブルーの海に身を投げ出した。鮮烈な冷たさに包まれたヒカルの歓喜の叫びが火男の耳を打つ。しばらく波打ち際と平行に泳いでいたヒカルは、いきなり沖へ向かって一直線に泳ぎはじめた。黒い点のようになった頭が波間に見え隠れするようになって気をもみはじめた火男に、水から躍りあがって手招きするヒカル。泳ぎに自信のない火男がそれを無視して陸のほうへ向かうそぶりをみせると、ようやくヒカルはもどってきた。それからしばらく浜辺で甲羅干しをしたあと、ふたたび海に入った。心ゆくまで波と戯れたヒカルが海から上がってきて空腹を訴えたころには、正午をかなり過ぎていた。

ふたりは水着のまま港の近くの食堂へ入り、イカの刺身とアジの煮つけをおかずに昼食をとった。その後、防波堤の陰で潮風に吹かれて長い昼寝をむさぼってから岩場へ向かった。

ヒカルが海中に背もたれのある座り心地のいい岩を見つけ、暖かな海水につかっていると波がヒタヒタと押し寄せてくる。見失っていた話の糸口を探し出したのか、近寄ってきた火男が語りはじめた。「ときとは何か、こうも言えるな。寄せてくる波、これは未来。それはからだにあたって通りすぎたとたんに過去になる。ときは一様に流れるというニュートンの古典物理学にしばられれば、〈いま〉は広がりのない時点となる」立ち泳ぎをしながら、火男はゆったりとした口調でつづけた。「つまり、現在は過去と未来の剣の刃のような厚みをもたない境界線。ほとんどの現代人の認識は多かれ少なかれそういうことだろう」

「うまいたとえだね」とヒカル。「入院しているとき、火男も一時期だいぶんおかしくなっていたように病院のスタッフから聞いたのを思い出したよ」と茶化し、「ぼくが入院する前の話だから、どうでもいいことだけど」と言い放った。

火男は顔を赤くし、怒りをあらわにして言った。「あいつら、そんなことをゆうとったんか！油断がならんな、まったく」そして沖のほうへ泳いでいった。

しばらく空を仰いで浮いていた火男が気をとりなおしたのか、もどってきた。「あのころのことを思うと、われながらおかしい。仕事のストレスを発散させようとテニスをやっていても、翌日の手術のことが気になりだして集中できなかった。こんなことをやっていていいものかと思ったりして、な……。それに、原稿の締め切りが迫っているとか、早く学会の準備にとりかからなければとか、つぎからつぎへと雑念が湧いてきて楽しめなかった。そのあいだには、脳血管内治療をやっていて合併症を起こした瞬間の記憶が侵入してきて心を乱されたり。一方、仕事をしているときには、テニスコートですべてを忘れて駆けまわるひとときにしきりに憧れたりしていたのに……。あれはもう、ほとんどビョーキだったな」

「気の毒に！　……その話で思い出したけど、町を歩いている人たちがじつに幸せ感のない顔をしていると思ったよ。退院間際に外泊訓練で久しぶりに町に出たときの印象だけど。そのころの火男の状態も多くの現代人が抱えるビョーキと根はひとつ、……じゃないのかな？」

「外国にしばらく滞在して日本にもどってくるたびに、皆いい服を着て歩いているけど本当に浮かない顔してるなと、ワシも思ったもんだ」

「どうしてなんだろう」

「未来にたいする漠然とした不安をつねに抱えながら生活している人間は、うわの空で現在を生きている。受け身で未来をたちまち過去へ押しやって忘れてしまうんだ」と言うと、火男はあおむけに浮き、しばらく水をかいてから別の言い方をした。「現代人というものは、やってくる〈とき〉をひたすらむさぼる飢え切った野獣みたいなもんだ。彼らの胃袋に落ちこんだ〈とき〉はそのまま排泄《はいせつ》され、たちまち忘却のふちにしずんでゆく……」言い足りないと思ったのか、ちょっと潜って頭を冷やした火男はつづける。「一刻でも有効に使おうと、時間の管理をやっているつもりの現代人のそのようなふるまいが諸悪の根源。現在に現実感をもてないことがストレスになっていろんな病気を生み出しているんだ」

ヒカルはキラキラと押し寄せる波をからだで受けとめながら黙って聞いていた。すると、ときも場所も、自分というものも海中に溶けていくような気がした。

そのころには長い初夏の陽も傾いていた。そのときふいに、自分が腰かけているこの場所にひとりの老人が座り、はるかな昔にこんなふうに夕暮れの海を見ていたにちがいないという、ほとんど確信に近い思いにとらえられた。沖あいを通りすぎる南蛮船、それに気づかず岩場で銛《もり》を使う少年、海から帰ってきて粗末な小舟を岸に引きあげている男たち、戯れながらこの岩場に向かってくる若い男と女、泣きじゃくる赤子をあやしながら貝やワカメの入ったかごを抱えて歩いている女……そんな光景が頭のなかに現れては消えていった。

ヒカルの想《おも》いに感応するかのように火男が言った。

「考えてみてごらん、ヒカル。1万年まえ、この日本の西の果て・雲仙岳のそびえる島原半島に住んでいたひとりの男の子のことを……」ちょっと間をおいて、火男はつづける。「磯《いそ》で無心に遊んで成長し、父親から漁の方法を習い、女の子をみそめて家庭をもち、子どもを育て一人前の漁師にしたのちに自然へと帰っていった。来る日も来る日も、彼は生きた火の山を仰いで暮らし、この半島の生態系の一部として生涯を終えたんだ」

火男があおむけになって海面に浮きながら、ゆったりとした口調で語りかけるのをヒカルはまどろみながら聞いていた。「スピノザは〈神すなわち自然〉という言い方をしている。神は自然を通して語る。スピノザは存在するすべてのもののなかに神を見た。パウロは〈人間は神のうちに生き、動き、また存在している〉と言った。人間は自然法則のもとに生きており、存在するすべてのものはつながりあっている。もとをたどれば一者《いっしゃ》にゆきつくと考えたんだ。この考え方は東洋の考え方とも近いので、分かるだろう。……いまは理解できなくても長崎での生活体験が深まるにつれ、そういったことをどんどん実感していくはずだ。やがておまえの生も宇宙全体のなかに位置づけることさえできるようになるかもしれん」

いく層もの横にたなびく雲が黄金色に輝き、そのすきまから青空がのぞいていた。暖かな海につかって潮風に吹かれ、ユラユラと波間に漂いながら、ヒカルは思った。〈真の平和とはけっして定義できるものではない。すべてを超えてからだで感じる体験、神に属するものということか〉と。

ヒカルがあまりにも長いあいだ沈黙していたので、あおむけで海面に浮かんでいた火男が、はるか東の海上に夕日を浴びて輝く雲仙岳をさして静かにしゃべりはじめた。「ここから40〜50キロ東の、あの火山がある半島の先端に口之津《くちのつ》という港がある。小さな湾だが深さがあるため、古くからポルトガルの貿易船が出入りしていた。あれはたぶん水没した噴火口だろうね。その口之津にいまから430年ほどまえ、イタリアから新しい巡察師ヴァリニャーノがやってきた」

「ヴァリニャーノ？　……2月に初めて深堀夫人の家に行ったときに聞いた名前だね」ヒカルは思わず身を起こして、記憶をたぐり寄せながら応える。「ザビエル以来の布教があまりに好戦的なイベリア2国本位に傾いていたため、数々の問題が生じていたことを知ってイエズス会の布教方針の大転換をおこなったイタリア人の司祭だったね」つづけて疑問を口にした。「ヴァリニャーノが長崎でなく口之津に上陸したのは、いったいどういうこと？」

「長崎が肥前佐賀の深堀氏の襲撃を受けており、安全ではなくなっていたからだ。彼はルネサンス人文主義の本質を体得し、異質の文化理解にすぐれていた。日本人に接したときに教育の可能性をたちまち見いだし、青少年の教育に大きな力をそそいだ。その精華が天正遣欧少年使節だ。使節派遣の目的は自文明中心主義にそまった日本人に世界を見せると同時に、世界帝国の人びとに古代ギリシャ・ローマに匹敵する文明をもつ人種が地の果てに住んでいることを示すことにあった」

火男の説明はヒカルの4人の遣欧少年使節への興味をかきたてるのに十分だった。もう一度、夕日に黄金色に照り映える雲仙の山塊を抱いて横たわる島原半島を眺めると、ヒカルは400年まえに南島原に花開いたキリシタン文化の痕跡を見るためにいつの日にかそこを訪れてみたいと思うようになった。

2000X年6月

June 200X

島原半島めぐり

梅雨が一休みして晴れまがのぞいたある日のことだった、朝食をすませるなり火男が言った。「島原半島に行こう。手術料が入ったので、旅費くらいなんとかなるぞ」

〈悪くない話だ〉茂木《もぎ》の海から島原半島を眺めたとき、十分に興味をそそられたヒカルがそう思って声のしたほうをふり返ったときには、火男は立ちあがって着替えをはじめていた。

火男は例によって後ろをふり返らずにズンズン坂道を下り、長崎駅をめざした。長崎本線で諫早《いさはや》まで行き、バスに乗り換えて30分ほども東へ走ると町並みを抜け、遠くに雲仙《うんぜん》の山塊が見えはじめた。いくつかの釣り鐘を寄せたような巨大な山塊は、雲をまとって異境と呼ぶにふさわしい雰囲気をたたえていた。

火男がうめくように言った。「雲仙地獄！　キリシタンに棄教を促すために長崎奉行所の役人たちは、なんという舞台装置を整えたものか！」

小浜《おばま》を通りすぎるとき、雲仙に上る急な山道を横目に見てヒカルが言った。「これは信者にとっては、まさに十字架の道行きだったんだよね」

小浜で他の乗客を全部降ろしてしまうと、ふたりだけを乗せたバスはひたすら島原半島の先端にある口之津《くちのつ》をめざして走った。そのころには道行く人もほとんど見られなくなった。

半島の一番西のはし、天草灘《あまくさなだ》のはるか彼方《かなた》に長崎半島が水平線に浮かぶあたりまでくると、道には崖が迫り、崖からさしかけのコンクリート製のひさしにおおわれはじめた。それぞれの入り口には〈第〇〇ロックシェッド〉という表札が掲げられていた。

「ロックシェッド？　たぶん、ロックシェードのなまったものだろう」ポツリと言った火男が、突然目を輝かせて叫んだ。「おい、モアイ像が海のなかに立っとるぞ！　バスを降りて見に行こうじゃないか」と言うと、火男は運転手に声をかけ、そのすぐそばにあった〈ロックシェッド〉を出たところにあったバス停でヒカルを促してバスを降りた。

防波堤から身を乗り出し、西のほうを向いて立っている頭のとがった男の胸像のような岩にみとれていると、背後から声がかかった。「岸信介《きしのぶすけ》岩っていうとですよ。知っとんなさっですか、古い自民党の政治家」

ふたりがふり返ると、中年の女性が笑って立っていた。左の目が外を向いているのが印象的だった。声の主はバス停にさしかかる直前に追い越した、踊るような感じで道を歩いていた人だと、ふたりは気づいた。

火男はおかしくてたまらないという口調で言った。「そういえばこの角度から見ると、とがった頭のかたちといい、反《そ》っ歯ふうの口元といい、あの右翼の政治家に似ているな。昭和の妖怪と呼ばれた……」それからしばらく岩にみとれたあと、「430年まえに口之津にやってきたヴァリニャーノも、あの像を眺めたんだろか」とつぶやいた。

「さあ、430年まえはどげん姿やったとでしょうかね。最近、波浪の浸食が進んで首のところに亀裂が入っとっとに気づいたけん、市役所に電話してセメントで補強してもらいましたと。いずれ首が落ちるのは避けられんでしょうけんど」

ヒカルは女性の説明を聞きながら、火口から噴出してきた溶岩がつぎつぎと立ちあがり、巨人の姿をとって里の村を襲い、人びとが逃げまどう姿をまざまざと思い浮かべていた。

「あん岩は、じつは両子岩の片割れですとよ。小さかほうは私が生まれたころには、もう首が落ちとりましたが……」女性はより海岸に近いほうの岩をさしていった。

言葉をかわしているうちに、女性がすぐ近くの食堂の主人だと分かったので、火男は「ちょうど腹が減ってきたところだ。なんかこの近くで獲《と》れた魚をみつくろってもらえませんか」と頼んだ。

「きょうはアラカブの太かとのあがっとります」即座に彼女は答えた。

「カサゴのほうがとおりがいいか、あの魚は」と火男。

「カサゴは嫌いじゃないよ」ヒカルはにわかに元気づく。

店まではほんの数十メートル、3人は潮風に吹かれながらブラブラ歩いていった。

店に着いてみそ汁の鍋を火にかけ、アラカブの煮つけをつくっている女性に「足がお悪いのではないようですが……」と火男が水を向けたことから、女性の長い受難の物語がはじまった。

「そう、脳。脳挫傷ですとよ。大雨が降っとったときに、そんさきの道ば走っとりましたと。そいで土石流に襲われ、車ごと海に流されてしもうて。そんときにひどう頭を打ったようで、気を失ってしもうたとです。そいでも、ちょうど満ち潮だったので車ごと岸に打ち上げられたとですと」

「よくまあ、助かったものですね」

「それだけじゃなかとですよ。そいからがたいへん、温泉病院の脳外科に担ぎこまれ手術を受けてやっと命拾いばしたとですと。正気をとりもどしてから、頭にこぶしが入るほどの穴が開いとるとば知りましたと」言いながら女性はモシャモシャの髪を分けて、頭に手をやった。

「触ってよいですか」と言いながらヒカルが手を当てると、彼女の頭のてっぺんは大きく陥没してプヨプヨしていた。

「挫滅した脳のはれ方がひどくて脳ヘルニアを起こしかけたんだろう。外減圧をおこなって救命できたんだな」火男はヒカルに説明するでもなく、つぶやいた。

「そ、そう、何とかヘルニアば起こしとったと先生が言うたとです」と、また頭に手をやりながら女性が言った。「手術後、何ヵ月もリハビリに励んで帰ってきたとですと」

身がプリプリしたアラカブをむさぼるように食べ終わったヒカルが目をあげると、火男はすでに立ちあがっていた。勘定をすませ「おいしかったよ。いつまでも達者でな」と挨拶してから店を出た。バス停で「なあ、聞いたろ、ヒカル」火男が呼びかけた。「この半島では崖が迫ったところはどこでも土石流の脅威にさらされている。苦難の上に苦難が重なる」

ここちよい潮風に吹かれながら15分ほど待って乗ったバスは、すれちがう車もほとんどない海岸沿いの道をひたすら南へ走った。まぶしく照り映える天草灘のかなた、水平線上に伸びる長崎半島を眺めているうちに、ヒカルは眠気に襲われた。

「このさきにある口之津港を1562年に領主・有馬義直《ありまよしなお》が開いたのは、ポルトガルと貿易をして利を得、領土を脅かしていた佐賀藩諫早の龍造寺《りゅうぞうじ》氏の軍事的脅威に対抗するためだった。翌年には宣教師アルメイダが入津して口之津教会をつくり、布教をはじめた。大分の府内につぐ布教の基地だった横瀬浦《よこせうら》が攻撃を受けて破壊されたために、イエズス会は良港を求めていたんだ」

火男のゆっくりした語りが子守唄のように流れた。

「セミナリオ（中等学校）ができ、オルガンが荷揚げされて、子どもたちの歌う聖歌が町に流れた。1565年にはトレス司祭が大泊《おおどまり》に岬の聖母教会を建てて、この地を日本布教の本拠地とした。義直の期待どおり、1567年にはポルトガルから定期船が来るようになった。口之津のちょっと手前に加津佐という小さな町があるが、あそこにはセミナリオとコレジオ（大学校）が開設された。日本でもっとも早くキリシタン文化がこのあたりに花開いたのだ。1576年には有馬義直が家臣とともに入信し、口之津の全住民1200人もキリシタンとなった。そして、同じ年に巡察師ヴァリニャーノが1回目の来日を果たした」

満腹したヒカルは口をきくのもおっくうになっていた。「巡察師だって？　どういう権限をもっていたの？」とトロンとした目を火男に向けて聞いた。

「2月に長崎に来てすぐ深堀夫人の家で聞いた話を思い出すがいい。ザビエルの来日以来35年たっているのに、宣教の実があがっていない理由を調べるためにイエズス会本部から派遣されたんだ。彼はローマから遠く離れた東洋で、重要な問題を決済するためにイエズス会総長なみの権限を与えられていた。ヴァリニャーノは、それまでのポルトガル系宣教師のとっていた宣教方針が日本に適しておらず、教会を危機に陥れかねないことを見抜き、全国から何度も宣教師を招集して〈口之津会議〉を開いて宣教方針を協議した。そうしてここで、新たなイエズス会の日本宣教の基本方針が決まったんだ」

〈口之津会議〉と聞いて、にわかにヒカルの頭が働きだした。「こんな田舎に、あの時代、全国に散っていた宣教師が集まって、重要な決定がなされたんだって！」

「そう、それがヴァリニャーノの説く〈適応主義〉だ。肉食をあきらめて、粥《かゆ》とみそ汁、菜っ葉の漬けものの食事に甘んじて日本人の生活・習慣に寄りそういっぽう、教育に大きな力をそそぐことにした」

加津佐、口之津——日本で最初にキリスト教文化が花開いたところ

道路にひとけがなくなり、このさきに人が住んでいるのだろうかとヒカルが思いはじめたころ、加津佐《かづさ》という小さな町を通過した。そこからすぐ、岬を回ったところが口之津だった。真昼だというのに、町なかにも人影はほとんどなかった。島原鉄道の口之津駅は廃駅となっており、駅前はさびれていた。目のまえに極彩色の巨大な人形が地面をさし、悲しげな顔で立っていた。

「モアイ像のつぎは南蛮人のパロディか」と火男。

そのポーズと表情の意味するところがヒカルには分からなかった。〈おいてけぼりをくったポルトガル商人とでもいったところか。でも、それがどうしたというのか〉などと考えていると、なんとなく不快な気分になってきた。

「あれだけキリスト教文化の花開いた町、なにかもっとましなものがあっていいはずだ。尋ねてみよう」と火男が言ったが、答えてくれそうな人は見あたらなかった。たまたま自転車で通りかかった3人づれの中学生に、近くにキリシタン関係の史跡はないかとか、教会やセミナリオやコレジオの跡はどこだろうなどと聞いてみたが、全員が顔を見あわせて「さあ何もないと思います。南蛮船渡来の地くらいのものかな」と首をかしげ、そこまでの道をていねいに教えてくれた。そして3人そろって帽子を取ってぺこりと頭を下げると、自転車にまたがって走り去った。

教えられたとおりに行くと、海岸から300メートルほど内陸へ入ったところに当時の波止場跡といわれる石垣がわずかに残っており、石碑が立っていた。小さな木橋を渡ると口之津湾に向

かって西洋風の庭園が広がっており、入り口には白く塗られたコンクリート製の大きな門があった。

2階の展望台に上がったが、海岸のすぐそばを走る道沿いの家並みにさえぎられて海はほとんど見えず、港に入ってくるフェリーが目のまえにたちふさがる倉庫風の建物の左側にチラッと見えただけだった。庭園の海側の半分は池として設計されていたようだが、水がたまっておらず、一面雑草の生えた湿地となっていた。門から池に伸びた一本道の先端には、池に突きだして白く塗られたあずまやが建っていた。

「どこも手入れが行き届いていない。造園途中で放棄された庭園という感じだ」ヒカルがおもしろくなさそうに言った。

「だれが、どういうコンセプトでつくった公園やら。この西洋風の庭園が、これからこの風景になじんでいくとも思えないが……」火男があいづちを打った。

あずまやをのぞくと、陽に焼けたイガグリ頭の少年が寛《くつろ》いだ姿勢でベンチに座り、海のほうからのそよ風を受けて本を読んでいた。口之津教会跡への道や、コレジオ、セミナリオ跡がどうなっているか聞いてみようとふたりは近寄っていった。声をかけると、読んでいた本を閉じて人なつこい笑顔を向けた。

ヒカルは少年が読んでいた本の表紙に目を奪われた。まさかと思ったが、巡察師ヴァリニャーノが書いた『日本巡察記』だった。福山の病院の火男の机の上にもあった古風な装丁の本だったので、間違いなかった。

「おもしろい?」ヒカルが声をかけたことから話の糸口がほぐれた。同好の士《し》とみなされたのか、同年輩のよしみからか、警戒の色を見せることなく応じてくれた。

「うん、すっごくおもしろいよ。この本はフロイスの『日本史』や『イエズス会日本年報』とちがって、イエズス会総長にあてたいわばマル秘の報告書。最近、復刻版をネットで手に入れたばかりだけど、キリシタンが何を考え感じていたかがよく分かってワクワクしているのさ。……ヴァリニャーノはルネサンスの精神を体現した巨人。知ってるだろ、こんな近代精神の先駆けが、この口之津に430年もまえに上陸した。なんという光栄なことだろう」

「エッ、光栄と言うんだね、きみは……。でも、そうは思わない人が多いんだよね」

「そのとおり！　よく知ってるね。でも、彼はあの時代に、世界でも第一級の人文主義の青少年教育をこの南島原一帯でおこなった。その精華が遣欧少年使節。しかし、徳川幕府はそれを圧殺《あっさつ》した。こんな歴史は学校では教えてくれないし、町のおとなもそのことを語ろうともしない。キリシタンにまつわることは忌まわしい思い出として消し去られた。……なんと言っても、この地にいま住んでいる人たちの先祖は島原の乱でキリシタンが根絶されたあとに九州の遠隔地だけでなく、遠く離れた瀬戸内海の小豆島《しょうどしま》あたりからも入植させられてきたんだからね」

「で、きみはどうしてそんなにヴァリニャーノにひかれるの？」

「ルネサンスの人文主義の権化みたいなイタリア人司祭の快活さ、公明正大さにひかれるのさ。ぼくは東大にも甲子園にも行けないし、吹奏楽部に入って活躍できるほどの楽器の腕前もないので、ひたすら歴史を学んでいる。久間《きゅうま》にならないように、ね」

「きゅうま？」

「そう、東大を出た学校の先輩。2007年1月に防衛庁が防衛省に昇格したのにともなって初代防衛大臣になったけど、講演会での〈原爆投下はしょうがなかった〉発言が問題となって、わずか半年で大臣を辞任せざるをえなくなったのを覚えているだろ」

火男が天を仰いで言った。「このとき欧米の大手メディアはこぞって、〈戦勝国アメリカの〝原爆投下は戦争の早期終結に不可欠だった〟という多数意見を敗戦国・日本の防衛大臣が受け入れた〉と報道したもんだ。久間は島原半島を地盤にしているというのは知っていたが、このあたりの出身だったのか」

火男の言葉を引きとって「そうなんだね！　歴史を学ばないと、人びとが原爆を絶対悪とみなすようになってきているのも分からず、長崎出身の人間からも〈しょうがない〉発言が出てくるんだね」と膝を打ったヒカル。つづけて言った。「沖縄の米軍基地やイラク戦争をめぐる彼の数々の発言は日本の防衛省と米軍との親密な関係を浮き彫りにするものでしょう。ここにも核先制攻撃能力をふところにしたアメリカの世界戦略に、自衛隊をますます実戦的に組みこもうとする圧力の強さをみることができるな」

「いま問われているのは、人類の生存そのものへの脅威を〈しょうがない〉とするシニシズムに沈むか——ごめん、初めて会った人にダジャレを言ってしまった——、それとも核兵器を廃絶し、暴力、飢餓、貧困、差別のない平和で公正な社会を実現しようとするたゆまぬ運動の展開に希望を見いだすかだ」と少年。

「久間も何者かになりたいと思ってひたすら勉強し、東京に出ていったんだろうし、郷里の役に立ちたいという意欲も強かっただろうにね。ワシには人間という言葉も久間という名前も名詞というよりも動詞のように思えるな」と火男。訝《いぶか》しげなヒカルの表情を見てつけくわえた。「我々は皆、未完の存在。人として存在する間に久しい時間をかけて、あるべき姿に近づく存在だ」

〝He is not broken, but he is a work in progress.〟と少年は英語で言ったあとつづけた。「彼はまだ前期高齢者だ。早くこの歴史の宝庫に帰ってきて、学びなおしをすればよい」と言って立ちあがった少年は、ヒカルより頭ひとつ背が高く、がっしりしていた。

少年は「すぐ分かるよ」と口之津教会跡への道を手短に教えてくれたが、ヒカルの頭には少年が残した謎のような言葉がエコーのように響いていて、道案内をうわの空で聞いていた。コレジオ跡は、ついでにというふうに少年が教えてくれた。「加津佐、ほら、君たちがいま通りすぎてきた海岸から山の中腹にずーっと上ったところだよ。石碑が立ってるけど、その場所だったという確かな証拠はないらしい」

そして少年はいきなり時計を見て叫んだ。「しまった、早く学校にもどらないと！」そして山の手に向かって駆け出した。

風を巻いて少年が走り去ってから、ふたりは照り返しの強い海辺の道を岬の先端に向かって歩きはじめた。ヒカルは〝He is not broken, but he is a work in progress.〟と反芻《はんすう》して、「おもしろい高校生だね。時代の流れからとり残されたようなこの半島の先端で、何を頼みに生きているんだろう」と言ったが、火男は黙って首を横に振っただけだった。

するといきなり、「ぼくがコレジオ跡へつれてってやるよ」という声が背後から降ってきた。

「ワッ、驚いた。どうしたんだい、いったい」とふり向いてヒカルが言った。

先ほどの高校生が息をはずませて立っていた。「考えなおしたんだけど、じいちゃんの軽自動車をもちだすことにしたんだ。ちょっとカバンをとりに学校へもどって、口実を設けて抜け出してくるから、1時間後にここで会おう」言いおわったときには、もう山手に向かって駆け出していた。

口之津教会跡は歩いて10分ほどの大泊と呼ばれる地区の低い丘の中腹にあった。教育委員会が建てた石碑があるだけで、当時をしのばせるものは何も存在しなかった。味気ないコンクリートでおおわれた崖を見あげると、そこには墓石がひしめいていた。火男の解説がはじまった。「ここにあった大きな寺を改修して屋根に十字架をつけて教会とした。教会裏の高台にも5メートルもある十字架を据えつけたそうだ」

「分かるよ、海上はるかからこの十字架を見たときに司祭たちがどれほどホッとしたか。彼らはつねに生命の危険にさらされながら布教活動をしていたからね。全住民がキリシタンだった口之津に着いたときの安堵《あんど》の気持ちが、痛いくらいに分かる」

「それから時代が下って、迫害が激しくなってからは、口之津には司祭となった遣欧少年使節のひとり、中浦ジュリアンが潜伏し司牧活動をつづけた。そのころには修道院はとり壊されており、この場所は大勢の信者が拷問を受け、殉教を遂げる刑場となったんだ」

「この場で大殉教が……」

「1612年から有馬で幕府によるキリシタン迫害がはじまっていた。1613年には禁教令が出され、1614年に有馬直純《なおずみ》が日向《ひゅうが》に移封されたあとでも、口之津には300人のキリシタン武士がいたと言われている。長崎奉行の指示でおこなわれた拷問は、転向させるための残虐きわまりないものだった。オルファネール師の『日本キリシタン教会史』によれば、70人のキリシタンが5人ずつこの上にある墓地に引き出され、両手両足を背中で縛られて木につるされ、1本ずつ指を切りとられ、鼻を削《そ》がれ、ひたいに十字架の焼印を押された」

火男は崖の中腹をさして、つけくわえた。「信者たちはこのあたりにあった石段の上に引きずられていって、足の腱《けん》を抜かれたり、足を切り落とされたりして下に蹴落とされた。そのため、石段は血の川になったという。そして21人がその場で殉教を遂げた。さらに数人が、数日間悶《もだ》え苦しんで死んだという。この本は1602年から1620年までの教会の歴史、というより殉教の記録だが、殉教者の生の声がほとばしり出そうな迫力のある資料だ。というのはオルファネール師自身、この本を書いて間もなく長崎で火刑を受けて殉教を遂げているからな」

海に向かってゆっくり歩みをすすめていると、ヒカルは海から吹きあげてくる潮風がふいに血の臭いをおびたように感じた。

「1616年には南蛮船の来航は平戸と長崎のみに制限されたため、貿易の利を失ってさびれてきた口之津には、なお数多くのキリシタンが潜伏していた。そのなかにあってジュリアンは、信者を守るという決意をいっそう固めていたことだろう。1621年にジュリアンは加津佐のミゲール助右衛門《すけえもん》の秘密礼拝所で、イエズス会管区長フランシスコ・パチェコによって最終誓願を果たした。この自己放棄と献身に徹するための誓願をおこなったあと、彼は北部九州の布教地にでかけ、厳しい弾圧にあえぐ信者のあいだをめぐって秘跡を授けつづけた」

「幕府はキリシタン弾圧をどんなふうに進めたの？」

「1622年の元和《げんな》の大殉教、これは近世の殉教史上最大のもの。各会派の司祭や修道士をふくむ55人の教会関係者が、長崎の西坂で火あぶりと斬首《ざんしゅ》によって処刑された。1623年に徳川家《とくがわいえ》光《みつ》が将軍になってからはキリシタン弾圧はさらに激しさを増し、江戸で大殉教が起こった。長崎では信徒組織の絶滅を狙って引きつづき過酷な弾圧がおこなわれ、聖職者のみならず教会の関係者に便宜を図った市民も家族ぐるみ殺害された。水野守信《みずのもりのぶ》や竹中采女正《たけなかうねめのしょう》重義《しげよし》が、類のない残虐な拷問をつぎつぎと考案した残忍な長崎奉行として名を残している」

「それでジュリアンは？」

「幕府が鎖国令を発した１６３３年にはジュリアンも小倉で捕まって長崎に送られた。そして西坂で穴吊《づ》りの刑を受けて５日目に殉教したという」

火男の言葉を聞きながらヒカルは、悪臭たちこめる暗黒の穴のなかに逆さにつるされたジュリアンの薄れゆく意識に浮かんだ光景はなんだったろうと考えた。真っ青なインド洋を白帆に風をはらませて滑るように進む帆船か、それとも、天草灘から眺めた雲仙の山々かなどと思いを巡らせながら坂道をゆっくり下っていった。すると目のまえに、真新しい赤いアーチ形の橋が岬の先端に向かって伸び、そのさきに早崎瀬戸を背にした瀟洒《しょうしゃ》な３〜４棟の建物が見えた。誘われるように高く空中に弧を描いた橋を渡ると、敷地《しきち》の入り口の門柱に〈歴史民俗資料館〉の看板がかかっていた。

橋を渡って左折し、入り口まで歩いている途中でふり返ると、橋の台座には口之津に入港しようとするポルトガルのナウ船の大きな絵がかかっていた。

「ここだ、ここだ。ここにまず来るべきだったんだ」ふたりで口々に言いあいながら資料館の門を入った。入り口に展示してある大航海時代の外洋航海用の巨大な帆船の模型は、これから見るものへの期待を膨らませた。その施設は海の資料館、与論館、それに〈からゆきさん〉コーナーを有する歴史民俗資料館と別館からなっていた。税関を改装したという建物に新しくつけくわえられた建物からなる博物館は展示にも力が入り、民具は磨きあげられ、消毒してあるようにすら見えた。しかし、期待に反してキリシタン関係のものはほとんどなかった。

「看板に偽りあり」とヒカルが断言すると、「ありていに言えば、明治期にはじまる口之津の現代歴史民俗博物館というところだな」と火男もつぶやいた。

真昼の太陽に照らされた海沿いの白々とした道を潮風を背に受けて町へもどっていると、まえから近づいてきた軽自動車から、あの高校生が頭を出して片目をつぶった。

高校生の車で加津佐までもどる道すがら、ヒカルが疑問を口にした。「この町が歴史の一時期とはいえ、キリスト教布教のうえで、このうえなく重要な役割を果たしたことを考えると、歴史民俗資料館からキリスト教関係の資料が抜け落ちているのは不自然だ。なんでかな?」

加津佐の町並みを抜けると軽自動車はすぐに愛宕山《あたごやま》に取りついた。うなりをあげながら尻を振り振り曲がりくねった山道を登りはじめたころに、ようやく高校生の答えが返ってきた。「この地に満ちているキリシタンにたいする敵意みたいなものを感じてるんだね、きみは」騒々しいエンジンの音に負けまいと高校生が声を張りあげたが、「地元の人たちの無関心というよりも……」という言葉がかろうじて聞きとれただけだった。

「どうしてこうなんだ?」ヒカルが重ねて尋ねた。

「答えはさっき言ったとおりだ」と素っ気ない答えが返ってきた。「きみの島原半島めぐりの旅が終わるころには、自然と答が出ているだろう」とだけ言うと、あとは黙ってハンドル操作に集中していた。

「さあ、着いたぞ」車を停《と》めて運転席から転がり出た高校生に続いて車から降りたふたりは、高校生が手をふって示した景色を見て息をのんだ。足元には濃い緑の松林に縁どられた白い砂原が延々とつづき、正面には白いハンカチをつけたら真っ青に染まりそうな天草灘が広がっていた。そして、そのかなたに伸びるのは長崎半島だった。

「気持ちが鬱屈してくると、ここにひとりで登るんだ」

「間違いなく言えることは、司祭たちは少年たちが勇気をもって広い世界に雄飛できる人物になるようにと願って、ここをコレジオ建設地に選んだということだ」と火男は断言した。つづけてしみじみと「また、彼らはここに立って西の長崎半島に沈む夕日を眺めながらローマを、郷里を偲《しの》んだことだろうな」と言った。

それに呼応するように、高校生が熱弁をふるった。「日本での活版印刷は、まさにこの場所ではじまったんだよ。コレジオは大友宗麟《おおともそうりん》の府内（大分）にただ1校あったのが大名どうしの争いの影響を受けて、周防《すおう》（山口）、肥前佐賀を転々としたあげく、1590年にキリシタンが禁制になった翌々年に加津佐へ移ってきた。コレジオがここにあったのはわずか1年間にすぎないけど、その年にローマ教皇に拝謁した4少年が帰国を果たし、グーテンベルグ印刷機をもち帰った。この印刷機は加津佐の山の上にあったコレジオの印刷所に運びこまれた。迫害が激しくなると印刷機は天草に移され、天草本と呼ばれる多数の教義書と和洋の物語が印刷されたんだ」

「よくもこんなところまで、重い活版印刷機をあげたものだ」ヒカルが首を振り振り言った。

「コレジオは日本人に外国語を、ヨーロッパ人に日本語を教えるだけの学校ではなかった。双方が共有できるような知識の普及をはかる場所でもあったので、出版事業は欠かせなかった」火男がヒカルに向かって、かんで含めるように言った。「それで、ヴァリニャーノは活字印刷機械と印刷技術の導入を使節派遣の目的のひとつとしていたんだ」

それに応えるように高校生は「迫害がここまで及ぶようになると、大事な活版印刷機をまた海岸におろした。そしてコレジオが天草へ逃れるときに船に乗せ、海峡を渡って避難させ、それをもって天草のなかをあちこち逃げまわったのさ」と目の下の海岸から海峡、そのかなたの天草のほうを順に指しながら言った。

「重い印刷機をはるばるローマからもち帰る。喜望峰を回り、インド洋を渡り、マラッカ海峡を通って口之津にたどりつくと、それをはしけ船に移して陸揚げする。そして加津佐の山の上にあったコレジオに引き上げて据えつける」信じられないというふうにヒカルが頭を振りながら言った。「弾圧を受けるようになると破壊を恐れて再び海岸までおろして船に乗せる。早崎瀬戸を渡って天草にいたる。そして、それを持って島中を逃げ回る……、何とも難儀なことだ」

「印刷機をたんなる宣教の道具と考えてはいかんぞ。印刷機は彼らにとっては文化の象徴そのもの。これは最後まで文化を守ろうとする英雄的な戦いだったんだ」ヒカルの目を見据えて火男が深い感情をこめて言った。

帰りは愛宕山の中腹をとり巻く農道を南から東へ廻《まわ》った。口之津の港が見えてきたころに、ヒカルは少年に将来の希望を聞いた。「ぼくはここを離れない。ぜいたくはできなくても、家族みんなここで食っていければそれでいい。それに、ここからは船だと天草や長崎のどこにでもすぐに行けるしね。ぼくにも西海の民の末裔《まつえい》だという自覚がめばえてきたところだ」

旧口之津駅前のバス停までもどったとき、ちょうど島原行きのバスが来た。手を握って礼を言うヒカルに「また来いよ。きみだけでも」という言葉が返ってきた。少年の浅黒い顔から白い歯がこぼれ、若草のようなさわやかな息吹が漂ってきた。

原城址

「さて、これから原城址《はらじょうし》だ」火男はいったん言葉を切り、「島原の乱、どういうふうに理解している?」とヒカルに聞いた。

「残酷なキリシタン弾圧と過酷な年貢とりたてにたいする、信者とシンパの農民の反乱」

「島原の乱はキリシタン弾圧にたいする宗教戦争と殉教の物語として語られることが多い。島原藩主がみずからの失政を認めず、キリシタンの反乱と主張したからだ。幕府もキリシタン弾圧の根拠として、ことあるごとに島原の乱をもちだしたために、島原の乱は宗教戦争という見方が定着した。おまえも宗教戦争か一揆《いっき》かはっきりしない言い方をしたが、一言では言い表せないさまざまな要素をもつ騒乱だったんだ。一揆というものは民衆の側の資料は残らないが、弾圧した側には村役人から幕府に至るまで詳細な記録を残しているのが常だ。それを民衆の視点で見直さねばならん」

「ものすごくひかれるものを感じてここに来た。でも、じつを言うと、ぼくはほとんど何も知らないんだ」

「幕府討伐軍は反乱軍を廃城となっていた原城、つまり原城跡に追い込んで皆殺しにしてから、城郭を徹底的に破壊し歴史からも抹殺してしまったからな……。我々は西海の片隅で起きたこの乱のことをもっと知らねばならん」

バスで海岸沿いの道を東北の方角に6キロほど走った。それからふたりは原城前でバスを降りて海のほうへ向かって歩いた。スーパーマーケットを見つけると、ヒカルは菊の花を5本買いもとめた。ヒカルからこれから原城趾に行くと聞いた中年の女性店員は茎の切り口をティッシュペーパーでくるみ、さらにラップで包んでくれた。島原弁の柔らかなねぎらいの言葉が耳に心地よかった。

しばらく歩くと、国道の海岸よりに丘陵地帯が現れた。それが原城趾だった。段々畑で働く人たちに目をやりながら、城跡へのなだらかな道をたどった。

火男が話しはじめた。「もともと自主独立の気風の強かった辺境の地で起こったこの反乱は、中央集権に抵抗する中世的な匂いをもつ最後の大規模な土一揆的な側面があることを見逃してはならん。参加者もキリシタンや貧窮した農民だけではなかったんだ。島原と天草の領主だったキリシタン大名が転封させられてから農民のなかに入った旧家臣たちの他に、土着領主配下の地侍や各種産業の事業主などからなる地方勢力が組織や戦闘の指導的な役割を果たしている」

「それは知らなかったな。……それで、幕府軍の顔色なからしめるほどの抵抗ができたわけだ。でもね、有馬家の旧家臣にしろ、土着産業の事業主にしろ、現実感覚に富んだ人たちだったんでしょ。彼らがどうして、勝算のまったくない戦いをはじめたのかが分からないな」

「激しいキリシタン弾圧のもと、司祭や助祭は殺されるか追放された。棄教して生きのびようとした島原、天草の人びとも、藩主のこのうえない過酷な搾取を逃れるすべはなかった。それに天災の追い打ちを受けて生きる望みを失った民衆のなかから、いったん捨てた信仰に立ち返ろうという気持ちが燃えあがった。これは終末論的世界観にもとづく一種の異端的な宗教運動だったというのが定説だろう」

「それはごく自然な成り行きだよね。棄教にたいする強い悔悟の念が天上の至福への強い希求となって燃えあがった、それは分かるよ。だけど、それだけで、これだけの大規模な反乱が起きるのは納得がいかない」

「そこだよ！　やはり、神の子と言われた天草四郎《しろう》の強烈なカリスマ性を無視できない。幼いころから神童ぶりを発揮した天草四郎は、益田甚兵衛好次《ますだじんべえよしつぐ》という小西行長《こにしゆきなが》の旧家臣の子と言われている。おそらく、キリシタン大名として非業の死を遂げた君主を悼む空気のなかで育てられたことだろう」

　土埃《つちぼこり》のたつ山道をポクポク歩きながら、火男がつづけた。「使徒的な役割を担った牢人《ろうにん》たちが、この地方の島々や村々をめぐって、預言された神の子が現れたと告げて蜂起を促してまわった。天草からマカオに追放された司祭が、〈26年後に末世が訪れるが、そのときひとりの善人が現れる〉と書き遺《のこ》していたが、それこそ天草四郎である、と。それで司祭不在のなかで信徒組織が再建され、15歳の少年・天草四郎を盟主と仰いで反乱軍が結成されるにいたった。

　そして１６３７年12月、年貢とりたての役人の残虐行為をきっかけに蜂起し、反乱軍は両地域支配の拠点だったいくつかの城を襲った。しかし、天草軍は九州諸藩を糾合した討伐軍が迫っているのを知って海を渡り、島原軍に合流して原城趾に籠城した。反乱軍の士気は高かった。数次にわたる幕府軍の総攻撃は失敗し総大将が討ち死にをするほどだった」

「城を打って出た籠城軍の婦人部隊が、てだれの武士集団を蹴散らしたという……」ヒカルが合の手を入れる。

「それもこの乱に、中世の土一揆の名残がうかがわれると言われるゆえんだ。しかし、援軍を得て13万人近くに膨れあがった幕府討伐軍は、陸と海から包囲し兵糧攻めにしながら間断なく砲撃と銃撃をくわえ、籠城軍を消耗させる戦術に切り替えた」火男が説明を補足する。

「飢えて泣く子にしなびた乳房をふくませる若い母親、それを横目に血刀を研ぐ祖父、火縄銃の弾を溶かして十字架につくり替える祖母」目を閉じたヒカルは彼らの姿をまざまざと見ているように荒い息をしていた。

「4月のすえに城を打って出た兵士を打ちとって遺骸を調べた討伐軍は、籠城軍兵士の腹のなかには海藻しか入っていないことを知った。それで食糧が尽き果てていると判断し、総攻撃をかけて落城させた」火男の説明は一気にクライマックスに達した。

石段を上って本丸跡に登ったが、昼間でもほの暗い木立に被《おお》われた何もない空間が広がるだけだった。そこを抜け、飢えをしのぐために海草を採集しようと、人びとが懸命に上り降りしたと伝えられる急な崖の上にふたりは立った。

目の下に広がる陽光あふれる有明海《ありあけかい》を眺めながら火男が重い口を開いた。「長崎奉行はオランダに依頼して2隻の軍艦を長崎から回航させた。海上から近づく南蛮船を見て援軍が来たと勘違いし喜んだのもつかのま、砲撃を受けた反乱軍は狼狽《ろうばい》し大いに戦意を失ったと言われている」

「でも、反乱軍もむざむざとやられてはいなかったんでしょ？」

「そのとおりだ、幕府軍の卑怯《ひきょう》な仕打ちにたいして矢文を放ち〈自分たちは藩主・松倉勝家《まつくらかついえ》の暴政を逃れて籠城していること、天道に恥じる罪を犯していないので、死んで天上界で栄光を受けることを確信していること。そういう自分たちを攻めるのは勝手であるが、外国勢の助けを求めるのは卑怯である、幕府軍に侍はいないのか〉と堂々たる抗議をした」

「驚いたな！　矢とか鉄砲玉だけでなく、彼らは激しい反撃の言葉も飛ばしたんだね。籠城戦の悲惨な状況に追いつめられながら、最後まで正義はわれにありと、意気軒昂《いきけんこう》であったことをうかがい知ることができるな」

　城跡の台地からおりる手前で見あげると、ほおのふっくらした巨大な天草四郎像が目に入った。

「目障りだ！　出自からして謎の多い人物なのに、そのイメージを固定化してしまいかねない、桃太郎風の馬鹿でかい立像を歴史的な場所におくとは……」とヒカル。

　それに答えて火男は「そう、ここでも行政が率先して歴史の平板化をおこなっている。大勢の非戦闘員を背負って凄惨な籠城戦を戦った指揮官、終末論的な色彩の強い信仰にそまった少年・天草四郎の像として、これはふさわしくない」と言って台座の碑文に目を落とし、「やっぱり」とつぶやいた。ヒカルはそこに長崎の巨人像と同じ作者の名が刻まれているのを認めた。

　本丸を去るまえに虎口跡に立つと、火男が言った。「虎口というのは他の城門とちがって、本丸正面の門としてもっとも見栄《みえ》と格式を備え、かつ厳重な防御力を備えた門だ」

　そばに立つパネルを見て、この一帯は落城後、徹底的に破壊されていたが近年の発掘作業のさい、大量の築石やグリ石、瓦とともにおびただしい数の人骨が出土したことを知った。説明文に添えられていたこの一帯の空中撮影の写真とその図説を見ているうちに、ヒカルにはこのあたりでくり広げられた激しい戦いの一連のシーンが目に浮かぶようだった。虎口を突破してなだれこむ幕府軍が籠城軍に対して行う殺戮《さつりく》と阿鼻叫喚《あびきょうかん》、そして、破壊された城門から城壁の下にかけてうずたかく折り重なる死体……。

　雑草が生い茂った空濠《からぼり》の横を通りながら火男がつぶやいた。「籠城軍はこのくぼ地に小屋がけし、カヤでおおって非戦闘員をかくまっていたという。籠城した反乱軍の数は2万7000人とも3万7000人とも言われており、そのうち半分から3分の1は女・子どもの非戦闘員だったが、内通していた南蛮絵師ひとりを除いて誰も死を免がれることはできなかった」

その言葉を聞いていると、ヒカルは大規模な殺戮の場と化したこの空濠から、血の臭いに酔った幕府軍兵士が目を血走らせ、雄叫《おたけ》びをあげて虎口に殺到するさまが目に浮かんだ。

はるか北東に連なる雲仙の山並みを目にしながら畑のあいだを抜け、国道にもどる途中に火男が城の向かい側の台地をさして言った。「このあたり一帯に13万人近い大部隊が包囲網をしいて、絶え間なく大砲や火縄銃を打ち込むさまを想像してごらん。九州諸藩から動員された約12万人、九州以外からは幕府派遣軍の約5000人にくわえ、備後《びんご》福山藩から5800人が唯一の参陣だったと言われている」

黙々と歩いていたヒカルが、「籠城軍はたいへんな圧迫を感じ、もう逃れるすべはないと観念したことだろうね。ただ絶望感が大きくなるのに比例して、蜂起した自分たちに呼応して、大名や牢人などの幕府にたいする不平分子が立ちあがるだろうという期待も強まったんじゃないかな。籠城軍はそういう望みにすがることによって、自分たちが孤軍でないと考えてもちこたえようとするからね」と火男に同意を求める口調で言った。

「援軍が来る可能性ははじめからまったくなかったと言っていい。力の差ははじめから歴然、大勢になびくのは戦国の世の常だったからだ。彼らの本当の悲惨は孤軍であったということより、カトリック世界からもまったく孤立していたことにあるんだ。当時すでに島原半島には司祭は存在しなかった。彼らは教会とは関係のない私的宗教集団ということになるからだ」火男の口調は素っ気なかった。

めずらしくヒカルがキッと火男をにらみながら言った。「孤軍であった、逆族とされた、殉教者ともみなされていない、それがどうした。ぼくはひととして彼らを弔う」最後のほうは嗚咽《おえつ》にのみこまれた。激してきた感情を抑えようとするかのように、うつむきながらもち歩いていた菊の花束を拾ったジュースのビンに入れ、ペットボトルの水を満たして路傍の石に立てかけ、しゃがんで手を合わせた。

しばらくヒカルが瞑目《めいもく》していると、あたりはチ・チッ、チ・チッ、チ・チッという鋭い鳴き声に包まれた。見まわすとあたり一面、無数のツバメが鳴きかわしながら飛びまわり宙返りをくり返していた。そこは風の通り道とみえて、吹きあげてくる潮風に乗ってツバメたちが餌となる虫を捕り、戯れる場所だったのだ。

それを見あげて火男がつぶやいた。「原城趾が陥落した年も季節はいつものようにめぐってきた。ツバメたちよ、おまえたちが伝え聞いたことを教えておくれ。おまえたちは原城趾をおおった白骨の上を飛びかっていた小さきものたちの子孫なんだろう?」

しばらく黙々と歩いていたヒカルは、まだ鬱々とした気分から抜けきらない調子で、今度は「ぼくの先祖が福山の殿さまにしたがって出陣し、ここで戦死した可能性だってある。そうすれば、ぼくという人間はこの世に存在しなかったかもしれない」と言って、国道につながる農道をトボトボ歩いた。

火男は「可能性としてはありうるな」とあっさり言って、「だが、おまえの先祖は代々、命のリレーをしておまえにつないだ。ここで見て考えたことを帰って福山の人びとに、そしてやがては自分の子どもに伝えることだな」とだけ答えた。そして、思いをめぐらせてから「2月に水辺の森公園の帰りに言ったことを覚えているか?」とつけくわえた。

「たしか、キリシタン弾圧と被爆の構造には驚くほど似たところがある、と」

「そう、ここでまた類似点に気づいたな。ともに家族ぐるみ、地域ぐるみの大虐殺だ。犠牲者の言葉を伝える者も生き残らないほどのな! だから、彼らのときを超えた呼びかけを聴く耳をもった者の責務は大きいんだ」

この場で起こった大規模な殺戮の救いのなさに打ちのめされた様子のヒカルの気持ちを、なんとか切り替えさせようと「これからキリシタン文化の光があふれた北有馬の日野江《ひのえ》城跡を訪ねるぞ」と勢いよくいうと、ヒカルをせかせて国道へ出た。

原城趾博物館

その時、火男が叫んだ。「おっと、すんでのところで忘れるところだった。原城趾博物館に行かねばならん」そして例によって前のめりに歩きながら、つづけて言った。「時間がないが、ちょっと見せたいものがある」

その小さな博物館は国道の反対側、高校の裏にあった。展示場のほとんどを占めていたのは、生々しく再現された原城趾の発掘現場だった。おびただしい数の骨で埋め尽くされたレプリカを取り巻いていたのは20人余の中年韓国人のカトリック巡礼団だった。リーダーの長い説明に熱心に聞き入っている彼らの表情と、付き添ってきたものの彼らの言葉が分からずに退屈しきった様子の小柄な日本人の老いたシスターの姿が対照的だった。

その後ろの棚には、城趾で発掘された丸い小さな火縄銃の弾丸や大きな大砲の弾などが並べられていた。ヒカルの目はそのわきにロザリオやイエス、マリア、聖人を描いたメダルと共にガラスケースに収められていた20個ほどの小さな十字架に吸い付けられた。そのうちのいくつかは破損していたり、曲がっていたりしたが、多くは縦の柱の下のほうに小さな穴が開けられていた。ハッとしてヒカルが叫んだ。「これはもしかして、逆さ十字架！　聖ペトロの十字架として作られたんじゃないの？」

「そのとおりだよ、ヒカル。反乱軍の人々は落城が近づいて、死ぬときが来たと悟ったときに火縄銃の弾丸を溶かしてこれを作ったのだ」火男は深い思いを込めてつづけた。「これで、彼らが何を渇望していたか実感できただろう」

日野江城跡、北有馬─天正少年使節の揺籃《ようらん》の地

博物館をあとにすると、ふたりは大急ぎで国道にもどり、折よく近くのバス停にやってきたバスに飛び乗った。車窓から見えてきた雲仙の山並みに連なる丘をさして、火男は「16世紀後半から17世紀の初頭には、あそこにあった城を中心にキリシタン文化が花開いた。町は海外との交易で栄え、国内でも有数の教会や病院を有する文化の中心地となった。セミナリオではヨーロッパ・ルネサンスの人文主義教育がおこなわれていたんだ」と高らかに言った。

日野江城入口でバスを降りて国道を離れ、西に歩いて城跡へ向かった。城の登り口の民家のまえに有馬セミナリオ跡を示す真新しい御影石《みかげいし》の石碑が立っているのを横目に、本丸にいたる細い道をひたすら上った。舗装が途切れて道路がさらに細くなったあたりから、あちこちに〈マムシ注意〉の看板が見え始めた。

木立に囲まれた小高い丘を、ひざまで伸びた雑草をかき分けてすすみ急な階段を上がると本丸跡に着いた。期待した壮大なパノラマはなく、あたり一面にうっそうと茂った雑木のあいだからわずかに有明海が透けて見えるだけだった。

火男が口を開いた。「この城は藤原北家《ふじわらほっけ》で藤原純友《すみとも》の子孫である経澄《つねずみ》が1213年から1219年の間に築城したとされる広大な山城だ。経澄は後に有馬と改姓した。有馬家は長崎県南部の南高来郡《みなみたかきぐん》のそのまた南端の一勢力に過ぎなかったが、貴純《たかずみ》の時代になると島原半島内の諸勢力を抑えて戦国大名にのしあがった」と言うと、右手前方、有明海に突き出た小さな半島を指して「そして、あそこに見える原城を日野江城の支城として築いたのだ」とつづけた。有馬氏が衰退し、キリシタン弾圧時代に城は徹底して破壊されてしまった。幸いなことに、1595年にこの城を訪れたスペイン商人が詳しい訪問記を残してくれている。それには、ここに存在した美しい庭園や海を望む優美な内装を施した大広間の連なる広大な晴信《はるのぶ》の居城のことがいきいきと描写されており、それを手がかりに想像を膨らませることができる。城跡の面積は11・2ヘクタールにも及ぶんだ」

有明海から雲仙につながる丘まで360度、ぐるりと見渡してヒカルが言った。「そう言われても何のヴィジョンも湧いてこない」城跡が延々と広がっているはずのあたりの丘一面は、雑木林とつる草におおわれていた。

ふたたび、人ひとり出会うことのない山道を麓へとたどりながら火男が言葉をつづけた。「日野江城は1982年に国の指定史跡となり、1995年からはじまった発掘調査では、他に類例のないヨーロッパの様式をとり入れて構築した石塀の遺構が出土した。それと仏教の石塔を利用してつくられた石段の一部が見つかった。また豊臣《とよとみ》政権下でも枢要とされた城郭にのみ使用された金箔《きんぱく》瓦なども出たので、さらに多くの発見への期待が膨らんだもんだ」

「期待をそそられるよね」と調子を合わせたヒカルが、つまらなさそうにつづけた。「それなのに、どうしてこのざまなの？　野となれ山となれと捨ておかれている感じじゃないの」

「2005年9月に、町村合併を控えた北有馬町が桜の植樹事業を委託したボランティア団体が、文化財保護法違反のずさんな工事をおこなって、遺構の一部を損壊してしまった。それが文化庁が当時の町長らを刑事告発する事件に発展したため、これらの遺構は保存のために埋めもどされ、発掘調査は中断されてしまったんだ」

道の中央を一車線分だけ簡易舗装した山道を麓へとたどりながら、火男が言った。「〈キリシタン文化を郷土の町づくりに生かしたい。翌年の春にむけて、市民の憩いの場を提供しよう〉という地方自治体の意向は分からんではない。そういった熱意を〈重要な史跡保護〉と両立させるための知恵を学ばねば……。この場がかけがえのない遺跡だという認識が足りなかったとしか言いようがないな」

ふたたび有馬セミナリオ跡を通って、町へと向かいながら火男が問うた。「想像できるか、往時の有馬のにぎわいを。セミナリオからはラテン語の文法を唱える少年たちの声が聞こえ、オルガンやクラブサンの音が流れていたそうだ」

想像できないとさっきから言ってるじゃないか、と腹をたてながら顔には出さず、ヒカルは疑問を口にした。「要するに、ヴァリニャーノは日本の少年を〈西洋人〉にしたかったんじゃないの？」

「ちがう。〈東西を知る人間〉にすることがヴァリニャーノの基本的な理念だった。キリスト教思想を広めるためには西洋の思想を知るだけでは不十分。それを日本人に伝えるために、日本文化や思想に関して仏教徒、僧侶、神官に負けないくらいの知識や言語能力が身についていなければならないからだ。彼の考えは、ルネサンスの基本理念を広げたものだった。じつは、伝統的なラテン語偏重から最初に抜け出したのはイタリア・ルネサンスだったんだよ」

ヒカルが目を大きく見開いて言った。「だからセミナリオ、コレジオをつぎつぎとつくり、教育に大きな力をそそいだんだね。遣欧少年使節の4少年はみな、有馬のセミナリオの第1期生だったんでしょ」それから、ほおを紅潮させて尋ねた。「でも、なぜ少年を派遣したの？　年端のいかない子どもより、改宗した僧侶のなかの切れ者を選んだほうが布教の成果を示すにはよかったんじゃないかな」

「そこだよ！　ワシらは頭で納得しての選択をよしとしたくなるんだが、違うんだな……、どうも。ヴァリニャーノが〈教会の初穂〉と呼んだ少年たちは皆キリシタン大名の子か姻戚、つまり第2世代キリシタンだった。代々の宗教者には、ある宗教を意識的に選びとった者が達することのできない境地に達している人たちがいるものだ……根源的な人間のなりたちの問題だろうね。ヨーロッパで彼らを謁見し言葉をかわした諸侯は、彼らの平静さと立ち居振る舞いの端正さに感銘を受け、キリスト教徒のすべての美徳を認めたと言われている。感受性が豊かで順応性にとんだ少年たちは異文化を摂取するのも早い。少年というのは、大いなる希望だな……」

流れ出る汗をハンカチでぬぐいつつ、せっせと歩きながら火男は語りつづけた。

「ヴァリニャーノの〈適応主義〉の真の狙いは、さらに発展して福祉、教育などを通して直接民衆に働きかけ、自立した日本の教会の成長を促すことにあった。セミナリオではとくに年長の生徒が年少の生徒の学習を助け、自分が学んだことを他人に伝える姿勢を身につけることによる共同体意識の形成が重視された。この教育方針がのちにペトロ岐部《きべ》、金鍔《きんつば》ことトマス次兵衛《じひょうえ》ら迫害に屈しない殉教者たちを育てた。そして、教会と司祭不在のなかで200年以上の迫害の時代を生きのびた隠れキリシタンの信仰をつくりだす礎《いしずえ》となったとしても不思議はない」

「すると結局、島原、天草で蜂起した一揆方も同じ枝に咲いた花と言えるんじゃない？」

「どういう意味だ」

「セミナリオでとられた、先輩が後輩の教育にあたるという方針は自立した共同体意識をはぐくんだ。その手法と伝統が司祭不在の天草、島原で反乱軍の組織化と活動を支えたんじゃないの？」

「その力の一部とはなっただろうな。一揆方は正統な信者ではないから、彼らの行動はカトリック教会には関係がないとされただけのこと。だれにも弔われることのなかった彼らのささやかな墓碑には、今ではいつもだれかが季節の花を手向けるようになった。おまえはおまえの意向で彼らを偲べばいいんだよ」

両手をズボンのポケットに突っこみ、あごを胸にうずめるようにして歩いていたヒカルが「皆もっと、彼らのことを知らなければ……」とボソッと言った。

「そうだな。ここにも忘れられた日本人の金の鉱脈がある」

西有家、有家

まわりに民家がまばらにしか建っていない市道を通って北有馬の中心部を抜け、海岸沿いの国道に出た。火男は「これからキリシタン墓碑がもっとも多く見られる西有家《にしありえ》、有家を回ろうと思うが、時間が限られているから」と言って、コンビニの公衆電話でタクシーを呼んだ。国道を3キロほど東へ走ると、晴れわたった空の下に広がる島原湾を隔てて天草がまぢかに見えはじめた。ふり返って見ると、さきほど訪れた原城趾が右手やや後方の海上に突き出していた。

西有家の町並みをぬけて海岸まで行くと、仏教寺院の墓地の背後に十字架が立っているのが見えた。タクシーを待たせて、金網のフェンスで囲まれた網入り強化ガラス製の小屋に近づくと、なかに半円筒形の大きな墓の蓋石《ふたいし》がおかれていた。風化して模様も定かでないが蓋石全体を装飾がおおっており、頭の側には花十字紋が彫られていることが曇ったガラス板を透かして何とか見て取れた。

〈国指定史跡〉とある説明文には、ローマ字の碑文が刻まれたキリシタン墓碑としては日本最古のもので、1929年にこの共同墓地の地中から発掘されたと書かれていた。囲いの中のすべてが乾ききっており、蓋石もたむけられた造花の菊の花も白いほこりをかぶっていた。

西有家を離れ、いったん国道に出てすこし東へ走ってから左折し、雲仙へ向かって5分ほど坂道を登ると、畑のなかの有家キリシタン史跡公園に着いた。そこには銘入りや花十字入りの平たい蓋石が並べられていた。道端や石垣のなか、それに畑の中に埋もれていた17基を〈島原の乱後350年行事〉の一環としてここに集めたのだと、ついて来たタクシーの運転手が教えてくれた。墓石の表面はひどく粗く、装飾が施された十字架が彫られているのが見て取れたのはそのうちのごく少数にすぎなかった。３００年から４００年の歳月による風化作用のせいだけなのか、意図的に削りとられたのか判然としなかったが、ここでも墓碑群はほこりをかぶって乾いていた。

ふたたび海岸の国道をめざして走るタクシーのなかで、疲れた表情の火男が口を開いた。「人びとの関心も枯れてしまったのか。墓碑の主の信仰が否定され、扱いが変わってから久しいのに……」

のどの渇きをおぼえながらヒカルが答えた。「これだけ湧水《ゆうすい》の豊富な土地なんだから、敷地のまわりに水路をめぐらし、草木を植え、小鳥の訪れに死者の魂が慰められるようなレイアウトを考えてもよさそうなものだよね」

ルームミラーでふたりの顔を見て、運転手が調子を合わせた。「墓碑のなかには、水神さまとして祀《まつ》られているものもありますからね」ヒカルは黙ってそれを聞いていた。

国道に出てタクシーを降りると、バスに乗り替えて島原市をめざした。どこまでも広い空の下、南北に延びた海岸線を見ながらヒカルが聞いた。

「このへんの地名には〈有〉の字がつくものが多いね。どういう意味なの？」

「いいところに気づいたな」と応じた火男、ニコニコして答えた。「原城趾のある南有馬、日野江城跡のある北有馬、それから島原半島でもキリシタン墓碑がもっともたくさんみつかっている西有家から有家、そして南島原の地を抱く陽光あふれる有明海のすべてにつけられている〈有〉の字は、〈ずっとつづく〉とか、〈このままつづく〉とかいう意味。この豊穣《ほうじょう》の地がずっとつづくようにという中世の人びとの祈りがこめられている。このあたりどこでも磯《いそ》に出れば、かつては青のりや小魚をはじめとして舌ビラメ、タコなど朝晩のおかずがふんだんにとれたもんだ」火男はため息をつくと、苦い口調でつづけた。「それが、稀《まれ》にしか襲ってこない高潮から身を守るためと言って防潮堤をつくったために、浜の恵みは失われてしまった。そんな土木事業は種々のエコシステムを支え、海水を清浄に保つ働きをしている渚《なぎさ》を破壊してしまうと、1月に広島県の三原に行ったときにも言ったのを覚えているか？　有史以前からつづけていた生活形態をそんなに簡単に捨ててはならん」

それに応えて「さらにその外に海に張り出して、〈がまだすロード〉なるものまでできているね。防潮堤を築きその上に道路をつくったのにくわえて、またこれだ」とヒカルが言った。

島原

バスが北へ向かって島原街道をたどるにつれ、生きている火山の迫力がましてきた。「あれはたしか1991年から1994年にかけてだったな。火砕流が頻発し、雨が降れば土石流が家々を襲った。地元の人びとには災難は永遠につづくように思われたことだろう」

火男の言葉を聞きながら西のほうを見ると、逆光ながらはるかに普賢岳の頂上から麓に向けて走った火砕流の跡を望むことができた。火男がポツリと言った。「あそこで1991年に43人の死者、行方不明者を出し、9人が負傷したんだ」

島原市内に入り、歩いて島原城の真下まで来て左に曲がり鉄砲町に入った。標高800メートルあまりの眉山《まゆやま》がのしかかるように町に迫り、普賢岳をはじめとする雲仙の山々がその背後から与える威圧感はいよいよ増してきた。火男が感に堪えないという表情で言った。

「ここでは1792年に〈島原大変〉と呼ばれるわが国の火山被害史上、最大規模の災害が起きている。大地震によって城下町の背後にそびえる眉山が大規模に崩壊して、大量の土砂が有明海に崩れ落ちたために発生した津波が対岸の熊本を広く襲ったのみならず、返し波によって、島原半島は再度被害を受け、約1万5000人が死亡する大災害となったと伝えられている」

中央に清流の流れる水路や、民家の塀際に設けられた水汲《みずく》み場を眺めたりして鉄砲町の散歩を楽しみながらヒカルが言った。「それでも眉山の森林が島原湧水群の水源となって市内を潤しているだけでなく、1991〜94年の普賢岳噴火のおりにはこの山が火砕流から島原市の中心部を守った。この半島に来ると、自然と人との営みを本当にダイナミックにとらえることができるな。このあたりの歴史や地理をもっと知ったら、すっかりハマってしまいそうだ」

「最近、世界ジオパークに認定されたな。国の第1号とか」

「その世界ジオパークって、何？」

「ユネスコが支援している世界遺産の地質版と言えるものだろう」

「どういったところが評価されたの？」

「普賢岳の溶岩ドーム、14キロにおよぶ千々石《ちぢわ》断層、大野木場の火砕流被災遺構など、おもな地質学的見どころだけでも20ヵ所以上あるからな」

「認定されたことが〝地域振興〟や観光に役立つだけでなく、本当にこの半島の地質学的な特徴や文化の保全に役立ってほしいね」ヒカルが熱を込めて言った。

堀端まで来ると、子どもたちが深い堀のなかを水際までおりていって魚をすくっていた。ふたりは並んでそれに見とれ、「ここでは濠《ほり》の水まで澄みきっているな」と口々に感嘆の声をもらしながらしばらく見つづけていた。

　本丸に入りながら火男が「城というのは戦闘の拠点であると同時に、領主の威光を示す装置、中世から近世の町は城を中心につくられた」と口を開いた。

「知ってるよ。だから、町のどこからでも見あげられる天守閣を大名は財力の許すかぎり壮麗につくったんでしょ」とヒカルがそれに応えた。ところが、天守閣を見あげたとたん、「なんとなくふうが悪いな。まるでもうけ主義の不動産屋が造ったマンションって感じだ」と言って顔をしかめた。

「ふうが悪い？　広島弁か、不格好という意味だな。おまえがそう感じるのは、この城には破風《はふ》がないからだろう」

「それ、シャレのつもり？」

「シャレなものか」と言ってしゃがみこみ、砂地に〈破風〉と書いた。「これは〈はふ〉と読む。ワシも〈はふう〉とは言ってないだろう。切妻《きりづま》にある巨大な三角形の装飾板のことだ。これはかたちによって反り破風、唐破風、千鳥破風などの種類がある。どこの城だって破風があるもんだ、あれがないと城は格好がつかん」

「なぜ、この城には破風がないの？」

「さて、そこだ！　松倉重政《しげまさ》は4万石少々の小大名でありながら、ここに分不相応の33の櫓《やぐら》と五層の天守閣をもつ広大な城をつくり、非常識なほど武器をためこんだ。その天守閣に美観上の利点を犠牲にしてまで破風をつくらなかった。なぜか？」

　ヒカルは黙って首を横に振る。

「それは、押し寄せてきた敵勢を上から撃ちおろしやすいようにという考えだった。また、分不相応の広大な島原城を建てたことにくわえて、幕府の覚えをよくするために自発的に2倍以上の公儀普請の負担を引き受けたが、そのツケは重税となって、すべて領民に押しつけられた。彼には悪政を重ねて天守閣に追いつめられる自分の姿が見えていたんだろう」

「おぞましい存在だな！　でも、島原の乱のことを分かろうと思うなら、彼のことをもっと知らなきゃならない」と言ってヒカルは櫓を見下ろす丘の松原の中にあったベンチに火男を誘った。

目を細めて海を見ながら火男が語る。「戦国期に大和《やまと》の小領主にすぎなかった松倉重政は、豊臣家の旗本でありながら関ヶ原の戦いで家康《いえやす》の陣営に参入して目をかけられるようになった。大坂夏の陣で期待されたとおりの働きをした松倉重政は、恩賞として長崎奉行が手を焼いていたキリシタン地帯・肥前島原を与えられた。わが国の歴史でも、松倉重政ほど自分の利益のために武士的な倫理をかなぐり捨てて猛々《たけだけ》しくふるまった存在は稀だが、家康は早くから彼のそういった資質に目をつけていたんだね。かねて手を焼いていたキリシタン勢力の強い辺境の地に派遣するのに最適の人物と判断したんだろう」

「毒をもって毒を制すか！　独裁者のやることは似ているな、ほんとに。島津が九州の覇権を握ろうとしてうごめいていたときに、秀吉《ひでよし》がキリシタン大名を糾合してあたらせたのを思い出すよ」

考えこんでいたヒカルが、このときハッとして「ふつうは藩主が領民にやらないような過酷な搾取、おぞましい残虐行為がここでは日常的におこなわれていた。松倉重政は稀代《きたい》のサディストだったと考えられるけど、家康にとり入った彼のやり口を考えてみると、冷徹な計算があったんじゃないの？」

「それは十分、ありうることだ。彼の身になって考えてみるといい。大坂夏の陣のあと、肥前島原の大名にとり立てられた。〈なんたる恩寵《おんちょう》！〉と感涙にむせんだあと、恩寵に報いるにはどうすればいいか、大和から下ってくる道々考えたにちがいない」火男はこう言って懐をはだけ、潮風を入れながらつづける。「〈島原、有馬の地からキリシタンを根絶することだ〉という結論に達するのに時間はかからなかっただろう。邪宗を奉ずる彼らになんの遠慮がいろうか。遠国《おんごく》・肥前島原、何をしようと人目をはばかることはない。絞れるだけ絞れば、やつらは刃向かってくる。謀反人は最大の極悪人、あとは根絶やしにするだけだ。そうすれば自分の大手柄として、お上《かみ》の覚えはいっそうめでたくなるとね」

「最初の一撃を打たせておいて、やおら立ちあがって打ちのめす。いつの世にも変わらぬ強者が弱者をいたぶるパターンだね」

「家康は、長崎奉行も手を焼くような筋金入りのキリシタン地帯には、それに見あった極悪人の親子を送りこんだんだ。重政は13年間、悪政に悪政を重ねて死んだ。その跡を継いだ勝家《かついえ》は親のやり方をさらに徹底した。〈親の代はまだましだった〉と言われるほどにな」

ヒカルが合いの手を入れる。「そして望んでいた一揆を起こさせた。島原城を襲ってきた反乱軍を籠城戦にもちこんで撃退し、つぎに一揆軍を原城趾に閉じこめて殲滅《せんめつ》した。すべては筋書きどおりに運んだ」

火男は「しかし鎮圧に諸大名から派遣された13万の大軍を要し、あまりに手間取った。ぶざまだった。それで、幕府は失政の責任を問うて勝家を処刑した。武士としての名誉をまったく与えない斬首というかたちで……。すべてを手に入れたのは3代将軍・家光だった。そしてこの一揆をキリシタンの反乱ということにして鎖国に突っ走った」と一連の話をまとめた。

再び天守閣の入口までもどって来ると、派手な衣装を身に付けて大名や姫君に扮《ふん》した若者たちがいろいろなパフォーマンスを繰り広げ、「私たちがガイドしまーす」と叫んでいた。中には7色の忍《しの》びの装束を着た7人の忍者も交じっていたり、チャンバラをやっている侍たちもいた。

それにぼんやりと目をやっているヒカルを見て、火男は「天守閣の中を見てくればいいじゃないか。ワシはここで待っているから」と言った。ヒカルが中に入るとそこには赤い衣装に身を包んだ美人画風の天草四郎の肖像画と共に、数々のロザリオ、十字架、磔刑《たっけい》のイエス像、瀬戸物のマリア観音像《かんのんぞう》があたかも戦利品のように無造作に展示してあった。精巧な造りの聖具に一つ一つ見入りながら、ヒカルはこれは信者に取ってはどれほど貴重なものだったのだろう、誰がこのまえで日々の祈りを捧《ささ》げていたのだろうなどと考え込まずにはいられなかった。そのひとつ上の階には数々の日本刀が展示してあった。その背筋も凍るような光を見て、それが囚《とら》われた信者の背中を絶ち割ったり首を刎《は》ねたりするのに使われる様子がイヤでも目に浮かんできて、居たたまれず、ヒカルはさっさと外に出た。

外に出ると、火男が「これはそこで手に入れたものだが」と島原市の観光ガイドブックを手にして立っていた。「なんとキリシタン資料館のタイトルは『往事のロマンあふれる』だ、驚くじゃないか!」

ヒカルは天草四郎の立像に十字架、その下に二振りの抜き身の刀がアレンジされたページに目を丸くして「ほんとう? 何がロマンだ。あきれてものも言えないよ」と叫んだ。

松倉重政と書かれた大きな幟《のぼり》が林立し、原城趾にあったのより二回り小さな天草四郎の銅像をはじめとする北村西望の作品が散在する城郭の中を歩いて、威圧するように眩《まぶ》しく輝く天守閣に目をやりながら火男が憤然と言った。「ここもテーマパークみたいなものにしてしまっている。天草四郎も松倉重政もいっしょくたに、観光資源にしてな」

ヒカルも城に目を上げて言う。「全国的にこんな風潮だが、あらためてそれを恐ろしいと思う。歴史認識が混乱し、間違ってしまったって誰も構いやしないのか？　四季折々にここに集まって楽しめればそれでいいのか！　みな、お祭り騒ぎばかりやってないで目を覚ませ！」

夕闇が迫ったころ、家並みのはしばしに不知火《しらぬい》の海に浮かぶいさり火を見ながら城を離れた。ぶらぶらと歩いて坂道を浜のほうへ降りながら火男が表情を引き締めて言った。

「きょう見た3つの城が象徴することをもう一度考えてみよう。今しがた見たように、キリシタン弾圧の拠点・島原城のみが美々しく復元されている。そこでは島原の乱の歴史的な考察抜きにキリシタンの聖具が戦利品の様に陳列されているだけ。いっぽう、島原半島に花開いたキリシタン文化の栄光のシンボルだった日野江城は草むらに埋もれてしまっていた。そこには8年と5ヵ月ぶりに帰国を果たした遣欧少年使節の歓迎会が盛大に開かれたことを偲ぶ何のよすがもなかった」

「だけどぼくには分かるよ！　帰ってきた彼らの気分がどれだけ高揚していたかが。生まれてこのかた施された武士の子としての厳しい鍛錬につづいて、セミナリオで身につけた素養がすべて花開いた。自分たちが西欧世界に受け入れられたという誇り、自分たちも外の世界をよく知ったという自信をこの年の少年たちがもった！　彼らは壮麗な建築や絵画を目にし、魂を揺さぶるとてつもない音楽を聞いた。彼らが語る西洋社会の仕組みと歴史、司法制度と民衆支配の歴史に夢中で聞き入る仲間たち……。目に浮かぶようだ！　彼らが訪れた遥《はる》かに遠い異国のイメージを分かち合って身を震わせる若者たち。ヴァリニャーノの夢は叶《かな》えられた。少年が少年に語る、それがヴァリニャーノの狙いだったんだから」

「しかし少年たちが日本に帰ってきたとき、世のなかは戦国時代から中央集権体制に移行し、西洋の文明や宗教を排除する鎖国体制へと向かっていた。徳川幕府とその手先は彼らを虐殺した。そして日本人の記憶からも消し去った。だが、おまえにはこれだけは覚えておいてほしい。西欧世界に残されている記録を見ても分かるように、天正遣欧少年使節の派遣は世界史上の大事件だったんだ」

「地球の少年たちがET（地球外生命体）の星を訪ねて、彼らと交歓してきたというくらいの？」

火男は顔を赤くして「おまえは、なんでもすぐに茶化すな。なんてやつだ……」と、こぶしをふりまわした。

ちょっと首をすくめたヒカル、「本当のことを言うと、彼らのことを思うと泣けてくるんだ」と表情を引きしめて言った。「選《え》り抜《ぬ》きの侍の子どもに第一級のルネサンスの人文教育が施された。少年たちはすべてをこの目的のために捧げ、おおいなる希望をもって帰ってきた。ところが、それがまったく生かされなかった。なんて、ひどいことだろう」

「日本のために泣け、ヒカル！　これはすべての日本人の悲劇だ。このとき国を閉ざしたことによって、日本は市民社会が個人の尊厳と思想・信条の自由を闘いとろうとしていた西欧近代世界に致命的な後れをとった。その後遺症は今日にまでおよんでいる。ジュリアンを穴吊りにした日本人はいまだに自分自身を穴吊りにしたままなんだ」

「まえから火男に聞きたいと思っていたんだけど、島原で弾圧の嵐が吹き荒れるようになった経緯は？」

「そう、この島原城を築城した重政が稀代の残虐性を発揮するようになるのは参勤交代で上京したおりに、3代将軍・家光にキリシタン取り締まりの手ぬるさを叱責されたからだった」と沈鬱な表情で返した火男、「戦国時代の血なまぐさい抗争の体験もなく、家康のような英雄的な気概もない家光の政権は彼が自身の政策をもっていなかったために、官僚として有能なだけの幕臣がとりしきる体制になっていたんだ」とつづけた。

「このあたりからバランス感覚を失った極端な政策が出てくるのは、いまの政治状況と似ているね。戦争の現実の感覚が希薄なままアメリカの世界戦略に加担し、核武装まで口にするようになっている現状とね」とヒカル。そして「戦争を生きのびた世代の2世、3世が世襲で政権を担って政治を動かすとこうなるのか……」と慨嘆する。

「重政は稀代のサディストだったが、その子の勝家にいたっては、完全にタガがはずれていた。容易に死にいたらせず、どのように時間をかけて苦しめるか、いろいろと知恵を絞って考え出した残酷な刑罰の数々は口にするのも憚《はばか》られるほどのおぞましさだ。さまざまな道具を使い、家族のまえで家族をさいなんだ。その残虐性はキリシタンだけではなく、コメ一粒残らないほど搾りとられた農民にたいしても同様に発揮された。1634年から島原半島では天災がつづいたため、農民は絶望のふちに追いやられた。

こんな状況で勃発した島原の乱には口之津と加津佐の住民はひとり残らずくわわって、しまいには原城趾に立てこもって全員討ち死にした。無人の荒野となったこの地に移り住んだのは、島原半島とは縁もゆかりもなかった遠隔地から強制的につれてこられた人びとだった」

「なるほど、それでやっと分かった。この半島からキリシタンの痕跡が徹底的にぬぐい去られたわけが」とヒカルが叫ぶ。

「為政者によってつくられた歴史をうのみにしちゃいかん。キリシタンの繁栄と弾圧の史跡はかすかな痕跡を残すのみとなり、わが国に残る資料は少ない。しかし、幸いなことに膨大な資料がヨーロッパ諸国に残されている。そこからその光の部分を見るだけでなく、影の部分をも見ていかなければならん。おおいなる想像力をもって、な」


島原駅に着いたころには長い初夏の日もとっぷり暮れていた。ふたりは諫早にもどるため島原鉄道に乗った。


座席につくなり、火男が口を開いた。「教育とは何か、文化とは何か、日本人には明治期の西欧に追いつき追い越せから、第2次大戦後のアメリカみたいになりたいという強迫観念に近い思いが根づいてしまったが、すぐに使えるような若者を促成栽培するのが教育だと思ったら大間違いだ。教育とは明日へむけての〈浪費〉だ。若者に惜しみなく金をそそがない国が栄えるはずがない」いつになく荘重な調子だった。

「ヴァリニャーノは日本に来てはじめて、大きな可能性を秘めた日本人のおかれているみじめな状況を知った。いうなれば〈教育の可能性〉を知ったんだよ。彼がこの半島でおこなった日本最初の人文教養課程は順調に発展した。だが残念なことに、そこで育った苗木は無残にへし折られてしまった」

黙って聞いていたヒカルが「有馬のセミナリオ、コレジオ設立の歴史的な意義を総合的に研究し、教育する施設がどこかにあるのだろうか」とつぶやいて、持ってきたパソコンのフタを開いた。インターネットにアクセスして調べていたヒカルが頭をかいて「どうもそんな施設はなさそうだね。キーワード〈セミナリオ〉からも〈コレジオ〉からも役に立つような情報が得られないんだ」といいながらなおもネット・サーフィンをつづけていると、コレジオ・ホールというサイトがあるのに気づいて「あった！　あった！」と叫びながらホームページを見た。

しかし、すぐにがっかりした表情を浮かべて「なんだこれ、キリシタン文化とはなんの縁もゆかりもない、たんなる文化ホールじゃないか。演歌ショーやコンサートなどのイベントがおこなわれるような」と激しい憤懣《ふんまん》を洩《も》らした。

「なんとこの半島には文化センターの多いことだろう！」嘆声をあげたり、ため息をついたりしながら、なおもヒカルがウェブ上を駆けめぐって半島上で展開されてきた箱モノ行政に関する情報を集めているうちに、電車は有明海の最奥部を右に見ながら雲仙市に近づいていた。

諫早湾潮受け堤防の水門の上に点々とともる明かりを見ながら、ヒカルがインターネットで得た知識を披露した。「あれも自民党の族議員と官僚の合作。血税を数千億円もつぎこんで本明川《ほんみょうがわ》がそそぐ諫早湾の生態系を破壊してしまったしろもの。漁業被害の実態は文部科学省の外郭団体である科学技術振興機構も公共事業の失敗例としてとりあげ、ことここにいたる経緯を分析してみせているほどだ」

電車は有明海の最西部から島原半島のつけ根に入り、諫早に近づいていた。火男が目を閉じてうなずきながら言った。「まことに島原半島は歴史の宝庫であるだけでなく、日本人が火山と共存し、海の恵みを享受しながら生きていくのに不可欠なことがらを学ぶことのできる生きた学校だ。それに大型公共事業の壮大な失敗例からもな」

「不可欠なことって？」

「例えば、時代とともに変わる社会情勢や人の意識の変化を考慮し、どんな調査をどんな手順をふんでおこなうべきか、組織をどのように整備・運営しなければならないかなどだよ」火男はヒカルの目をみつめてつけくわえた。「公共事業は走り出したら止まらない。だからこそ、容易にはじめることのできない仕組みにしなければいけないんだ」

火男が語りおえたとき、電車はずっと並行して走っていた国道に沿って建つファストフードの店、チェーンドラッグストア、パチンコ屋などのけばけばしい看板の列を離れ、夜もふけて人影もまばらになった諫早駅の構内に滑りこんだ。

（下につづく）

・本書には、さまざまな病気に関する表現のなかで、一部差別的と思われる単語が使用されておりますが、病気に対する偏見・差別をなくしたいと努力している医師である著者の意向を尊重し、そのまま掲載しております。ご了承ください。
・本書では古い時代の新聞・書籍の引用にあたり、当用漢字、新仮名づかいに改めております。
・本書の参考・引用文献は、下巻にまとめて掲載しております。

後藤《ごとう》勝彌《かつや》

◇著者略歴

1941年長崎生まれ。脳神経センター 大田記念病院（広島県福山市）名誉院長。

九州大学医学部卒業。九州厚生年金病院神経内科医長、秋田大学医学部放射線科講師、秋田県立脳血管研究センター主任研究員、福岡大学医学部放射線科助教授、麻生飯塚病院脳血管内外科部長兼脳神経病センター長、脳神経センター大田記念病院院長、九州大学医学部脳神経外科非常勤講師、北海道大学医学部脳神経外科客員教授、カリフォルニア大学ロサンゼルス校（UCLA）放射線科客員教授を歴任。

世界脳血管内治療学会副会長、日本脳神経血管内治療学会会長を務める。

WHO（世界保健機関）の「最先端医療」「代替医療」のヒアリングで脳血管内治療について講演。

「アエラ」（朝日新聞社）で「日本の名医80人」、「別冊月刊現代」（講談社）で「医師がすすめる最高の名医」のひとりに選ばれる。

◇著書

『長崎飛翔《ひしょう》』上・下

片淵湛《かたふちしずか》のペンネームで長崎文献社より2011年に出版

Nagasaki Redemption I,II Katsuya Gotoの名前でAmazon Kindle Store より

オンライン出版 2014年

『逝くひとに学ぶ』

二ノ坂保喜・後藤勝彌（共著） 木星舎より2017年に出版

原《げん》爆《ばく》を見《み》た少《しょう》年《ねん》（上）

2019年8月2日　第1刷発行

著　者　後藤勝彌《ごとうかつや》

発行者　渡瀬昌彦
発行所　株式会社　講談社
〒112-8001　東京都文京区音羽2－12－21
電話　編集　03-5395-4021
　　　販売　03-5395-3625
　　　業務　03-5395-3615

本文データ制作　講談社デジタル製作
印刷所　株式会社新藤慶昌堂
製本所　株式会社国宝社

ISBN978-4-06-516247-7　N.D.C.913　368p 19cm

Saga